EX MEIS LIBRIS

QUAND LE DESTIN BASCULE

DU MÊME AUTEUR

L'espace d'une vie

Les voix du cœur

Accroche-toi à ton rêve

BARBARA TAYLOR BRADFORD

Quand le destin bascule

*Traduit de l'américain
par Micheline Lamarre*

PIERRE BELFOND
216, boulevard Saint-Germain
75007 Paris

Ce livre a été publié sous le titre original
ACT OF WILL
par Doubleday & Company, Inc., New York

Si vous souhaitez recevoir notre catalogue
et être tenu au courant de nos publications,
envoyez vos nom et adresse, en citant ce livre,
aux Éditions Pierre Belfond,
216, Bd Saint-Germain, 75007 Paris.
Et pour le Canada à
Edipresse 1983 Inc., 5198, rue Saint-Hubert,
Montréal, Québec H2J 2Y3, Canada.

ISBN 2.7144.2023.0

Copyright © Barbara Taylor Bradford 1986

Copyright © Belfond 1987 pour la traduction française

Ce livre est affectueusement dédié à la mémoire de mes parents, Freda et Winston Taylor. Ma mère m'a offert le plus beau cadeau qu'une mère puisse donner à son enfant, le désir de se surpasser. Mon père m'a appris à rester forte de cœur et à ne pas plier.

Je dédie également ce livre à Bob, mon mari, dont l'amour et le soutien ont égalé les leurs.

PREMIÈRE PARTIE

AUDRA

1926-1951

1

Aujourd'hui, c'était son anniversaire.

En ce 3 juin 1926, elle avait dix-neuf ans.

Debout devant la fenêtre de sa chambre à l'Hôpital Général de Ripon, dans le Yorkshire, où elle était infirmière, Audra Kenton regardait le jardin. Elle observait distraitement les jeux de l'ombre et de la lumière, les rayons du soleil qui filtraient à travers les dômes des deux grands chênes dressés près du vieux mur de pierre. Une brise légère soufflait, qui faisait bruire et frémir les feuilles sur lesquelles la lumière miroitait en lançant des reflets verts. C'était une journée radieuse et douce, pleine de charme et de séduction.

L'infirmière en chef avait accordé son après-midi à Audra. Hélas, elle n'avait nulle part où aller, personne avec qui passer ces quelques heures. *Elle était absolument seule en ce monde.*

Audra n'avait qu'une amie, Gwen Thornton, infirmière à l'hôpital, elle aussi. Mais, la veille, Gwen avait été appelée chez elle, à Horsforth. Sa mère était tombée malade et avait besoin d'elle. Plusieurs semaines auparavant, Gwen s'était arrangée avec une collègue pour permuter leurs jours de sortie, afin d'être avec Audra et célébrer ensemble ce grand événement ; elles avaient toutes deux mis au point un programme de fête. Maintenant, leurs projets si bien préparés étaient anéantis.

La tête appuyée contre le montant de la fenêtre, Audra soupira à l'idée des heures de solitude qui l'attendaient. Sa gorge se serra tout à coup, elle sentit les larmes lui monter aux yeux, tandis qu'une tristesse mêlée d'une amère déception l'envahissait. Il ne lui fallut cependant pas plus de quelques secondes pour refouler ses pleurs d'un battement de paupières, s'éclaircir la gorge et parvenir à se ressaisir. Elle chassa résolument ses sombres pensées et refusa de se lamenter sur son sort. Audra méprisait chez les autres la tentation de s'apitoyer sur soi-même, qu'elle considérait comme un signe de faiblesse. Elle était forte. Sa mère le lui avait toujours dit et sa mère ne se trompait presque jamais.

Elle se détourna de la fenêtre, se dirigea vers la chaise et s'assit, ne sachant comment tuer le temps.

Elle pourrait lire, bien entendu, ou faire un peu de broderie, ou encore finir de dessiner la blouse dont elle concevait le modèle et qu'elle voulait confectionner elle-même — quand elle aurait de quoi acheter le tissu. Pourtant, aucune de ces occupations ne l'attirait vraiment. Pas aujourd'hui. Pas le jour de son anniversaire.

Avec quelle impatience elle avait attendu cette sortie, ces quelques heures de plaisir insouciant dont elle aurait, pour une fois dans sa vie, voulu profiter ! Audra avait peu d'événements à célébrer, ces temps-ci ; les occasions de se réjouir appartenaient au passé ; elles se faisaient en vérité rarissimes. Sa vie avait subi une transformation si radicale, si pénible, qu'elle la reconnaissait à peine.

Elle comprit soudain que se rabattre sur une de ces tâches banales, avec lesquelles d'ordinaire elle tuait le temps entre ses heures de service, serait cent fois pire que de rester assise là, sans rien faire. Les unes comme les autres ne constitueraient que de piètres succédanés aux projets élaborés avec Gwen.

Audra s'était depuis longtemps exercée à ne plus remarquer la chambre où elle logeait à l'hôpital. Mais maintenant, en la voyant si crûment éclairée par les rayons du grand soleil, elle prenait conscience de sa laideur et de son manque de confort. Née dans une famille de bonne bourgeoisie, encore que plutôt désargentée, Audra avait reçu une éducation raffinée. Elle possédait un goût sûr, de réelles dispositions pour les arts ; aussi, l'indigence du mobilier et la grisaille de la peinture lui sautèrent-elles cruellement aux yeux. L'ensemble blessait sa sensibilité.

Elle se voyait cernée de murs dont le beige lugubre, évoquant le porridge, jurait avec le linoléum délavé qui recouvrait le sol. Le lit de fer, la table de nuit boiteuse et la commode ne se remarquaient que par leur aspect misérable et leurs formes strictement utilitaires. En tout temps, la chambre était d'une froideur affligeante ; elle le paraissait plus que jamais par cet après-midi ensoleillé. Audra comprit qu'il lui fallait, pour un moment au moins, échapper à son atmosphère déprimante et aller n'importe où.

Son regard tomba sur la robe étalée sur le lit, où elle l'avait posée un peu plus tôt. Elle était neuve. Une année entière, à raison d'un shilling par semaine, Audra avait économisé afin de s'offrir un cadeau d'anniversaire.

Gwen et elle s'étaient rendues à Harrogate dans cette intention un samedi, quinze jours auparavant. Elles avaient erré des heures, se contentant de faire du lèche-vitrines et d'admirer les belles choses qu'elles voyaient tout en sachant qu'elles n'auraient jamais les moyens de les acheter. En repensant à cette journée, Audra sentit redoubler son affection pour Gwen.

Gwen s'intéressait particulièrement aux bijouteries et sans cesse elle interpellait son amie, attirant son attention sur quelque colifichet. « Oh ! Audra ! Regarde-moi ça ! » s'exclamait-elle en montrant du doigt une broche, une bague ou un pendentif. A un moment, elle avait saisi Audra par le bras et murmuré, d'un ton admiratif :

— As-tu jamais rien vu de plus fabuleux que ce bracelet, Audra ? Ma parole, à leur éclat, on jurerait que ces pierres sont de *vrais* diamants ! Il t'irait si bien, Audra. Entrons... cela ne coûte rien de regarder.

Avec un faible sourire, Audra avait secoué la tête sans mot dire, tout en revoyant en pensée les bijoux de sa mère, autrement plus beaux que cette camelote clinquante.

Les exclamations enthousiastes et les incitations pressantes de Gwen s'étaient poursuivies jusqu'à ce qu'Audra, excédée, imposât silence à son amie, d'un regard péremptoire. Aussitôt confuse de sa dureté, Audra s'était hâtée de présenter ses excuses à Gwen. Elle lui expliqua, pour la énième fois, qu'elle n'avait pas d'argent à gaspiller pour des frivolités telles que bracelets ou broches en toc, bibis absurdes ou flacons d'essence de violettes, articles parmi tant d'autres pour lesquels Gwen éprouvait un attrait irrésistible.

— Tu sais que je ne m'achète jamais que de quoi m'habiller, avait dit Audra avant d'ajouter, avec un petit rire sans gaieté : Je choisis d'habitude ce que je trouve de plus pratique. Des vêtements que je sais devoir durer très longtemps.

C'est alors qu'Audra avait vu la robe dans la devanture de Mme Stella. Elle avait été séduite sur-le-champ. C'était une robe de bal, uniquement conçue pour la fête, un léger rien de mousseline immatérielle. Artistement mise en valeur sur un piédestal au milieu de la vitrine, c'était le seul vêtement exposé. Des accessoires étaient disposés sur le sol : une capeline de paille crème, une ombrelle en soie ruchée de même couleur, un collier à trois rangs de perles. L'ensemble constituait aux yeux d'Audra un modèle de véritable élégance, la robe plus encore que le reste, une robe terriblement inutile, visiblement coûteuse et absolument superbe. Audra s'était absorbée dans sa contemplation sans savoir ni où ni quand elle aurait jamais l'occasion de la porter et, pourtant, dévorée de l'envie de la posséder.

Elle avait malgré tout résisté et refusé de bouger quand Gwen, à qui n'échappait pas son expression de convoitise, avait ouvert la porte de la boutique en insistant pour qu'elles entrent demander le prix. En dépit de la répugnance d'Audra et de ses protestations, Gwen n'avait nullement l'intention de céder. Saisissant Audra par le bras, elle l'avait poussée de force dans le magasin de Mme Stella.

Bien qu'elles se fussent attendues l'une et l'autre à ce que la toilette fût chère, elles avaient quand même été suffoquées d'apprendre qu'elle coûtait trois guinées. Audra avait aussitôt voulu battre en retraite. Mais la redoutable Gwen l'en avait empêchée et avait réussi à la faire entrer dans une cabine d'essayage avant qu'Audra ne puisse s'éclipser. A moins de faire un esclandre devant la vendeuse, Audra était maintenant forcée d'essayer la robe.

C'était la couleur qui l'avait fascinée — un bleu clair dont l'éclat lui rappelait les delphiniums de High Cleugh. Elle n'avait pas eu besoin de Gwen pour lui dire que la robe lui allait à la perfection ; elle s'était vue dans la psyché.

De fait, Audra avait d'abord été décontenancée par l'image que lui renvoyait le miroir. Pour la première fois depuis des années, elle devait s'avouer qu'elle se trouvait tout à fait ravissante. Le plus souvent, elle se considérait sincèrement comme une jeune fille plutôt quelconque. En cela, elle ne se rendait pas justice.

A proprement parler, Audra Kenton n'était pas belle, mais elle n'avait rien d'ordinaire. Elle entrait dans une catégorie intermédiaire. Ses traits nettement marqués dénotaient l'obstination que trahissait aussi bien son menton résolu que le tracé ferme et décidé de sa bouche, qui pouvait cependant devenir très belle lorsqu'elle souriait. Ce qu'elle possédait de plus remarquable, c'était son teint délicat, ses cheveux brillants, d'un châtain clair qui, l'été, s'éclaircissait d'un lustré doré et, avant tout, ses yeux. Ils étaient d'une exceptionnelle beauté — immenses, très écartés, frangés de cils épais d'un brun lumineux et accentués par les sourcils finement arqués. Mais leur couleur surtout forçait l'attention et les rendait inoubliables. Ils étaient d'un bleu si vif et si profond qu'on en restait saisi.

Tandis qu'Audra se regardait dans le miroir de la cabine d'essayage, il ne pouvait lui échapper combien le bleu de la robe faisait paraître plus intense celui de ses yeux. Elle constatait aussi à quel point ce style « jeune fille » la flattait, au point de la métamorphoser. Mesurant moins d'un mètre soixante, Audra s'irritait constamment de sa petite taille. Elle était toutefois admirablement proportionnée ; la forme simple de la toilette mettait sa jolie silhouette en valeur et la jupe courte, coupée en biais afin de mieux s'évaser, attirait l'attention sur ses jambes bien galbées et la finesse de ses chevilles.

C'est ainsi qu'après avoir hésité à cause du prix et consulté Gwen à voix basse, d'un ton inquiet, elle s'était finalement décidée à acheter la robe. Afin de réunir les trois livres et trois shillings nécessaires, Audra avait épuisé la totalité de ses économies, qui se montaient à deux livres et douze shillings, vidé son sac de son dernier penny et emprunté une livre et six shillings à Gwen.

— Ne prends pas cette mine sinistre, lui avait murmuré Gwen tandis que la vendeuse emballait la robe. Elle vaut largement son prix. Et puis, il était grand temps que tu t'offres un beau cadeau.

Audra était sûre de n'avoir rien possédé de plus luxueux depuis son enfance. Un souvenir lui était revenu, celui d'une autre visite à Harrogate afin d'y faire des emplettes — avec sa mère et oncle Peter. C'était en 1919, peu après qu'il fut rentré de la Grande Guerre. Elle avait douze ans et il lui avait acheté une ravissante robe rose, qui avait alors exercé sur elle autant de fascination que celle de mousseline bleue.

En sortant de chez Mme Stella, Audra avait parlé à Gwen de cette excursion et de la jolie robe rose ; elle lui avait confié d'autres souvenirs de sa vie passée et Gwen, tout émue, l'avait pressée de questions. Réservée de nature, Audra avait néanmoins répondu à certaines d'entre elles, car elle ne voulait pas vexer son amie en se montrant cachottière. Plus tard, bras dessus, bras dessous, elles s'étaient promenées le long du Stray, vaste pelouse verdoyante parsemée de fleurs, formant comme un tapis naturel aux brillantes couleurs, à l'ombre des arbres. Gwen avait ensuite emmené Audra au Café Betty's, élégant salon de thé sur le mail qui domine le Stray, et avait payé leur addition, puisque Audra avait tout dépensé. Elle lui avait ensuite avancé l'argent de son billet de retour à Ripon, comme elle le lui avait promis lorsque Audra hésitait encore dans la boutique de Mme Stella. Une fois de plus, Audra s'était dit qu'elle avait de la chance d'être l'amie de Gwen.

A la fin de la journée, en regagnant l'arrêt de leur autobus, elles étaient passées devant les Arcadian Rooms, où des thés dansants avaient lieu tous les après-midi dans le Palm Court. Tout le monde savait que c'était l'endroit où il fallait se montrer, le lieu à la mode où les gens chic dansaient le tango et le fox-trot, sur la musique de Stan Stanton et de son jazz-band.

Depuis des semaines, les deux jeunes filles rêvaient d'aller au Palm Court et Gwen, à qui son frère avait appris le charleston, l'avait à son tour enseigné à Audra pendant leurs heures de loisir. Audra avait été stupéfaite et ravie d'entendre Gwen lui annoncer que, pour son anniversaire, elle l'invitait à un thé dansant du Palm Court. « Ce sera mon cadeau, avait dit Gwen en souriant. Tu mettras ta robe neuve et tout le monde t'admirera. » Pendant le trajet du retour en autobus, elles ne se tenaient plus de joie et d'impatience et, depuis, ne cessaient de compter les jours.

Mais, désormais, il n'était plus question d'aller à Harrogate. Plus de thé dansant au Palm Court. Personne ne l'admirerait dans sa nouvelle robe. Audra soupira. Quelques instants plus tôt, elle était encore décidée à la porter pour son seul plaisir, bien qu'elle ne sût pas trop où elle irait l'exhiber, toute seule. Maintenant, elle avait changé d'avis.

Audra avait l'esprit pratique et elle comprit qu'il serait ridicule de risquer d'abîmer la belle robe, de la chiffonner et de la tacher. Le plus sage, se dit-elle, serait de la garder pour une grande occasion. Celle-ci ne manquerait pas de se présenter, surtout avec une amie telle que Gwen. Peut-être irons-nous à la garden-party paroissiale en août ; et puis, il y aura l'anniversaire de Gwen en septembre. Nous le célébrerons certainement. Oui, il se produira quelque chose, songea-t-elle en retrouvant son optimisme naturel, qui ne manquait jamais de reprendre le dessus.

Audra jouissait d'un tempérament heureux et d'une personnalité enjouée qui, joints à sa force de volonté et à son intelligence, lui avaient été salutaires en maintes occasions. Ces traits de caractère lui avaient permis d'affronter ses problèmes de la manière la plus positive. Elle ne permettait jamais à ses soucis de la troubler longtemps et essayait toujours de les résoudre au mieux. Si elle n'y parvenait pas, elle s'efforçait de ne pas les ressasser inutilement.

Elle se leva alors, prit la robe bleue et alla la remettre dans la penderie, à l'autre bout de la pièce.

Après avoir enlevé et rangé son uniforme d'infirmière, elle examina ses vêtements en se demandant ce qu'elle pourrait porter pour une promenade à la campagne.

Si sa garde-robe n'était pas considérable, elle ne possédait que des vêtements de bonne qualité et, parce qu'elle était soigneuse, toujours immaculés. Pour des raisons d'économie, Audra faisait elle-même ses tenues d'été, en général des robes légères dans des tons foncés qui, compte tenu de son esprit pratique, lui garantissaient un meilleur usage que les teintes plus claires. Sa main se posa finalement sur une robe en coton bleu marine à taille basse, avec un col marin bordé de blanc. Elle la décrocha, chercha ses chaussures de marche en cuir noir à talons plats, et s'habilla.

Elle pensa soudain à Gwen. Que je suis égoïste ! se reprocha-t-elle. Me voilà en train de me lamenter à cause de mon anniversaire pendant que Gwen soigne sa mère malade. Audra aurait bien voulu se rendre à Horsforth l'aider, mais le voyage était trop long pour un seul après-midi de liberté. Cette pauvre Gwen doit être morte de fatigue, sans parler de son inquiétude, se dit-elle. Puis, tandis qu'elle ajustait le col de sa robe et se tournait afin de s'observer dans le petit miroir posé sur la commode, son expression se fit moins sombre. Le père de Gwen était médecin, son frère Charlie étudiant en médecine à l'université de Leeds. Mme Thornton se trouvait en bonnes mains. Elle se rétablirait bientôt et Gwen viendrait reprendre son poste à l'hôpital sans tarder.

En quittant sa chambre et en se hâtant le long du couloir, Audra prit conscience de son attachement pour son amie. Depuis l'arrivée de Gwen à l'hôpital, un an auparavant, sa vie était devenue beaucoup plus supportable. Jusque-là, aucune autre infirmière n'avait fait l'effort de se montrer amicale. Audra savait que son origine, son comportement, son élocution choisie étaient responsables de cette attitude.

Ses collègues la croyaient hautaine et inabordable. Ce n'était pourtant pas du tout le cas. Seule sa timidité la poussait à se tenir à l'écart et l'empêchait de faire le premier pas.

Comme si elle l'avait deviné d'instinct, Gwen, toujours gaie, rieuse, sociable, n'avait pas prêté la moindre attention à cette retenue. Ayant décidé qu'elle ne voulait pas d'autre amie qu'Audra, elle s'était lancée à l'assaut jusqu'à ce qu'elle eût abattu le mur derrière lequel Audra cherchait refuge. Moins d'une semaine après avoir fait connaissance, elles étaient devenues inséparables.

Je ne sais pas ce que je ferais sans Gwen, se dit Audra en sortant de l'hôpital. Je n'ai qu'elle au monde.

2

Elle n'avait pas eu l'intention délibérée de se rendre à High Cleugh.

Pourtant, sans même s'en être aperçue, elle y était presque arrivée.

En quittant l'hôpital, Audra ne pensait à aucun but de promenade bien précis. Elle s'était engagée sur la route menant à Sharow et Copt Hewick, petits villages proches de Ripon.

Rien de spécial ne l'incitait à aller là-bas, sinon que l'endroit était agréable, le chemin pittoresque et la campagne fort belle à cette époque de l'année.

Parvenue à Copt Hewick, Audra remonta lentement la grand-rue pavée et remarqua combien, en ce chaud après-midi de juin, tout paraissait pimpant. Les jardinets des cottages débordaient de capucines, de soucis et de dahlias aux vives couleurs ; des rideaux de dentelle blanche ornaient toutes les fenêtres et les perrons venaient d'être lavés.

Un peu plus loin, devant elle, l'Auberge du Nègre avait, elle aussi, bénéficié d'une rénovation. Ses murs blancs et ses volets noirs semblaient fraîchement repeints et l'enseigne, au-dessus de l'entrée, était artistement embellie par les soins d'un peintre amateur.

Devant l'entrée du pub, au carrefour de plusieurs routes, Audra hésita, ne sachant si elle allait emprunter l'artère principale en direction de Boroughbridge, ou la route secondaire vers Newby Hall et Skelton. Elle opta pour cette dernière, qu'elle ne parcourut cependant pas jusqu'au bout. A mi-chemin, elle bifurqua sur sa droite, dans un étroit sentier bordé de murets en pierres sèches.

A peine avait-elle fait quelques pas qu'elle stoppa brusquement en s'apercevant de la direction qu'elle prenait. Elle voulut rebrousser chemin, esquissa un demi-tour. En vain : ses jambes refusaient d'obéir.

High Cleugh l'attirait irrésistiblement, comme un aimant.

A mesure qu'elle avançait, Audra Kenton se répétait qu'elle commettait une erreur dont elle souffrirait, surtout un jour pareil ; pourtant, elle continuait à marcher, incapable de s'arrêter.

Lorsqu'elle parvint au bout du sentier, elle ne se souciait plus d'avoir tort ou raison. Elle n'avait conscience que de son désir impérieux de revoir ce lieu qu'elle aimait plus que tout autre au monde et dont elle avait été trop longtemps éloignée.

Elle escalada l'échalier, sauta dans la prairie et s'élança à travers l'herbe haute, qui ondulait sous la brise. Elle contourna deux vaches qui paissaient et poursuivit sa course, les traits tendus par l'impatience, ses cheveux dénoués flottant au vent.

Audra ne ralentit l'allure qu'en s'approchant du grand sycomore, à l'extrémité du pré. Là, courbée, elle se glissa sous les basses branches, dont la voûte dissimulait le ciel. Alors, appuyée contre l'arbre, elle posa la joue sur le tronc et ferma les yeux, hors d'haleine.

Il ne lui fallut qu'un moment pour reprendre son souffle. Lentement, elle caressa l'écorce, heureuse de la sentir rugueuse sous ses doigts, et elle sourit. C'était son arbre. Son domaine.

Elle l'avait baptisé « l'arbre du souvenir », car c'était là qu'elle évoquait le mieux sa famille, qu'elle revivait son passé, le bonheur qui, naguère, avait été le sien et qui n'existait plus.

Ils y étaient souvent venus ensemble. Sa mère. Ses frères, Frederick et William. Oncle Peter, aussi. Lorsqu'elle était là, sous son arbre, elle les y retrouvait et, pour un trop bref instant, parvenait à vaincre son chagrin.

Audra rouvrit les yeux, cilla dans la pénombre et quitta l'abri des branches. Après avoir contourné l'arbre, elle fit halte en haut de la pente qui dévalait jusqu'à la berge de l'Ure, quelques mètres plus bas. En levant les yeux, elle porta son regard au-delà de l'étroite rivière aux eaux bouillonnantes, vers la rive boisée qui s'étendait en face. Là, niché entre les arbres, au creux du vallon, elle le vit.

High Cleugh.

Le vieux et beau manoir où, dix-neuf ans auparavant, elle avait vu le jour. La demeure où elle avait grandi, où elle avait vécu les plus belles années de sa vie. Son foyer tant aimé — jusqu'à ce triste jour, il y avait cinq ans.

Elle ne pouvait se lasser de ce spectacle qui, comme à l'accoutumée, l'enchantait par sa beauté toute de douceur et de simplicité.

High Cleugh était une maison du XVIIIe siècle, longue et basse, aux lignes gracieusement symétriques. Bâtie en pierre grise du pays, elle était percée de nombreuses fenêtres dont les petits carreaux cernés de plomb scintillaient au soleil. Une large terrasse dallée prolongeait la façade ; un escalier de pierre descendait en pente douce jusqu'à la rivière. Sous le mur de soutènement de la terrasse, des bordures de plantes herbacées jetaient des touches colorées sur le gris sombre de la pierre et le vert tendre du gazon.

Mais ce qui attirait plus que tout le regard et le captivait, c'étaient les massifs de delphiniums. Ils foisonnaient au bas de la pelouse, près du cours d'eau, et présentaient une extraordinaire diversité de bleus. Le cobalt y voisinait avec une nuance pastel presque blanche, la teinte délicate du bleuet contrastait avec un indigo profond, se détachant lui-même sur des tonalités lavande et des pourpres proches de la belladone.

Les delphiniums de sa mère, si soigneusement plantés, si amoureusement entretenus au fil des ans... Une mélancolie douce-amère serra le cœur d'Audra. Elle aurait tant voulu se promener de nouveau dans ce jardin ! Il lui serait facile de franchir la rivière. Elle n'aurait qu'à en longer la berge jusqu'au gué, à peu de distance en aval. Les larges pierres plates, polies par le courant, menaient directement à un petit bois contre lequel s'adossait le manoir.

Mais elle ne pouvait pas aller à High Cleugh. Elle n'en avait plus le droit. Une autre famille y résidait désormais.

Elle s'assit dans l'herbe et, le menton appuyé sur ses genoux relevés, fixa la maison des yeux.

Longtemps, très longtemps, Audra s'absorba dans sa contemplation de High Cleugh.

On n'y remarquait aucun signe de vie. La maison paraissait assoupie sous le soleil, comme inhabitée. Une grande paix s'étendait sur les jardins, où plus un brin d'herbe, plus une feuille ne bougeaient. Le vent était tombé et l'air se chargeait d'une chaude langueur. Audra n'entendait d'autre bruit que le léger bourdonnement d'une abeille, non loin de là, et les clapotis de l'eau sur les galets, au-dessous d'elle.

Le regard d'Audra se fit plus perçant, traversa les murs jusqu'au cœur même de la maison. Alors, elle ferma les yeux et se laissa emporter par son imagination. Et par la puissance du souvenir...

Elle était à l'intérieur de la maison.

Elle se tenait dans le grand vestibule, dont elle reconnut les murs couleur abricot, la banquette de velours vert passé, le palmier dans son pot de cuivre repoussé. Tout était plongé dans une paisible pénombre. Elle tendit un instant l'oreille, n'entendit que le silence. Puis ses pas résonnèrent sur le dallage de marbre. Elle gravit lentement l'escalier, qui s'élevait en une courbe gracieuse, fit halte sur le premier palier. C'est là que se trouvait sa chambre. Elle y pénétra, referma la porte, soupira de plaisir.

Autour d'elle, le spectacle familier des murs d'un vert très pâle lui rappela, comme toujours, une mer d'été par un matin du Yorkshire voilé de brume. Elle traversa la pièce au parquet comme un miroir, s'approcha du lit à colonnes. Elle tendit la main, caressa le dessus-de-lit délavé, retraça du doigt le contour des tulipes qui l'ornaient ; leurs pétales, jadis rouges, avaient depuis longtemps pris un ton rouille — « terre de Sienne brûlée », comme s'appelait cette nuance dans sa boîte de peintures. Elle quitta le lit pour la fenêtre, contempla la vallée, écouta le bruissement des rideaux agités par la brise. La senteur des œillets emplissait l'air de l'été. Elle tourna la tête, vit un nuage de pétales roses dans le vase bleu, au décor d'osier tressé, posé sur la commode de chêne. Puis, leur parfum se dissipa pour faire place à une odeur plus douce, plus entêtante. Dans le vase, des roses d'octobre s'épanouissaient, symphonie de jaunes se détachant sur le bleu de la porcelaine. L'automne était venu. Le temps des moissons.

Elle connaissait si bien l'alternance des saisons, dans cette demeure...

L'air s'était maintenant refroidi. Un feu crépitait dans la cheminée.

Elle sentait sur son visage la chaleur des flammes. Des flocons de neige voletaient derrière la fenêtre. On eût dit que les jardins étaient recouverts de sucre-glace.

Elle n'était plus seule dans la maison.

Le rire de sa mère lui parvint, aussitôt suivi du froufrou soyeux de sa robe lorsqu'elle rejoignit Audra auprès du feu. La « Belle Edith Kenton ». C'était toujours ainsi que l'on parlait d'elle, dans la région.

Des saphirs scintillaient à son cou et à ses poignets, comme des flammes bleutées sur le blanc de sa peau diaphane. Sa chevelure aux reflets cuivrés auréolait son visage ovale. Audra sentit ses lèvres tièdes se poser affectueusement sur sa joue. Un parfum mêlé de gardénia et de poudre Coty l'enveloppa. Une main fine s'empara de la sienne et l'entraîna hors de la chambre.

Tandis qu'elles descendaient l'escalier, Frederick et William, qui les attendaient dans le vestibule, entonnèrent un chant de Noël. Ses frères étaient aussi turbulents et affectueux avec elle qu'obéissants et attentionnés envers leur mère. Oncle Peter se tenait derrière eux, sur le seuil du grand salon. En souriant, il embrassa Audra et les fit tous entrer dans la pièce.

Elle s'immobilisa, fascinée.

En cette nuit de Noël, une atmosphère magique transfigurait le salon. Une lumière dorée, tamisée, redonnait une nouvelle beauté à son élégance fanée. Des bougies luisaient sur les branches d'un petit sapin. Une flambée crépitait dans l'âtre. Des branches de houx décoraient les tableaux, la cheminée, pendaient en guirlandes enrubannées devant les fenêtres. Une touffe de gui était accrochée au lustre de verre taillé. Au plafond, des festons de papier multicolore formaient comme un arc-en-ciel. De nouveaux arômes vinrent séduire son odorat. Elle reconnut l'odeur des pommes de pin et du feu de bois, les senteurs appétissantes du punch, de l'oie rôtie, des châtaignes grillées.

Tout le monde se rassembla autour de la cheminée.

Ils chantèrent des noëls, burent du punch dans de petites coupes de cristal, se régalèrent de châtaignes brûlantes. Et leurs rires éveillaient les échos de la maison tout' entière.

Trois chaussettes de feutre rouge étaient accrochées au manteau de la cheminée. Ils en explorèrent tous trois le contenu — Audra, Frederick et William. Dans la sienne, elle découvrit un trésor : une orange, une pomme, un petit sac de noisettes, un sou neuf dans un morceau de soie ; un sachet de fleurs séchées, un savon parfumé, de longs rubans de soie pour ses cheveux ; et puis une boîte de dattes d'Égypte, un flacon d'eau de lavande, un recueil de poèmes où le nom d'Edith Kenton était écrit sur la page de garde, de l'écriture aérienne de sa mère. De petites choses qui n'avaient rien coûté mais qui, pour Audra, avaient une valeur inestimable.

Dehors, la neige s'amoncelait en congères.

A l'approche du Nouvel An, un vent cinglant faisait crépiter le grésil *contre les vitres. Les décorations de Noël avaient disparu. Un silence lugubre régnait dans la maison, où ne résonnait plus le rire de sa mère. Le temps était venu pour oncle Peter de s'en aller une fois encore. Audra voyait la tristesse qu'exprimait son visage et les yeux de sa mère, aussi bleus que ses saphirs, qui s'emplissaient de larmes.*

Les joues d'Audra étaient mouillées de larmes — elle ne s'était pas aperçue qu'elle pleurait. Elle se redressa, se sécha les yeux, détourna son regard de High Cleugh.

Étendue à terre, elle enfouit son visage dans l'herbe fraîche et parfumée, referma les paupières en sentant les larmes revenir. Cette fois, pourtant, elle ne fit rien pour les réprimer et s'abandonna aux sanglots.

Elle pleura sur ceux qu'elle avait perdus, sur le passé, sur tout ce qui avait été et n'existait plus.

Longtemps après, ses larmes cessèrent. Alors, elle resta couchée là, immobile, à contempler le bleu tendre du ciel et la course des nuages ; à évoquer le souvenir de cette famille tant aimée et des événements de ces dernières années.

3

Audra ne se rappelait de son père qu'une silhouette imprécise : elle n'avait que deux ans lorsqu'il était mort, en 1909.

L'image de sa mère, en revanche, celle de Frederick et de William restaient si claires, si vivaces que c'était presque comme s'ils s'étaient tenus là, près d'elle, à la contempler couchée dans l'herbe. Oncle Peter était, lui aussi, à jamais gravé dans son cœur.

Leurs vies, leurs destins avaient été indissolublement liés aux siens.

Peter Lacey était mort, jeune encore, en 1920. Officier de l'armée anglaise pendant la Grande Guerre, il avait été gazé dans les tranchées de la Somme. Ses poumons avaient subi des lésions si profondes que sa santé avait été à jamais compromise et qu'il avait fini par en mourir. C'est, du moins, ce que l'on avait dit.

La mère d'Audra, la « Belle Edith Kenton », était restée inconsolable. Moins d'un an plus tard, en juillet 1921, elle suivait Peter dans la tombe. Elle était âgée de trente-sept ans.

Frederick, le frère aîné d'Audra, lui avait dit que leur mère avait succombé à une crise cardiaque ; depuis peu, Audra préférait une autre explication : elle était morte le « cœur brisé ». En fait, la jeune fille s'était persuadée que sa mère avait été réellement vaincue par un chagrin mortel, tant la disparition de Peter Lacey l'avait affectée. Depuis qu'elle avait atteint l'âge adulte, Audra comprenait mieux la nature de leurs rapports : ils avaient été amants, elle ne pouvait plus en douter.

Enfant, Audra ne se posait aucune question. Il était oncle Peter, parent éloigné de son père — cousin issu de germain, lui avait-on fait croire — et sa présence dans leur vie datait d'aussi loin que remontaient ses souvenirs.

Après que son père, Adrian Kenton, était mort de consomption, les visites d'oncle Peter s'étaient faites plus fréquentes et il séjournait à High Cleugh pour des périodes d'une ou deux semaines. Ses affaires et ses intérêts financiers le rappelaient régulièrement à Londres, mais il ne s'absentait jamais très longtemps. Et puis, qu'il reparût pour un long séjour ou une brève visite, il ne revenait jamais les mains vides. Il rapportait toujours des cadeaux pour tout le monde.

« N'est-ce pas merveilleux qu'oncle Peter prenne ainsi soin de nous ? avait dit une fois sa mère à Audra. Je représente pour lui un bien lourd fardeau, j'en ai peur. Ses affaires sont tellement absorbantes... mais il est si bon, si généreux, si plein d'attentions ! Il désire sincèrement veiller sur moi, sur toi, sur tes frères. Il insiste et ne veut pas entendre raison », avait déclaré Edith en soupirant. Puis, avec un de ses éblouissants sourires, elle avait ajouté : « Il éprouvait une profonde affection pour ton père, naturellement. C'est la raison pour laquelle il se considère comme responsable de notre famille. »

Par la suite, Audra s'était rendue à l'évidence : ce n'était nullement par affection pour son père, mais parce qu'il adorait leur mère que Peter Lacey s'était institué leur bienfaiteur et leur protecteur.

Une fois admise l'existence de leur liaison, Audra l'accepta sans jamais critiquer sa mère et son oncle ni leur en faire, en elle-même, le reproche. Ils s'étaient aimés avec passion. Peter étendait son amour aux enfants d'Edith et se comportait envers eux comme le père qu'ils n'avaient plus. Il avait pris soin de la famille Kenton au mieux de ses capacités et de ses moyens financiers. Sans la présence, à l'arrière-plan, d'une épouse et de deux enfants — un garçon et une fille —, Edith Kenton et Peter Lacey se seraient certainement mariés.

Du vivant d'Edith et de Peter, Audra et William n'avaient pas conscience de la situation mais, depuis quelque temps, Audra se demandait si Frederick ne s'était pas alors douté de quelque chose. C'était tout de même lui l'aîné. A la mort d'Edith, il avait dix-sept ans, William n'en avait que quinze et Audra avait célébré son quatorzième anniversaire un mois auparavant.

La mort de leur mère avait plongé les jeunes Kenton dans une douleur mêlée d'incrédulité, tant elle était survenue de façon soudaine. Une heure ne s'était pas écoulée depuis son enterrement qu'ils subissaient un nouveau coup, tout aussi terrible : ils apprenaient qu'Edith était morte sans le sou. Et non seulement ils se retrouvaient dans la misère, mais ils ne disposaient même plus d'un toit pour s'abriter. High Cleugh n'était pas leur bien, comme ils l'avaient toujours cru. Leur père n'en avait jamais été propriétaire : il n'était que locataire du manoir qui appartenait à... Peter Lacey. Peter y laissait résider Edith, sans lui demander de loyer, depuis 1909.

Par un codicille à son testament, Peter avait pensé à protéger Edith après sa mort. Mais pas les enfants. Elle conservait la jouissance de High Cleugh sa vie durant ; à son décès, la propriété devait réintégrer la succession de Peter. De même, il lui léguait une rente viagère qui prenait fin à sa mort.

Rien n'était prévu en ce qui les concernait, sans doute parce que Peter Lacey n'avait pas songé que leur mère pouvait disparaître prématurément. Elle n'y avait pas pensé elle non plus car, malgré l'immensité de son chagrin à la mort de Peter, elle les quittait sans avoir rédigé de testament.

Ce fut Alicia Drummond, cousine de leur mère, qui apprit ces nouvelles aux orphelins. Elle les avait emmenés chez elle, à La Grange, après le service funèbre à l'église Saint-Nicolas et l'inhumation au cimetière du village de West Tanfield. Elle les avait fait entrer dans la bibliothèque, une pièce lugubre et sombre, encombrée de tableaux sinistres et d'imposants meubles victoriens, où l'on devait servir le thé. Oncle Percival, mari de tante Alicia, cousine Winifred, leur fille, et la mère d'Alicia, leur grand-tante Frances Reynolds, qui avaient assisté aux funérailles, les y avaient rejoints.

Si les jeunes Kenton détestaient les Drummond, ils éprouvaient une certaine affection pour leur grand-tante, qui avait toujours manifesté un penchant pour Edith, sa nièce, et la famille Kenton. Ils s'installèrent donc tout naturellement dans le canapé à côté de son fauteuil, assis bien droits dans leurs vêtements du dimanche, auxquels on avait ajouté des brassards de deuil. Leur groupe offrait l'image de l'union et de la maîtrise de soi. Ils réussissaient à dissimuler leur douleur sous une expression impassible.

Tante Alicia avait servi le thé, la femme de chambre avait passé les tasses, puis les plats de petits sandwiches au cresson et de cake aux grains de cumin. Ils étaient incapables d'en avaler une miette.

Après que tante Alicia leur eut asséné la nouvelle de leur ruine, Audra avait été la première à prendre la parole :

— Qu'allons-nous devenir ? Serons-nous envoyés à l'orphelinat ? demanda-t-elle d'une voix faible mais étrangement ferme, tout en fixant Alicia Drummond d'un regard pénétrant.

— Bien sûr que non, ma chère enfant ! s'écria la grand-tante Frances en lui prenant la main. (Dotée d'un meilleur cœur que sa fille, elle poursuivit avec bonté :) Je suis trop vieille pour vous prendre chez moi, je le crains. Mais vous allez tous venir vivre ici, à La Grange. Votre tante Alicia et votre oncle Percival ont généreusement offert de vous accueillir tous les trois.

N'ayant aucune autre famille proche, les jeunes Kenton avaient été obligés d'accepter cette proposition, malgré leur répugnance à cohabiter avec les Drummond. Il leur avait suffi de quelques jours pour comprendre combien leur séjour à La Grange serait pénible. La grande maison victorienne était aussi froide et rébarbative qu'Alicia Drummond qui, en outre, se révélait prétentieuse, sectaire, avare et sournoise. Elle imposait des horaires absurdes, des règlements inflexibles ; il régnait dans sa demeure une atmosphère affligeante ; la nourriture était plus que médiocre. Les jeunes Kenton avaient été élevés dans la liberté par une mère affectueuse qui se montrait excellente cuisinière. La vie quotidienne à La Grange leur était une épreuve permanente.

Une semaine après les obsèques d'Edith Kenton, une partie de ses effets et des meubles de High Cleugh fut vendue à la salle des ventes de Ripon, afin de payer les frais de son enterrement et de régler ses dettes. C'est, du moins, ce que leur tante apprit aux enfants. Alicia Drummond avait transporté à La Grange les plus beaux meubles, les meilleurs tableaux et quelques pièces d'argenterie.

— Je garderai ces objets en réserve jusqu'à ce que vous ayez l'âge d'en prendre possession, avait-elle expliqué aux trois orphelins.

L'argument sembla raisonnable à Frederick et à William, mais Audra, dont l'esprit était plus vif que celui de ses frères, n'avait aucune confiance dans cette femme. Sa méfiance ne fit que croître lorsque, quelques jours plus tard, elle aperçut les affaires de sa mère dispersées dans plusieurs pièces de la maison. C'est pourquoi, un soir, une fois tout le monde endormi, Audra s'était glissée dans le couloir jusqu'à la chambre que partageaient ses frères. Elle les avait réveillés et, blottie au pied du lit de Frederick, leur avait fait part à voix basse de ses soupçons et affirmé qu'ils devaient dresser l'inventaire de tous les biens de leur mère entreposés dans la maison.

William, qui reconnaissait la supériorité d'Audra, fit un signe d'approbation. Mais Frederick craignit qu'on les mît à la porte s'ils commettaient le moindre faux pas :

— Nous ne pouvons pas agir ainsi, Audra. Elle nous accuserait de calomnie.

Audra ne tint pas compte de ses protestations.

— Je suis sûre qu'elle est malhonnête, c'est pourquoi il faut protéger nos intérêts. Et que sont devenus les bijoux de maman, surtout ses saphirs ? Les a-t-elle pris aussi ?

Frederick secoua la tête :

— Non, elle ne les a pas, j'en suis certain. Ils ont disparu. Le lendemain de la mort de maman, je les ai cherchés partout, en vain. C'est en fouillant dans ses tiroirs que je me suis souvenu de ne plus les lui avoir vu porter depuis la mort d'oncle Peter. Elle les a sans doute vendus, Audra, et s'est servie de l'argent pour nous faire vivre depuis un an. Je ne vois pas d'autre explication.

— Pourquoi ne m'en avoir rien dit auparavant ? lui demanda Audra avec un regard de reproche.

— Parce que je ne voulais pas t'inquiéter, murmura Frederick. Mais c'est tante Alicia qui a les autres bijoux de maman. Elle m'a pris le coffret des mains... pour le mettre en lieu sûr, m'a-t-elle dit.

Audra avait promis à Frederick de ne pas commettre d'imprudence qui pût attirer sur eux les représailles de leur tante ; elle n'en était pas moins résolue à passer outre et à dresser l'inventaire. Alicia Drummond ne l'intimidait pas mais elle décida sagement d'attendre le moment propice pour soumettre la question à sa tante. Cette occasion se présenta beaucoup plus tôt qu'Audra ne s'y attendait.

Ce dimanche-là, leur grand-tante Frances revint déjeuner avec eux après le service religieux. Ce fut la vieille dame qui, sans le faire exprès, offrit à Audra l'aubaine qu'elle espérait. Ils étaient tous assis dans la sombre bibliothèque et l'oncle Percival versait chichement aux adultes leur ration de sherry quand la grand-tante souleva à l'improviste le sujet des bijoux ayant appartenu à Edith Kenton.

— Je crois Audra assez grande pour avoir un souvenir de sa chère maman. Son camée monté en broche, peut-être ? Sois gentille, Alicia, va me chercher la boîte à bijoux d'Edith.

Les lèvres pincées et tentant de dissimuler son mécontentement, Alicia s'exécuta.

Avec un sourire bienveillant, la vieille dame épingla la broche sur la robe d'Audra.

— Prends-en bien soin, mon enfant, c'était l'un des bijoux préférés de ta mère, lui dit-elle.

Audra promit et remercia sa tante. Puis, saisissant habilement la chance qui se présentait, elle ajouta :

— Frederick, William, venez voir les bijoux de maman ! Vous en aurez votre part quand nous serons majeurs.

Lorsque ses frères l'eurent rejointe, Audra se tourna vers Frederick :

— Je devrais peut-être en dresser la liste, afin que nous puissions en discuter plus tard et choisir ceux que nous aimerions garder. Ce serait plus juste, n'est-ce pas ?

Sa question fut accueillie par un silence embarrassé.

Frederick, surpris, la dévisagea et se mordit les lèvres lorsqu'il comprit où elle voulait en venir. William ne put cacher le plaisir que lui procurait l'audace de sa sœur, et une lueur malicieuse passa dans ses yeux.

Avant que quiconque ait pu réagir, Audra courut vers le bureau, y prit un crayon et une feuille de papier, et revint près de sa grand-tante. Penchée sur la boîte, elle en inventoria le contenu puis, tout en écrivant, leva les yeux vers la vieille dame en disant :

— Croyez-vous, tante Frances, que je devrais aussi faire la liste des affaires de maman, celles que tante Alicia a mises de côté pour nous ? Mes frères et moi pourrions ainsi procéder équitablement au partage.

Mme Reynolds lui lança un regard étonné, avant d'esquisser un sourire :

— Tu as l'esprit pratique, mon enfant. Ton idée me paraît excellente, d'autant plus que cette pauvre Edith n'a laissé aucun testament. Cet inventaire vous permettra à tous trois de discuter et de prendre votre décision en toute connaissance de cause. Peux-tu le faire la semaine prochaine ?

Audra hocha solennellement la tête et parvint à adopter une expression indifférente afin de dissimuler son sentiment de triomphe :

— Oui, ma tante, je pense pouvoir le faire.

Après cette scène, Frederick, tremblant, avait prévenu Audra qu'il redoutait les conséquences de son coup d'audace. Il avait remarqué, contrairement à ses frère et sœur, l'expression étrange d'Alicia Drummond lorsqu'ils étaient dans la bibliothèque : un regard rusé et calculateur.

Il ne s'était finalement rien produit de fâcheux ; les chaleurs de l'été avaient fait place à la fraîcheur de l'automne, l'hiver était venu et la vie quotidienne se poursuivait à La Grange selon la routine habituelle. Si malheureux que fussent les jeunes Kenton dans l'atmosphère inhospitalière de cette maison, Audra devait reconnaître avec William, son préféré, qu'ils avaient au moins de la chance sur un point : ils étaient ensemble. Liés par leur amour fraternel, ils se tenaient compagnie et se consolaient l'un l'autre de leurs épreuves.

Une semaine avant Noël, Audra surprit par hasard une étrange remarque, qui la troubla sur le moment, mais dont la véritable signification ne devait lui apparaître que quelques années plus tard.

Sachant que sa grand-tante Frances était venue en visite, Audra voulut la rejoindre. Elle s'apprêtait à pousser la porte du salon, déjà entrebâillée, lorsque sa tante Alicia prononça le nom de sa mère sur le ton du plus profond mépris. Elle n'entendit pas la suite, Alicia ayant baissé la voix. Audra sursauta cependant lorsque sa grand-tante s'écria soudain, d'un air scandalisé :

— Tu n'as pas le droit de punir les enfants pour les péchés de leur mère, Alicia !

Audra s'empressa de retirer sa main de la poignée de la porte et de s'éloigner ; elle ne voulait pas en entendre davantage. D'ailleurs, il ne fallait pas écouter aux portes.

Elle prit le couloir obscur jusqu'au petit salon, où elle s'assit un moment afin de réfléchir à l'étrange réplique de sa grand-tante. Audra avait compris qu'il s'agissait de ses frères et d'elle — c'était l'évidence même. Elle ne parvenait pourtant pas à pénétrer le sens de ces mots. *Comment* sa mère aurait-elle péché ? Audra était sûre qu'elle n'avait pas commis un seul acte répréhensible de sa vie. Malgré sa jeunesse, Audra était assez intuitive pour avoir depuis longtemps compris qu'Alicia Drummond avait toujours été jalouse de la beauté, du charme et de la distinction de sa mère. Elle en avait conçu tant d'amertume qu'elle n'avait jamais manqué une occasion d'humilier Edith Kenton de son vivant, et qu'elle ne résistait pas au malin plaisir d'en faire autant après sa mort.

Les jours suivants, Audra se demanda pourquoi Alicia cherchait à les punir mais, peu à peu, elle domina son inquiétude. Elle se répétait, pour se réconforter, que sa grand-tante avait trouvé le moyen d'empêcher Alicia d'exercer sa vindicte à leur égard.

En réalité, les paroles de Frances Reynolds n'avaient eu aucun effet sur sa fille. Elles n'avaient pas réussi, en tout cas, à la détourner de ses intentions.

Car Alicia avait fini par infliger à ses neveux la punition qu'elle méditait.

Deux mois après cette conversation, en février 1922, elle envoya Frederick et William en Australie comme émigrants et trouva du travail pour Audra à l'hôpital de Ripon.

Leurs protestations, leurs supplications ne surent émouvoir leur tante. Ils étaient impuissants à fléchir sa détermination. C'est ainsi, au mépris de leurs souhaits et de ceux de leur grand-tante, qu'ils avaient été contraints de se soumettre aux volontés d'Alicia Drummond.

Ce fut un déchirement pour les trois jeunes Kenton lorsque, par une froide matinée d'hiver, Frederick et William durent se séparer de leur sœur. Prêts à partir pour Londres et à prendre le bateau de Sydney, ils lui firent leurs adieux dans le vestibule, en s'efforçant de ravaler leurs larmes.

Audra étreignait William, son préféré. La gorge serrée par l'émotion, elle parvint à dire : « Tu ne m'oublieras pas, n'est-ce pas, William ? » avant d'éclater en sanglots.

Essayant lui aussi de se montrer courageux et de ne pas pleurer, William serra sa sœur dans ses bras. Elle semblait, ce jour-là, si jeune, si désarmée... « Non, je ne t'oublierai pas, répondit-il en prenant un ton rassurant. *Nous* ne t'oublierons pas. Nous te ferons venir dès que nous le pourrons. Je te le promets, Audra. »

Bouleversé, Frederick lui caressa les cheveux en répétant la promesse. Puis, sans rien ajouter, les deux frères saisirent leurs valises et s'en furent.

Audra empoigna son manteau dans la penderie et se précipita dehors. Elle les poursuivit en courant, en criant ; elle avait trop besoin de prolonger ces derniers instants en leur compagnie. Les deux garçons se retournèrent, attendirent qu'elle les eût rejoints puis, se tenant tous trois par le bras, ils se remirent en route, trop tristes pour parler. A la grille, Frederick et William embrassèrent Audra une dernière fois et s'arrachèrent non sans mal à son étreinte.

Une main devant sa bouche afin d'étouffer ses sanglots, Audra les suivit des yeux tandis qu'ils s'éloignaient sur la route de Ripon. Elle aurait voulu courir derrière eux, les rattraper, leur crier : « Attendez-moi ! Ne me laissez pas seule ! Emmenez-moi avec vous ! » Elle savait pourtant que ce serait inutile. Ses frères ne pouvaient pas l'emmener, car ils n'étaient pas responsables de leur séparation. La faute en incombait à Alicia Drummond. Elle avait voulu se débarrasser des enfants d'Edith Kenton, par n'importe quel moyen.

Lorsque ses frères eurent disparu, Audra détourna enfin son regard de la route déserte. Elle revint vers la maison en se demandant avec désespoir si elle les reverrait jamais. L'Australie était à l'autre bout du monde. Certes, ils lui avaient promis de la faire venir auprès d'eux, mais combien de temps leur faudrait-il pour économiser le prix de son passage ? Une année entière, peut-être...

Tandis qu'elle se pénétrait de cette idée accablante, Audra leva les yeux vers la maison triste et inhospitalière et ne put réprimer un frisson. En un instant, son aversion pour la cousine de sa mère se mua en une haine inexpiable. Jamais Audra Kenton ne parviendrait à pardonner la froide cruauté dont Alicia Drummond avait usé à leur égard. Le souvenir de sa séparation d'avec ses frères allait la hanter sa vie durant.

Le lendemain après-midi, pâle, tremblante et tourmentée sur le sort de ses frères, Audra était allée s'installer à l'hôpital de Ripon. Il n'y avait pas, cette année-là, de places disponibles pour les élèves infirmières ; aussi l'avait-on engagée en qualité de fille de salle.

Ainsi débutait, pour Audra Kenton, une vie de dur labeur. Elle n'avait encore que quatorze ans.

Le jour suivant, réveillée à l'aube, elle avait partagé le frugal repas de ses collègues avant d'attaquer le travail quotidien. Un travail si pénible qu'Audra, qui n'avait encore jamais accompli une tâche domestique, en fut horrifiée. Rebutée par les besognes dont on la chargeait, elle se demandait si elle serait capable de les exécuter. Elle n'osait cependant pas se plaindre à ses supérieurs. Car elle était assez intelligente pour avoir vite compris qu'ils ne se souciaient ni d'elle ni de ses semblables. Elle n'occupait qu'une place insignifiante dans cet hôpital où tous, médecins et infirmières, travaillaient avec autant d'ardeur que de conscience.

Au matin du deuxième jour, les dents serrées, elle s'était mise à l'ouvrage avec un regain d'énergie et apprenait de son mieux, en observant les autres. Au bout d'un mois, elle était devenue aussi compétente qu'elles et soutenait la comparaison quand il s'agissait de frotter les planchers, récurer les baignoires, laver et repasser les draps, faire les lits, vider les pots de chambre, nettoyer les cabinets, désinfecter les salles de chirurgie ou stériliser les instruments.

Tous les soirs, elle se jetait sur son petit lit de fer, dans le dortoir des servantes, trop fatiguée pour prêter attention à ce qui l'entourait ou à la dureté de sa couche. Elle était épuisée en permanence, au point, les premières semaines, de n'avoir pas même la force de pleurer. S'il lui arrivait d'étouffer ses larmes dans son oreiller, ce n'était pas sur sa condition qu'elle se lamentait, sur la tristesse de son existence. Audra ne pensait qu'à ses frères, désormais perdus pour elle au même titre que sa mère et oncle Peter, gisant dans leurs tombes.

Par moments, tandis qu'elle frottait ou astiquait, Audra se demandait avec angoisse si elle ne portait pas la responsabilité du désastre dont ses frères et elle étaient victimes. Le remords l'envahissait lorsqu'elle se rappelait son insistance à vouloir dresser l'inventaire des biens de sa mère. Son bon sens reprenait pourtant vite le dessus, car elle savait qu'ils auraient de toute façon subi cette punition. De fait, elle avait compris que, le jour même de l'enterrement de leur mère, Alicia Drummond avait déjà décidé de leur sort.

Lorsqu'elle l'avait chassée de La Grange et envoyée travailler à l'hôpital, Alicia avait donné à Audra la permission de venir tous les mois, à l'occasion d'un de ses deux week-ends de liberté, ainsi que pendant les vacances. Audra n'avait cependant profité que deux fois de l'invitation, uniquement dans le dessein de récupérer ses vêtements et autres effets personnels. Elle s'était toujours sentie mal à l'aise dans cette maison lugubre, où elle savait par ailleurs ne pas être la bienvenue. La haine qu'elle vouait à sa tante constituait une raison plus puissante encore de se tenir à l'écart.

Lors de sa seconde visite à La Grange, où elle venait chercher le reste de ses affaires, elle n'avait franchi le seuil qu'au prix d'un effort sur elle-même. Elle s'était alors solennellement juré de ne plus remettre les pieds dans cette maison avant le jour où elle serait en mesure de rentrer en possession de ce qui avait appartenu à sa mère. Voilà pourquoi, au cours de ces premiers mois de 1922, alors qu'elle devait apprendre à ne plus compter que sur elle-même, Audra s'était enfermée dans la solitude. A l'hôpital, elle accomplissait consciencieusement son travail et évitait de se faire remarquer.

Si sa vie était dépourvue des plus humbles plaisirs dont jouissent d'ordinaire les filles de son âge, elle réussissait cependant à ne pas sombrer dans la mélancolie car elle rêvait sans cesse d'un avenir meilleur. L'espoir ne la quittait jamais. Nul ne pouvait la priver de ce bien. Personne, non plus, ne pouvait saper sa confiance dans ses frères. Elle restait convaincue qu'ils lui feraient bientôt signe et qu'elle les rejoindrait en Australie. Trois mois après le départ de Frederick et de William, elle avait reçu la première de leurs lettres, qui lui parvenaient désormais à peu près régulièrement. Elles apportaient toujours des nouvelles fraîches, des encouragements, des promesses. Audra les lisait et les relisait, les chérissant comme des trésors ; elles étaient ses seules joies en ces jours sombres.

Les fonctions d'Audra n'avaient guère évolué au cours de sa première année à l'hôpital. Le travail était dur, même pour les employées les plus robustes. Plusieurs filles avaient déjà abandonné, tant leurs tâches quotidiennes les épuisaient et leur faisaient perdre tout intérêt pour le métier d'infirmière. Seules demeuraient les plus zélées. Sans autre recours ni refuge, Audra restait par nécessité.

Il y avait néanmoins autre chose chez Audra Kenton, un cran, un courage qui la poussait à poursuivre jusqu'au bout son objectif : devenir infirmière. Menue, fragile en apparence, elle était pleine d'une énergie physique, d'une force morale, d'une fermeté d'esprit exceptionnelles chez un être si jeune. Riche de ressources intérieures, elle puisait en elle-même la force de continuer. C'est pourquoi, sans trêve, sans relâche, elle frottait, astiquait, montait les escaliers, courait d'un bout à l'autre des salles.

La rudesse du travail et sa monotonie mises à part, Audra ne pouvait pas se plaindre d'être maltraitée. Tout le monde lui témoignait de la bienveillance, comme aux autres filles de salle ; la nourriture était insipide mais abondante. Personne ne souffrait de la faim. Soutenue par son stoïcisme, Audra se répétait que le travail, assorti de repas substantiels, n'avait encore jamais tué quiconque.

Pourtant, à la fin de sa première année, elle brûlait du désir d'améliorer sa condition et attendait avec impatience le jour où elle serait enfin admise à gravir les échelons. Certes, on l'avait forcée à travailler dans cet hôpital. Mais elle avait eu l'occasion de regarder autour d'elle, d'observer, de réfléchir sur ce qu'elle voyait, et c'est ainsi que, peu à peu, elle prenait conscience de l'attrait que le métier d'infirmière exerçait sur elle.

Audra savait qu'il lui faudrait gagner sa vie, même si elle partait rejoindre ses frères à Sydney ; raison de plus pour devenir infirmière. Selon William, elle trouverait facilement un emploi dans un hôpital, car l'Australie manquait de personnel médical. Cette information avait encore attisé son ambition.

Au printemps de 1923, peu après le début de sa seconde année à l'hôpital, une chance s'offrit à Audra : l'infirmière en chef prit sa retraite. Margaret Lennox, qui lui succéda, incarnait une nouvelle génération de femmes, si moderne dans sa manière de penser que d'aucuns la qualifiaient de « radicale ». On la connaissait dans tout le nord de l'Angleterre pour son attachement passionné aux réformes du statut de la femme et de l'enfant, ainsi que pour son dévouement à la cause des droits de la femme en général.

Sa nomination suscita une vive curiosité, et le personnel, dans son ensemble, se demanda si le travail quotidien en serait affecté. Il le fut en effet car, comme c'est souvent le cas, un changement de régime fait table rase du passé et le « régime Lennox » fut promptement mis en place.

Audra, qui avait observé ces événements avec sa perspicacité coutumière, comprit qu'elle devait en profiter sans tarder pour postuler au rang d'élève infirmière. Margaret Lennox avait la réputation de favoriser les jeunes filles soucieuses de promotion sociale et de ne pas ménager ses efforts pour leur prodiguer son soutien et ses encouragements.

Quinze jours après que Margaret Lennox eut pris ses fonctions, Audra lui présenta sa demande par écrit. Il était plus sage, pensait-elle, de procéder ainsi, plutôt que de solliciter un entretien. Depuis son arrivée à l'hôpital, la nouvelle infirmière en chef était submergée de travail et constamment accaparée par le personnel.

Moins d'une semaine après qu'Audra eut déposé sa lettre dans le bureau de sa supérieure, celle-ci la convoqua. L'entretien fut rapide. Dix minutes plus tard, Audra Kenton sortit du bureau, le sourire aux lèvres : sa candidature était acceptée.

Intelligente, vive d'esprit, Audra se distingua bientôt de ses condisciples par la facilité avec laquelle elle apprenait et par son dévouement. Ses études, ses nouvelles fonctions la stimulaient ; elle se découvrait aussi le désir de guérir et, par conséquent, une réelle aptitude à soigner. Les jeunes malades, avec qui elle se sentait de profondes affinités, bénéficiaient du trop-plein d'affection dont son cœur débordait depuis que ses frères l'avaient quittée.

Maintenant qu'elle évoquait tous ces souvenirs, couchée dans l'herbe sur la pente qui dominait les eaux de l'Ure, Audra ne pensait ni à ses diplômes ni au chemin qu'elle avait parcouru depuis quatre ans, mais à Frederick et à William.

Car ses frères ne l'avaient pas fait venir près d'eux.

Ils n'avaient pas pu réunir le prix de son passage pour l'Australie. Le sort s'était montré cruel envers les jeunes Kenton. Terrassé par la pneumonie, Frederick avait eu une grave rechute et, depuis, restait très affaibli. William et lui ne possédaient ni métier ni expérience. Ils parvenaient à grand-peine à joindre les deux bouts.

Avec un soupir, Audra se redressa, cligna les yeux sous l'éclat du soleil. Ses frères n'avaient connu que la malchance. Leurs lettres, moins régulières depuis quelque temps, trahissaient le découragement. Audra avait abandonné tout espoir de les rejoindre à Sydney. Elle les regrettait, plus que jamais, et s'inquiétait pour eux : il en serait toujours ainsi, elle le savait. Ils constituaient, après tout, sa seule famille, et rien ne pourrait altérer l'amour qu'elle leur portait.

Certes, son travail à l'hôpital lui procurait des satisfactions, mais ce n'était pas assez. La solitude, le fait de n'appartenir à personne ou, plutôt, de n'avoir sa place dans aucune famille, aggravaient son sentiment d'inutilité, de stérilité. Par moments, cette impression lui devenait insoutenable, malgré son amitié pour Gwen.

Audra se leva, porta son regard au-delà de la rivière.

Depuis son arrivée, quelques heures auparavant, la lumière s'était modifiée et le manoir de High Cleugh lui apparut comme fait de blocs de bronze poli. Auréolé d'un halo doré, il semblait miroiter comme un lointain mirage ; les jardins eux-mêmes prenaient des reflets cuivrés sous les lueurs du couchant. Toute sa vie jusqu'à présent ou, du moins, ses meilleurs, ses plus heureux moments, tous ses plus chers souvenirs étaient liés à cette maison. Emue, Audra comprit alors que sa nostalgie de High Cleugh, de tout ce que cette maison représentait pour elle, n'aurait jamais de fin.

4

Gwen et Audra étaient assises à une table du Copper Kettle, à Harrogate.

Audra avait peine à croire qu'elles se trouvaient enfin réunies, après tant de jours. Les deux jeunes filles ne s'étaient pas revues depuis le début de juin. Ce samedi-là, on était déjà à la fin août, il faisait une chaleur étouffante et l'été se terminait ; pour la première fois, Gwen avait pu venir de Horsforth pour retrouver sa meilleure amie.

Gwen n'avait cependant pas eu le temps de pousser jusqu'à Ripon. Dans sa lettre, elle demandait à Audra de la rejoindre à mi-chemin. Sans hésiter, Audra avait répondu, par retour du courrier, qu'elle acceptait.

Et maintenant, elle pouvait regarder son amie dans les yeux et lui dire en souriant :

— Que je suis contente de te revoir, Gwen ! Tu m'as beaucoup manqué.

— Moi aussi — je veux dire, tu m'as manqué, toi aussi. (Le visage de Gwen, resplendissant, témoignait assez de son propre plaisir.) Je suis toujours désolée de n'avoir pu être auprès de toi pour ton anniversaire... (Elle s'interrompit, fouilla dans le grand sac de toile posé à ses pieds et en sortit un paquet, enveloppé de papier bleu roi et noué d'un ruban écarlate, qu'elle tendit à Audra :) En tout cas, voici ton cadeau, Audra. Puisque je ne t'ai pas emmenée comme promis à un thé dansant du Palm Court, je t'offre autre chose à la place.

— Il ne fallait pas, voyons ! Tu n'aurais pas dû, protesta Audra dont l'expression montrait combien, en réalité, elle était ravie de ce geste. Personne ne lui avait fait de cadeau depuis bien longtemps et elle n'avait rien reçu le jour de son anniversaire. Les yeux brillants, elle défit l'emballage avec l'impatience d'un enfant.

— Oh ! Gwen, une boîte de peintures ! (Audra leva vers son amie un regard radieux.) Tu es trop gentille ! Comment as-tu deviné qu'il m'en fallait justement une neuve ? Je ne sais comment te remercier.

Elle lui saisit la main et la serra entre les siennes.

Gwen ne cherchait pas, elle non plus, à dissimuler son plaisir :

— J'ai passé des heures à chercher quelque chose... enfin, quelque chose qui te plaise — tu es si difficile à contenter ! C'est en regardant l'aquarelle que tu avais donnée à maman, pour Noël l'année dernière — tu sais, l'arbre qui se reflète dans l'étang de Fountain Halls — que je me suis dit : voilà, j'ai trouvé ce qu'il faut à Audra, une boîte de couleurs. Elle l'appréciera pour son côté pratique et, en même temps, cela lui fera plaisir. (Gwen fronça son petit nez constellé de taches de rousseur et ajouta, en fixant Audra dans les yeux :) Cela te fait vraiment plaisir, au moins ?

— Oui, Gwen, infiniment.

Elle souleva le couvercle, contempla les pastilles de vives couleurs dont elle énuméra à mi-voix les noms familiers : jaune de chrome, bleu de cobalt, vert jade, terre de Sienne brûlée, ocre rouge, bleu de Prusse... Audra éprouvait presque autant de plaisir à entendre les sonorités de ces mots qu'à utiliser les couleurs qu'ils désignaient.

Depuis l'enfance, la peinture constituait son passe-temps préféré. Son père avait été un artiste de talent, dont les œuvres se vendaient assez bien ; malheureusement, il était tombé malade alors même qu'il commençait à se faire un nom, et il était mort avant d'avoir pu asseoir sa réputation. Audra avait hérité de ses dons, ainsi que sa mère le lui avait toujours dit.

Elle referma la boîte et regarda les yeux noisette de Gwen. Elle est ravissante, se dit-elle, avec son teint doré par le soleil. La fraîcheur, la blondeur de Gwen — ses courts cheveux bouclés formaient autour de son visage une sorte d'auréole —, renforçaient son apparence angélique. Avec la robe bleu clair et le large col blanc qu'elle portait ce jour-là, elle ressemblait à un enfant de chœur. Audra sourit de cette comparaison : il suffisait d'observer sa silhouette pour se convaincre que Gwen Thornton n'avait rien d'un garçon.

Audra constata également que, pour une fois, son amie s'était habillée sobrement. D'habitude, elle aimait se parer de tout un assortiment de bijoux clinquants, boucles d'oreilles, bagues, bracelets. Visiblement, elle avait fait l'effort de se montrer plus discrète afin d'être agréable à Audra. Cette preuve touchante de bonne volonté lui rendit Gwen encore plus chère.

Elle se pencha vers Gwen :

— Je vais peindre une aquarelle pour toi. Dis-moi ce que tu préfères. Un paysage, comme celui que j'ai fait pour ta mère ? Une nature morte, un vase de fleurs, par exemple ? Oh, je sais ! Le jardin botanique de Harrogate. Tu m'as toujours dit que c'était ton endroit préféré, quand les fleurs sont écloses. Qu'en penses-tu ?

— Je serais ravie, Audra. Tu es trop gentille et rien ne me ferait plus de plaisir. Maman dit que tes aquarelles sont des chefs-d'œuvre. Ce sera ravissant sur le mur de ma chambre. Et puis, en le regardant...

— Je peux prendre votre commande ? interrogea une serveuse d'un ton sec, le bloc et le crayon à la main.

— Nous voudrions deux thés, s'il vous plaît, lui dit Audra sans relever l'impertinence de son interruption.

— Simples ou complets ? demanda la serveuse du même ton rogue, tout en suçotant la mine de son crayon.

— Vous ne devriez pas faire cela, intervint Gwen. J'espère pour vous que ce n'est pas un crayon indélébile, sinon vous aurez la langue violette et vous risquez une crise de saturnisme. Le plomb est un poison violent.

— Allons donc, c'est de la blague ! rétorqua la serveuse. (Puis, l'air soudain inquiet, elle ajouta plus bas :) C'est vrai, ce que vous dites ? (Elle examina soigneusement la mine du crayon et s'écria :) Bon sang, il est indélébile !

Gwen hocha gravement la tête :

— Je m'en doutais. Consultez un médecin sans tarder si vous ressentez cette nuit des symptômes anormaux — surtout si vous avez des convulsions.

— Des... convulsions ? s'écria la serveuse, soudain aussi blanche que son tablier.

Audra prit pitié de son affolement :

— Nous sommes infirmières, nous savons de quoi nous parlons, dit-elle. Mais je ne pense pas que vous risquiez l'empoisonnement en suçant un crayon une fois de temps en temps.

Légèrement soulagée, la serveuse hocha la tête.

— Ne vous faites pas de souci, reprit Audra d'un ton rassurant. Et maintenant, pour en revenir à notre commande, je crois que nous prendrons des thés complets. Ils sont servis avec des sandwiches, des pains au lait, de la confiture et des gâteaux, n'est-ce pas ?

— Oui, répondit la serveuse.

Elle porta le crayon à ses lèvres, l'en écarta avec précipitation et partit sans demander son reste.

Audra se tourna alors vers Gwen, qui était ravie de sa plaisanterie, et lui adressa un regard de reproche. Elle ne put cependant résister au sourire communicatif de son amie.

— Vous êtes incorrigible, Infirmière Thornton ! Ce n'était pas gentil de lui faire une peur pareille. Tu lui as gâché sa journée, à cette pauvre fille.

— Je l'espère bien ! s'écria Gwen en feignant l'indignation. Elle était odieuse.

— Elle avait peut-être mal aux pieds — ou des peines de cœur.

— J'ignore de quoi elle est affligée — ou plutôt si, je le sais : d'un manque d'éducation certain.

La discussion en resta là. Un instant plus tard, Audra sortit quelques pièces de son sac et les posa devant Gwen :

— Pendant que j'y pense, voici ce que je te dois. Les vingt-six shillings que je t'avais empruntés pour acheter ma robe bleue.

Gwen allait refuser quand elle se ravisa. Audra était trop fière et s'en serait vexée, ce que Gwen voulait éviter à tout prix. Elle ramassa donc l'argent en remerciant son amie.

— Je suis si contente que ta mère soit enfin rétablie, dit Audra. Je me doute trop bien du souci que cela t'a causé ces derniers mois, sans parler de ton surcroît de travail.

Gwen laissa échapper un soupir :

— Oui, maman est enfin guérie, Dieu merci. Mais elle a été une malade éprouvante. Impossible de la faire rester au lit ! Dès qu'elle se sentait un peu mieux, elle voulait se lever et courir partout. Tu sais comment est ma mère : une vraie femme du Yorkshire ; pour elle, c'est un crime d'être malade. Mon père a réussi à la convaincre de se reposer et, pour l'instant, tout va bien. Mais changeons de sujet. Parle-moi plutôt de toi, Audra. Tu ne m'as pas donné beaucoup de nouvelles dans tes lettres, à part les ennuyeux potins de l'hôpital.

— Je n'avais rien de particulier à t'apprendre, répondit Audra, amusée de l'expression impatiente qui était soudain apparue sur le visage de Gwen. Rien de palpitant, en tout cas. Aurais-tu déjà oublié que Ripon est un trou où il ne se passe rien, et non pas une grande ville animée comme Leeds ?

Gwen rit :

— Bien sûr que je ne l'ai pas oublié, idiote ! C'est de tes frères que je voulais parler. As-tu reçu de leurs nouvelles, récemment ?

— La santé de Frederick s'améliore. C'est du moins ce que William m'a dit dans sa dernière lettre. J'étais furieuse contre eux au mois de juin, poursuivit Audra. Je croyais qu'ils m'avaient oubliée, moi et mon anniversaire. Mais leur carte m'est quand même parvenue... avec quinze jours de retard.

— Les frères sont tous pareils, Audra, ils ne pensent jamais à rien, s'empressa de déclarer Gwen dans l'espoir de consoler son amie. Elle se rendait compte combien son dix-neuvième anniversaire avait dû être lugubre.

— Et tes frères à toi, comment vont-ils ? demanda Audra.

— Ils sont en pleine forme. Jem s'est fait engager comme rédacteur stagiaire au *Mercure* de Leeds. Harry va entrer chez le plus grand architecte de la ville comme apprenti dessinateur. Quant à Charlie, il est enchanté de lui-même, répondit Gwen avec un sourire épanoui.

Audra lui lança un regard plein de curiosité :

— Pourquoi est-il si content ?

— Parce qu'il a obtenu d'excellentes notes à ses derniers examens. Papa est fier de lui, et moi aussi. Maintenant que les vacances d'été touchent à leur fin, Charlie est impatient de retourner à l'école de médecine. Ah, au fait ! Il m'a demandé de le rappeler à ton bon souvenir, dit Gwen dont les yeux pétillèrent de malice. (Puis, en se rapprochant d'Audra avec une mine de conspiratrice, elle murmura :) Comme je te l'ai souvent dit, je crois que Charlie a un faible pour toi. J'ajouterai même : plus qu'un faible.

Audra rougit :

— Ne dis pas de bêtises, Gwen. Ce n'est pas vrai du tout, voyons !

— Mais si, j'en suis sûre ! Il me demande tout le temps de tes nouvelles, répliqua Gwen avec une ardeur inhabituelle. Je t'affirme qu'il s'intéresse énormément à toi.

— Ah !...

Audra ne sut rien répondre d'autre, tant elle était soudain décontenancée.

— Ce n'est pas ce qui pouvait t'arriver de pire, tu sais !
— Oui... murmura Audra, qui se tut en voyant approcher leur serveuse, chargée d'un grand plateau. Elle entreprit de disposer les tasses, les assiettes de pâtisseries et les couverts avec tant d'agitation et de bruit que la conversation s'en trouva interrompue.

La serveuse enfin partie, Audra prit la grosse théière brune et remplit la tasse de Gwen.

— On peut dire qu'elle a eu le dernier mot, observa-t-elle.
— Oh non ! Loin de là, répondit Gwen. Attends qu'elle vienne réclamer son pourboire !

5

D'une nature affectueuse et généreuse Gwen Thornton éprouvait un sincère attachement pour Audra Kenton.

Dès leur première rencontre, Gwen s'était sentie attirée par Audra. Elle avait su discerner la personnalité exceptionnelle de cette jeune fille fragile d'aspect, dont les extraordinaires yeux bleus et le timide sourire pouvaient parfois éblouir.

Gwen avait bientôt compris ce qui distinguait Audra : ses origines et son éducation. Elle-même issue d'une famille honorable, mais de très petite bourgeoisie, Gwen savait que la grâce d'Audra était naturelle. C'était une vertu que l'on possédait ou non, mais que l'on ne pouvait acquérir passé un certain âge. Elle conférait à Audra sa singularité, elle expliquait aussi son détachement aristocratique, son aisance, son assurance.

Gwen aimait et admirait Audra pour bien d'autres motifs, qui la rendaient incomparable. A ses yeux, Audra était supérieure en tout ; elle était dotée de qualités de cœur et d'une fidélité hors du commun, ainsi que d'une force de volonté dont Gwen n'avait jamais rencontré l'équivalent.

Pourtant, malgré tant de remarquables traits de caractère, Gwen ne pouvait, par moments, s'empêcher de s'inquiéter pour Audra. Son plus grand souci, c'était que son amie n'avait pas de famille. Gwen savait mieux que quiconque combien Audra en souffrait et c'est pourquoi elle faisait l'impossible pour que sa meilleure amie soit à l'aise dans le clan familial et sente que, chez les Thornton, on l'aimait autant que Jenny-Rosalie, sa jeune sœur, et que ses frères Charles, Jeremy et Harry.

Depuis que Charlie, l'aîné, manifestait un intérêt évident pour Audra, Gwen ne cessait de l'encourager dans l'espoir que des rapports durables naîtraient entre eux. Elle devait cependant s'avouer que, jusqu'à présent, cet intérêt n'était guère partagé. Gwen réussissait toutefois à se persuader que Charlie représentait le parti idéal. Elle ne nourrissait pas le moindre doute à ce sujet, tant les qualités de son frère étaient dignes d'estime et son avenir assuré. Une fois docteur en médecine, il ne resterait pas longtemps célibataire et serait aussi parfait époux que bon père. Gwen avait depuis toujours la conviction que Charlie était fait pour la vie de famille.

La vie de famille : dans l'esprit de Gwen, c'était bien là le mot clé ; ce à quoi Audra aspirait plus qu'à tout. Aussi Gwen était-elle décidée à aider son amie à fonder une nouvelle famille. Bien entendu, Charlie constituait l'élément essentiel de ce projet.

Ces réflexions, qui préoccupaient souvent Gwen ces dernières semaines, avaient recommencé à la tracasser cet après-midi-là.

Audra et elle flânaient au jardin botanique, heureuses l'une et l'autre de se retrouver au grand air après avoir été enfermées dans le bruyant salon de thé.

Tout en déambulant dans les allées, Gwen observait Audra à la dérobée. Une fois de plus, elle constatait qu'il lui serait difficile, sinon impossible, de trouver meilleure et plus jolie belle-sœur. Audra était particulièrement ravissante, en effet, dans sa robe jaune pâle imprimée de primevères et sous son canotier orné de rubans, du même ton de jaune, qui flottaient derrière elle. Le chapeau de paille lui conférait un chic désinvolte, tandis que la coupe simple et le gai coloris de sa robe flattaient son teint et sa silhouette.

Elle n'est pas grande, se disait Gwen, mais, dans son cas, la qualité compense la quantité. Et elle se surprit à dire tout haut : « De beaux objets dans une petite pièce. » Elle s'en voulut aussitôt d'avoir laissé échapper cette réflexion de Charlie sur Audra, laquelle n'aimait pas qu'on fît allusion à sa petite taille.

Audra lui lança un regard étonné :

— Excuse-moi, Gwen, je ne comprends pas de quoi tu parles.

Gwen se rendit compte qu'il serait plus sage de ne pas mentionner le nom de Charlie :

— Oh ! Je me rappelais simplement une remarque de ma mère à ton sujet — « De beaux objets dans une petite pièce », cela veut dire qu'une personne petite possède souvent de grandes qualités. Tu n'avais encore jamais entendu l'expression ? Elle est typique du Yorkshire.

Audra secoua la tête :

— Non, je ne la connaissais pas. Mais le compliment est agréable.

— C'est vrai, répondit Gwen, soulagée de voir qu'Audra le prenait si bien. (Puis, en glissant son bras sous celui d'Audra, elle poursuivit :) Puisqu'on parle de maman, elle m'a permis d'organiser une petite fête pour mon anniversaire. J'espère que tu pourras venir à la maison, à Horsforth, le troisième week-end de septembre. Mes frères seront là, naturellement, et j'inviterai aussi quelques amis. Quelques-uns seulement : après sa maladie, ma mère n'aura pas le courage de recevoir trop de monde. Tu viendras, n'est-ce pas ? Sans toi, ma fête perdrait tout son charme.

— Bien sûr que je viendrai ! Cela me fera énormément plaisir et tu sais que je suis toujours ravie de passer quelques jours chez toi. Merci de ton invitation.

— Tu auras *enfin* l'occasion de mettre ta belle robe bleue ! Tu seras la reine du bal, Audra. Tous les garçons seront à tes pieds. Surtout

Charlie, ajouta-t-elle dans son for intérieur, en espérant que les avances de son frère ne seraient pas repoussées.

Audra lui lança un coup d'œil rieur.

— Ce sera toi la reine, voyons ! Ce sera *ta* fête, en l'honneur de *tes* vingt ans ! J'avoue pourtant que je meurs d'impatience de porter ma toilette neuve. Et toi, quelle robe mettras-tu ?

— Je ne sais pas. J'en trouverai sûrement une qui m'ira. Maintenant, dis-moi, qui d'autre devrais-je inviter, à ton avis ? (Puis, sans laisser à Audra le temps de répondre, elle enchaîna :) Allons nous asseoir là-bas, sur ce banc, et parlons de ma fête. J'ai besoin de tes conseils, tu as plus d'expérience que moi sur la question. Que faut-il servir à boire et à manger ? Comment tout préparer ? Allons, viens.

Gwen entraîna Audra vers un banc situé à l'ombre d'un des nombreux saules pleureurs qui ornaient le jardin. Les deux jeunes filles s'assirent et, tournées l'une vers l'autre, discutèrent avec animation. Durant une demi-heure, elles passèrent en revue tous les détails de la fête en préparation, de la composition du menu à celle de la liste des invités.

Lorsqu'elles eurent terminé, Gwen remercia son amie :

— Sans toi, Audra, je n'y serais jamais arrivée. Ce sera une réussite, j'en suis sûre.

Audra avait déjà reporté son attention sur les passants, parmi lesquels se remarquaient nombre de femmes élégantes qui faisaient leur promenade avant d'aller dîner dans quelque hôtel de luxe. A leur mise, on pouvait voir qu'il s'agissait de Londoniennes, venues à Harrogate « prendre les eaux ». Harrogate était une station thermale réputée depuis le règne de Victoria ; l'on y venait de partout boire l'eau d'une des quarante sources du Pavillon Thermal, ou suivre les cures d'hydrothérapie de l'établissement des Bains Royaux. Sa mère avait toujours aimé l'atmosphère élégante de Harrogate : la « Belle Edith Kenton » y retrouvait le charme de l'époque victorienne et d'une civilisation raffinée.

Elle y conduisait souvent ses enfants pour passer une journée. Audra se souvenait d'un mémorable après-midi de 1911 où ils étaient venus voir la reine d'Angleterre et l'impératrice de Russie, en visite à Harrogate. Oncle Peter, qui les accompagnait, avait juché Audra sur ses épaules afin qu'elle dominât la foule. Audra se rappelait encore les ovations, les drapeaux, les flonflons des musiques militaires... Elle se laissait emporter par ses souvenirs du passé.

Pour sa part, Gwen ne pensait qu'à l'avenir et se demandait comment informer Audra d'une mauvaise nouvelle. Elle avait envisagé de ne rien lui dire pour l'instant et de tout lui expliquer par écrit, plus tard. Mais elle connaissait Audra et sa droiture ; elle ne pouvait se résoudre à la traiter de la sorte. Aussi se décida-t-elle à aborder le problème de la seule manière convenable, c'est-à-dire sans détour.

Elle tendit la main vers Audra, lui effleura le bras et commença, d'une voix étouffée :

— Avant que nous n'allions à la gare routière reprendre nos autocars, il faut que je te dise quelque chose...

Ce ton inhabituel ramena Audra à la réalité :

— Tu as l'air bien sérieux, tout à coup. Que se passe-t-il ?

Gwen s'éclaircit la voix :

— Je voulais t'en parler depuis le début de l'après-midi, mais je ne savais pas comment m'y prendre. Eh bien, voilà... Je ne reviendrai pas travailler à l'hôpital. Je suis navrée, Audra, tu sais...

Stupéfaite, Audra dévisagea son amie. Elle s'attendait à tout, sauf à pareille catastrophe.

— Oh, Gwen... murmura-t-elle enfin d'une voix à peine audible.

Gwen décela aussitôt le chagrin qui voilait le regard de son amie :

— Il ne faut pas avoir de peine, Audra, je t'en prie ! Après tout, je ne pars pas pour l'Australie. Je resterai à Leeds ou à Horsforth, à deux heures de chez toi. Nous continuerons à nous voir tant que nous voudrons. D'ailleurs, écoute, maman insiste pour que tu viennes à la maison passer les fêtes de Noël, comme l'an dernier. Et puis, n'oublie pas que nous serons ensemble pour mon anniversaire, le mois prochain.

Bouleversée, Audra ne put répondre que par un signe de tête.

— Écoute, Audra, voilà ce qui s'est passé. Papa veut que je me rapproche de la maison, à cause de maman et de son cœur malade. Il m'a dit de poser ma candidature au dispensaire et à l'hôpital Saint-James et, en attendant la réponse, de rester auprès de maman. Papa a pris sa décision. Je ne peux pas le faire changer d'avis.

Toujours attentive aux sentiments d'autrui, Audra perçut le désarroi qui altérait la voix de Gwen. Elle sourit, hocha la tête : « Je comprends, Gwen », dit-elle. Son cœur ne s'en serrait pas moins à l'idée de rester désormais seule à Ripon. Elle avait l'impression d'être une fois de plus abandonnée.

Une idée soudaine traversa l'esprit de Gwen :

— Et pourquoi ne poserais-tu pas, toi aussi, ta candidature à l'hôpital de Leeds ? (Elle prit la main d'Audra et, la serrant avec force, elle reprit d'un ton pressant :) Dis-moi que tu le feras. Je t'en prie, Audra !

— Je ne sais pas si je devrais...

— Et pourquoi pas ? s'écria Gwen. As-tu une seule bonne raison de rester à Ripon ?

Audra leva les yeux vers son amie. Elle savait bien que Gwen avait raison. Aussi, avec un geste d'approbation, elle répondit : « Eh bien oui, Gwen ! Je le ferai. » Un sourire vint enfin éclairer son visage.

Gwen étreignit Audra, dans un élan de joie et de soulagement. Car la perspective de laisser son amie seule à l'hôpital de Ripon lui avait été insoutenable.

6

— Kenton, la patronne veut vous voir! dit l'infirmière Rogers en fixant sur Audra un regard peu amène. Elle a précisé «sur-le-champ» et vous feriez bien de rectifier la tenue.

Audra prenait la température d'un de ses petits malades. Elle fit un signe de tête :

— Merci. Je monte tout de suite.

Elle s'éloigna du lit, jeta autour d'elle un coup d'œil plein de sollicitude. La salle des contagieux accueillait des enfants atteints de la coqueluche et, en ce glacial matin de décembre, Audra se souciait de chacun d'entre eux.

Tandis que les deux femmes se dirigeaient vers la porte, Audra dit en baissant la voix :

— Ils sont tous agités, surtout le petit près de la fenêtre. Ses quintes l'épuisent et il n'a pas pu garder son petit déjeuner, tant il tousse. Le docteur Parkinson s'inquiète à son sujet. Pourriez-vous désigner une infirmière pour me remplacer et veiller sur lui — et sur les autres, bien entendu?

— Soyez tranquille, j'assurerai moi-même la permanence jusqu'à votre retour. Vous n'en aurez pas pour longtemps, à mon avis. (L'infirmière chef de service esquissa un sourire. Habituellement revêche, elle prit un ton presque aimable pour déclarer :) Vous faites preuve d'une louable conscience professionnelle, Kenton. Vous êtes devenue une bonne infirmière.

C'était là un compliment exceptionnel dans la bouche de la doyenne du personnel hospitalier. Elle avait commencé sa carrière au bas de l'échelle, comme fille de salle, et sa réputation de sévérité n'était plus à faire. Surprise, Audra lui rendit son sourire en se redressant fièrement :

— Merci, madame. Je fais de mon mieux.

D'un signe de tête, Mme Rogers lui indiqua qu'elle pouvait disposer, et elle regagna la salle.

Ainsi congédiée, Audra traversa le hall d'entrée et monta le grand escalier, pleine de l'espoir d'entendre enfin l'infirmière en chef lui annoncer une bonne nouvelle. Lorsqu'elle avait décidé de quitter Ripon pour chercher un emploi à Leeds, Audra s'était confiée à sa supérieure et avait sollicité ses conseils. L'infirmière en chef avait approuvé la décision d'Audra en lui offrant de l'aider. Malheureusement, ses efforts étaient jusqu'à présent restés infructueux. Il n'y avait, semblait-il, aucun poste disponible dans les hôpitaux de Leeds et des environs.

Audra ne s'en inquiétait cependant pas outre mesure. Elle savait que Gwen elle-même n'avait réussi qu'à grand-peine à se faire engager au dispensaire. Si la solitude lui pesait plus que jamais, maintenant qu'elle était privée de la compagnie de sa meilleure amie, Audra conservait son optimisme et sa bonne humeur, et elle s'acquittait de son travail avec sa conscience habituelle.

Depuis trois mois, Audra était persuadée qu'elle finirait par trouver un emploi ; aussi, une fois arrivée devant la porte de l'infirmière en chef, elle s'attendait à apprendre que son espoir ne serait pas déçu. Elle tira sur ses manchettes, lissa d'une main son tablier empesé, frappa au panneau de verre dépoli. Une voix la pria d'entrer.

Margaret Lennox trônait à son grand bureau encombré de dossiers.

Dans la stricte tenue bleu marine et sous le petit bonnet de tulle blanc qui, dans tous les hôpitaux anglais, symbolisent le grade le plus élevé, l'infirmière en chef paraissait plus intimidante que jamais. Audra savait pourtant que cette femme à l'allure redoutable possédait un cœur d'or.

Mme Lennox leva les yeux et sourit à Audra. La jeune fille était l'une de ses favorites, et elle éprouvait pour elle beaucoup de respect et d'admiration. Elle avait appris sa situation en consultant le fichier de l'hôpital et ne cessait de s'étonner devant la force de caractère dont faisait preuve une si jeune fille.

— Ah ! vous voici, Audra ! dit-elle aimablement. Approchez, asseyez-vous.

— Merci, madame.

Audra s'avança et prit place sur l'une des chaises disposées devant le bureau. Très droite, comme à son habitude, les mains croisées sur les genoux, elle regardait sa supérieure dans les yeux.

Margaret Lennox jeta un dernier coup d'œil à la lettre qu'elle tenait et la reposa devant elle :

— Eh bien, Audra, je crois vous avoir trouvé un emploi à Leeds.

Une expression joyeuse éclaira le visage d'Audra. Elle allait parler mais l'infirmière en chef lui imposa le silence d'un geste :

— Un instant ! Ne vous réjouissez pas... pas trop vite, du moins. Je dois d'abord vous dire qu'il ne s'agit pas du genre d'emploi que vous recherchiez. Vous ne serez pas attachée à un hôpital.

— Ah !... je vois, répondit Audra, dont l'expression s'assombrit.

— Vous êtes déçue que je ne puisse vous proposer une situation mieux en rapport avec votre expérience, je le comprends, reprit Margaret Lennox. J'estime toutefois que vous devriez réfléchir, puisque vous désirez vous installer à Leeds.

— J'étudierai attentivement cette proposition, bien entendu, madame, lui dit Audra.

— A la bonne heure ! Et maintenant, voici ce dont il s'agit. Je viens de recevoir une lettre de Mme Irène Bell, dont le mari est un important avocat de Leeds. Elle recherche une nurse-gouvernante et m'a demandé de lui trouver ici, à l'hôpital, une postulante qualifiée. Naturellement, j'ai aussitôt pensé à vous.

Margaret Lennox expliqua ensuite comment elle avait fait la connaissance d'Irène Bell lorsqu'elles militaient toutes deux dans les rangs des suffragettes, avant la Grande Guerre, et parla des liens d'amitié qu'elles entretenaient depuis. Elle poursuivit :

— Je ne saurais parler de Mme Bell en termes trop élogieux. Elle compte de remarquables réalisations à son actif et je suis persuadée que vous devriez fort bien vous entendre. Quoi qu'il en soit, le travail ne devrait pas être compliqué, si j'en crois sa lettre. Vous n'aurez à vous occuper que d'un enfant, un petit garçon de cinq ans. Les autres sont déjà grands, pensionnaires je crois. Alors, Audra, qu'en dites-vous ? Cela vous intéresse-t-il ?

Audra avait écouté avec attention. Elle savait qu'elle aurait tort de refuser pareille proposition sans l'avoir étudiée en détail.

— Oui, madame, s'empressa-t-elle de répondre.

Margaret Lennox approuva, comme si elle s'était attendue à cette réaction :

— Je suis sûre que cet emploi vous conviendra. (Elle se carra dans son fauteuil, observa Audra quelques instants avant de reprendre :) Vous entretenez avec les enfants de très bons rapports, Audra, et je sais que vous ferez une excellente gouvernante. Mais vous êtes aussi une infirmière *exceptionnelle,* douée de véritables pouvoirs de guérison, ce qui est fort rare. N'oubliez jamais que vous possédez de telles capacités... je devrais plutôt parler d'un don.

— Je n'oublierai pas... murmura Audra, rougissante, et elle remarcia l'infirmière en chef.

— Je faisais des projets vous concernant, Audra, reprit Margaret Lennox. Je m'apprêtais à vous accorder une promotion. (Elle lui adressa un sourire empreint d'une sincère affection, puis haussa les épaules d'un air résigné :) Enfin, tant pis...Pour ma part, je regretterai votre départ, Audra — si vous décidez vraiment de nous quitter. Mais vous savez, comme je vous l'ai toujours dit, que je ne vous barrerai pas la route.

— Je sais, madame. Du fond du cœur, je vous suis reconnaissante de tout ce que vous avez fait pour moi.

L'infirmière en chef esquissa un sourire avant de conclure, en reprenant son ton officiel :

— Je téléphonerai tout à l'heure à Mme Bell afin d'organiser votre visite à Leeds. Je vous communiquerai les détails dès que je les connaîtrai. En attendant, Audra, allez reprendre votre service.

— Oui, madame, répondit Audra en se levant. Et merci encore.

Elle était en route pour Leeds.

Elle allait rencontrer Mme Irène Bell, à Calpher House, Upper Armley.

Audra avait un heureux pressentiment. L'idée la fit rire : il ne s'agissait, après tout, que d'une entrevue pour un emploi éventuel. Pourtant, si tout allait bien, sa vie pourrait prendre un cours radicalement différent. Peut-être se trouvait-elle au seuil d'une existence nouvelle.

A cette pensée, c'est d'un pas plus vif qu'elle traversa la place du Marché de Ripon en direction de la petite gare campagnarde, sur North Road. Les yeux d'Audra brillaient d'une telle joie de vivre que plusieurs personnes se retournèrent sur son passage. Elle n'y prêtait aucune attention. Elle n'avait pas davantage conscience du temps qu'il faisait. Le froid était mordant ce matin-là et le ciel chargé de nuages bas, annonciateurs de neige. Mais, pour Audra, ce temps n'était pas plus rigoureux qu'un tiède printemps tant elle s'absorbait dans ses réflexions, fiévreuse et impatiente. Huit jours plus tôt, elle n'avait jamais entendu parler des Bell ; aujourd'hui, elle s'apprêtait à traverser la moitié du Yorkshire pour solliciter un emploi chez eux.

Et s'ils lui étaient antipathiques ?

Cette pensée ne lui fit ralentir l'allure qu'un bref instant. Si les habitants de Calpher House ne se révélaient pas des employeurs à son goût, elle pourrait toujours s'excuser poliment et battre en retraite. Elle poursuivit sa marche d'un pas résolu.

A la gare, le contrôleur poinçonna son billet et le lui redonna en soulevant sa casquette. Audra lui rendit son salut et courut le long du quai : le train à destination de Leeds était déjà là et attendait, dans un halètement de vapeur. Elle monta rapidement à bord et se dirigea vers le premier wagon de première classe. Elle trouva une place libre dans un coin près de la fenêtre et s'y installa peu avant que le chef de gare donnât un coup de sifflet et que le train s'ébranlât.

Audra se rendit vite compte qu'il faisait plus chaud dans le compartiment qu'elle ne s'y attendait. Elle retira ses gants de laine grise et déboutonna son manteau.

Elle se savait élégante, ce jour-là.

Pour ce voyage à Leeds, elle avait décidé de mettre son plus beau manteau gris. Acheté en solde deux ans plus tôt, il était encore à la mode — coupe ample, revers roulés tenus à la taille par un gros bouton. Elle portait une jupe droite, de laine grise elle aussi, avec une tunique assortie lui arrivant aux hanches. Cet ensemble ajusté, ses chaussures noires à hauts talons la grandissaient — Audra s'efforçait toujours de gagner quelques centimètres. Pour seuls bijoux, elle portait le camée de sa mère épinglé sur sa tunique, et la montre déjà vieille qu'elle adorait.

Lors de sa visite à Gwen en septembre, son amie lui avait fait cadeau d'un chapeau cloche de feutre prune : « Mon plus déplorable achat ! avait déclaré Gwen. Avec cela sur la tête, je suis affreuse. Mais je suis sûre qu'il t'ira à ravir. » Gwen avait raison : le chapeau, sur Audra, était du plus bel effet, et elle l'avait précieusement mis de côté pour quelque grande occasion. En fait, elle le portait ce jour-là pour la première fois.

Elle se demanda un instant s'il ne lui donnait pas une allure trop frivole pour son entretien avec Mme Bell, et elle sortit un miroir de son sac. Son image la rassura aussitôt. Le chapeau était à la dernière mode et sa tonalité prune ajoutait la touche de couleur indispensable pour rehausser le gris uniforme de sa mise. La sobriété de ses vêtements lui conférait une dignité de bon aloi et Audra ne douta plus de faire bonne impression sur Mme Irène Bell.

Elle répéta à mi-voix ce prénom, écrit et prononcé à la française, qu'elle trouvait tout à fait charmant. Pendant que le train progressait à travers la lande, elle essaya de penser à celle qu'elle allait rencontrer et passa en revue les quelques renseignements obtenus de l'infirmière en chef.

Irène Bell était une femme d'affaires prospère, mais que sa tournure d'esprit intellectuelle pouvait faire passer pour un bas-bleu. Fervente adepte de la cause féministe, elle avait milité avec le comité Pankhurst, auquel l'émancipation des femmes devait beaucoup. Margaret Lennox avait également appris à Audra que Mme Bell admirait Nancy Astor, épouse américaine de Lord Astor et première femme à siéger au Parlement. Elle-même engagée dans la vie politique, Mme Bell se dépensait sans compter pour le parti Tory à Leeds et nourrissait ses propres ambitions politiques, principalement dirigées vers le Parlement.

Ce portrait la rendait intéressante aux yeux d'Audra, qui n'avait encore jamais rencontré de femme comparable. A l'exception, bien entendu, de Margaret Lennox, à qui elle vouait une sorte de vénération.

Tout en regardant distraitement les champs et les haies défiler derrière la vitre, Audra tenta de se représenter Mme Bell. Compte tenu de sa longue amitié avec Margaret Lennox et de ses grands enfants, Audra calcula qu'elle devait avoir une quarantaine d'années. Elle imagina aussitôt une personnalité sérieuse, sinon sévère, ressemblant peut-être à l'infirmière en chef et, en tout cas, efficace et organisée.

Elle était certaine de cette dernière caractéristique depuis la lecture de la lettre que Mme Bell lui avait adressée au début de la semaine. Détaillée, concise, elle donnait à Audra des instructions pour se rendre à Calpher House, Upper Armley. Une fois encore, Audra se dit que cette Mme Bell devait être pleine de délicatesse, car elle la faisait voyager en première classe quand elle aurait pu, en pareilles circonstances, se contenter d'un billet moins coûteux. Une telle attention de sa part présageait heureusement de l'avenir, se répéta Audra, dont la curiosité envers Irène Bell se doublait désormais du désir sincère de faire sa connaissance.

La ponctualité constituait l'une des principales qualités d'Audra, qui ne pouvait supporter d'être en retard. Elle n'avait cessé de consulter sa montre pendant tout le voyage et de prier pour que le train arrivât à l'heure. Ce fut le cas : le convoi s'immobilisa dans la gare de Leeds à 13 heures 59 très précises soit, en fait, avec soixante secondes d'avance sur son horaire.

Une fois sortie de la gare, Audra se trouva prise dans un tourbillon de piétons et de voitures qui se hâtaient dans tous les sens. Pendant quelques instants, elle se sentit affolée et désorientée par les bruits stridents, par le fiévreux remue-ménage de la plus grande ville industrielle du nord de l'Angleterre. Cette assourdissante cacophonie formait un contraste saisissant avec le calme de Ripon.

Mais rien ne pouvait longtemps désarçonner Audra Kenton. Après avoir marqué une brève pause, elle se redressa, releva la tête d'un air décidé et s'apprêta à affronter ce monde nouveau et excitant.

Son sac bien calé sous le bras, elle traversa la rue en direction de la grand-place, que dominait la statue équestre du Prince Noir. Elle trouva sans mal l'arrêt du tramway qu'elle cherchait puis, au bout d'une dizaine de minutes d'attente, elle monta à bord de la voiture se rendant à Whingate — terminus d'Upper Armley où le tramway faisait demi-tour pour regagner le centre ville.

Une demi-heure plus tard, Audra descendit du tram à impériale à la fin d'un trajet qui l'avait beaucoup amusée et regarda autour d'elle avec un vif intérêt. Après tout, ne vivrait-elle pas bientôt ici ?

A sa droite, elle repéra le petit jardin public clos de grilles peintes en noir — Mme Bell lui avait écrit qu'il portait le nom bizarre de Charlie Cake Park. A sa gauche, derrière un mur, se dressait un vaste bâtiment de brique rouge, qui devait être le lycée de garçons de West Leeds.

Audra savait exactement quelle direction prendre.

Elle avança d'un pas rapide en observant le paysage. Le village d'Upper Armley lui parut tout à fait pittoresque et d'un charme suranné. En dépit du ciel gris et bas, de la tempête de neige qui menaçait et des arbres dépouillés de leurs feuilles, l'on imaginait aisément la vision riante qui s'offrait à la belle saison.

Se conformant toujours aux indications de Mme Bell, qu'elle avait apprises par cœur, Audra gravit Greenhill Road qui menait au quartier de Hill-Top, où la maison des Bell était située.

Il faisait froid ; une bise glaciale forçait Audra à retenir son chapeau d'une main et à marcher courbée. Elle frissonnait lorsqu'elle atteignit le sommet et s'arrêta enfin devant une imposante grille en fer forgé, sur laquelle étincelait une plaque en forme de losange. Sur le cuivre soigneusement astiqué, elle lut une inscription gravée : Calpher House, et sut alors qu'elle était arrivée.

7

Irène Bell ne ressemblait en rien à l'image qu'Audra s'était faite d'elle. La femme qui venait à sa rencontre, traversant l'immense tapis d'Orient, était grande, élancée, élégante. Son visage était couronné d'une chevelure d'un roux éclatant, coupée court, à la dernière mode, avec une frange surmontant des sourcils marqués d'un trait de crayon et des yeux bruns, à la fois veloutés et brillants. Ses pommettes hautes, son nez fin et aristocratique étaient parsemés de taches de rousseur ; un rouge écarlate soulignait le dessin de sa bouche.

Irène Bell était éblouissante et le style qu'elle avait adopté, à la limite de l'ostentation.

Dans le grand salon bleu et blanc où Audra l'avait attendue en admirant de nombreux meubles anciens, son comportement, son allure auraient pu la faire prendre pour une sorte de garçon manqué. Et il y avait bien en elle quelque chose de masculin. Elle devait avoir quarante ans mais ne les paraissait pas. Sa robe plissée de jersey rouge, au corsage ajusté, assez courte pour dévoiler des jambes superbes, semblait destinée à mettre en valeur sa silhouette juvénile.

Audra reconnut immédiatement la toilette. Elle en avait vu une photographie la semaine précédente dans un numéro de l'été passé de *Harper's Bazaar*, acheté chez un bouquiniste au marché de Ripon. Cette robe avait été dessinée par une jeune couturière française du nom de Gabrielle Chanel, dont les créations révolutionnaires étaient très en vogue.

— Bonjour ! dit Mme Bell en tendant la main à sa visiteuse. Je suis ravie de vous rencontrer, mademoiselle Kenton.

Audra prit la main offerte et sentit aussitôt la sienne serrée dans un étau :

— Bonjour, madame. Je suis enchantée, moi aussi, de faire votre connaissance.

Irène Bell sourit et entraîna Audra vers les profonds fauteuils disposés face à face devant la cheminée.

— Vous êtes trop bonne d'être venue jusqu'ici par ce temps épouvantable. Asseyez-vous là, mais si, plus près du feu ! Avec ce froid, il faut vous réchauffer. Cora va nous servir du chocolat bien chaud. Aimez-vous le chocolat, au moins ? Peut-être préféreriez-vous du thé ou du café ?

— Le chocolat me conviendra parfaitement, merci, répondit Audra en s'asseyant sur le bord du fauteuil de velours bleu.

Elle contemplait Mme Bell qui prenait place en face d'elle. Maintenant qu'elle la voyait de près, Audra se rendit compte qu'elle ne s'était pas trompée en estimant l'âge d'Irène Bell. Elle avait certainement plus de quarante ans, mais était bien conservée et maquillée à la perfection. De fines rides, révélatrices mais à peine visibles, lui griffaient la peau autour des yeux et de la bouche. On ne distinguait cependant aucune mèche grise dans la masse cuivrée de sa chevelure, dont le flamboiement ne devait rien à l'artifice. Sa vivacité, l'énergie qui transparaissait dans ses moindres gestes, sa voix vibrante, son débit rapide ajoutaient à l'impression de jeunesse que dégageait toute sa personne.

D'instinct, Audra savait déjà qu'elle éprouverait de l'amitié pour cette femme qu'elle ne connaissait que depuis quelques minutes. Elle était ouverte, franche, simple, qualités auxquelles Audra était sensible. Soudain détendue par l'atmosphère accueillante de Calpher House, elle s'installa plus confortablement dans son fauteuil. D'ordinaire si timide, si réservée avec les inconnus, elle se sentait à l'aise en compagnie de Mme Irène Bell.

Celle-ci fixa sur la jeune fille un regard attentif et lui dit :

— En un sens, mademoiselle Kenton, je me sens plutôt sotte de vous avoir demandé de faire tout ce chemin pour un simple entretien. Les recommandations de Margaret Lennox étaient si flatteuses que j'ai failli vous engager par téléphone, sans même chercher à vous rencontrer au préalable. (Avec un petit rire contrit et une lueur amusée dans le regard, elle continua :) Et puis, je me suis dit que ce serait injuste à votre égard. Il fallait avant tout vous assurer par vous-même que vous souhaitiez réellement venir vous installer et travailler chez nous. Je devais donc vous donner l'occasion de vous en rendre compte.

Irène Bell s'accouda aux coussins et poursuivit son examen d'Audra avec assez de discrétion pour que celle-ci n'en eût pas conscience et n'en fût pas gênée. Cette jeune fille qui se comportait avec tant de grâce et de dignité l'intriguait. Margaret Lennox la lui avait dépeinte en termes élogieux qui, manifestement, n'avaient rien d'excessif. Audra Kenton était plus menue qu'elle ne s'y était attendue, mais Irène Bell n'attachait pas grande importance à la force physique. Celle du caractère, la distinction, le sens moral, une personnalité engageante comptaient infiniment plus à ses yeux pour guider son choix d'une gouvernante. Audra paraissait posséder toutes ces qualités, et même davantage, comme le disait Margaret Lennox dont Irène Bell connaissait la sûreté de jugement.

— Mme Lennox m'a dit que nous devrions bien nous entendre, vous et moi, madame, et elle a estimé que je pourrais sans difficulté remplir la charge que vous souhaitez me confier, répondit Audra qui regarda Mme Bell dans les yeux avant de poursuivre, avec une légère hésitation : Cependant, elle ne m'a guère fourni de précisions. Peut-être auriez-vous l'obligeance de me donner quelques détails ?

— Mon dieu, mais c'est tout naturel ! Margaret Lennox a dû vous le dire : vous vous occuperez de notre fils, notre seul garçon et le plus jeune de nos enfants. Nos trois filles sont déjà grandes. L'aînée, Pandora, vit ici. Les deux cadettes, Felicity et Antonia, sont pensionnaires. Permettez-moi d'abord de vous expliquer quelque chose, mademoiselle Kenton. Je vais tous les jours à mon travail. Je dirige les filatures héritées de mon père. Je possède également un magasin de mode à Leeds, *Paris Modes*. Vous le connaissez sans doute.

Audra fit avec regret un signe de dénégation :

— Je crains que non, madame. A Leeds, je ne connais que les grands magasins *Harte's*. J'y suis allée une fois avec mon amie Gwen.

— Ma boutique n'est pas aussi vaste que le magasin d'Emma Harte, répondit Mme Bell. Je dois dire, toutefois, que mes toilettes importées de France commencent à concurrencer les modèles vendus à son rayon de haute couture. Mais revenons à notre sujet. Étant absente la plupart du temps, j'ai besoin d'une personne de confiance, capable de s'occuper du petit. Une personne telle que vous. Vous seriez logée dans une grande chambre confortable et gaie, donnant sur le jardin. Elle se trouve à l'étage de la nursery et dispose d'une salle de bains particulière. Vous auriez un jour de liberté par semaine, un dimanche sur deux et une semaine de congé par an. Je vous fournirais trois uniformes d'été, un manteau et un chapeau. La même garde-robe pour l'hiver. En ce qui concerne vos gages...

Un coup frappé à la porte l'interrompit. Elle tourna la tête lorsque la porte s'ouvrit pour livrer passage à une jeune femme de chambre dodue, qui poussait avec trop de précipitation une table roulante chargée de porcelaine.

— Ah ! Cora, vous voilà enfin ! s'exclama Mme Bell. Faites attention, je vous en prie ! Approchez la table du feu. Il faut que je vous présente Mademoiselle Kenton qui, je l'espère, viendra bientôt vivre avec nous en tant que gouvernante.

Cora s'arrêta brusquement et les tasses s'entrechoquèrent. Elle regarda fixement Audra puis, son examen l'ayant visiblement satisfaite, fit un large sourire en esquissant une révérence :

— Bonjour, mademoiselle. Bienvenue à Calpher House, déclara-t-elle en reprenant sa traversée du salon à une vitesse périlleuse pour le chargement de sa table roulante.

Audra lui rendit son sourire et la salua à son tour. Elle ne put réprimer un mouvement d'inquiétude en voyant comment la jeune servante guidait son meuble à roulettes et espéra que l'opération ne se terminerait pas sur un désastre.

Irène Bell remercia Cora d'un sourire. Elle prit la chocolatière d'argent et remplit les deux tasses.

— Nous avons une merveilleuse cuisinière, Mme Jackson, dit-elle. Le maître d'hôtel s'appelle M. Mayter. Vous avez déjà rencontré Dodie, je crois, l'autre femme de chambre ? C'est elle qui vous a ouvert la porte, quand vous êtes arrivée.

— En effet, madame.

Audra se leva, prit la tasse que la maîtresse de maison lui tendait.

— Il faut absolument goûter aux petits feuilletés chauds de Mme Jackson, mademoiselle Kenton ! dit Mme Bell. Ils sont exquis — et célèbres dans toute la région.

— Merci, madame.

Audra posa sa tasse de chocolat fumant et crémeux sur la table d'acajou près du canapé, mit un feuilleté sur une assiette et regagna sa place.

Après avoir avalé une gorgée de chocolat, Mme Bell reprit :

— Vos gages seraient donc de soixante livres par an. Cela représente dix livres de plus que ce que je payais à l'ancienne gouvernante. Margaret Lennox m'a affirmé que je ne pouvais vous proposer moins, compte tenu de votre remarquable expérience. (Puis, penchée vers son interlocutrice, elle ajouta d'un ton persuasif :) Eh bien, mademoiselle Kenton, cet emploi ne vous paraît-il pas intéressant ?

Le montant indiqué avait à la fois stupéfié et enchanté Audra, qui répondit :

— Il m'intéresse beaucoup, madame. Cependant, avant de vous donner une réponse définitive, j'aimerais rencontrer votre petit garçon. Je suis déjà sûre de l'aimer, mais je voudrais surtout savoir si *lui* m'aimera.

— Ce sentiment vous honore, mademoiselle Kenton. Et je suis absolument ravie, oui, *ravie*, que vous fassiez partie de notre petite famille. (Le visage expressif d'Irène Bell trahissait le plaisir et le soulagement. Elle ajouta :) Je suis certaine que le petit vous adorera. Comment pourrait-il en être autrement ? Pour le moment, il fait la sieste, vous le rencontrerez un peu plus tard. Avant que vous ne partiez, je vais vous faire visiter la maison et je vous présenterai au personnel.

La limousine s'immobilisa sur la grand-place de Leeds, devant la poste principale.

Un chauffeur en uniforme sortit de l'automobile, ouvrit la portière arrière et aida Audra à descendre.

— Merci, Robertson, lui dit-elle avec un sourire.

— De rien, Mademoiselle. Au revoir, Mademoiselle.

Il porta la main à la visière de sa casquette et se remit au volant.

Audra se détourna et alla à la rencontre de Gwen, qui se tenait au pied des marches de la poste, où les deux amies s'étaient donné rendez-vous.

Gwen avait observé la scène, les yeux écarquillés. Elle courut au-devant d'Audra et lui saisit les mains en s'écriant :

— Quel chic, ma parole ! Arriver dans une auto aussi somptueuse, tu te rends compte !

Audra ne put s'empêcher de rire de la surprise de Gwen, à qui elle expliqua :

— Mme Bell m'a gardée plus longtemps que prévu. J'étais un peu inquiète, je ne voulais pas arriver en retard et te laisser attendre dans le froid. Alors, elle m'a fait conduire en voiture.

— C'est vraiment gentil de sa part ! s'écria Gwen, visiblement aussi impressionnée par les attentions de Mme Bell que par le luxe de son véhicule. Alors, as-tu accepté l'emploi ? demanda-t-elle.

— Oui, Gwen, j'ai accepté.

— Oh ! que je suis contente !

Gwen prit Audra dans ses bras et l'étreignit avec force. Serrées l'une contre l'autre, les deux amies esquissèrent un pas de gigue en éclatant de rire.

Une voix masculine interrompit leur explosion de gaieté :

— Si vous continuez à vous conduire comme des folles au beau milieu de la ville, on va vous passer la camisole de force !

— Ah ! c'est toi, Charlie ! dit Gwen en reconnaissant son frère qui, l'air amusé, les observait à quelques pas de là, les mains dans les poches. Tu es à l'heure, à ce que je vois.

— Comme toujours, voyons ! (Charles Thornton sourit à sa sœur avant de se tourner timidement vers son amie :) Bonjour, Audra, dit-il en lui tendant la main, sans pouvoir dissimuler l'expression d'adoration de son regard.

A la vue du jeune homme, Audra avait senti sa belle humeur la déserter. Elle ne s'attendait pas à ce que Charlie se joignît à elles, ainsi qu'il en avait manifestement l'intention. Elle aurait préféré rester seule avec Gwen. Les deux jeunes filles ne s'étaient pas vues depuis des semaines et elles avaient mille choses à se raconter, surtout maintenant qu'Audra avait accepté l'emploi proposé par les Bell.

— Bonjour, répondit Audra en prenant la main tendue, contente de n'avoir pas ôté ses gants. Charlie avait toujours les mains moites, même quand il faisait froid. Sa transpiration chronique provoquait chez Audra un dégoût instinctif, quand bien même elle savait que Charlie n'en était pas responsable. Il lui était sympathique, mais elle n'avait nulle envie de nouer avec lui d'autres liens que ceux d'une simple camaraderie et elle souhaitait que Gwen oubliât ses projets sur ce point. Charlie Thornton n'était pas du tout son type d'homme. Non qu'il fût déplaisant : grand, bien bâti, large d'épaules, il était viril d'allure — Audra avait toutefois dans l'idée qu'il s'empâterait avec l'âge. Blond, le teint clair, le regard bienveillant, il manquait cependant de personnalité. Audra le soupçonnait d'une certaine mollesse de caractère et, le plus souvent, jugeait sa compagnie ennuyeuse. S'il possédait de louables qualités, elle voyait en lui un être faible, voire incompétent sur bien des points.

Comme à son habitude, Gwen reprit l'initiative de la conversation :

— Charlie nous emmène au cinéma, Audra. C'est lui qui invite. Nous allons au Rialto, à Briggate, voir le dernier film de Mary Pickford. N'est-ce pas qu'il est gentil ?

— Oui, tout à fait, répondit Audra en se forçant à sourire.

— Eh bien, ne restons pas plantés là à bayer aux corneilles ! reprit Gwen. Il nous reste une heure à perdre avant le début de la séance. Allons plutôt prendre le thé chez Betty's.

Audra et Charlie approuvèrent ce programme.

Le froid se faisait plus vif et la neige, menaçante depuis le matin, commençait à tomber en légers flocons. Les dernières heures du jour s'estompaient rapidement avec le crépuscule. Charlie prit les deux jeunes filles par le bras et les entraîna d'un pas rapide en direction de Commercial Street, où se situait le café. Arrivés au coin de la rue, ils firent soudain halte devant les vitrines des grands magasins *Harte's*, émerveillés. Les décorations de Noël étaient déjà en place et, dans les vitrines, avaient été reconstituées des scènes inspirées de divers contes de fées, avec des décors scintillants illuminés par des guirlandes d'ampoules clignotantes et multicolores. Ici, Cendrillon arrivait au bal dans son carrosse de cristal étincelant ; là, Hansel et Gretel se tenaient devant la maison en pain d'épice de la sorcière ; plus loin, la Reine des Neiges apparaissait dans toute sa splendeur.

— Que c'est beau, murmura Audra, incapable de détacher ses yeux du spectacle, l'esprit rempli de souvenirs de High Cleugh et des merveilleux Noëls de son enfance.

— Oui, c'est superbe, approuva Gwen en la tirant par le bras. Mais dépêche-toi, il neige et nous allons être trempés si nous ne nous mettons pas à l'abri.

Elle entraîna Audra sans cesser de parler, fidèle en cela à sa réputation de bavarde. Charlie se contentait de placer un mot de temps à autre. Quant à Audra, pensive, elle gardait le silence.

Elle se reprochait ses pensées désobligeantes sur Charlie qui, tout compte fait, était bien inoffensif. Les Thornton avaient tous bon cœur. La mère de Gwen répétait inlassablement à Audra qu'elle devait se considérer chez elle à La Prairie, leur demeure familiale ; elle avait même aménagé une chambre pour Audra dans une mansarde du second étage. A la demande pressante de Mme Thornton, Audra avait rangé quelques effets et, lors de sa visite à Gwen en novembre, y avait laissé des affaires de toilette et une chemise de nuit dont elle se servirait ce soir.

La semaine suivante, elle reviendrait à Horsforth passer les fêtes de Noël avec Gwen. Audra savait d'avance que les Thornton la traiteraient comme leur fille. Ils se montraient toujours si gentils, si généreux... Je ne suis qu'une ingrate, se dit Audra. Elle n'ignorait pas combien elle ferait plaisir à Gwen en étant aimable avec Charlie ; aussi décida-t-elle de s'y efforcer — mais sans lui laisser de faux espoirs. Il ne devait pas se méprendre — ce serait désastreux. Après les fêtes, elle expliquerait à Gwen, avec ménagements, qu'elle n'était pas à la recherche d'un mari.

8

Il faisait très froid, ce matin-là. Un froid glacial.

La journée serait peut-être la plus froide de l'hiver. C'était du moins ce que le jardinier avait prédit à Audra la veille, à son retour de promenade. Il avait lâché sa brouette, observé le ciel, humé l'air, comme s'il obéissait à quelque rite divinatoire. Puis, il avait prononcé son oracle :

— Demain, vous mourrez de froid, mademoiselle Audra. Le vent vient de la mer du Nord : il fera un froid polaire. Retenez ce que je vous ai dit.

Audra n'imaginait pas la température du pôle Nord plus glaciale que celle qui régnait en ce moment dans sa chambre. Il y gelait littéralement, et elle avait l'impression que son nez, qui dépassait du drap, était transformé en glaçon.

Elle se glissa plus profondément dans le lit, remonta le drap sur son visage et se délecta de la douce chaleur de l'édredon. Celui-ci était rempli de véritable duvet d'eider ; M. et Mme Bell en avaient acheté une douzaine, quelques années auparavant, pendant des vacances passées à Munich.

Lorsque Audra s'était installée à Calpher House, Mme Bell lui avait expliqué qu'il ne fallait rien mettre entre le drap et l'édredon. Elle lui avait également recommandé de ne pas porter ses épaisses chemises de nuit de flanelle mais de se contenter d'une chemise en coton. Audra avait feint d'approuver, sans trop comprendre la raison de cet avertissement. Au moment de se coucher, elle avait néanmoins suivi la suggestion et il ne lui avait pas fallu dix minutes pour se sentir enveloppée d'une délicieuse sensation de chaleur. Audra se rendit alors compte combien le conseil de Mme Bell se révélait judicieux. Dans tout autre vêtement qu'une chemise de coton, elle aurait étouffé.

Au souvenir de sa première nuit dans cette maison, un sourire lui vint aux lèvres. Son regard se tourna vers la pendule, posée sur la commode, qui se mettait à sonner. Il n'était que six heures, ce qui ne la surprit pas : elle était habituée à se lever à cette heure-là. C'était un pli pris depuis longtemps à l'hôpital de Ripon. Heureusement, les horaires en vigueur à Calpher House étaient moins rigoureux. Elle pouvait rester au lit jusqu'à sept heures ou même plus tard, si elle en avait envie.

Audra en était arrivée à aimer particulièrement ces heures de l'aurore, quand toute la famille dormait encore et que nul ne bougeait dans la maison, sauf les serviteurs au sous-sol. Elle avait l'impression que ces moments lui appartenaient ; elle pouvait se permettre de paresser dans son cocon duveteux, de prendre son temps ; de suivre ses pensées au gré de leur fantaisie... et, parfois, de rêver tout éveillée à l'avenir.

En ce matin de décembre 1927, Audra le voyait résolument en rose.

Les années qui l'attendaient ne pourraient pas être pires que les cinq dernières, se disait-elle souvent depuis son arrivée à Calpher House. Optimiste de nature, Audra considérait toujours tout sous l'angle le plus favorable et ne prévoyait jamais le pire. Elle attendait également le meilleur des autres, en dépit de ses pénibles rapports avec sa tante Alicia Drummond. Préférant oublier les blessures infligées par cette femme inhumaine, elle se répétait que le monde n'était pas uniquement peuplé d'êtres cruels, égoïstes ou malhonnêtes et que l'on y trouvait beaucoup de braves gens. Les Bell et leurs serviteurs avaient contribué à affermir sa confiance dans la nature humaine. Dès le premier jour, ils lui avaient réservé l'accueil le plus chaleureux et Audra ne pouvait oublier sa chance d'avoir trouvé place dans un milieu si sympathique.

Depuis un an, jour pour jour, elle exerçait ici ses fonctions de gouvernante.

Dès l'instant où elle en avait franchi le seuil, Audra s'était sentie à l'aise dans cette maison. Comme si elle revenait après un long voyage dans un endroit qu'elle avait toujours connu. En un sens, elle avait presque l'impression d'être de retour chez elle, à High Cleugh. Non que Calpher House ressemblât à son ancienne demeure ; les deux maisons différaient totalement, tant par l'architecture que par le mobilier. Ce qu'elle avait reconnu avec certitude, ce qui lui était si familier sous ce toit, c'était la présence de l'amour.

L'année écoulée avait été la plus heureuse de la vie d'Audra, depuis la mort de sa mère et le drame qui avait frappé sa famille.

Son éducation, son caractère et sa personnalité la rendaient sympathique à tout le monde et elle se savait autant appréciée des maîtres que des serviteurs. Les Bell la traitaient avec égards et gentillesse, les serviteurs avec une déférence et un respect nuancés d'une cordiale amitié.

Après tant d'années de privations à l'hôpital, elle vivait dans un luxe, un confort tels qu'elle n'en avait jamais connus, même à High Cleugh où, le plus souvent, l'argent était compté et les dépenses réduites au strict nécessaire. Ses seuls plaisirs superflus, elle les devait à oncle Peter.

Les Bell étaient riches et ne se privaient de rien. Grâce à la générosité de Mme Bell, tout le monde bénéficiait de cette abondance.

Des repas exquis étaient préparés par Mme Jackson. Audra eut enfin l'occasion de savourer des mets aussi délicats que le foie gras, le caviar et le saumon fumé. Coupelles et bonbonnières débordantes de friandises, disposées sur les guéridons du salon, s'offraient aux gourmands ; quant aux repas quotidiens servis à la nursery, ils ne pouvaient être qualifiés d'ordinaires tant ils étaient délicieux. Les plats les plus traditionnels, les plus simples rôtis mettaient l'eau à la bouche. Pour la première fois, Audra devait admettre que la cuisinière rivalisait avec sa mère, car Mme Jackson inventait sans cesse des recettes nouvelles et succulentes. Dans les grandes occasions, à la demande expresse de Mme Bell, le maître d'hôtel servait à Audra une flûte de champagne. Ce vin lui était cependant déjà familier, car oncle Peter en apportait parfois une bouteille lorsqu'il voulait célébrer l'anniversaire de sa mère ou agrémenter le repas de Noël à High Cleugh. Edith Kenton avait toujours permis à ses enfants d'en boire un petit verre.

Mais la bonne chère et les vins fins ne constituaient pas les seules merveilles offertes aux habitants de Calpher House. Bien d'autres éléments contribuaient à l'atmosphère d'opulence qui régnait dans toute la maison.

D'innombrables vases de fleurs et des plantes exotiques décoraient les pièces de réception ; les derniers numéros des journaux et des magazines, les plus récents romans s'amoncelaient sur les vastes tables rondes de la bibliothèque, dans le cabinet de travail de Mme Bell et, plus encore, dans le salon où toute la famille se réunissait le soir. Fauteuils et canapés invitaient à la détente avec leurs piles de coussins moelleux ; sur les accoudoirs, des couvertures en mohair d'Écosse s'offraient à envelopper jambes ou épaules par les soirées les plus fraîches.

Décontenancée, presque écrasée d'abord par tant de luxe, Audra avait fini par s'y accoutumer. Elle y prenait plaisir sans toutefois y attacher trop d'importance. Elle se sentait heureuse à Calpher House, mais surtout parce que maîtres et serviteurs étaient foncièrement bons et se souciaient du bien d'autrui.

Ses fonctions et ses conditions de travail ne constituaient pas, pour Audra, les seuls motifs de satisfaction que cette année lui avait apportés.

Les lettres reçues de ses frères se faisaient plus encourageantes et retrouvaient le ton optimiste des débuts. La santé de Frederick se rétablissait de semaine en semaine et leur situation à tous deux s'améliorait sensiblement. Ils avaient enfin trouvé de bons emplois à Sydney, William au service des abonnements du *Morning Herald*, Frederick comme secrétaire particulier d'un industriel, M. Roland Matheson. Audra se réjouissait pour eux et elle était fière de la manière dont ils surmontaient leurs épreuves et leur malchance initiales. Les savoir désormais tirés d'affaire lui rendait moins pénible leur séparation.

De même, elle pouvait dorénavant passer le plus clair de ses moments de liberté en compagnie de Gwen. Mme Bell lui avait souvent permis d'inviter son amie à coucher à Calpher House et elle se rendait fréquemment elle-même à Horsforth. Parfois, elles prenaient le tramway de Leeds, pour courir les magasins ou faire du lèche-vitrines. Elles allaient volontiers au cinéma et avaient récemment assisté à une projection du premier film parlant : *Le chanteur de jazz*, avec Al Jolson.

Le mois de juin avait été particulièrement joyeux, grâce aux attentions dont tout le monde avait entouré son vingtième anniversaire. Quelle différence avec le précédent, passé dans la solitude ! Les vœux de ses frères lui étaient parvenus d'Australie non seulement à temps, mais même avec deux jours d'avance. Le grand jour avait été marqué par une petite fête dans la nursery et de nombreux présents, offerts par les Bell et tous les membres du personnel.

La semaine suivante, un samedi, Mme Thornton et Gwen avaient à leur tour organisé une fête chez elles. Le goûter s'était déroulé sur la pelouse. Sur la table, recouverte d'une nappe blanche, avait été disposée une profusion de bonnes choses, dont un superbe gâteau orné de l'inscription «Bon anniversaire, Audra» en sucre rose et de vingt bougies plantées tout autour. Là encore, chacun lui avait offert un cadeau, plus précieux par l'intention que par son prix. Après le goûter, on avait regagné la maison pour danser au son des derniers disques à la mode, grâce au phonographe tout neuf de Gwen. Au charleston succédait le fox-trot ou le slow-fox, dans une atmosphère tout à fait joyeuse.

Charlie était là, bien entendu, ainsi que ses frères Jeremy et Harry, son meilleur ami Mike Lesley et deux camarades de l'école de médecine. Il poursuivait Audra de ses assiduités, bien qu'elle fît son possible pour le décourager.

Après s'être installée à Leeds, chez les Bell, au mois de décembre précédent, Audra avait abordé avec Gwen ce sujet délicat. Avec d'infinis ménagements, elle avait expliqué à son amie que Charlie, s'il avait de nombreuses qualités, ne lui convenait décidément pas. Elle avait aussi demandé à Gwen de ne plus l'encourager. Gwen avait aussitôt répondu qu'elle comprenait et promis de ne plus «attiser la flamme». Audra, cependant, avait remarqué son expression attristée ; aussi s'était-elle empressée d'ajouter que ses paroles n'étaient pas spécialement dirigées contre Charlie car elle n'éprouvait, pour le moment, aucun intérêt pour les hommes. Elle avait ensuite déclaré, avec la plus grande fermeté, qu'elle ne comptait pas se marier avant d'avoir fêté son trentième anniversaire.

Gwen l'avait alors regardée avec un étonnement mêlé de scepticisme, mais s'était abstenue de tout commentaire. Du moins jusqu'au mois précédent — jusqu'au 5 novembre, exactement — lorsqu'elle s'était jointe à Audra pour la traditionnelle «Fête du Bûcher», commémorant l'échec du «Complot des poudres» et l'exécution du traître Guy Fawkes, brûlé vif près de trois siècles auparavant.

Les deux jeunes filles étant libres le lendemain, Mme Bell avait autorisé Audra à inviter Gwen à coucher à Calpher House. Après l'un des délectables goûters dont la cuisinière avait le secret et alors que la nuit tombait, les deux amies étaient sorties pour assister à la mise à feu du bûcher dressé par Fipps, le jardinier. Mêlées à la famille, elles avaient applaudi le feu d'artifice, savouré les châtaignes brûlantes et les pommes de terre rôties sous la cendre. Ensuite, elles s'étaient rendues au bal de la paroisse du Christ-Roi, dans la salle des fêtes de Ridge Road.

Audra remarqua pour la première fois le jeune homme au moment où l'assistance se rassemblait autour de l'immense feu de joie, où l'on devait brûler Guy Fawkes en effigie.

Il se tenait seul près de la porte, adossé au mur, et fumait une cigarette. Alors qu'il la jetait à terre et l'écrasait du pied, il balaya du regard la foule massée près du bûcher, vit Audra et lui sourit.

Audra lui rendit son regard et éprouva une sensation étrange, qu'elle n'avait jamais encore ressentie : une faiblesse soudaine, une difficulté à respirer, comme si elle avait reçu un coup dans la poitrine.

Les flammes illuminaient le visage de l'inconnu, qu'Audra ne put s'empêcher d'admirer.

Elle vit ses cheveux très bruns, partagés par une raie sur le côté gauche, qui surmontaient un front haut, des sourcils sombres ombrageant des yeux clairs. Ses traits fins, réguliers, la frappèrent cependant moins que la sensibilité et l'innocence qui s'y reflétaient dont elle devait garder une profonde et durable impression.

Leurs regards se croisèrent à nouveau. Il dévisagea Audra avec insistance. Elle rougit et se détourna aussitôt.

Quelques instants plus tard, lorsque Gwen et elle regagnèrent l'entrée de la salle des fêtes, Audra ne vit plus le jeune homme à la place qu'il occupait et en conçut une vive déception.

A l'intérieur, elle le chercha des yeux mais il semblait avoir disparu. Après l'avoir vainement attendu, elle n'éprouva plus aucun attrait pour les réjouissances. Elle regardait fixement la porte dans l'espoir de le voir reparaître. Quelque chose chez ce jeune homme la fascinait.

Bien qu'elle eût accepté plusieurs invitations à danser, Audra passa le plus clair de la soirée assise sur un banc. Elle se satisfaisait de son rôle d'observatrice et regardait évoluer les danseurs, surtout son amie Gwen qui tournoyait aux bras de nombreux jeunes gens du quartier et paraissait beaucoup s'amuser. Aucun des cavaliers de Gwen n'égalait toutefois aux yeux d'Audra le charme mystérieux et la séduction du beau jeune homme brun aperçu quelques heures plus tôt.

Audra désespérait de le revoir quand il surgit tout à coup à l'entrée de la salle, haletant, les joues rouges, et parcourut l'assistance du regard. Au moment même où le chef d'orchestre annonçait la dernière valse, il aperçut Audra. Une lueur joyeuse dans les yeux, il se dirigea vers elle et lui demanda si elle voulait bien lui accorder cette danse.

Soudain saisie de tremblements, incapable de parler, Audra se contenta de hocher la tête et se leva.

Il était plus grand qu'elle ne l'avait d'abord cru, mince, large d'épaules. Il possédait une prestance indéniable et se mouvait avec aisance. Audra se laissa entraîner vers la piste et il la prit dans ses bras quand l'orchestre attaqua *Le beau Danube bleu*.

Dès les premières mesures, il tenta d'engager la conversation, mais Audra restait muette, incapable de prononcer une phrase intelligible. Amusé, il demanda :

— Que se passe-t-il ? Avez-vous perdu votre langue ?

— Non, parvint-elle à murmurer.

Il la considéra avec curiosité, fronça les sourcils mais ne lui fit plus d'autres avances et parut s'absorber dans ses réflexions ou les figures de la danse.

Celle-ci terminée, il remercia poliment, raccompagna Audra à sa place, la salua d'un signe de tête et s'en fut.

Elle le suivit des yeux jusqu'à la porte. En le voyant disparaître elle se demanda si elle le reverrait un jour — en souhaitant de tout son cœur que ce soit le cas.

Plus tard, tandis qu'elle regagnait Calpher House avec Gwen, celle-ci s'exclama tout à coup :

— Pour quelqu'un qui prétend ne pas s'intéresser aux hommes, tu m'avais plutôt l'air hypnotisée par cet individu qui t'a invitée pour la dernière danse ! Méfie-toi, Audra, il ne me dit rien qui vaille.

— Comment peux-tu dire cela ? répondit Audra, stupéfaite. Tu ne le connais même pas !

Gwen prit Audra par le bras et poursuivit, de son ton le plus persuasif :

— C'est un sale type, il suffit de le regarder ! Les séducteurs dans son genre ne m'inspirent aucune confiance, Audra. Aucune ! Ils finissent toujours par causer le malheur d'une femme, quand ce n'est pas de deux ou trois à la fois. Tu serais bien plus tranquille avec quelqu'un comme Charlie. Tu sais d'ailleurs ce qu'il pense de toi — et il n'a pas changé.

Audra ne répondit pas. Les remarques de Gwen sur le bel inconnu l'agaçaient. Elles lui paraissaient injustifiées, absurdes et même impertinentes. Pour la première fois depuis le début de leur amitié, elle en voulut à Gwen. Le lendemain matin, encore ulcérée, Audra s'abstint de toute allusion aux événements de la veille et il ne fut plus question du jeune homme.

Audra ne parvenait pourtant pas à l'oublier.

Les jours qui suivirent cette rencontre, elle se remémorait les détails de la soirée et évoquait le séduisant inconnu... la manière dont il l'avait observée, la curiosité qui se lisait dans ses yeux verts... les violentes émotions qu'elle avait senti naître en elle, ces émotions dont elle avait jusqu'alors douté qu'elles existent en dehors des romans de la bibliothèque des Bell... l'aisance avec laquelle il se mouvait et la guidait sur la piste de danse... son visage d'une rare beauté.

Et maintenant, près de deux mois plus tard, Audra s'étonnait encore de ne l'avoir jamais croisé dans les rues d'Upper Armley. Elle espérait pourtant cette rencontre chaque fois qu'elle sortait promener l'enfant dont elle avait la charge. Elle était sûre que le jeune homme était originaire de la région : son accent était caractéristique.

Elle pensait si fortement à lui qu'elle entendit sa voix, vit ses traits se dessiner devant elle et, en dépit de la chaleur de l'édredon, elle frissonna et eut la chair de poule. Les bras joints sur sa poitrine, elle imagina son visage auprès du sien, sur l'oreiller, tenta de se représenter ce qu'elle ressentirait s'il l'embrassait, la caressait, la serrait contre lui. Le mystérieux jeune homme brun la hantait sans arrêt depuis leur trop brève rencontre et surgissait dans ses pensées aux moments les plus inattendus.

Audra rouvrit les yeux, s'efforça d'apaiser les étranges aspirations qui l'agitaient. Jusqu'à ce qu'elle eût posé les yeux sur *lui*, dansé avec *lui*, elle ignorait ce qu'était le désir ; depuis, elle découvrait en elle des sentiments, des sensations qui la troublaient, l'effrayaient mais, en même temps, l'exaltaient. Le visage enfoui dans l'oreiller, elle se força à chasser le souvenir de l'inconnu et se rendit compte, comme cela se produisait si souvent ces derniers temps, qu'elle était incapable d'effacer l'image de ces extraordinaires yeux verts. Cet homme, elle savait qu'elle le désirait.

Étendue sur le dos, les yeux grands ouverts, elle regarda fixement le plafond et se demanda ce qu'elle ferait si elle ne devait plus jamais le revoir. Son désarroi à cette pensée se dissipa presque aussitôt. Elle était *sûre* qu'ils se retrouveraient, qu'ils feraient réellement — intimement — connaissance. Elle en avait la certitude.

Un fracas soudain dans le couloir, devant sa porte, brisa le silence du matin.

Audra sursauta, tendit l'oreille. Elle entendit une exclamation étouffée, des marmonnements indistincts suivis de pas pesants dans la pièce voisine.

Elle comprit alors que c'était Cora qui commençait sa journée. La jeune femme de chambre avait sans doute renversé le seau à charbon, maladresse qui, de sa part, n'avait rien d'exceptionnel. Toujours souriante, gaie, amicale, Cora était aussi, hélas, d'une gaucherie inégalée. Il ne se passait de jour qu'elle ne brisât quelque objet ou ne commît quelque bourde.

On frappa à la porte et le visage épanoui de Cora apparut dans l'entrebâillement :

— Bonjour, mademoiselle Audra !

— Bonjour, Cora, répondit Audra en se redressant sur un coude.
— Cela ne vous dérange pas que je vienne allumer le feu ?
— Non, bien sûr, Cora. Entrez.

Toute ronde dans son uniforme à rayures qui la faisait ressembler à une toupie, Cora traversa la pièce en se hâtant, déposa le seau à charbon et la pelle devant la cheminée et, du même pas pressé, alla ouvrir les rideaux :

— Il fait un froid, ce matin, mademoiselle Audra ! Un froid polaire, comme dit Fipps. Il dit même qu'il fait assez froid pour geler le derrière d'un singe.

— Voyons, Cora !...

— C'est comme cela qu'il a dit, mademoiselle.

— Peut-être, mais vous ne devriez pas le répéter, c'est vulgaire, dit Audra en réprimant un sourire.

— Non, vous avez raison, je ne devrais pas. Surtout devant vous, mademoiselle Audra. (Son repentir ne lui fit pas perdre son sourire réjoui tandis qu'elle retournait près de la cheminée.) Que faites-vous demain soir, mademoiselle Audra ? demanda-t-elle.

— Rien de particulier, Cora. Mon amie Gwen Thornton est de service de nuit au dispensaire pour quinze jours, je n'irai donc pas réveillonner avec elle. Je resterai à la maison.

— M. Mayter organise toujours un réveillon pour le personnel, vous savez. L'année dernière, vous arriviez juste et vous étiez encore trop timide pour descendre nous rejoindre, mais j'espère que vous viendrez cette année. N'est-ce pas, mademoiselle Audra ?

— Certainement, Cora. M. Mayter m'a déjà invitée et je me réjouis d'être en votre compagnie à tous pour boire un verre de champagne à minuit... à la santé de 1928 !

Le garçonnet s'appelait Theo, diminutif de Theophilus, et Audra avait conçu pour lui une réelle affection.

C'était un curieux enfant, ni vraiment beau, ni non plus disgracieux.

La première fois qu'elle le vit, Audra le jugea en quelque sorte inclassable. Cette première impression se vérifia par la suite, dans presque tous les domaines. Theo avait un petit visage parfaitement rond, et le teint rose et blanc. Ses cheveux blonds, fins et soyeux mais raides, tombaient en mèches devant deux petits yeux charbonneux, au regard pénétrant ; il les écartait d'un geste impatient et machinal.

Audra ne pouvait s'empêcher de penser que des yeux si noirs ne s'accordaient pas à la blondeur des cheveux, mais tel était Theo. Il donnait l'impression d'être fait de pièces et de morceaux ; pris individuellement, chacun d'entre eux était plaisant mais n'allait pas avec le reste.

Tu es bien mal assorti, mon pauvre chou ! se dit Audra en le coiffant. Elle se préoccupait toujours de son apparence avant leurs promenades. Après avoir reposé la brosse, elle recula d'un pas, observa son protégé d'un œil critique, lui redressa la cravate. Puis, satisfaite de son examen, elle l'embrassa sur la joue.

— Te voilà prêt ! dit-elle en le prenant par la main pour l'aider à descendre de la table où il était juché. Tu es brillant comme un sou neuf aujourd'hui, mon petit Theo.

Il lui décocha un regard solennel, étrangement sérieux et réfléchi pour un enfant de six ans :

— J'espère que le docteur sera du même avis.

Audra réprima un sourire amusé :

— Il le sera certainement. Et maintenant, cours voir ta mère pendant que je me prépare. Après, nous pourrons sortir.

— C'est vrai, il faut que je la voie avant qu'elle n'aille à Leeds. C'est aujourd'hui qu'elle doit me donner mon argent de poche.

La mine décidée, il se dirigea vers la porte à petits pas comptés et disparut dans le couloir.

Audra le suivit des yeux en riant et traversa la nursery. Il lui restait quelques minutes avant de descendre rejoindre le petit garçon et elle en profita pour se chauffer un instant devant la cheminée.

Theophilus Bell était un constant sujet d'étonnement et de gaieté pour Audra. C'était un enfant précoce, mais sans rien d'inquiétant ni d'agressif. La cuisinière disait de lui qu'il était « vieillot », qualificatif le dépeignant avec assez d'exactitude. Audra ne s'étonnait plus de son comportement sérieux. Depuis sa naissance, il avait toujours vécu entouré d'adultes ; ses sœurs étaient beaucoup plus âgées que lui. Pandora, qui s'était mariée au printemps et n'habitait plus Calpher House, avait vingt-deux ans ; Antonia et Felicity, actuellement pensionnaires en Suisse, respectivement dix-huit et dix-neuf. Toutes trois intelligentes, cultivées, ayant beaucoup voyagé, elles avaient acquis, au contact de relations très diverses et des idées souvent avancées à l'honneur dans le milieu familial, une maturité précoce qui, tout naturellement, avait influencé leur jeune frère. Elles appelaient Theo « l'erreur tardive », terme manquant de charité mais auquel Audra ne pouvait dénier une certaine justesse. Mme Bell avait eu Theo à quarante-deux ans, sans l'avoir désiré et, ainsi qu'elle l'avait elle-même dit à Audra : « Il s'en est fallu de peu, Dieu merci, que Theo ne soit un de ces enfants du retour d'âge ! »

Audra estimait remarquable que les Bell n'aient pas gâté et dorloté Theo, travers où tombent trop souvent les parents gratifiés sur le tard du fils qu'ils n'espéraient plus et qui suscite en eux une joie et une fierté sans mesure. Si, en de rares occasions, on lui passait un caprice, cette faiblesse n'avait aucun effet sur lui ; il n'en profitait pas pour manifester des exigences abusives et faisait preuve d'une belle égalité de caractère.

De fait, Theo tenait beaucoup de sa mère. Il avait hérité d'elle la vivacité d'esprit, l'intelligence, le tempérament studieux. Si sa franchise directe désarçonnait parfois, il restait un enfant bon, doux, obéissant qui, depuis un an, n'avait à aucun moment donné à Audra l'occasion de se plaindre.

La pendule sonna dix coups, qui rappelèrent Audra à la réalité. Depuis quelques jours, Theo avait mal à la gorge et, s'il allait un peu mieux, elle devait néanmoins l'emmener subir un examen médical.

Elle passa en hâte dans la pièce voisine, jeta un coup d'œil à son reflet dans le miroir, lissa d'une main ses cheveux coupés court depuis l'été. Dans la penderie, elle prit son gros manteau d'hiver, son chapeau, une écharpe et des gants de laine contre le « froid polaire » qui les assaillait, conformément aux prédictions énoncées la veille par le jardinier.

9

Il s'appelait Vincent Crowther et passait pour un révolté.

Il était né le 12 juin 1903, à minuit moins cinq, au beau milieu du plus violent orage qu'eût connu le siècle à ses débuts.

Vigoureux nouveau-né de neuf livres, il était venu au monde les poings brandis, le visage cramoisi, dans une telle explosion de rage que le médecin avait déclaré à la sage-femme que la fureur de ce bébé ne le cédait qu'à celle des éléments.

Depuis, sa mère le surnommait en secret « l'enfant terrible » ; elle n'avait donc guère été surprise de voir le gamin indiscipliné devenir un adulte rebelle à l'autorité, volontiers anticonformiste et recherchant les occasions de se faire remarquer.

C'était, en un sens, une vedette-née, attirant les autres dans son orbite par la puissance de sa personnalité, sa beauté physique et son charme peu commun. Il possédait en outre ce que son père appelait « le génie du bagout ».

Aîné des huit enfants d'Eliza et d'Alfred Crowther, Vincent avait été un petit garçon joli comme une fille, cette mièvrerie se muant en une beauté tout à fait masculine à mesure qu'il prenait de l'âge. Car il n'avait jamais été question de mettre en doute sa virilité. Depuis ses seize ans, les femmes le dévoraient des yeux et il n'avait guère attendu pour tout apprendre de la nature féminine et maîtriser les subtilités des jeux de l'amour.

Il avait à présent vingt-quatre ans. Et un physique toujours plus saisissant.

C'était son teint que l'on remarquait avant tout. Sa chevelure et ses sourcils d'un noir profond formaient un contraste extraordinaire avec la blancheur de sa peau et le vert clair de ses yeux bordés d'épais cils noirs que lui enviaient ses sœurs — comme d'ailleurs la plupart des femmes.

A son visage sans défaut correspondait un corps d'athlète, élancé, aux muscles fermement dessinés.

Toujours soigné de sa personne, Vincent se considérait comme un dandy ; il aimait les beaux vêtements et les portait avec élégance. Il faisait sensation partout où il apparaissait, et en particulier sur les pistes de danse, où son aisance et sa séduction pouvaient se déployer à loisir.

Il était le préféré de sa mère. Ses frères et sœurs le savaient, mais n'en étaient pas jaloux. En fait, ils partageaient jusqu'à un certain point les sentiments de leur mère. Ses frères l'admiraient, ses sœurs l'adoraient. Seul, son père le traitait normalement.

Alfred Crowther aimait son fils aîné mais ne se faisait pas d'illusions à son sujet. Ancien sergent-major des Seaforth Highlanders, Alfred avait participé à deux conflits ; il s'était battu contre les Boers dans le *veld* africain, puis contre les Allemands dans les tranchées des Flandres. Il avait ainsi pu observer les hommes de près et découvrir leurs motivations profondes ; il savait lire en eux et ne faisait pas d'exception pour son propre fils. Vincent n'avait pas de secrets pour lui.

Il était conscient de la violence mal réprimée qui bouillonnait chez le jeune homme, sans parler d'une vanité certaine. Il estimait aussi que Vincent était beaucoup trop séduisant, que cela risquait de lui nuire. Alfred se disait cependant qu'il était inutile de s'inquiéter pour ce fils, doté par la nature d'un physique de jeune premier : c'était un fait auquel il ne changerait rien en se tourmentant. Car le chef de la famille Crowther était persuadé que rien ne pouvait influencer ce qui avait été décidé par le sort. Ce fatalisme lui venait de Martha, sa mère irlandaise, qui lui avait répété tout au long de son enfance : « Ce qui doit arriver arrivera, Alfred. Nous sommes impuissants, pauvres hères que nous sommes dans cette vallée de larmes. Notre sort est prédestiné, entends-tu ? »

Père et fils étaient bons compagnons. Ils aimaient partager une pinte de bière, faire halte au pub le week-end et, en été, ils se rendaient souvent ensemble aux courses de York ou de Doncaster. Il n'existait pourtant pas entre eux autant de connivence que cette camaraderie masculine aurait pu le laisser penser. Si Vincent avait une véritable amie et une confidente, c'était sa mère. Elle l'avait toujours été et le resterait jusqu'à son dernier jour.

Ses agréments physiques mis à part, Vincent était loin d'être dénué d'esprit. Vif et intelligent, il possédait également une excellente mémoire.

Mais, issu d'un milieu ouvrier, il avait dû quitter l'école à quatorze ans pour prendre un emploi dans l'un des ateliers de confection d'Armley. Il n'avait pas tardé à s'en lasser, surtout parce que ses goûts l'attiraient ailleurs. Il s'intéressait à la construction, au point de regretter parfois de n'avoir pas étudié l'architecture.

Après l'atelier de confection, il avait travaillé à la fabrique de briques locale, puis s'était fait engager par une entreprise de bâtiment. En ce moment, il apprenait encore le métier. Il aimait le travail en plein air, éprouvait un réel plaisir à voir s'élever des édifices dont l'exécution concrétisait les idées de l'architecte.

Il arrivait à Vincent de vouloir s'inscrire aux cours du soir de Leeds afin d'apprendre le dessin ; mais, sollicité par des activités plus distrayantes, il ajournait sans cesse sa décision. Il adorait danser, il avait lu avec avidité de nombreux livres dans son enfance, mais il n'avait pas vraiment de passe-temps régulier. Il occupait le plus clair de ses loisirs à boire avec ses amis et on le trouvait généralement accoudé au bar d'un des pubs du quartier, une bière mousseuse devant lui et, entre les mains, un hebdomadaire pour turfistes qu'il lisait plus dévotement que la Bible.

Ce samedi matin de la fin décembre, il était justement plongé dans sa lecture favorite et se demandait sur quels chevaux parier aux courses de l'après-midi à Doncaster. Il s'intéressait surtout aux pouliches engagées dans la course de 13 heures ; il évaluait leurs performances passées, comparait les mérites et les défauts des entraîneurs, des jockeys, et s'efforçait d'en déduire les rapports probables.

Vincent était assis à la table de la cuisine, au sous-sol de la maison des Crowther à Armley, une bâtisse victorienne de deux étages surmontés d'un vaste grenier. La cuisine, dont l'unique fenêtre ouvrait sur un jardinet, était une pièce intime, quoique très grande ; selon la coutume de la région, elle était aussi confortablement meublée qu'un salon.

L'aménagement de cette salle était organisé en fonction de la cheminée. Celle-ci était occupée par un énorme fourneau, dit « fourneau du Yorkshire », comportant un foyer ouvert à côté d'un four. Une crémaillère servait à suspendre bouilloires ou marmites au-dessus du feu, qui chauffait également un ballon d'eau chaude. L'ensemble occupait un volume important — environ un mètre trente en hauteur comme en largeur.

Le fourneau de fonte noire était surmonté d'une lourde hotte de bois ciré. Sur la tablette étaient disposés une pendule, une paire de bougeoirs de cuivre, un pot à tabac, le râtelier à pipes d'Alfred et un godet plein de longues allumettes. Un écran de cuivre, astiqué tous les vendredis par une des filles, se dressait devant le foyer et luisait comme de l'or à la lumière des flammes. Deux bergères de peluche verte, qui flanquaient ce monument, se faisaient face de part et d'autre d'un grand tapis, au motif de roses rouges sur un fond vert.

Les roses abondaient, d'ailleurs, dans tout le décor de la cuisine. C'étaient les fleurs préférées d'Eliza. Celles des guirlandes du papier peint, roses et blanches, descendaient à la rencontre de celles, écarlates, qui étaient disséminées sur le linoléum vert ; on en retrouvait d'autres sur la vaisselle du grand dressoir gallois qui montait la garde dans un coin de la pièce ; des coussins brodés de roses thé s'alignaient sur le cuir vert foncé du canapé adossé à un mur.

Gaie, accueillante, cette pièce était au cœur de la vie familiale et des activités de chacun. Pourtant, ce matin-là, Vincent s'y trouvait seul.

Il se réjouissait de pouvoir accomplir en toute tranquillité la tâche délicate consistant à choisir les gagnants les plus probables de la course. Pour une fois, il ne serait pas distrait par le tapage de ses frères et sœurs.

Absorbé dans ses réflexions, les sourcils froncés, il avala une gorgée de thé. Au travail depuis près d'une heure, il était parvenu à établir une sélection, qu'il inscrivit sur une feuille de papier. Il examina longuement sa liste, hocha la tête avec satisfaction et tendit la main vers son paquet de Woodbines.

Détendu sur sa chaise, il fuma en rêvassant.

C'est alors que, sans motif précis, il songea à « la fille ». Encore elle ! Elle surgissait ainsi dans ses pensées aux moments les plus inattendus. Il ne l'avait rencontrée qu'une fois dans sa vie mais, lorsqu'il fermait les yeux, il la voyait aussi nettement que s'il l'avait toujours connue.

Quand il l'avait remarquée, près du feu de joie devant la salle des fêtes, il avait deviné que ce n'était pas une jeune fille avec qui l'on pouvait se permettre de badiner. Avec elle, il fallait savoir se montrer sérieux.

Aussi, comme il n'avait aucune envie d'être sérieux avec les filles, et encore moins de nouer des liens risquant de l'entraîner jusqu'à l'affreux esclavage du mariage, il avait pris la fuite en direction du Cheval Blanc, pour une partie de fléchettes et un verre avec les amis. Pourtant, juste avant dix heures, il était retourné en courant vers la salle des fêtes dans l'espoir de danser la dernière valse avec elle.

Elle s'était montrée tellement timide, tendue, inaccessible... Son attitude avait désarçonné Vincent, qui avait quitté la salle de bal découragé, en se demandant pourquoi elle avait accepté son invitation.

Et malgré tout, il était incapable de l'oublier.

Il soupira, aspira une longue bouffée de sa cigarette, souffla des ronds de fumée qu'il regarda se dissiper lentement. Il avait tort, se dit-il, de perdre ainsi son temps à rêver à cette Vénus miniature, à ses yeux si bleus, à ses jambes si parfaites. D'abord, elle semblait s'être évaporée comme les ronds de fumée. Depuis cette fameuse soirée, Vincent avait assisté à toutes les fêtes paroissiales souhaitant l'y retrouver et dévisagé toutes les jeunes filles lorsqu'il passait dans les rues d'Armley. Pas une fois il ne l'avait aperçue. Parmi les plus assidus aux bals réguliers du mercredi et du samedi, aucun ne la connaissait. Depuis deux mois, il harcelait tout le monde de questions. Il n'avait glané qu'un bien maigre renseignement : l'amie de la belle inconnue, une blonde aux formes épanouies, était peut-être infirmière au dispensaire. Il était bien avancé ! Il aurait sans doute autant de chances de retrouver sa Vénus aux Yeux Bleus que de découvrir une boule de neige dans le Sahara !

Après tout, cela vaut peut-être mieux, grommela-t-il à mi-voix. Je n'ai vraiment pas besoin d'un fil à la patte...

Il en était à ce stade de ses réflexions quand la porte s'ouvrit si brusquement qu'il sursauta. Dans le courant d'air glacé qui balaya la pièce, surgirent Laurette et Maggie, deux de ses trois sœurs.

Elles revenaient du marché et portaient les provisions de la semaine dans deux cabas pleins à craquer. Elles étaient toutes deux emmitouflées dans de gros manteaux bleu marine, une écharpe écossaise autour du cou et un bonnet assorti enfoncé jusqu'aux oreilles. Le froid leur avait rougi les joues et le nez. A voir leurs yeux pétillants, leur vivacité et leur gaieté, Vincent sourit.

— Bonjour, Vincent ! dirent-elles à l'unisson.

— Salut, petites sœurs, répondit-il avant de s'écrier : Maggie, ferme cette porte, bon sang !

— Oh ! pardon, dit la fillette. Elle la poussa du pied, si fort que la vitre dépolie trembla.

— Fais donc attention ! grogna Vincent.

Maggie grommela une excuse et suivit sa sœur vers la paillasse de l'évier, où elle déposa son sac à provisions.

Laurette se tourna vers son frère et, tout en déboutonnant son manteau, lui dit :

— C'est bien tranquille, ici. Où sont les autres ?

— En haut. Ou dehors.

— Qui est là-haut ? demanda Maggie, toujours curieuse. Elle ôta son manteau et le jeta négligemment sur le canapé.

— Allez ranger cela, mademoiselle ! dit Laurette sur un ton de réprimande.

Maggie grimaça mais s'exécuta.

— Qui y a-t-il là-haut ? insista-t-elle.

— Maman. Elle fait le ménage. Jack aussi. Il fait la lecture à Danny. Maman lui a dit de rester au lit aujourd'hui, à cause de son rhume, répondit Vincent.

— J'en étais sûre ! s'écria Maggie en feignant l'affolement. Je l'ai dit à maman : le malheureux a toussé toute la nuit. Pauvre Danny, il est toujours malade... C'est souvent comme cela, quand on est le petit dernier, ajouta-t-elle sur le ton d'une aïeule pleine d'expérience. Enfin, que voulez-vous, les enfants de vieux sont généralement chétifs...

Vincent se détourna en se mordant les lèvres pour s'empêcher de rire. Maggie était impayable. On ne savait jamais à quoi s'attendre de sa part, ni quelle sottise elle allait proférer.

Quant à Laurette, elle ne trouvait pas du tout drôles les pitreries de sa jeune sœur, à qui elle lança un regard sévère. Maggie était souvent impertinente ; à douze ans, elle voyait et entendait beaucoup trop de choses qui n'étaient pas de son âge. Laurette s'abstint cependant de la réprimander. Elle rangea ses affaires dans la penderie puis, après avoir pris une tasse et une soucoupe dans le placard au-dessus de l'évier, elle alla s'asseoir à côté de Vincent. Elle se versa une tasse de thé, ajouta du sucre, du lait.

Vincent l'avait suivie des yeux avec une expression attendrie. Il souhaitait tant voir Laurette heureuse. Un an plus tôt, elle avait épousé leur cousin Jimmy, mais le mariage avait été un échec et Laurette était revenue chez ses parents depuis trois mois. Son frère en avait été soulagé : il n'avait jamais vu cette union d'un bon œil et n'éprouvait aucune sympathie pour son cousin, qu'il considérait comme un propre-à-rien.

A vingt-deux ans, Laurette était la plus proche de Vincent par l'âge. Douce, d'humeur égale, elle s'était toujours entendue à merveille avec lui. C'était une jolie jeune femme blonde, au visage expressif, aux yeux gris à la fois mystérieux et pensifs. Grande, élancée, elle ressemblait toutefois moins à son frère que la jeune Maggie, dont la chevelure très brune, le teint clair et les grands yeux verts offraient le portrait même de Vincent. Olive, leur sœur, avait la silhouette de Laurette mais les cheveux bruns et les yeux bleus de leur mère. A vingt ans, Olive était déjà mariée depuis deux ans avec un de ses amis d'enfance, Hal. Le jeune ménage habitait non loin de là.

Maggie rejoignit Laurette et Vincent à la table de la cuisine. Une main posée sur l'épaule de son frère, elle jeta devant lui un paquet de Woodbines et de la menue monnaie.

— Tiens, Vincent, voilà tes cigarettes. Ne les fume pas toutes aujourd'hui, parce que je n'ai pas envie de ressortir. Même pour te faire plaisir ! dit-elle d'un ton de défi en s'asseyant près de lui. D'ailleurs, si tu veux le savoir, j'en ai par-dessus la tête d'être le garçon de courses de toute la famille !

Vincent éclata de rire :

— Eh bien, tu es d'une humeur charmante, ce matin ! Merci quand même pour les cigarettes.

— Je n'arrive pas à croire qu'ils soient tous sortis, par le temps qu'il fait, dit Laurette. On meurt de froid, dehors ! Où diable sont-ils allés ?

— Papa est chez le coiffeur. Frank, notre brillant apprenti cavalier, est à l'entraînement, au manège de Hardcastle. Quant à Bill, le savant de la famille, il est sorti rendre ses livres à la bibliothèque.

— Ah bon... dit Laurette. (Puis, après avoir avalé une gorgée de thé, elle ajouta :) Olive n'est pas encore venue, ce matin ?

— Non, pas encore.

— Tant mieux, j'aurais été déçue de l'avoir manquée. Nous devons aller ensemble à un bal, ce soir. On n'y jouera que des danses anciennes. Au fait ! ajouta-t-elle avec un sourire, veux-tu nous y accompagner, Vincent ?

— Moi, je veux bien ! s'écria Maggie. S'il te plaît, Laurette, laisse-moi y aller avec Olive et toi. Dis oui !

— Pas question, tu es beaucoup trop jeune. Alors, Vincent, qu'en penses-tu ?

— Non, répondit-il, mais merci de me l'avoir proposé.

— Pourquoi pas ? insista Laurette. Tu t'amuserais bien. Allons, viens avec nous. Accepte.

Il secoua la tête.

— Il n'a pas envie d'aller dans ce genre de bals, Laurette ! intervint Maggie. Ce n'est pas assez amusant pour lui. Le samedi soir, tu sais bien qu'il préfère aller au pub. Mais avant il passe toujours par la salle des fêtes, pour voir les filles qui y sont — voilà ce que j'ai entendu dire. C'est pour cela, je parie, qu'il reste des heures devant la glace à se pomponner. Je comprends pourquoi papa pique des crises ! Il est coquet comme une fille, notre cher frère...

Vincent lui lança un regard furieux :

— Dis donc, Maggie, tu vas un peu trop loin ! Si je ne me retenais pas...

Maggie poussa un hurlement :

— Tu n'oserais pas me battre, Vincent ! Fais seulement mine de me gifler devant papa, tu verras la raclée qu'il te donnera !

— Pas de danger, j'attendrai qu'il ait le dos tourné, répliqua Vincent.

— Du calme, vous deux ! s'exclama Laurette. (Puis, en brandissant un doigt vengeur, elle se tourna vers Maggie :) Toi, tu vas trop loin, c'est parfaitement exact, et tu ferais bien de te surveiller un peu. Quant à toi, Vincent, tu ne devrais pas t'emporter pour si peu, voyons !

— Bon, d'accord... grommela-t-il, vexé d'avoir perdu son sang-froid.

La mine repentante, Maggie se pencha vers son frère.

— Pardonne-moi, Vincent, dit-elle de son ton le plus enjôleur. Faisons la paix, veux-tu ? D'ailleurs, tu m'avais promis quelque chose pour me remercier de t'avoir rapporté des cigarettes.

— Une bonne taloche, oui, si tu continues comme cela, gronda Vincent.

— Eh bien, ça alors ! s'exclama Maggie, indignée. C'est la dernière fois que je fais tes courses, Vincent. Tu ne tiens pas tes promesses, c'est honteux !

Malgré lui, Vincent éclata de rire. Il tendit la main vers sa sœur, lui ébouriffa les cheveux, puis il poussa vers elle une pièce de six pence :

— Tiens, ma chérie, voilà pour ta tirelire.

— Oh. non ! je vais les dépenser tout de suite, répondit Maggie avec un sourire épanoui. Merci, Vincent.

Son frère ne l'écoutait plus. Il alluma une cigarette, réfléchit quelques instants et, se tournant vers Laurette :

— Écoute, n'est-il pas grand temps de régler la question avec Jimmy ? Tu pourrais aller voir un avocat à Leeds... pour parler de ton divorce.

— Il est temps, en effet. J'ai rendez-vous avec un avocat samedi prochain. Jimmy est d'accord sur tout.

— Voilà qui fera plaisir à papa ! déclara Maggie avant que Vincent ait eu le temps de répondre. Ton mariage lui a toujours déplu, Laurette. Il dit que c'est comme cela qu'on met au monde des imbéciles — quand on se marie entre cousins germains.

Stupéfaite, Laurette pâlit et ses yeux se voilèrent de larmes. Puis elle se leva brusquement et courut à la porte :

— Je monte aider maman, déclara-t-elle d'une voix enrouée avant de s'engouffrer dans l'escalier.

Furieux, Vincent se tourna vers Maggie :

— Quand donc apprendras-tu à tenir ta langue ? Tu ne rates jamais une gaffe, ma parole !

— Je n'ai rien dit de mal ! protesta la fillette. Et puis, c'est vrai que papa n'a jamais approuvé le mariage de Laurette avec Jimmy Wells.

Vincent se leva d'un bond. Il lui fallut toute sa volonté pour ne pas rudoyer Maggie :

— Tu sais aussi bien que moi combien Laurette est triste de n'avoir pas eu d'enfant !

— Si ce que papa disait est vrai, répliqua Maggie du même air de défi, elle devrait plutôt s'en réjouir. J'ai tort ?

Vincent leva les yeux au ciel, d'un air excédé :

— Tous ces contes de bonne femme !... Dans certains domaines, Papa pense encore comme au Moyen Age... dit-il en se dirigeant vers la penderie, où il prit son manteau.

— Où vas-tu, Vincent ? demanda Maggie.

— N'importe où pour ne plus te voir ni t'entendre !

10

Vincent l'aperçut à travers la vitrine de l'oisellerie.

Il n'en crut d'abord pas ses yeux.

Pétrifié, il la contempla. Puis, les mains en visière, il s'approcha de la vitrine. Oui, c'était bien *elle,* en chair et en os, qui examinait les perruches. C'est alors qu'il remarqua l'enfant qui se tenait à côté d'elle.

Vincent crut que son cœur cessait de battre.

Était-elle mariée ? Non, impossible ! Au bal, elle ne portait pas d'alliance. Elle semblait trop jeune pour avoir un fils aussi grand. Le garçonnet devait être son frère, à qui elle achetait une perruche ; il avait lui-même l'intention de faire un cadeau à son petit frère Danny et c'était d'ailleurs pourquoi il s'était rendu à ce magasin.

Eh bien, se dit-il, si je reste planté là, je ne serai pas plus avancé ! Autant entrer. D'un geste machinal, il redressa son nœud de cravate puis, après avoir pris une profonde inspiration, il poussa la porte.

En entendant le bruit du timbre, elle regarda par-dessus son épaule. A la vue du nouvel arrivant, elle écarquilla les yeux, aussi stupéfaite de la rencontre qu'il l'avait lui-même été une minute auparavant.

Vincent lui adressa un sourire, qu'elle lui rendit.

Ce sourire parut à Vincent le plus éblouissant qu'il lui eût été donné de contempler depuis très longtemps. Encouragé par cette réaction, il traversa la boutique.

Elle se tourna vers lui et le regarda s'avancer avec un intérêt croissant.

Lorsqu'il fit halte devant elle, il remarqua dans ses yeux une expression attentive, une sorte d'espoir. Il ôta son chapeau, sourit de nouveau :

— Pardon, mademoiselle... Peut-être vous souvenez-nous de moi ?

— Bien sûr ! Nous avons dansé la dernière valse à la salle paroissiale, le jour de la Fête du Bûcher. Je tiens à vous présenter mes excuses pour ne pas vous avoir remercié de m'avoir invitée. Vous avez dû me trouver bien peu aimable.

Vincent la dévisageait, comme paralysé. Ces quelques mots lui avaient suffi : c'était une femme du monde, une *lady.* Il sentit tout son courage l'abandonner et ne put répondre un seul mot. Jamais une jeune fille de ce milieu ne s'intéresserait à un garçon tel que lui, se dit-il en pétrissant son chapeau entre ses mains. La déception, le désenchantement le gagnèrent. Elle lui demeurerait inaccessible, il n'en pouvait douter. Elle était restée muette le jour du bal. C'était maintenant à lui de se sentir tout bête, incapable d'articuler un son.

Le silence s'éternisa, embarrassant.

Ce fut l'enfant qui le brisa en demandant à Vincent :

— Comment vous appelez-vous ?

— Ce n'est pas poli, dit la jeune fille à voix basse. Surveillez vos manières, mon garçon.

— Vincent Crowther, répondit le jeune homme avec empressement, trop heureux de saisir l'occasion. Étonné de s'entendre parler sur un ton normal, il retrouva quelque courage. Les yeux baissés vers le garçonnet, il lui adressa un sourire reconnaissant.

L'enfant lui tendit la main et se présenta à son tour :

— Et moi, Theophilus Bell, de Calpher House à Upper Armley.

Vincent serra la main tendue en s'efforçant d'imiter le maintien solennel de son interlocuteur :

— Ravi de faire votre connaissance, Theophilus. Si je puis me permettre, vous avez là un prénom extraordinaire.

— Il veut dire « aimé de Dieu » en grec, expliqua Theo en se rengorgeant. (Puis, avec un sourire joyeux, il ajouta :) Mais vous pouvez m'appeler Theo, vous savez !

— C'est très aimable à vous et je n'y manquerai pas. (Vincent leva alors les yeux vers la jeune fille. Il avait repris contenance et retrouvé sa hardiesse :) Maintenant que vous connaissez mon nom, dit-il avec son plus engageant sourire, aurai-je l'honneur d'apprendre le vôtre ?

— Bien volontiers, monsieur Crowther. Je m'appelle Audra Kenton, répondit-elle avec un sourire aussi chaleureux que celui de Vincent, à qui elle tendit la main.

Vincent la prit, étonné de ce contact. La main était petite, aussi menue que celle à qui elle appartenait. Il la garda dans la sienne plus longtemps qu'il n'aurait fallu, incapable de la relâcher tandis qu'il plongeait le regard dans ces yeux d'un bleu si profond. *Je ne peux pas la laisser s'éloigner,* se dit-il tout à coup. *Jamais. Je la veux près de moi, pour moi, ma vie durant ...*

Cette pensée inattendue l'épouvanta.

Il cligna les yeux, lâcha enfin la main, se détourna, décontenancé par ses propres sentiments. La seule idée du mariage lui paraissait absurde ; avec cette jeune fille, elle devenait grotesque. Elle était trop différente de lui, trop lointaine. Inabordable. Jamais elle n'éprouverait le moindre attrait pour un simple compagnon maçon. Visiblement, elle était une parente des Bell, membres de la haute bourgeoisie, des gens riches et influents. De toute façon, le mariage ne figurait nullement dans ses projets actuels ; il voulait profiter de la vie et de ses plaisirs avant de fonder un foyer. Il serait bien sot de se laisser prendre à pareil jeu de dupes ! Et puis, il n'avait pas encore vingt-cinq ans — il ne les aurait qu'en juin.

Ces arguments lui traversèrent l'esprit en un éclair et, déjà, il n'avait plus envie que de fuir. Il s'aperçut alors, avec irritation, qu'il était hors d'état de bouger. Soudain mal à l'aise, mécontent de lui-même — et d'elle, par conséquent —, il tritura de plus belle les bords de son chapeau.

Pendant ce temps, Théophilus le tirait par la manche :

— Nous cherchons une perruche, monsieur Crowther. Et vous, qu'êtes-vous venu acheter ?

Soulagé par cette intervention providentielle, Vincent lui répondit :

— Franchement, Theo, je n'en sais trop rien. Je cherche un cadeau pour mon petit frère. Il a quatre ans. Je n'ai pas pensé à lui demander son avis avant de sortir et maintenant, j'hésite. Vous me paraissez plein d'expérience pour ce genre de choses. Peut-être pourriez-vous me donner des idées.

— Laissez-moi réfléchir une minute. (Theo hocha la tête et prit un air absorbé tout en regardant autour de lui.) Il n'est pas facile de se décider. Ici, voyez-vous, il n'y a pas tellement de choix.

En entendant la réplique sans détour du jeune garçon, Vincent éclata de rire.

— Ne le dites pas devant M. Harrison ! Il croit que sa boutique est la meilleure d'Armley.

— Il a raison, c'est la seule, répondit Theo, visiblement fort satisfait de lui-même.

— Allons, allons... dit Audra sur un ton de réprimande, mais sans conviction. (Elle avait elle-même du mal à ne pas rire et lança à Vincent un regard complice, en murmurant :) Qu'y pouvons-nous ?

— C'est un drôle de numéro, à ce que je vois, répondit Vincent sur le même ton.

Le regard de Theo allait de l'un à l'autre, pour revenir se poser sur Vincent qui semblait le fasciner.

— Je crois que vous devriez acheter une perruche à votre petit frère, déclara-t-il. M. Harrison en a assez pour qu'on puisse choisir. Venez, monsieur Crowther, je vais vous montrer, poursuivit-il en tirant Vincent par la manche. Comment s'appelle votre frère ?

— Danny.

Vincent se laissa mener vers une rangée de cages, disposées contre un mur de la boutique. Theo et lui les contemplèrent quelques instants.

— Je dois reconnaître, Theo, que ce sont de beaux oiseaux, dit-il au bout d'un moment.

Audra les rejoignit. Vincent fut aussitôt conscient de sa présence. Les émotions qu'elle éveillait en lui, l'attrait physique qu'il éprouvait pour elle le troublaient profondément. Il résistait à grand-peine au désir de lui saisir la main, de l'entraîner ailleurs, là où ils seraient seuls ensemble. Il avait envie de la serrer dans ses bras, de la caresser. Il s'efforça de s'intéresser aux oiseaux.

— Theo voudrait celle-ci, là-bas à droite, dans la cage verte, dit Audra. Qu'en pensez-vous, monsieur Crowther ? Elle vous plaît ?

Vincent ne put que répondre d'un signe de tête.

— Audra m'en fait cadeau, déclara Theo.

— Vous avez bien de la chance, parvint à bredouiller Vincent.

— C'est vrai. Allez-y, monsieur Crowther, choisissez une perruche pour Danny. Elles sont faciles à soigner. On n'a pas besoin de les promener en laisse, comme les chiens, et elles ne coûtent pas cher à nourrir. Elles ne mangent pas grand-chose.

— En effet, approuva Vincent. (Il s'était ressaisi et échangea avec Audra un regard amusé.)

— Oh ! voyez celle-là ! poursuivit Theo. Quelle splendeur ! Je suis sûr qu'elle plairait à Danny. C'est un fort beau spécimen de perruche ondulée d'Australie, le corps jaune-vert, les joues et la queue bleues, les ailes rayées de brun...

— Perruche *ondulée* ? s'exclama Vincent, ébahi. Je croyais qu'il s'agissait de vulgaires perruches !

— Oui, mais la perruche fait partie de la famille des perroquets, qui comprend trois cent quinze espèces aux couleurs toutes différentes, répondit Theo, fier de son savoir. Il y a les inséparables, les loris, les cacatoès, les aras, pour n'en citer que quelques-uns. Moi, je voulais un perroquet. Je comptais lui apprendre à parler. Mais il faut faire très attention avec les perroquets, à cause de la psittacose. C'est une maladie infectieuse qui peut se communiquer à l'homme. Elle ressemble un peu à la pneumonie. De toute façon, M. Harrison n'a pas de perroquets, voilà pourquoi nous achetons une perruche. Un jour, pourtant, j'en aurai un, j'y tiens.

Effaré, Vincent l'avait écouté bouche bée :

— Pour un si petit bonhomme, Theo, vous êtes un vrai puits de science ! On jurerait que vous avez avalé une encyclopédie. Est-ce dans un dictionnaire que vous puisez tous ces renseignements ?

— Oh non ! c'est Audra qui m'apprend cela, répondit Theo. Elle est très intelligente, vous savez, et elle m'a enseigné des tas de choses depuis qu'elle est avec moi. Maman dit qu'elle est la meilleure gouvernante que j'aie jamais eue. Maintenant, si vous ne voulez pas acheter une perruche pour Danny, choisissez un des canaris qui sont là-bas. Ils appartiennent à la famille des serins. Ce sont de très jolis oiseaux eux aussi et, surtout, ils savent vraiment chanter. Je crois que Danny serait très content d'en avoir un. Il faudra lui apprendre des airs — au canari, je veux dire, pas à Danny.

— Oui, bien sûr, répliqua Vincent distraitement. Gouvernante, se répétait-il. Ainsi, elle n'était que la *gouvernante* du petit et pas une parente des Bell. Une de leurs employées. Bien sûr, cela ne modifiait pas fondamentalement la situation. Audra Kenton restait une *lady*. Mais une *lady* qui devait travailler pour gagner sa vie. Une aristocrate

ruinée, sans doute. Elle n'était donc pas aussi inabordable qu'il l'avait d'abord cru.
Du coup, Vincent sentit ses espérances renaître.

Ils remontaient tous trois ensemble la grand-rue.
Vincent portait la cage de l'oiseau. Audra et lui avaient fini par acheter deux perruches semblables, mais Vincent avait demandé à Joe Harrison de lui garder la sienne qu'il passerait prendre un peu plus tard. Il avait ensuite proposé à Audra de les raccompagner, elle et l'enfant, jusqu'à Calpher House. Elle avait accepté. La cage à la main, il lui avait ouvert la porte de la boutique et, un large sourire aux lèvres, s'était félicité de la chance qui le favorisait ce matin-là.
Ils marchaient donc dans la rue, côte à côte et du même pas, sans parler mais dans un silence amical. Theo gambadait devant eux.
Bien qu'il fût presque midi, il faisait encore froid mais le vent s'était calmé. Un pâle soleil d'hiver aux reflets argentés brillait dans le ciel pur, sans nuages.
Quelle journée superbe, se disait Audra qui regardait autour d'elle avec un sourire ravi. Une sensation de bonheur la réchauffait. Un temps si clair, si vivifiant porte à croire que tout, dans la vie, vous est permis. Que l'on peut accomplir n'importe quoi.
Vincent respirait à pleins poumons l'air glacé, tonifiant, et se sentait déborder d'énergie et de joie de vivre. Il lançait à la dérobée des regards vers Audra, si élégante dans son manteau gris et sous son chapeau cloche. Il était fier d'être avec elle — fier d'être vu en sa compagnie dans la grand-rue d'Armley, grouillante de monde comme tous les samedis.
Avant d'arriver à destination, il l'inviterait à sortir avec lui, pensa-t-il malgré son appréhension. Il serait évidemment mortifié d'essuyer un refus ; mais qui ne risque rien n'a rien. Où l'emmènerait-il, si elle acceptait ? Question délicate. Peut-être pourrait-il l'inviter, le lendemain, au réveillon familial du Nouvel An... Non, ce ne serait pas une bonne idée. La pauvre serait sans doute désorientée par l'exubérance de sa famille. D'ailleurs, il préférait être seul avec elle pour leur première sortie.
Absorbée de son côté dans ses propres réflexions, Audra planait sur un nuage. Depuis deux mois, elle avait vécu avec la certitude de revoir le jeune homme. Pourtant, lorsqu'il était entré dans la boutique, elle avait été prise au dépourvu. Au début, du moins. Ensuite, cette rencontre lui avait semblé tout à fait naturelle. Elle avait été si sûre qu'elle se produirait. Son embarras de la fin du bal s'était dissipé et elle se sentait désormais parfaitement à l'aise avec lui.
Il était encore plus beau que dans son souvenir, et tout aussi élégant. Il avait du charme, une personnalité engageante ; son comportement avec Theo le lui avait rendu plus sympathique encore. Audra ne

put retenir un sourire : sympathique ? Curieuse façon de qualifier les sentiments qu'il lui inspirait ! En fait, elle le savait, elle était amoureuse de lui.

Elle le regarda à la dérobée. Il était l'homme de sa vie. Elle n'en désirerait jamais aucun autre.

Leurs regards se croisèrent, et ils se sourirent. Dans une intimité secrète aussitôt établie, le même message passa de l'un à l'autre, sans qu'un mot fût échangé — avec une intensité telle qu'ils durent se détourner. En silence, ils poursuivirent leur marche.

Au bout d'un moment Vincent prit la parole :

— Je ne voudrais pas vous paraître trop curieux, mais depuis combien de temps travaillez-vous chez les Bell ?

— Un an, répondit Audra. Au fait, monsieur Crowther, j'ai pris mes fonctions à Calpher House il y a précisément un an aujourd'hui, jour pour jour. Voilà pourquoi j'ai acheté une perruche à Theo. C'est son cadeau d'anniversaire, si vous voulez.

— Ce serait à eux de vous faire des cadeaux, ne put-il s'empêcher de grommeler. Sans raison, il se sentait tout à coup plein de rancune envers les Bell.

Audra le considéra curieusement, étonnée de son mouvement d'humeur. Puis, avec un sourire, elle répondit :

— Mais ils l'ont fait, monsieur Crowther. Ce matin, au petit déjeuner.

— Alors, tant mieux. J'en suis bien content. (Il marqua une pause.) Si j'en crois votre accent, vous n'êtes pas de la région, poursuivit-il. Où êtes-vous née ?

— A Ripon. J'y ai vécu jusqu'à l'année dernière. Connaissez-vous cette ville ?

— Oui, pour son hippodrome. C'est un endroit charmant, dit-il avec une lueur amusée dans le regard. Et qui me porte chance, je ne vous le cache pas. J'ai toujours réussi à gagner au moins une ou deux livres aux courses de Ripon. On y trouve aussi des pubs bien sympathiques.

— C'est exact, approuva Audra. Et vous, monsieur Crowther, vous êtes des environs, je crois ?

— D'Armley même, où je suis né. Mais si cela ne vous fait rien, appelez-moi Vincent. Chaque fois que je vous entends dire « monsieur Crowther », j'ai l'impression que vous vous adressez à mon père.

— Bien sûr ! répondit Audra en souriant. Et vous appelez-moi Audra.

— Marché conclu. (Il fit halte, lui prit doucement le bras et Audra s'arrêta, étonnée.) Voulez-vous sortir avec moi ce soir, Audra ? demanda-t-il avec précipitation. J'aimerais vous emmener dans un endroit agréable. Peut-être danser à Leeds... Dites-moi que vous acceptez. Dites oui ! conclut-il avec un sourire irrésistible.

— Je crains de ne pas pouvoir. Voyez-vous, je dois...

— Ne vous donnez pas la peine de m'expliquer pourquoi, j'ai compris, dit-il avec dépit, en rougissant légèrement.

— Mais non, Vincent, vous vous méprenez ! reprit Audra. J'allais vous dire que je dois travailler ce soir. Mais je sortirai très volontiers avec vous dès que j'aurai une soirée libre. Sincèrement, j'en serai ravie.

— Ah bon... (Un instant décontenancé, il se ressaisit aussitôt :) Eh bien, c'est parfait... Quel est votre prochain jour de sortie ?

— Mercredi.

Son sourire s'effaça :

— Pas avant ? Enfin, tant pis. Nous devrons nous contenter de la soirée dansante de la salle paroissiale. Cela ne vous ennuie pas d'y retourner ?

— Pas du tout, au contraire... si c'est avec vous. (Elle ponctua sa déclaration d'un sourire hésitant.)

— Moi aussi, Audra, répondit-il avec un regard appuyé.

Ils reprirent leur marche.

Quelques instants plus tard, ils arrivèrent à la grille de Calpher House ; Theo les avait devancés.

— Je vous attendrai ici mercredi prochain à sept heures précises, dit Vincent.

— Inutile de vous déranger, Vincent. Je puis très bien vous retrouvez à la salle des fêtes.

— Non. Pas question de vous laisser faire tout ce chemin sans être accompagnée !

— Comme vous voudrez.

Il lui tendit la cage.

— Au revoir, monsieur Crowther, dit Theo, et à bientôt, j'espère. Vous me direz si la perruche a fait plaisir à Danny.

— Je n'y manquerai pas. Au revoir, Theo.

Vincent se tourna vers Audra, sourit, souleva son chapeau et s'en fut à longues enjambées.

Audra le suivit des yeux. Il se retourna une fois, la salua d'un geste du bras. Elle répondit en agitant la main. Puis, quand il se fut éloigné, elle rentra avec Theo, trop distraite pour prêter attention à son bavardage.

Tout en s'approchant de la maison, Audra la contempla en se remémorant les instants heureux qu'elle y avait passés depuis un an. Elle avait la certitude qu'elle ne vivrait plus longtemps à Calpher House.

Tout commence aujourd'hui, se dit-elle. Aujourd'hui, le premier jour de ma vie avec Vincent Crowther.

Il m'est destiné. Je lui suis destinée.

Ils se marièrent cinq mois plus tard.

La cérémonie se déroula à l'église du Christ-Roi d'Upper Armley, par un beau samedi ensoleillé du mois de juin, deux jours après l'anniversaire d'Audra et une semaine avant celui de Vincent.

La mariée était en bleu. Elle portait une robe d'après-midi en crêpe de Chine, simple mais élégante, qu'elle avait elle-même coupée et confectionnée avec l'aide d'une couturière de *Paris-Modes,* la boutique dont Mme Bell était propriétaire à Leeds. Elle était coiffée d'un chapeau cloche de soie bleue avec une voilette de mousseline. Ses chaussures à talons Louis XV étaient du même daim gris que ses gants. Elle tenait un bouquet de roses et de lys.

Gwen Thornton et Laurette Crowther, ses demoiselles d'honneur, portaient des toilettes identiques de crêpe georgette gris tourterelle imprimé de roses jaunes, des chapeaux cloches de soie grise piquée et tenaient des bouquets de roses jaunes.

Tandis qu'elles s'affairaient autour d'elle pour les derniers préparatifs dans le grand vestibule de Calpher House, Audra ne pouvait s'empêcher de les admirer, toutes deux également blondes et fraîches, et de se sentir fière d'être si bien entourée.

M. Bell avait aimablement offert de tenir le rôle de son père ; ce fut donc à son bras qu'Audra remonta la nef principale de la belle et vieille église de style normand, dont les vitraux chatoyaient au soleil.

En entendant l'orgue et les chœurs résonner sous les voûtes, le cœur d'Audra se serra et des larmes lui montèrent aux yeux à la pensée de ses frères absents. Mais elle ne pouvait se permettre de montrer de la tristesse en un tel moment et elle se ressaisit aussitôt. Elle leva les yeux vers l'autel, où Vincent l'attendait avec son frère Frank, qui était son témoin.

Son expression pleine d'amour, son regard admiratif la réconfortèrent. Vincent lui parut plus séduisant que jamais avec son complet bleu marine tout neuf, sa chemise blanche et sa cravate gris perle.

En arrivant au pied de l'autel, M. Bell se retira et céda sa place à Vincent. La présence du jeune homme, le visage amical de l'officiant dissipèrent le sentiment de solitude qu'éprouvait Audra un instant plus tôt.

Elle entendit à peine les paroles rituelles prononcées par le Révérend Baxter : ...pour le meilleur et pour le pire... dans la richesse et la pauvreté... la santé et la maladie... renoncer à tous les autres hommes... Oui, elle renonçait ! Comment pourrait-elle aimer un autre que Vincent ?

La cérémonie s'acheva sans qu'elle s'en rendît compte. Ils étaient mariés.

Désormais, elle était Mme Vincent Crowther.

Elle descendit la nef, cette fois au bras de son mari, tandis que l'organiste faisait résonner les accents joyeux de la « Marche nuptiale » de Mendelssohn.

Les jeunes mariés s'attardèrent sur les marches de l'église, le temps d'être photographiés, de recevoir les félicitations de la famille, des amis, des Bell et de Margaret Lennox, venue de Ripon pour l'occasion.

Puis, dans les cris et les rires et sous une pluie de grains de riz et de confettis, ils coururent à la voiture qui les attendait devant la grille. L'oncle de Vincent leur servait de chauffeur et les conduisit à Calpher House, où M. et Mme Bell offraient le repas de noces.

Serrée contre Vincent à l'arrière de la voiture, Audra sourit à son mari, baissa les yeux vers l'alliance qui brillait à son doigt. Elle n'aurait jamais cru pouvoir connaître un si grand bonheur.

11

Le clair de lune l'avait transformée en statue d'argent.
Elle était à la fenêtre, immobile, et contemplait la mer, un bras sur la barre d'appui, le corps penché, à demi tournée vers l'intérieur, le visage de profil. Les rayons de la pleine lune faisaient miroiter le satin blanc de sa légère chemise de nuit et l'auréolaient d'un éclat qui, dans l'obscurité de la chambre, lui donnait l'aspect de l'argent pur.
Dans son immobilité, elle paraissait irréelle. De la porte où il l'observait sans être vu, Vincent ne pouvait s'arracher à sa contemplation. Il aurait voulu la prolonger jusqu'à graver à jamais cette image et le souvenir de cet instant dans sa mémoire.
Il avait l'impression de revoir un rêve familier, dont elle aurait toujours fait partie. Il craignait, s'il bougeait, s'il prononçait un mot, de faire voler en éclats cette apparition qui, ainsi que tous ses rêves, s'évaporerait alors pour ne plus revenir.
Son désir renaissait, avec l'intensité fiévreuse éprouvée chaque fois qu'il s'approchait d'elle. Aucune femme n'avait provoqué en lui passion plus exigeante. Lorsqu'ils étaient arrivés à l'hôtel Victoria, à Robin Hood's Bay, le samedi en fin d'après-midi, il avait été incapable de se dominer plus longtemps. Ses émotions trop longtemps contenues, sa convoitise trop sévèrement refrénée depuis cinq mois se déchaînèrent dès l'instant qu'il se trouva seul avec elle dans leur chambre. Avant même de défaire les valises, il l'avait entraînée vers le lit.
Depuis cinq jours, ils n'en étaient pour ainsi dire plus sortis.
Il était devenu l'initiateur inspiré et habile, heureux de son rôle ; elle, la disciple attentive et ardente, impatiente d'apprendre, désireuse de plaire. Passé les deux premiers jours, elle avait su vaincre sa pudeur, sa timidité, et se livrait sans plus de réticences aux jeux de l'amour qu'il lui enseignait. Elle acceptait tout de lui, donnait libre cours à l'adoration qu'elle lui vouait. Il avait été transporté de joie en découvrant, sous la douceur craintive de la vierge, une sensualité profonde dont l'ardeur, depuis son éveil, se mettait au diapason de la sienne.
Avec quel élan, quelle passion il l'aimait, cette jeune femme généreuse qui était désormais la sienne... et pour toujours. Sa femme. Son amante. Son épouse.
La conscience de posséder pareil trésor était comme un aphrodisiaque, le seul fait de la contempler ainsi attisait le feu qui le dévorait. Il caressa du regard sa silhouette menue, aux proportions parfaites,

mise en valeur par le léger voile de satin. Finement ciselée, elle n'en était pas moins voluptueusement galbée. Sa poitrine, haute et ferme, se dessinait sous l'étoffe tendue.

Son désir se fit plus intense, presque douloureux.

N'y tenant plus, il s'avança d'un pas.

Son mouvement, le bruit à peine audible furent perçus par Audra. Elle tourna la tête et sourit.

Lorsqu'il l'eut rejointe, il lui prit tendrement le visage entre les mains. Dans la pénombre, ses yeux lui parurent presque noirs. Penché vers elle, il lui baisa le front, les yeux, les joues. C'est alors qu'il goûta le sel de ses larmes.

Surpris, il eut un mouvement de recul :

— Audra, mon amour, qu'as-tu ? N'es-tu pas heureuse avec moi ?

— Si, Vincent, très heureuse au contraire...

Elle se serra contre lui, l'étreignit, posa la tête sur sa poitrine nue. Un soupir la fit frissonner.

— Alors, pourquoi pleurer ? Pourquoi cette tristesse ?

— Je ne suis pas triste, crois-moi.

Elle se blottit contre sa poitrine, dans l'espoir de le rassurer. Elle l'aimait de tout son cœur, de toute son âme. Elle ne voulait pas qu'il se méprît sur la cause de ses larmes.

— Je t'attendais ici, dit-elle, en admirant la mer, si belle sous le clair de lune, quand j'ai soudain imaginé l'immensité de l'océan qui nous sépare de l'Australie. Alors, l'absence de William et de Frederick s'est imposée à moi. J'étais triste, c'est vrai, triste qu'ils ne soient pas plus près, en Angleterre. N'importe où, pourvu que ce soit sous le même ciel que nous. Et puis, j'ai pensé à notre mariage... et c'est alors que je me suis mise à pleurer. Oh, Vincent, si seulement ils avaient pu y assister ! poursuivit-elle avec un nouveau soupir. Un moment, juste avant le début de la cérémonie, je me suis sentie si seule... C'était terrible.

— Je comprends, répondit-il en lui caressant les cheveux, en la serrant plus fort dans ses bras. Tu souffres d'être séparée de tes frères ; il est normal de regretter leur absence à notre mariage. Seulement, vois-tu, n'oublie pas que tu n'es plus seule désormais. Je suis avec toi. Je le serai toujours.

— Je sais, Vincent.

— Je n'oublierai jamais ton apparition, samedi matin, à l'église. Tu étais si belle dans ta robe bleue ! Tu devrais toujours porter du bleu, il te va si bien.

Contre sa peau nue, il sentit les lèvres de la jeune femme esquisser un sourire et se réjouit de constater que son chagrin s'apaisait.

— Vincent... Répète ce que tu me disais hier soir.

— Je t'ai dit tant de choses hier soir ! Laquelle, exactement ? demanda-t-il en riant.

— La raison pour laquelle tu m'as épousée.

— Parce que je t'aime.
— Et pourquoi m'aimes-tu ?
Un léger rire lui tint lieu de réponse.
— Réponds-moi ! insista-t-elle dans un murmure, en lui caressant le dos du bout des doigts.
Il frissonna à ce contact, sentit son désir renaître.
— Parce que j'aime tout de toi, ta beauté, le son de ta voix, la douceur de ta peau...
Il promena ses lèvres sur son cou, sur sa bouche. Elle répondit à ses baisers. Les lèvres entrouvertes, elle laissa leurs souffles se mêler. Emportés par la passion, ils resserrèrent leur étreinte.

Audra se déplaça légèrement, de sorte que leurs corps fussent collés l'un à l'autre. Son propre désir se manifestait avec tant d'exigence qu'elle frémissait. Pendant leur nuit de noces, elle avait d'abord cédé à l'appréhension en le voyant nu devant elle pour la première fois. Mais il l'avait aimée avec tant de douceur, tant de tendresse qu'elle avait vite oublié sa brève douleur. Ils atteignaient maintenant un accord parfait.

Il interrompit ses baisers, fit glisser les bretelles de la chemise, qui coula à terre pour former aux pieds d'Audra comme une flaque de lumière.

Il plongea dans les yeux de sa femme un regard débordant d'amour, lui caressa la joue. Sa main descendit le long de son dos, s'attarda, explora. Elle frémit sous la caresse. Son cœur battait à se rompre. Dans un soudain élan de passion, elle lui saisit les cheveux à pleines mains.

Alors, il la prit par le bras, l'étendit à terre, s'allongea près d'elle. Mais plutôt que d'assouvir aussitôt leur désir, il préféra prolonger l'attente pour accroître la volupté.

Appuyé sur un coude, il contempla de nouveau le visage d'Audra, son regard tout plein de l'amour intense qu'elle éprouvait pour lui. Elle reconnaissait elle aussi, dans l'éclat des yeux verts de Vincent, le désir, l'adoration qu'il lui vouait. Elle leva la main, lui caressa le visage.

Ce fut lui qui s'écarta, tant il était ému. Dans la clarté de la lune qui baignait la chambre, Audra prenait l'aspect d'une statue de marbre opalescent sortie des mains d'un sculpteur de génie. Mais elle n'avait pas le froid de la pierre. Elle brûlait, au contraire ; sa chair frémissante, ses veines palpitantes attisaient la fièvre du jeune homme.

— Audra, Audra... murmura-t-il. Mon amour. Que tu es belle.

Elle sourit, posa un doigt sur les lèvres de Vincent, en suivit le contour. Il lui saisit la main, en baisa la paume avant de poser la bouche sur sa poitrine, où elle s'attarda.

— Vincent, Vincent, je t'aime tant... répondit-elle dans un murmure.

D'un seul élan, il la prit dans ses bras. Leur union était si profonde, si totale qu'ils ne formaient plus qu'un seul être.

Oui, il l'aimait, cette femme merveilleuse qu'il serrait dans ses bras et qui, dorénavant, était sienne. Ils étaient faits l'un pour l'autre, destinés l'un à l'autre. Rien, jamais, ne pourrait les séparer.

Ils s'abandonnèrent à l'extase, se laissèrent l'un et l'autre submerger sous les vagues d'un plaisir qui ne cessait de culminer en de nouveaux sommets. Longtemps, très longtemps après, épuisés de bonheur, ils redescendirent enfin de ce septième ciel qui, pour eux, était une réalité.

Le premier, Vincent reprit ses esprits :
— Que faisons-nous couchés par terre ? dit-il en pouffant de rire.
— De quoi ris-tu ?
— De moi, mon amour. Pendant des mois, je n'ai rêvé que de t'aimer dans un bon lit moelleux et voilà que nous nous retrouvons sur un tapis ! Est-ce assez ridicule ? dit-il, soulevé sur un coude, en écartant une mèche folle du visage d'Audra. En tout cas, c'est ta faute.
— C'est *ma* faute ? Pourquoi donc ?
— Parce que tu n'es qu'une tentatrice ! Quant je t'ai vue, là, devant la fenêtre, baignant dans le clair de lune, je n'ai pas pu résister. C'est toujours ainsi quand je suis avec toi, ma chérie. Tu me fais perdre la tête.

Sans répondre, Audra se détourna. Vincent perçut aussitôt sa gêne et sa timidité.

C'était ce qui le déroutait le plus en elle, ses contradictions. Dès leur nuit de noces, Audra s'était comportée en partenaire ardente et soumise, obéissant à tous ses désirs. Pourtant, elle ne parlait jamais ensuite du plaisir qu'ils venaient de partager, ni n'appréciait qu'il y fît allusion. Elle lui opposait de si fortes réticences qu'elle semblait tirer devant elle un voile épais, qui les isolait l'un de l'autre. Cette attitude, se disait-il, était sans doute due à son éducation. Une jeune fille bien élevée acceptait sans doute l'amour, pouvait même y prendre plaisir, mais n'avait pas le droit d'en parler ensuite. Il se consolait en songeant que de tels détails ne comptaient guère. L'essentiel était qu'elle lui appartienne et qu'ils s'aiment avec passion.

Il se releva, tendit la main à Audra pour l'aider. Après l'avoir à nouveau embrassée, il lui remit sa chemise, ramassa son pyjama :
— Je meurs de faim ! Pas toi ? Tiens, improvisons un pique-nique, dit-il en prenant un panier de fruits posé sur la table.

Assis en tailleur au milieu du grand lit, ils mordirent à belles dents dans de juteuses pommes rouges. Un instant plus tard, Vincent se releva et alla chercher la bouteille de vin à demi pleine, restant du dîner qu'ils s'étaient fait servir dans leur appartement. Il remplit deux verres, en tendit un à Audra, puis se réinstalla près d'elle.

Bien calé contre les oreillers, il alluma une cigarette :

— Parle-moi encore de High Cleugh, de ce que tu faisais quand tu étais petite, demanda-t-il.

— Tu es insatiable, ma parole ! répondit-elle en riant. Mon passé n'a rien de captivant. D'ailleurs, c'est à ton tour de te raconter.

Il fit la moue :

— Il ne reste pas grand-chose à dire. Tu connais déjà tout de mes aventures enfantines avec mon ami Redvers Buller et, ajouta-t-il avec un clin d'œil malicieux, je ne puis croire que tu veuilles les entendre de nouveau. Nos batailles rangées, les coups de férule du maître d'école, tout cela est bien ennuyeux.

— Mais tu racontes si bien, Vincent.

— Ce n'est pas mon avis, ma chérie... (Il aspira une bouffée de sa cigarette, souffla un rond de fumée, décocha son plus beau sourire, une lueur irrésistible dans le regard :) Allons, Audra, parle-moi encore de ta mère et de ton oncle Peter. La « Belle Edith Kenton » et le séduisant jeune capitaine. Je dois avouer qu'ils me passionnent, ces deux-là.

— Tu as vraiment l'esprit romanesque, Vincent.

— Moi ? dit-il d'un air sceptique.

— Oui, toi, répondit Audra en souriant. Je puis aussi te raconter la mystérieuse disparition des saphirs de ma mère, si tu veux.

— Tes yeux sont comme des saphirs. Le sais-tu ?

— Réponds : veux-tu entendre cette histoire ?

— Oui, bien sûr.

Il écouta le récit avec attention, tout en avalant de temps à autre une gorgée de vin. Sa fascination pour la famille et le passé d'Audra égalait l'amour qu'elle lui inspirait. Il aimait l'entendre parler de son enfance. Il adorait plus encore le son de sa voix, qui se faisait plus mélodieuse lorsqu'elle évoquait son bonheur passé.

12

— Ferme tes yeux, dit Audra. Ne les rouvre que lorsque je te le dirai.

— D'accord, répondit Vincent qui obéit aussitôt.

Prenant son mari par la main, elle le guida à travers la prairie.

— Ne crains rien, il n'y a aucun obstacle. Tu n'as qu'à marcher normalement.

— Hé ! Je ne fais que ça !

— Plus que quelques pas. Maintenant, tourne la tête vers moi — encore un peu à gauche.

Vincent s'exécuta.

— Voilà. Maintenant, ouvre les yeux.

Il battit des paupières, ébloui par le soleil ; puis, la main en visière, tenta d'accommoder sa vision.

— Regarde par là, près des arbres... dans le vallon, lui dit Audra.

Il chercha des yeux le point que lui indiquait son bras tendu et retint un cri de surprise :

— C'est *cela*, High Cleugh ? dit-il, en considérant avec stupeur le vieux manoir.

— Oui, répondit Audra, soudain soucieuse. Tu as l'air étonné. Serais-tu déçu ? Ne le trouves-tu pas aussi beau que dans mes descriptions ?

— Mais si ! Seulement, c'est tellement grand, Audra, tellement impressionnant ! Je ne m'en doutais pas — je veux dire, je n'avais pas idée qu'il s'agissait d'une maison pareille. D'un *château* !

Il ne pouvait dissimuler l'admiration qui transparaissait dans sa voix.

Audra lui serra la main :

— Il n'est pas aussi vaste qu'il y paraît, Vincent.

— Peut-être, ma chérie, mais c'est dix fois plus grand que tout ce que j'ai vu. Et ces jardins ! J'en suis suffoqué — je n'exagère pas.

— C'est ma mère qui les a dessinés et plantés, expliqua Audra. Là-bas, près de la rivière, ce sont ses delphiniums. Quand je vois ces fleurs, je ne peux m'empêcher de penser à elle et à High Cleugh.

— Maintenant, je peux comprendre pourquoi, ma chérie.

— Si tu regardes un peu en aval, là, sur ta droite, tu verras les pierres du gué dont je t'ai parlé. C'est là que nous traversions quand nous montions pique-niquer ici... près de l'Arbre du Souvenir. Il ne s'appelait pas comme cela, bien entendu. Je ne l'ai baptisé ainsi que plus tard... (Elle s'interrompit un instant puis, avec une pointe de tristesse dans la voix, ajouta :) Tu sais ce que je veux dire : après *leur* mort et ma séparation d'avec mes frères.

— Je sais, répondit Vincent qui la prit aux épaules, en un geste consolateur.

Elle leva les yeux vers lui, esquissa un sourire.

Il le lui rendit tout en l'observant attentivement, dans l'espoir que ce pèlerinage ne l'ait pas attristée. Lorsque, quelques jours auparavant, il lui avait demandé s'ils pouvaient en revenant de Robin Hood's Bay à Leeds passer devant High Cleugh, l'idée que cette visite pût réveiller en Audra de douloureux souvenirs n'avait même pas effleuré Vincent. Sur le moment, elle avait d'ailleurs accepté sans hésiter, et même avec joie. Maintenant, Vincent se demandait s'il n'avait pas eu tort de faire cette suggestion. Si les yeux d'Audra brillaient, c'était à cause des larmes et non du plaisir.

— Veux-tu vraiment pique-niquer ici, ma chérie ? demanda-t-il.

— Bien sûr, je l'avais prévu ! L'endroit est si joli, la vue si étendue ! Tu préfères t'en aller ? répondit-elle, toujours soucieuse de prévenir ses désirs.

— Mais non, restons. Je suis toujours d'accord avec toi, tu le sais bien.

Il l'embrassa sur les joues et se dirigea vers le sycomore, à l'ombre duquel il avait déposé deux grands sacs en papier. Il les rapporta vers le sommet de la pente dominant le cours de l'Ure, où Audra l'attendait. De l'un d'eux, il sortit une couverture écossaise, qu'il déplia et étala aux pieds d'Audra.

Alors, avec un salut cérémonieux, il s'inclina devant elle à la manière d'un chevalier face à la dame de ses pensées :

— Mon manteau, noble princesse, vous accueille afin de partager les délices de notre festin ! déclara-t-il en affectant un accent aristocratique.

Audra pouffa de rire et lui fit une révérence :

— Grand merci pour tant de bonté, Sire Galaad ! dit-elle en s'asseyant avec grâce.

Vincent se laissa tomber près d'elle en riant à son tour :

— Remercions plutôt le concierge de l'hôtel Victoria, qui nous a fourni ce repas, dit-il tout en sortant des paquets de l'autre sac.

— Il a été très aimable, c'est vrai, répondit Audra en l'aidant. Oh, regarde ! Le chef nous a même préparé des œufs à l'écossaise ! s'exclama-t-elle en déballant des œufs durs enrobés de chair à saucisse.

Vincent les considéra en connaisseur :

— Ma foi, ils ont l'air aussi bons que ceux de maman. Tiens, voici un petit sac de pickles et un beau morceau de fromage de Wensleydale. Qu'attendons-nous pour commencer ? Il n'a pas non plus oublié ta bouteille de lait.

Leur longue route depuis Robin Hood's Bay, sur la côte est,

jusqu'à Ripon, à travers les immenses landes au nord de York, leur avait ouvert l'appétit. Ils mangèrent presque sans parler.

Cette journée de juin était exceptionnellement belle.

Le soleil brillait dans un ciel sans nuages. Une brise tiède et légère jouait dans les arbres ; l'on n'entendait que le bruissement des feuilles, le clapotis de la rivière et, parfois, un oiseau qui chantait ou s'envolait, avec un bref battement d'ailes.

Ni Audra ni Vincent ne s'émouvaient de ces silences, qui survenaient souvent entre eux. Ils les trouvaient au contraire plaisants, ainsi que tout ce qu'ils partageaient, et se satisfaisaient simplement d'être ensemble, sans éprouver le besoin de se forcer à imaginer des sujets de conversation. Leurs rapports étaient aisés, naturels ; il en avait toujours été ainsi, depuis qu'ils se fréquentaient régulièrement.

Audra observait Vincent à la dérobée.

Ce 12 juin, il avait vingt-cinq ans. Il lui paraissait toutefois plus jeune, peut-être grâce à la fraîcheur de son teint et à son léger hâle. Bien qu'ils ne soient guère sortis de leur chambre d'hôtel pendant leur lune de miel, les quelques heures passées au grand air avaient été bien employées. Ils avaient fait de longues promenades ; lorsque Audra s'était aventurée au sommet des falaises afin de peindre des aquarelles de la baie, Vincent avait tenu à l'accompagner. Il lisait son journal, étudiait les pronostics des courses ou, simplement, s'étendait près d'elle et profitait du soleil.

Audra se demanda tout à coup comment il réagirait si elle lui avouait s'être ennuyée le jour de leur mariage. De fait, la journée lui aurait paru pénible s'il n'avait pas été là. L'absurdité de cette pensée la fit sourire : sans la présence de Vincent Crowther, le mariage n'aurait eu aucune raison d'être !

Lui, en revanche, y avait pris un plaisir manifeste. Gai, souriant, distribuant les poignées de main, il était à l'aise avec tout le monde et Audra avait été frappée de son attitude désinvolte. On l'aurait pris pour le maître de la maison. Personne ne s'en était offusqué, pas même les Bell — Audra, pour sa part, l'avait envié. Elle avait en effet éprouvé un malaise qu'elle s'efforçait de dissimuler sous les sourires et les amabilités.

Dès le début de la réception, elle avait senti que l'atmosphère était tendue. Vincent n'en avait pas même pris conscience.

D'emblée, les rapports avaient été très froids entre les Thornton et les Crowther. En moins d'une heure, Audra avait vu les deux familles s'installer dans une hostilité réciproque à peine voilée, et son désarroi initial s'était transformé en un véritable chagrin. Elle se faisait de plus en plus taciturne, tandis que Vincent débordait de cordialité.

A un moment, elle était entrée dans la salle à manger, où le buffet était dressé, à la recherche de Vincent. Elle avait aussitôt remarqué Gwen et Charlie qui, dans un coin de la pièce, se parlaient avec des mines de conspirateurs. Elle était sur le point de faire demi-tour quand elle surprit les regards meurtriers qu'ils décochaient à Vincent, en grande conversation avec Irène Bell à l'autre bout de la pièce.

Si leurs yeux étaient des poignards, s'était dit Audra en frissonnant, Vincent serait déjà mort. Elle s'était détournée et hâtée de rejoindre son mari, dont elle avait pris le bras en un geste presque protecteur.

Après avoir bavardé quelques instants avec Mme Bell, Audra s'était excusée en prétextant vouloir mieux présenter Vincent à Margaret Lennox. Sans le lâcher, elle l'avait alors entraîné hors de la salle à manger. Cet incident l'avait inquiétée et, surtout, profondément blessée.

Aussi avait-elle été soulagée lorsqu'elle avait enfin pu prendre congé de ses hôtes sans les vexer. Les Bell avaient fait preuve d'une extrême générosité à son égard et elle ne voulait pas passer, à leurs yeux, pour une ingrate. Naturellement, sociable comme il était, Vincent aurait préféré s'attarder encore un peu.

Audra se tourna légèrement sur la couverture, étendit les jambes, prit un morceau de fromage qu'elle grignota en s'efforçant de ne plus penser à Gwen. Elle n'arriva cependant pas à la chasser de son esprit.

Sa meilleure amie éprouvait de l'aversion pour son mari.

Cette déplorable évidence affligeait Audra. Gwen avait conçu de l'antipathie envers Vincent bien des mois avant de faire sa connaissance — ses propos péremptoires de la Fête du Bûcher résonnaient encore aux oreilles d'Audra. Tout cela, bien entendu, à cause de Charlie ! Gwen avait condamné Vincent sans se donner la peine de l'entendre, pour la simple raison qu'Audra l'avait préféré à son frère.

Gwen manque par trop de maturité, se dit Audra. Son amie la décevait : elle se serait attendue de sa part à plus de jugement. Leur amitié, qui lui avait été si précieuse depuis le premier jour, se voyait maintenant menacée. Mais c'était Gwen, pas elle, qui la metttait en danger ! Elle aimait toujours Gwen et refusait de la perdre. Mais elle adorait son mari. Si toutes deux voulaient continuer à se fréquenter, Gwen devrait se montrer aimable avec Vincent. Celui-ci, d'ailleurs, ne se doutait même pas de l'antipathie de la jeune fille et se conduisait à son égard avec la plus grande cordialité. Il méritait sans doute d'être payé de retour, estimait Audra.

Elle réprima un soupir. Il fallait trouver un moyen de montrer à Gwen qu'elle se trompait. Leur amitié ne devait pas s'éteindre, victime de son mariage. Elle allait lui en parler à cœur ouvert le plus tôt possible — mais en faisant preuve de diplomatie, se dit aussitôt Audra, qui entreprit de répéter les phrases et d'élaborer les arguments qu'elle avancerait.

De son côté, Vincent songeait à High Cleugh.

Depuis qu'ils avaient atteint ce poste d'observation, dominant la rivière, il ne cessait de lancer des regards vers le manoir qui se dressait devant lui. Chaque fois, la comparaison s'imposait avec la maisonnette qu'Audra et lui avaient dénichée à Upper Armley et dont ils avaient signé le bail un mois plus tôt.

Lorsqu'ils l'avaient trouvée, tout à fait par hasard, Vincent avait considéré leur découverte comme un coup de chance. La maison était solide, en bon état, commodément située pour son travail. Désormais, elle perdait à ses yeux tout son attrait initial. Par rapport à High Cleugh, où sa femme était née, où elle avait passé sa jeunesse, leur demeure actuelle lui paraissait étriquée, insignifiante. Et il ne pouvait rien lui offrir de mieux.

Il tourna légèrement la tête et contempla Audra avec une lucidité, une objectivité dont il n'était pas coutumier. Dans sa robe bouton d'or, elle était fraîche, ravissante, en tout point désirable. Elle possédait en outre d'innombrables qualités. Elle serait pour lui une épouse parfaite, il n'en doutait pas. Bien qu'il fût peu porté sur l'introspection, Vincent scruta les sentiments que lui inspirait Audra.

Si son existence avait suivi un cours différent, on ne lui aurait pas permis de se marier avec lui.

Cette constatation lui infligea un rude coup. Jamais encore il n'avait envisagé que la famille d'Audra eût pu s'opposer à leur mariage ; maintenant que l'idée s'était présentée à son esprit et qu'il en admettait la vraisemblance, il se sentait démoralisé. Les avertissements de sa mère lui revenaient à la mémoire : « Tu cherches les ennuis, mon garçon, lui avait-elle déclaré. Si tu l'épouses, tu t'en mordras les doigts. » Laurette, elle aussi, était opposée au mariage, malgré son affection pour Audra : « Vous n'êtes pas du même monde, avait insisté sa sœur. Cela ne marchera pas. Elle est née, elle a été élevée en aristocrate. »

Voulant convaincre Laurette que c'était sans importance, il lui avait raconté la rude vie menée par Audra quand elle était fille de salle, décrit les contraintes de son métier d'infirmière. Laurette l'avait écouté, incrédule : « Ne fais pas l'imbécile, Vincent ! Cela n'a rien à voir. Sa naissance, son éducation ne changeront pas, elle restera ce qu'elle est. Elle est différente de toi, de moi, de nous tous. »

Son tempérament emporté l'incitant à réagir à la moindre provocation, il avait tempêté et claqué la porte. Pendant des semaines, il en avait voulu à sa sœur préférée. Et, pour finir, il avait agi à sa guise et épousé Audra sans tenir compte de l'opposition de sa famille, dont Audra ignorait tout.

Vincent restait d'ailleurs convaincu que sa mère et sa sœur avaient tort. La différence de milieu entre Audra et lui était évidemment sans conséquence. Ils s'aimaient : n'était-ce pas là l'essentiel ?

Audra observait Vincent depuis quelques instants déjà et sentit son changement d'humeur :

— Qu'y a-t-il ? Tu as l'air bizarre.

— Mais non, ma chérie, tout va bien, répliqua-t-il avec un rire contraint.

— Il y a un instant, tu paraissais troublé. Es-tu sûr de n'avoir aucun souci, aucune préoccupation ?

— Je ne me suis jamais senti mieux ! dit-il en se forçant à sourire. Je regrette simplement que ce soit le dernier jour de notre voyage de noces. Que ce soit déjà fini.

— Pas tout à fait, répondit-elle en l'embrassant. Il nous reste la journée, la nuit à Harrogate. Nous allons faire un bon dîner au *Cygne Blanc* pour ton anniversaire. L'hôtel est excellent, tu seras content.

Puis, en se redressant, elle poursuivit :

— Notre voyage de noces se terminera demain, Vincent, mais notre vie commune débute à peine. Je sais que nous mènerons une existence merveilleuse.

— Moi aussi, dit-il en se détendant peu à peu.

Audra s'anima alors, parla avec vivacité pendant qu'ils finissaient leur repas champêtre. Elle lui dépeignit avec enthousiasme leur avenir et tous les bonheurs qu'il leur réservait.

13

— Vois-tu des objets qui t'appartiennent, Audra ? demanda Vincent en balayant du regard le salon de La Grange.
— Ces deux huiles, de chaque côté des portes-fenêtres, et l'aquarelle à ce mur, répondit-elle. Mon père les a peintes. Tu peux vérifier, elles sont signées Adrian Kenton.

Vincent traversa la pièce, examina les deux paysages et la nature morte, approuva d'un signe de tête. Puis, se tournant vers Audra, debout près de la cheminée, il demanda :
— Et à part cela ?
— Presque tous les meubles en bois : la commode de marqueterie près de la porte, les deux guéridons Sheraton, cette console là-bas — ah ! ainsi que la petite pendule de Meissen posée dessus. Il y a aussi deux chaises Chippendale, mais elles doivent se trouver dans une autre pièce. Tante Alicia possède également le service à thé en argent de ma mère, d'autres petites pièces d'argenterie, trois tableaux, dont un encore est de mon père. J'ai là l'inventaire, poursuivit Audra en montrant son sac, ainsi que celui des bijoux. Je suis donc armée pour... Elle s'interrompit en voyant la porte s'ouvrir.

Vincent brûlait de curiosité au sujet de la femme qu'il était sur le point de rencontrer. Il en savait ce que lui avait rapporté Audra et ce portrait sommaire lui déplaisait déjà.

Alicia Drummond fit halte sur le seuil.

Un mot vint à l'esprit de Vincent, qui l'observait : *étroite*. Tout, en elle, paraissait rétréci : ses yeux, son visage, son corps. Il ne se demanda même pas si elle était étroite d'esprit, les récits d'Audra avaient suffi pour l'en convaincre.

Audra, qui n'avait pas revu sa parente depuis six ans, fut stupéfiée de son apparence. Alicia Drummond n'avait pas seulement beaucoup vieilli, mais elle semblait en très mauvaise santé. Les traits tirés, le teint blafard, d'une maigreur maladive, elle avait les yeux enfoncés dans les orbites. Les cheveux gris tirés en chignon, elle portait une robe marron foncé qui ne contribuait pas à la rendre plus avenante.

Alicia referma la porte, s'avança de son allure guindée.
— Bonjour, Audra, dit-elle sur un ton toujours aigre. Quand tu m'as écrit, il y a quinze jours, tu ne m'as pas prévenue que tu viendrais avec quelqu'un. Je comptais te voir seule. J'ai été très surprise lorsque la femme de chambre m'a annoncé que tu étais accompagnée de... ton jeune ami ? dit-elle d'un ton interrogatif, après avoir toisé Vincent avec curiosité.

— Bonjour, tante Alicia, répondit sèchement Audra. Je vous présente mon mari, Vincent Crowther. Vincent, je te présente Alicia Drummond, la cousine de ma mère.

Alicia, qui ne s'émouvait pas facilement, resta sans voix. Son *mari*? se répétait-elle, au comble de la stupeur. Quoi, ce beau jeune homme, élégamment vêtu, avait épousé l'insignifiante petite Audra? Elle n'en croyait pas ses yeux.

Vincent s'avança d'un pas, tendit la main :

— Ravi de faire votre connaissance, madame Drummond.

— Bonjour, monsieur, répondit Alicia en le dévisageant. Vincent s'exprimait correctement mais son accent du Yorkshire, pourtant presque imperceptible, n'avait pas échappé à son oreille. Un homme du peuple, se dit-elle. Cela explique tout.

Elle fit négligemment un signe de la main en direction du canapé, murmura : « Asseyez-vous », prit elle-même place au bord d'une chaise et se tourna vers Audra :

— Pourquoi ne pas nous avoir informés de ton mariage ?

Audra éluda la question.

— Nous avons passé notre lune de miel à Robin Hood's Bay, dit-elle. La route de notre retour vers Leeds nous amenait à proximité, aussi ai-je profité de l'occasion pour venir vous voir. Je voulais vous présenter Vincent, puisqu'il...

— Tu as bien fait.

— Puisqu'il reviendra samedi prochain, avec un camion, afin de...

— Un *camion*? l'interrompit Alicia, stupéfaite.

— Oui. Afin d'emporter mes affaires.

— Tes *affaires*?

— Oui, tante Alicia, *mes* affaires — ou plutôt, devrais-je dire, celles de ma mère, qui m'appartiennent depuis sa mort et que vous gardez ici. En *dépôt*.

— Mon dieu, Audra, ne me dis pas que tu vas, à grands frais, louer un camion et faire tout ce chemin — depuis Leeds, disais-tu ? — à seule fin de récupérer quelques vieilleries sans valeur !

— Sans valeur ? répéta Audra. Je ne les qualifierais pas ainsi.

— Moi, si. Ces objets ne valent presque rien.

— Quoi qu'il en soit, j'y tiens. Je veux retrouver autour de moi ces souvenirs de ma mère. De toute façon, ils sont à moi — et ils le sont depuis longtemps.

— Il me semble que deux ou trois tables vermoulues ne justifient pas tant de peine, répliqua Alicia d'un ton sarcastique. (Puis, avec une moue méprisante, elle ajouta à l'adresse de Vincent :) Rendez-vous compte, louer un camion pour transporter quelques bouts de bois ! Audra est ridicule. Quel gaspillage ! Vous êtes sûrement de mon avis.

— Audra désire reprendre possession de ses biens, répondit Vincent sans élever la voix mais avec fermeté. Quand Audra désire quelque chose, je veille à ce qu'elle l'obtienne.

— Bien entendu, dit Alicia en ricanant et en toisant Vincent d'un regard dédaigneux.

— En ce qui concerne les bijoux, ma tante, reprit Audra, je compte les emporter aujourd'hui même.

Alicia ouvrit la bouche, la referma aussitôt devant la résolution qui faisait étinceler les yeux d'Audra et donnait à sa bouche un pli menaçant.

— Je ne suis pas certaine qu'ils soient ici, articula-t-elle enfin. Si mes souvenirs sont bons, ma mère les avait emportés chez elle pour les ranger en lieu sûr.

— Vous n'êtes pas *certaine*? répéta Audra, dont l'expression se durcit. J'aurais cru que vous prendriez un soin scrupuleux du bien d'autrui. Je m'étonne également que vous ayez négligé de vous mettre en rapport avec moi il y a plusieurs semaines. Vous saviez pourtant que j'aurais vingt et un ans au début du mois et que, ayant atteint ma majorité, j'avais légalement le droit de rentrer en possession de ce qui m'appartenait. En réalité, il n'y avait aucune raison valable pour ne pas m'avoir remis les affaires de ma mère depuis des années. Ses...

— Tu n'étais pas mariée, il y a des années! s'exclama Alicia. Qu'aurais-tu fait de ces meubles? Où les aurais-tu rangés?

— J'allais vous parler de ses bijoux. Je m'apprêtais aussi à vous faire observer que mon ancienne patronne, Mme Bell, me disait exactement la même chose il y a à peine quinze jours. M. Bell et elle étaient très surpris que vous ne m'ayez pas donné signe de vie dès le début du mois de mai, pour me demander mes instructions à ce sujet. M. Bell est avocat, l'un des plus estimés de Leeds. Il est parfaitement au courant des lois et de tout ce qu'implique cette situation, conclut Audra en dardant sur Alicia Drummond un regard chargé de sous-entendus.

Celle-ci rougit, se troubla. Depuis la lettre d'Audra, elle était déconcertée. Elle aurait voulu s'approprier les biens de sa nièce et cherchait un moyen détourné d'y parvenir. Maintenant, il lui fallait reconsidérer la question. Elle n'avait nulle envie de se battre avec un homme de loi, ni même avec ce mari qui semblait capable de se montrer fort déplaisant. S'efforçant de dominer son exaspération, elle se leva, s'éclaircit la gorge :

— Il se peut que ma mère ait simplement envisagé d'emporter ces bijoux chez elle, grommela-t-elle, et qu'elle ne l'ait pas fait. Ma mémoire n'est plus ce qu'elle était, hélas! Ils se trouvent peut-être encore ici. Je ferais mieux de monter m'en assurer.

— Ce serait une bonne idée, en effet, répondit Audra.

Alicia sortit à la hâte en maudissant sa nièce. Elle ne s'était pas attendue à devoir affronter mari et avocats. Cette maudite fille la prenait au dépourvu.

Dès qu'ils furent seuls, Vincent dit à mi-voix :
— Cette sorcière ne m'inspire décidément aucune confiance.
— A moi non plus. Elle voulait me dépouiller, répondit Audra sur le même ton.
— Ne t'inquiète pas, je ne la laisserai pas faire. En tout cas, elle a peur de voir M. Bell lui tomber dessus au moindre faux pas. J'ai bien vu comme elle a changé de figure quand tu as dit qu'il était l'un des meilleurs avocats de Leeds.

Toujours assise sur le canapé, Audra regardait autour d'elle. Cette pièce, la maison tout entière et ses occupants lui inspiraient plus que jamais de l'aversion. En se remémorant la cruauté dont Alicia Drummond avait usé envers elle, elle sentit son cœur se glacer. L'image de ses frères lui faisant leurs adieux, le jour de leur départ pour l'Australie, s'imposait à son esprit avec tant de clarté. Elle retrouvait, intacte, la douleur de leur séparation et dut fermer les yeux. Parviendrait-elle jamais à surmonter ce chagrin ? Un jour, peut-être... Désormais, elle n'était plus seule au monde. Elle avait Vincent, qui lui tenait lieu de famille. Elle rouvrit les yeux, se tourna vers lui.
Il remarqua aussitôt la tristesse qui assombrissait son regard. En lui prenant la main, il dit :
— Cet endroit te rend malheureuse et me donne la chair de poule. Nous filerons dès que tu auras réglé tes affaires avec cette vieille chouette.
Audra approuva d'un signe de tête. Assis côte à côte, en silence, ils attendirent, main dans la main.
Alicia Drummond ne tarda pas à reparaître. Elle tenait le coffret à bijoux, qu'elle tendit à Audra avec brusquerie :
— Voilà. Tu voudras sans doute vérifier qu'il ne manque rien. Franchement, j'aimerais autant que tu le fasses. Je ne veux pas être accusée, un jour ou l'autre, de t'avoir dérobé quoi que ce soit.
Audra s'abstint de répondre.
Elle contemplait la boîte, posée sur ses genoux. Les souvenirs affluaient : combien de fois l'avait-elle vue, sur la coiffeuse, dans la chambre de sa mère à High Cleugh ! Souvent, quand elle jouait à s'habiller en dame en s'affublant des robes de sa mère, celle-ci lui permettait d'y puiser, de se parer un instant d'une broche, d'un pendentif, d'un collier...
Au bout d'un moment, elle souleva le couvercle, heureuse de pouvoir enfin toucher ces objets. Elle inventoria rapidement le contenu du coffret. L'image de sa mère, le souvenir de son élégance, de sa beauté, évoqués par chacun de ces bijoux, amenèrent sur ses lèvres un sourire mélancolique.
Elle prit la bague de fiançailles, sertie de trois petits diamants, et la contempla longuement. Ma mère a porté ce bijou presque toute sa

vie, se dit Audra. Maintenant, c'est mon tour. Elle se la passa au doigt et éprouva une sensation de plénitude, comme si ce contact la rapprochait de sa mère et la reliait au passé.

Elle n'eut pas besoin de consulter son inventaire qu'elle connaissait par cœur. Les bijoux étaient intacts. Il n'en manquait aucun. Qu'Alicia Drummond les ait ou non arborés pendant qu'elle en avait la garde l'indifférait. Le coffret et tout ce qu'il contenait lui appartenaient dorénavant, rien d'autre ne comptait à ses yeux.

Elle reposa le coffret sur le canapé, entre Vincent et elle, puis sortit de son sac le second inventaire.

— Voici la liste des meubles, de l'argenterie et des tableaux de ma mère qui se trouvent dans cette maison, dit-elle en regardant fixement Alicia. Je vous la confie, vous vérifierez. Vincent viendra chercher ces objets samedi prochain, avec deux de ses frères. Ils seront là vers dix heures. Cela vous convient, j'espère ?

Mortifiée, Alicia se borna à hocher la tête.

Audra posa la feuille sur l'un des guéridons Sheraton et poursuivit :

— J'aimerais emporter dès aujourd'hui les tableaux de mon père. Nous sommes en voiture, ils tiendront sans difficulté à l'arrière.

Impatient d'en finir et d'éloigner Audra de ce lieu sinistre, Vincent se leva :

— Je vais les décrocher tout de suite, déclara-t-il. (Puis, se tournant vers Alicia, il ajouta :) Je sais déjà desquels il s'agit. Audra me les a montrés.

Alicia Drummond était pétrifiée. Incapable de proférer un son, d'esquisser un geste, elle vit Vincent décrocher une des huiles, l'appuyer contre le mur et se diriger vers l'autre, les mains déjà levées.

C'est alors que quelque chose se brisa en elle. Des années de sang-froid et de maîtrise de soi furent balayées en un éclair :

— Bas les pattes ! s'écria-t-elle. Ne touchez pas à mes tableaux ! (Elle bondit, toute dignité oubliée, empoigna Vincent par un bras, et hurla, tremblante de rage :) Je vous interdis de poser les mains sur mes tableaux, misérable !

Stupéfait, Vincent se dégagea, recula d'un pas, se tourna vers Audra, avec qui il échangea un regard effaré.

Audra se leva à son tour :

— Ces tableaux ne sont pas à vous, ma tante. Ils sont à moi, dit-elle en se demandant si Alicia n'avait pas soudain perdu la raison. Ils ont été peints par mon père, vous ne l'avez sûrement pas oublié. Ils ont toujours été accrochés à High Cleugh et font partie de l'héritage que m'ont légué mes parents. Ma mère ...

— Ta mère ! hurla Alicia. Ne me parle pas de ta mère. Elle n'était rien d'autre qu'une ... qu'une putain !

Audra étouffa un cri.

— Mesurez vos paroles ! s'exclama Vincent. Je n'admettrai pas que vous parliez à ma femme sur ce ton. Qu'est-ce qui vous permet de traiter sa mère de cette manière indigne ?

— Le mot vous déplaît ? Alors, prenez-en un autre, vous n'avez que l'embarras du choix : catin, roulure, cocotte, ils lui conviennent aussi bien. Car c'est elle qui me l'a volé, mon Adrian ! Elle me l'a arraché des bras ! criait Alicia d'une voix qui se brisait. Il était à moi, nous étions promis l'un à l'autre. Nous devions nous marier — jusqu'à ce qu'elle se jette à son cou, lui tourne la tête et le traîne dans son lit avec ses manigances !...

Alicia faillit s'étrangler. Les mains à la poitrine, comme sous l'effet d'une insupportable douleur, elle haletait.

Atterrée, Audra jeta à sa parente un regard horrifié :

— Ainsi, dit-elle avec dégoût, c'était cela ! C'est par *jalousie* que vous nous avez punis, mes frères et moi. Quelle ignominie d'arracher ainsi des enfants les uns aux autres, pour un motif aussi bas ! Alors même que mes parents étaient déjà morts, que le passé n'avait plus d'importance. Vous êtes une méchante femme, Alicia. Quant à ce que vous prétendez, entre mon père et vous... (Audra dut s'interrompre afin de reprendre haleine avant de poursuivre :) J'ai peu connu mon père. Mais ce que je sais de lui me permet de dire que c'était un homme bon et sensible. Jamais vous ne me ferez croire qu'il ait pu, un seul instant, éprouver de l'attrait pour une femme telle que vous. (Écœurée, Audra se détourna.) Veux-tu finir de décrocher ces tableaux, Vincent ? Nous partirons aussitôt.

Tandis que Vincent s'exécutait, Audra alla prendre son sac et la boîte à bijoux restés sur le canapé.

Alicia Drummond ne se maîtrisait plus et avait abdiqué toute dignité. La haine qu'elle avait si longtemps vouée à Edith Kenton et que la mort elle-même n'avait pu apaiser se donnait libre cours. Les traits déformés par la rage, elle se précipita vers Audra :

— Adrian Kenton n'était pas ton père ! lui cria-t-elle. Il n'était *pas* ton père, entends-tu ? Tu n'es qu'une bâtarde. La bâtarde de Peter Lacey ! Elle faisait déjà la vie avec lui alors qu'Adrian n'était pas encore mort. Mon pauvre, mon cher Adrian, forcé de subir ces turpitudes...

Bouleversée, Audra recula d'un pas :

— Ce n'est pas vrai ! s'écria-t-elle.

— Si, c'est vrai ! Ta mère trompait son mari sans vergogne et tu n'es qu'une bâtarde !

— Et vous, Alicia Drummond, vous n'êtes qu'une ignoble menteuse !

Vincent comprit qu'il devait s'interposer sans plus attendre. Il prit Audra par le bras et l'entraîna, presque de force, en direction du vestibule. Il retourna en hâte dans le salon, saisit les tableaux décrochés et se tourna vers Alicia Drummond.

Elle était restée plantée au milieu de la pièce et se tordait nerveusement les mains, hagarde, les yeux fous. Vincent se demanda si elle n'avait pas, cette fois, perdu la raison.

— Je reviendrai samedi prochain chercher le reste, dit-il. Veillez à ce que tout soit en parfait état, sinon...

— Auriez-vous l'audace de me menacer ?

— Je ne vous menace pas, je vous avertis simplement que je ne plaisante pas. Nous avons la loi pour nous, ne l'oubliez pas, madame.

Audra l'attendait dans le vestibule, livide, tremblante, la boîte à bijoux serrée contre la poitrine.

— Viens, lui lança Vincent. Et ouvre-moi la porte, ma chérie, je suis chargé.

Elle se ressaisit avec peine et se hâta d'ouvrir la porte.

Une fois dans la voiture, Vincent respira mieux. Il descendit la longue allée, fit halte à la grille, s'engagea sur la route de Ripon. Après avoir conduit quelques minutes, afin de s'éloigner suffisamment de La Grange, il immobilisa le véhicule à l'ombre d'une haie. Audra et lui se tournèrent l'un vers l'autre.

Il ne l'avait encore jamais vue aussi pâle ; elle serrait convulsivement le coffret dans ses bras comme si elle craignait qu'on ne le lui arrachât. Au moins avait-elle cessé de trembler. En la regardant dans les yeux, Vincent se sentit profondément ému, tant ils exprimaient de souffrance. Il voulait la consoler mais ne savait trop comment s'y prendre.

— Tout va bien maintenant, ma chérie, dit-il avec douceur. Tu n'auras plus jamais à remettre les pieds dans cette horrible maison.

— Je sais, murmura Audra.

Ils continuèrent à se dévisager en silence. Au bout d'un moment, elle ajouta, d'une voix à peine audible :

— Tu ne l'as pas crue, n'est-ce pas ? Tu ne crois pas que je sois... illégitime ?

Ses lèvres se remirent à trembler et ses yeux se remplirent de larmes.

— Bien sûr que non ! s'écria-t-il. Tu l'as dit toi-même, ce n'est qu'une ignoble menteuse.

— Alors, pourquoi inventer cette répugnante calomnie ?

Vincent lui lança un regard incrédule :

— Voyons, ma chérie, tu sais très bien pourquoi ! C'est une vieille sorcière haineuse, aigrie, jalouse de tout. En plus, si tu veux mon avis, elle perd la tête. Je ne serais pas surpris d'apprendre un de ces jours qu'on lui a passé la camisole de force.

— Tu as peut-être raison, répondit Audra, sans conviction.

L'attitude d'Alicia Drummond l'avait profondément choquée. Cette femme était mauvaise. La folie n'avait probablement rien à voir dans la scène odieuse qu'elle venait de jouer. Audra ne put s'empêcher de penser à ses frères, aux années d'épreuves qu'ils avaient subies en Australie, à sa propre solitude après leur départ en exil.

— Te sens-tu bien ? lui demanda Vincent.

— Oui. Je me disais simplement que les gens sont parfois méchants, répondit-elle à voix basse.

— Ils le sont même souvent, dit-il en posant la main sur son bras. Calme-toi, ma chérie. Personne ne te volera ton coffret à bijoux.

Audra esquissa un sourire, desserra son étreinte et posa la boîte sur ses genoux.

— Vincent, dit-elle enfin, remettons-nous en route. Nous n'allons pas passer toute la journée ici.

— D'accord, mais où désires-tu que je t'emmène ? Veux-tu toujours rendre visite à ta grand-tante, ou filons-nous tout de suite sur Harrogate ?

Audra marqua une légère hésitation :

— Non, nous ferions mieux d'aller la voir, comme prévu. Elle compte sur nous et j'aimerais que tu fasses sa connaissance. Elle est cent fois meilleure que son horrible fille.

— Eh bien, indique-moi le chemin.

— Nous ne sommes pas très loin de chez elle. Continue sur cette route jusqu'à Cobbler's Green. Là, nous tournerons à droite. Bedelia Cottage est au bas de la pente.

Vincent remit la voiture en marche et ils roulèrent une dizaine de minutes en silence. Ce n'est qu'en arrivant à Cobbler's Green qu'Audra reprit la parole :

— Ce pourrait être vrai, tu sais.

Vincent comprit aussitôt de quoi elle parlait :

— Peut-être. En tout cas, à ta place, je ne me ferais pas de souci.

— Pourquoi ?

— Parce que tu ne le sauras jamais. Ta mère seule pourrait répondre — et elle est morte.

— Elle aurait pu se confier à ma grand-tante Frances. Elles étaient très intimes, je te l'ai déjà dit.

— Tu ne vas quand même pas lui poser la question !

— Peut-être que si.

Audra ne demanda rien à sa grand-tante.

A peine arrivés à Bedelia Cottage, ils se rendirent compte que la vieille dame avait beaucoup décliné. L'après-midi touchait à sa fin, mais il faisait encore un temps splendide, chaud et ensoleillé. Les fenêtres n'en étaient pas moins closes et Frances Reynolds était assise devant la cheminée du salon, où flambait un grand feu, les épaules enveloppées d'un châle, les mains tendues vers la flamme.

Audra guida Vincent à travers le labyrinthe des meubles et du bric-à-brac qui encombrait la pièce, où régnait une odeur qu'elle reconnut aussitôt. L'air sec et poussiéreux était chargé d'effluves de pommes blettes, de cire et de fleurs séchées, inchangés depuis son enfance.

Lorsqu'elle se pencha pour embrasser les joues ridées de sa grand-tante, elle huma une bouffée de naphtaline, mêlée d'eau de lavande et de bonbons à la menthe. Audra éprouva un élan de tendresse pour la vieille dame et un sentiment mélancolique l'étreignit un instant.

Frances Reynolds ne se tenait pas de joie de revoir Audra et de faire la connaissance de Vincent. Sa surprise de découvrir Audra en compagnie d'un mari ne l'empêcha pas de manifester à ce dernier une sympathie immédiate. Elle pépiait comme un oiseau, prodiguait des sourires protecteurs, tapotait affectueusement la main d'Audra tout en l'assaillant d'innombrables questions.

Audra lui répondait de son mieux sans cesser de l'observer avec sollicitude. Elle paraissait aussi fragile et diaphane que la porcelaine des tasses dans lesquelles ils buvaient du thé. Audra l'avait toujours connue petite et grisonnante ; mais elle semblait s'être encore amenuisée.

Malgré la chaleur, Audra ne put retenir un frisson en évoquant la mort prochaine de sa grand-tante, qu'elle voyait sans doute pour la dernière fois. Frances Reynolds approchait de quatre-vingt-dix ans et vivait peut-être ses derniers jours. C'est alors qu'Audra comprit qu'elle serait mal venue de la troubler par des questions indiscrètes sur le passé de sa mère. Elle bouleverserait inutilement cette femme douce et bonne, qui avait toujours tendrement aimé Edith Kenton et qui, en ce moment, manifestait à la fille d'Edith la même affection que naguère et accueillait Vincent les bras ouverts.

Vincent a raison, songeait Audra. Ma mère seule connaissait la vérité et elle l'a emportée avec elle dans la tombe. Il serait malséant de souiller sa mémoire en évoquant un hypothétique adultère et en mettant en doute la légitimité de ma propre naissance.

Elle garda donc le silence.

Ils passèrent près de deux heures à Bedelia Cottage ; ce ne fut que lorsqu'ils manifestèrent leur intention de prendre congé que Frances Reynolds prononça le nom d'Edith Kenton.

— A la mort de ma chère Edith, dit-elle à Audra en levant les yeux vers elle, Alicia a emporté tous les papiers qu'elle avait trouvés à High Cleugh. Je les lui ai toutefois repris, car je voulais les mettre de côté pour toi, ma chérie, quand tu aurais grandi. (Frances Reynolds marqua une pause, sourit.) Ah ! ma chère enfant, je te vois tout à coup impatiente ! Mais tu seras déçue, il n'y a rien de très important dans ces papiers. Quelques vieilles lettres, son acte de naissance, celui de son mariage, quelques photographies, c'est à peu près tout.

— J'y tiens quand même, affirma Audra.

— Bien sûr, ma chère petite. C'est pourquoi je te les ai gardés tout ce temps. (Puis, se tournant vers Vincent, elle ajouta :) Ils sont dans cette mallette, là-bas. Soyez gentil, allez les chercher.

— Certainement !

Vincent se leva et revint un instant plus tard, la mallette à la main. Il fit mine de la tendre à la vieille dame :

— Non, non, donnez-la à Audra. Ces papiers sont désormais à elle, Vincent.

— Merci, ma tante, dit Audra.

Elle prit la mallette, reconnut les initiales de sa mère, EWK, en lettres d'or estampées entre les serrures. Elle souleva le couvercle, palpa le contenu, mais en réserva l'examen détaillé pour plus tard, lorsqu'ils seraient seuls dans leur chambre du *Cygne Blanc,* à Harrogate.

— Merci mille fois, ma tante, répéta-t-elle. Je suis très touchée que vous ayez conservé ces papiers pour moi.

La vieille dame hocha la tête en souriant :

— Je savais que tu allais rendre visite à Alicia. Je suppose que tu en as profité pour reprendre les bijoux de ta mère.

— En effet...

Audra s'interrompit, de crainte d'en dire trop. D'un bref regard, elle lança à Vincent un appel à l'aide.

Il vint aussitôt à son secours :

— Tout s'est très bien passé. Je reviendrai la semaine prochaine en camion, avec mes frères, pour prendre les meubles et les autres affaires d'Audra.

La vieille dame lui adressa un large sourire avec une expression satisfaite, presque triomphante. Puis, saisissant sa canne, elle se leva :

— Venez, dit-elle, suivez-moi dans la salle à manger. Je veux que vous choisissiez vous-mêmes une pièce d'argenterie pour votre première maison.

14

— Vincent, je t'en prie, il faut te lever ! dit Audra en le secouant par l'épaule.

Il se retourna dans le lit, se mit sur le dos et entrouvrit les yeux, ébloui par la lumière qui filtrait à travers le fin voilage :

— Pourquoi ?

— Tu le sais très bien ! s'exclama Audra en s'efforçant de dissimuler son agacement. Gwen va venir dîner.

— A condition qu'elle daigne se montrer.

— Dimanche dernier, c'était ma faute. Je m'étais trompée de jour.

Il fit une moue dubitative et ne répondit pas.

— Allons, Vincent, lève-toi, je t'en prie ! insista-t-elle en élevant la voix.

Pour toute réponse, il l'attrapa par le poignet, l'attira vers lui, la coucha en la tenant à la taille.

— Reviens au lit avec moi, lui chuchota-t-il à l'oreille. Rien qu'une demi-heure.

Audra se débattit :

— Je ne peux pas, tu le sais très bien. Je n'ai pas le temps.

— Dis plutôt que tu n'en as pas envie, répliqua-t-il en la relâchant.

Elle se leva d'un bond, s'éloigna du lit, mécontente :

— Tu es de mauvaise foi !

— Pas du tout. Tu me repousses, depuis quelque temps.

— Non ! dit-elle en rougissant. C'est toi qui choisis toujours les plus mauvais moments.

Vincent jeta un coup d'œil au réveil, posé sur la table de chevet en bambou :

— Je ne vois pas en quoi un dimanche, à quatre heures et demie de l'après-midi, est un mauvais moment. Il me paraît fort bien choisi, au contraire.

— Nous attendons une invitée !

— Ah oui ! La grande mademoiselle Gwen Thornton, dit-il d'un ton acerbe. Je ne sais vraiment pas ce que tu lui trouves ni pourquoi tu lui cours après.

— Je ne lui cours pas après.

— Si. Je commence même à me demander si tu ne la préfères pas à moi.

— Ne dis pas de bêtises ! s'écria Audra. C'est absurde, voyons ! (Et elle poursuivit sèchement :) De toute façon, je ne suis pas d'humeur à... à me recoucher et à faire l'amour. Surtout pas après ta conduite de ces dernières semaines.

— *Ma* conduite ? De quoi diable veux-tu parler ?

Il se redressa d'un coup, les yeux brillants de fureur.

— Tu ne te rends donc même pas compte de ce que tu fais ?

— Explique-toi !

— Oh ! Vincent, tu exagères ! Si je ne me retenais pas... D'abord, j'en ai assez de ta comédie, tous les dimanches, à l'heure du déjeuner. Tu disparais au pub avec tes frères pour n'en revenir qu'à deux heures passées, après avoir promis d'être de retour à une heure au plus tard. Et ensuite, c'est toi qui te fâches parce que le déjeuner est trop cuit... comme si c'était ma faute !

— Je ne me suis pas fâché, aujourd'hui.

— Si ! Cela ne te réussit pas de boire, Vincent. Cela te donne mauvais caractère, te rend agressif, invivable.

Il faillit ne pas relever ces reproches, devenus habituels de la part d'Audra depuis quelque temps, mais la colère l'emporta :

— Pas de sermons, je te prie ! dit-il. Je ne suis plus un gamin. Je vais au pub tous les dimanches depuis que j'ai eu dix-huit ans et ce n'est pas maintenant que je changerai mes habitudes. Tout le monde va au pub le dimanche, c'est une vieille tradition anglaise.

Oui, chez les ouvriers, se surprit-elle à penser. Audra s'en voulut aussitôt, tant elle détestait chez les autres le snobisme et les préjugés.

— Ce n'est pas tout, dit-elle. Tu m'as encore laissée seule chez ta mère hier soir, pendant que tu allais au pub avec tes frères.

— C'était l'anniversaire de Billy ! s'écria-t-il d'un ton indigné.

— Je le sais, et je ne t'ai jamais reproché de célébrer des occasions comme celle-ci. Mais ce n'était pas l'anniversaire de Billy samedi dernier, ni le samedi d'avant, ni même le précédent. Tu sortais seul, ces soirs-là.

— Tu n'avais pas besoin de rester à te morfondre chez ma mère, hier soir. Tu n'avais qu'à aller danser avec Laurette, elle t'avait invitée.

— Je ne suis pas mariée avec Laurette, mais avec toi.

Il poussa un soupir exaspéré :

— Si tu veux dire par là que je dois rester accroché à tes jupes vingt-quatre heures par jour pour le restant de ma vie, tu ferais mieux de ne pas y compter, crois-moi !

Audra s'abstint de prononcer la riposte qui lui venait aux lèvres. Elle avait tort de discuter avec lui à un moment pareil. Gwen devait arriver dans moins d'une heure et elle aurait justement voulu éviter de la recevoir dans une atmosphère tendue. Il ne fallait surtout pas que Gwen s'imaginât que leur ménage rencontrait des difficultés.

Elle se contenta donc de quitter la chambre en disant calmement : « J'ai des choses à faire », sans lui laisser le temps d'ajouter un mot.

En s'efforçant de ne plus penser aux soucis que lui causait la récente altération de ses rapports avec Vincent, Audra s'affaira dans la cuisine. Elle recouvrit de sa plus belle nappe de dentelle la table en sapin, au milieu de la pièce, sortit du buffet le beau service de porcelaine, cadeau de mariage des Bell, et commença de dresser le couvert.

Lorsqu'elle eut terminé, elle se tourna vers le fourneau, hésitant à l'allumer. Les soirées de septembre pouvaient devenir fraîches, mais il faisait encore beau. Elle se rappela alors qu'il lui fallait des fleurs fraîches pour décorer la table et le salon ; elle prit des ciseaux dans un tiroir, un panier et sortit dans le jardin.

Le cottage ne portait pas de nom, simplement un numéro, le 38, peint en blanc sur la porte verte. Il y en avait trois, tout pareils, dans Pot Lane, courte impasse située derrière The Towers, à Upper Armley. Chaque maison disposait d'un jardinet. Celui d'Audra était le plus fleuri, grâce aux soins prodigués des années durant par les précédents locataires. Elle l'avait parfaitement entretenu depuis leur emménagement, au mois de juin, et avait même procédé à de nouvelles plantations et autres embellissements.

Les dernières roses de l'été s'épanouissaient en penchant leurs têtes alourdies vers le sol. Audra huma leur délicieux parfum, en coupa quelques-unes avec précaution, afin de ne pas faire tomber les fragiles pétales. Elle choisit de préférence les fleurs jaunes et rose pâle, les premières à se flétrir.

— Tu n'as pas idée comme tu es ravissante, déclara Vincent, debout sur le pas de la porte.

Elle releva les yeux. Il lui décocha son plus brillant, son plus irrésistible sourire.

Elle le lui rendit, comprenant qu'il cherchait à se faire pardonner. « Merci », murmura-t-elle. Elle prit son panier et traversa le jardin pour le rejoindre.

Il ne la quitta pas des yeux et à peine se fut-elle immobilisée devant lui qu'il la prit dans ses bras et l'entraîna à l'intérieur. Après avoir fermé la porte et lui avoir ôté le panier des mains, il la serra contre lui et l'embrassa passionnément.

Audra lui rendit son baiser avec la même ardeur, sans réticences, oubliant le ressentiment qu'elle éprouvait encore quelques instants auparavant. Je l'aime, se disait-elle, il m'aime. Rien d'autre ne compte. Nos différends se régleront d'eux-mêmes.

Puis il lui prit le visage entre les mains et plongea son regard dans ses yeux, d'un bleu si profond qu'ils paraissaient presque violets, où se reflétaient ses sentiments les plus secrets :

— Sais-tu, à certains moments, combien je te désire ? demanda-t-il.

— Oui. Je ressens la même chose, répondit-elle avec une hésitation.

Vincent réprima un sourire. Il savait qu'un tel aveu lui était difficile.

— Gwen ne s'attardera peut-être pas trop, ce soir ? dit-il en lui caressant la joue.
— Non, je ne le crois pas. Demain, c'est lundi...
— Eh bien, convenons que nous nous coucherons de bonne heure, chuchota-t-il.
— Bonne idée.
Il la serra encore une fois contre lui puis se dirigea d'un pas dégagé vers la porte :
— A tout à l'heure, ma chérie. Je serai de retour pour le dîner.
— Où vas-tu ? demanda Audra, surprise de cette volte-face.
— Chez ma mère.
— Mais pourquoi ?
— J'ai promis à Frank de l'aider à remplir ses papiers pour l'armée. Papa lui a enfin donné l'autorisation de s'engager et il est fou de joie. Tu sais qu'il meurt d'envie d'entrer dans un régiment de cavalerie et d'être envoyé aux Indes. Ce n'est pas moi qui le lui reprocherai, à vrai dire. A voir comment vont les choses, dans ce fichu pays. Tous ces types déjà au chômage, les autres qui se retrouvent à la rue du jour au lendemain...
Audra se raidit :
— Vincent, est-ce que tout va bien pour toi chez Varley ? Tu n'as pas d'inquiétudes à ce sujet ?
— Mais non, voyons ! dit-il avec un sourire rassurant. Nous construisons la grande baraque du vieux Pinfold. De toute façon, ne te fais aucun souci, ma chérie. C'est mon affaire à moi, le chef de famille. Allons, je m'en vais. A tout à l'heure, dit-il en lui lançant un baiser désinvolte du bout des doigts.

15

— Ah ! Tu as acheté un canapé ? Pas trop tôt ! déclara Gwen en pénétrant dans le petit salon, contigu à la cuisine.

— Oui, répondit Audra qui la suivait de près, avec un froncement de sourcils mécontent.

Gwen se dirigea droit vers le meuble, disposé au milieu de la pièce, devant la cheminée, et s'y assit. Elle croisa les jambes, s'installa confortablement.

Audra se tenait devant elle et la dévisageait attentivement. Gwen arborait son habituelle expression innocente et Audra comprit que son amie n'avait mis aucune malice dans sa réflexion, même si elle semblait sous-entendre qu'Audra n'avait pas eu les moyens de procéder plus vite à cette acquisition.

— Nous l'avons acheté il y a quinze jours, expliqua Audra. Nous recherchions ce modèle depuis longtemps — en fait, avant même notre mariage.

— C'est vrai ? dit Gwen en approchant son visage du dossier, dans un cliquetis de fausses perles. Oh ! s'exclama-t-elle. Du vrai cuir. Superbe ! Moi aussi, tu sais, j'adore l'authentique, j'ai horreur des imitations.

Audra réprima un sourire et fit un pas vers la cheminée. Connaissant le goût de son amie pour le toc et les bijoux clinquants, elle jugea cette dernière réflexion plutôt comique. Ce jour-là, d'ailleurs, Gwen s'était surpassée : elle arborait un ahurissant assortiment de fausses pierres et de verroteries, aux couleurs criardes, qui la transformait en une sorte d'arbre de Noël. Je la reconnais bien là, se dit Audra avec un élan attendri. Elle ne serait plus la même sans ses colifichets, ses perles, ses boucles d'oreilles tintinnabulantes — et je n'essaierais pas de la changer, même si je le pouvais.

Toujours souriante, Audra prit les allumettes posées sur la cheminée :

— Il commence à faire frisquet, dit-elle en craquant une allumette qu'elle approcha des bûches et du papier. Veux-tu un chandail, Gwen ?

— Non, merci, je suis très bien comme cela, répondit Gwen en lissant d'une main sa robe de soie écarlate. J'aurais pu mettre quelque chose de plus chaud, c'est vrai. Mais cette robe est toute neuve et je tenais à te la montrer. Elle te plaît ?

— Elle est ravissante et te va à merveille, dit Audra avec sincérité. En se redressant, elle lança à son amie un regard approbateur.

Gwen se rengorgea, tapota avec affectation sa chevelure blonde :
— Et que dis-tu de ma nouvelle coiffure ?
— Elle me plaît beaucoup. A vrai dire, je crois que je vais suivre ton exemple la semaine prochaine. Veux-tu une tasse de thé, ou préfères-tu un apéritif ?
— Je ne refuserais pas un verre de sherry.
— Dans ce cas, je te tiendrai compagnie.

Audra alla chercher une bouteille et deux verres dans le buffet et les posa sur la console d'acajou, installée contre le mur.

Gwen se tourna pour parler à Audra par-dessus le dossier du canapé :
— Puisque nous en sommes aux compliments, à mon tour de t'en faire un. Tu as admirablement décoré cette pièce, Audra. Les tableaux de ton père sont de toute beauté, surtout celui-ci, au-dessus de la cheminée. Quant aux meubles de ta mère — ma foi, l'ensemble est extraordinaire. Tu peux être fière de toi.
— Merci, Gwen, je suis enchantée que cela te plaise. La pièce n'est pas grande, je l'avoue, mais elle n'en est que plus intime et plus confortable. Qu'en penses-tu ?

Gwen fit un signe d'approbation en continuant à regarder autour d'elle :
— Au fait, comment s'appelle déjà ce curieux ton de vert dont tu as peint les murs ?
— Eau-du-Nil, dit Audra en riant.
— Quel nom bizarre !
— C'est une couleur très en vogue en ce moment.
— Vraiment ? Par exemple... Mais tu t'es toujours tenue au courant des dernières modes, c'est vrai. Je dis tout le temps à maman que tu es un oracle pour tout ce qui touche à la mode, aux toilettes, aux étoffes. Tu sais, j'espère, combien j'apprécie tes conseils. Oui, je ne connais personne qui ait autant de goût que toi. Merci, ma chérie, ajouta Gwen en prenant le verre que lui tendait Audra.

Les deux jeunes femmes trinquèrent, puis Audra se rapprocha de la cheminée et prit place dans l'un des fauteuils Chippendale ayant appartenu à sa mère :
— Tes compliments sur mon bon goût me touchent beaucoup.

Gwen sourit.
— Et où est Vincent ?
— Il est allé chez sa mère, aider son frère à remplir des papiers. Mais il sera de retour pour dîner avec nous.

Gwen avala une gorgée de sherry et préféra ne pas répondre.

Elle avait l'impression que Vincent courait chez sa mère au premier prétexte, mais n'osa le dire à Audra. Depuis leur pénible discussion au mois de juillet, Gwen s'était abstenue de la moindre critique à son sujet. Elle avait compris ce jour-là, tandis qu'elles prenaient le thé chez *Betty*, qu'il s'en fallait de peu qu'elle ne perdît l'amitié d'Audra, ce qui l'avait autant attristée qu'inquiétée.

Audra tenait une grande place dans la vie de Gwen ; aussi surveillait-elle désormais ses propos avec le plus grand soin. Elle restait cependant persuadée que Vincent Crowther n'était pas digne de son amie et rien n'aurait pu la faire changer d'avis sur ce point. Quelque chose, chez cet homme, lui déplaisait souverainement — elle aurait toutefois été bien en peine de préciser quoi. Mais l'aimer présentait un danger, elle le sentait, et son instinct l'avertissait qu'un jour ou l'autre il rendrait Audra extrêmement malheureuse.

Une fois de plus, elle s'étonna qu'il se fût encore enfui chez sa mère — ou peut-être même ailleurs — mais préféra ne plus y penser. En fait, elle se réjouissait de son absence. Elle voulait se trouver seule un moment avec Audra pour lui confier un secret qu'elle n'aurait pas aimé que Vincent apprît. Il avait toujours des idées bien arrêtées sur tout et ne se gênait pas pour exprimer ses opinions quand on ne les sollicitait pas.

Audra prit conscience du silence qui s'éternisait. La nuit tombait de bonne heure en cette saison et la pénombre qui régnait dans la pièce n'était atténuée que par les flammes de la cheminée.

— Tu ne dis rien, Gwen. Aurais-tu du chagrin, des ennuis ?

— Non, non, tout va bien ! se hâta de répondre Gwen, qui se pencha vers Audra et poursuivit en baissant la voix : Tu ne le répéteras à personne, pas même à Vincent, mais je pense sérieusement à me marier.

— Oh, c'est merveilleux ! s'écria Audra. (Toutefois, elle se reprit et fronça les sourcils :) Mais... je croyais que Mike avait encore deux ans d'études de médecine. Tu me disais, le printemps dernier, qu'il n'aurait pas les moyens de fonder un foyer avant plusieurs années.

— Aussi n'est-ce pas de Mike qu'il s'agit.

Dans la lumière diffuse, Audra remarqua l'expression satisfaite de Gwen et sa perplexité s'accrut :

— Tu m'avais pourtant dit que tu aimais Mike Lesley et, depuis un an, vous vous êtes conduits comme des amoureux — je dirais même, de vrais tourtereaux. Alors, que s'est-il passé pour tout remettre en cause ?

— Ne fais pas la sotte, Audra ! répondit Gwen en pouffant de rire. J'ai fait la connaissance de quelqu'un d'autre.

— Qui cela ?

— Tu le connais, un peu du moins, mais tu ne devineras jamais ! déclara Gwen au comble de la joie.

— Non, sûrement pas. Tu ferais donc mieux de me le dire tout de suite.

— Geoffrey Freemantle.

Audra en resta abasourdie.

— Veux-tu dire... le *docteur* Freemantle ? Celui qui a exercé quelque temps à l'hôpital de Ripon ? Non, tu plaisantes !

— Et pourquoi plaisanterais-je ? demanda Gwen, vexée. C'est bien de lui que je parle.

— Ah !...

Audra posa son verre sur le guéridon d'une main mal assurée. Elle était atterrée par cette révélation. Si un homme ne convenait absolument pas à Gwen Thornton, c'était bien Geoffrey Freemantle. Il était froid, hautain, sarcastique et prétentieux. Bel homme, peut-être, dans le genre guindé, doté aussi d'une jolie fortune personnelle ; mais il n'en était pas moins sentencieux, snob et, surtout, de quatorze ans plus âgé que Gwen. Audra n'arrivait pas à imaginer son amie Gwen — toujours gaie, rieuse, prête à s'amuser — mariée à ce personnage collet monté qui, par-dessus le marché, se croyait supérieur à l'humanité entière.

— Alors, c'est tout ce que tu trouves à dire ? demanda Gwen, froissée.

— Mais non, voyons... (Audra prit la main de Gwen, la serra affectueusement et poursuivit, en feignant un enthousiasme qu'elle était loin d'éprouver :) Je suis absolument ravie pour toi, Gwen, sincèrement, je t'assure... Seulement, tu m'as prise de court, je l'avoue. Je ne m'attendais pas le moins du monde à ce que tu m'annonces. Comment est-ce arrivé ? Raconte.

Un peu apaisée, Gwen répondit d'un ton moins sec :

— Eh bien, après son départ de Ripon, Geoffrey est allé à Northallerton. Comme il ne s'y plaisait pas, il a demandé sa mutation pour Leeds et, le printemps dernier, il a pris ses fonctions au dispensaire. Là, nous nous croisions souvent dans les couloirs et, un jour, nous nous sommes reconnus. Il était toujours très gentil avec moi... (Gwen s'animait en parlant.) Bref, il m'a invitée à sortir avec lui au début de juillet. A la deuxième fois, c'est arrivé — comme ça ! dit-elle en claquant des doigts d'un geste expressif.

— N'est-ce pas un peu... précipité ? dit Audra.

— C'est vrai. Comme pour Vincent et toi.

Laissons-lui le dernier mot, songea Audra.

— Qu'en pensent tes parents ? demanda-t-elle.

La gaieté de Gwen s'évanouit aussitôt pour faire place à une expression gênée, inquiète. Elle se mordit les lèvres.

— A vrai dire, répondit-elle, je suis furieuse contre papa et maman. Ils n'ont fait aucun effort pour être aimables avec Geoffrey et ils se disent très mécontents. Bien entendu, cela tient à ce que Mike est le meilleur ami de Charlie depuis des années et ils espéraient que je l'épouserais. Mais que puis-je faire ? C'est Geoffrey que je veux. J'y tiens, je t'assure !

— Tu es donc bien décidée, Gwen ?

— Oui, je crois... non, j'en suis sûre. Et puis, c'est un parti inespéré ! Nous avons cherché une maison à Headingley et je crois que nous avons trouvé ce qui nous convient. Grand salon, petit salon, salle à manger, bibliothèque, cinq chambres, l'idéal pour la famille que nous allons fonder. La semaine prochaine, Geoffrey m'emmène chez Greenwood, le grand bijoutier de Leeds, choisir **une bague de fiançailles** — en *diamant* ! Le faire-part paraîtra la semaine prochaine dans le *Yorkshire Post*.

— Avez-vous déjà fixé la date ? demanda Audra.

— Pas encore. Geoffrey voudrait que le mariage ait lieu au printemps, parce qu'il compte m'emmener en voyage de noces à Paris. Il affirme qu'il faut voir Paris au printemps, au moins la première fois. Il m'y achètera plein de robes et nous descendrons au Ritz — te rends-tu compte ? Après, nous irons sur la Côte d'Azur. Geoffrey dit qu'il ne faut pas manquer les mimosas à cette époque de l'année. Nous passerons une semaine à Nice, au Négresco — c'est un palace, aussi somptueux que le Ritz !

Gwen marqua une pause. Penchée vers Audra, elle guettait sa réaction. Audra parvint à sourire.

Alors, les mains jointes, la mine extasiée, Gwen reprit son monologue, éblouie par le brillant avenir qui s'ouvrait devant elle :

— Une fois dans la maison de Headingley — nous l'achèterons, j'en suis sûre ! — Geoffrey quittera l'hôpital et exercera pour son compte. Il installera son cabinet dans Park Place, à Leeds, et se spécialisera dans la clientèle riche. Je ferai tout pour le seconder et l'aider à réussir ! Nous recevrons beaucoup, nous organiserons des grands dîners, des déjeuners — c'est pourquoi il me faut des toilettes élégantes. Geoffrey veut que je sois toujours très chic !

Le désarroi d'Audra ne cessait de croître et elle ne savait que dire. Les verroteries de Gwen scintillaient dans la lumière dansante des flammes et, l'espace d'un instant, elles prirent l'aspect de vraies pierres précieuses, émeraudes, rubis, saphirs. Voilà ce qui disparaîtra en premier, pensa Audra. Ils ne seront pas sitôt mariés qu'il lui fera jeter au panier ses faux bijoux... L'image de Gwen, dépouillée de ses joyaux de pacotille auxquels elle tenait tant, lui serra le cœur.

Pauvre Gwen ! se dit Audra en songeant à ce que serait son amie après la métamorphose qu'il lui ferait subir pour qu'elle devienne une Mme Geoffrey Freemantle conforme à sa volonté. Elle voyait dans ce rôle un personnage froid et guindé, sans rien de commun avec Gwen Thornton. Mais, à tout prendre, rien dans ce que venait de lui raconter Gwen ne concordait non plus avec l'amie qu'elle connaissait et qui lui était si chère.

Audra se leva, alluma les lampes disposées sur les guéridons de chaque côté de la cheminée. Elle alla ensuite chercher la bouteille de sherry, remplit leurs verres de nouveau. Puis, sachant que Gwen attendait de sa part quelque commentaire enthousiaste, elle parvint à déclarer :

— Tout cela me paraît merveilleux, Gwen. Réellement merveilleux...

Après quoi, rien ne retint plus Gwen.

Audra l'avait compris avant même d'avoir regagné son siège. Aussi se résigna-t-elle à offrir à son amie son plus chaleureux sourire et à feindre la plus profonde attention.

Une demi-heure durant, Gwen parla de son mariage, de Geoffrey, de ses futurs beaux-parents, de son voyage de noces, de la vie qu'ils mèneraient ensuite — le tout sans reprendre haleine une seule fois.

Carrée dans son fauteuil, Audra buvait son sherry à petites gorgées, hochait la tête de temps à autre en sachant que de toute façon elle ne pourrait pas placer un seul mot. Elle ne le désirait d'ailleurs pas et n'écoutait que d'une oreille distraite.

Elle pensait à Geoffrey Freemantle. On imaginait sans peine les raisons pour lesquelles il souhaitait épouser Gwen Thornton. Beaucoup plus jeune que lui, blonde, belle, vive et gaie de nature, naturellement affectueuse, elle était en tout point désirable — aucun homme ne s'y trompait. Infirmière, fille et sœur de médecins, elle possédait d'inappréciables atouts pour un médecin ambitieux — ce qu'était manifestement Geoffrey Freemantle. Pour lui, Gwen constituait un véritable trésor.

Mais ce qui troublait Audra, c'était l'attitude de Gwen. Qu'est-ce qui pouvait la pousser à épouser pareil individu ? Il était à l'opposé de Mike Lesley et, quelle que soit l'opinion que Gwen prétendait maintenant avoir de lui, elle avait été sincèrement éprise du meilleur ami de Charlie. Une seule réponse s'imposait, par conséquent : Gwen voulait avant tout ce que Geoffrey Freemantle lui apportait, prestige, position sociale, fortune.

Audra ne put repousser cette pensée peu charitable, car elle savait avoir touché juste. Depuis que Gwen lui parlait de Geoffrey Freemantle, pas une seule fois elle n'avait prononcé le mot essentiel : *amour*. Comment peut-on se marier, vivre avec un homme sans amour ? se demanda Audra. Peut-être devait-elle aborder le sujet, sonder Gwen sur ce point... Elle décida aussitôt de n'en rien faire : elle se rappelait trop son propre déplaisir face aux commentaires déplacés que Gwen lui avait prodigués au moment de son mariage.

Après tout, il se peut que je me trompe, songea Audra. Peut-être l'aime-t-elle... C'est alors qu'une pensée lui traversa l'esprit : suffit-il d'aimer un homme pour trouver le bonheur ?

16

Plus tard ce soir-là, vers la fin du dîner, Gwen lança à Audra un clin d'œil complice :
— Vais-je tout raconter à Vincent ?
— Pourquoi pas ? dit Audra en riant de l'impatience de son amie qui, depuis le début de la soirée, mourait d'envie de mettre Vincent dans la confidence.
— De quoi s'agit-il ? demanda ce dernier, en consultant les deux jeunes femmes du regard.
— Eh bien, je me fiance la semaine prochaine ! annonça Gwen.
Vincent se pencha et l'embrassa sur la joue :
— Pour moi, ce n'est pas vraiment une surprise. Félicitations, Gwen. Mais vous auriez dû amener Mike avec vous, ce soir. Je l'aime beaucoup, c'est un type bien. Vous avez fait un excellent choix.
Sa remarque fut accueillie par un silence gêné.
— Ce n'est pas avec Mike que je vais me marier, reprit Gwen.
— Pas avec Mike ? répéta Vincent, stupéfait. Pourtant... vous étiez inséparables. Avez-vous donc trouvé quelqu'un d'autre ?
— Oui.
— Pauvre Mike. Cela a dû être un sacré coup pour lui.
La gorge soudain serrée, Gwen ne put qu'acquiescer d'un signe de tête.
— J'imagine ce qu'il ressent, reprit Vincent avec un regard réprobateur. Il pensait tout le temps à vous, Gwen, je peux en témoigner.
— Je sais. Moi aussi, je l'aimais bien. Mais cela ne suffisait sans doute pas, puisque je lui en ai préféré un autre.
— Qui est l'heureux élu ? demanda Vincent, scandalisé d'une telle trahison. Mike Lesley lui était fort sympathique et, il y songeait à présent, exactement le genre d'homme qu'il aurait aimé voir auprès de sa sœur Laurette.
Gwen retrouva son sourire :
— Il s'appelle Geoffrey Freemantle. Il est médecin des hôpitaux de Leeds, mais originaire de Harrogate, où habitent toujours ses parents.
— De quand date ce coup de théâtre ? Nous étions encore tous ensemble, avec Mike, à la fin de juin. Vous auriez donc pris votre décision depuis à peine deux mois ?
— Oui. Je suis sortie avec Geoffrey pour la première fois au début de juillet, mais...
— C'est plutôt rapide, non ? fit remarquer Vincent, qui poursuivit

sans lui laisser le temps de réagir : Le mariage n'est pas une plaisanterie, vous savez. J'espère que vous êtes sûre de ne pas vous tromper. Moi, je sais que Mike est sensationnel, alors j'espère que l'autre soutient au moins la comparaison. Cela me ferait de la peine si vous commettiez une erreur, Gwen.

Les lèvres serrées, visiblement furieuse, Gwen décocha à Vincent un regard meurtrier. Une fois de plus, il avait fallu qu'il exprime son avis avec brutalité alors qu'on ne lui demandait rien.

— Il se trouve que je connais Geoffrey depuis longtemps, répliqua-t-elle sèchement. Depuis que j'ai travaillé à Ripon, pour être exacte. Et puis, comme je le disais tout à l'heure à Audra, vous ne vous êtes pas embarrassés, vous non plus, de longues fiançailles. De toute façon, cela ne vous regarde pas !

— Pardon, j'aurais mieux fait de me taire, grommela Vincent, vexé à son tour, en tirant sur sa cigarette.

Audra voulut intervenir avant que la querelle ne s'envenimât :

— Allons, ne commencez pas, vous deux. Ne gâchez pas cette bonne soirée. D'ailleurs, j'ai moi aussi une nouvelle à vous annoncer.

Vincent se tourna vers elle :

— Quoi donc, ma chérie ?

— J'ai pris un emploi et je commence dans quinze jours.

Vincent la considéra avec stupeur. Surprise elle aussi, Gwen s'écria :

— Un emploi ? Lequel ? Où cela ?

— A l'hôpital Sainte-Marie, ici même, à Armley, répondit Audra, enchantée de son effet. Un poste d'infirmière, bien entendu. Mme Bell m'a présentée à l'infirmière en chef et je suis impatiente de commencer. Ce sera d'autant plus passionnant que je serai affectée à la maternité.

— Qu'est-ce qui t'a pris de commettre une pareille bêtise ? s'exclama Vincent, rouge de colère. Je n'en crois pas mes oreilles !

Un instant désarçonnée par cet éclat inattendu, Audra se ressaisit aussitôt.

— Ce n'est pas une bêtise ! J'estime, au contraire, que c'est très intelligent de ma part. Il serait dommage de gâcher ma formation et mon expérience. D'ailleurs, Margaret Lennox m'a toujours dit que j'étais douée pour ce métier. Pourquoi laisser perdre ce don ? Et puis, j'ai *envie* de travailler.

— Il n'en est pas question ! Je refuse de voir ma femme travailler, un point c'est tout ! riposta Vincent. Enfin, Audra, qu'as-tu donc dans le crâne ? Comment peux-tu me faire ça, à moi ? J'entends déjà les copains ricaner derrière mon dos, parce que ma femme est obligée de travailler pour faire bouillir la marmite.

— Mais ce n'est pas pour cette raison que je veux travailler !

— Peut-être, mais c'est comme cela qu'ils le prendront. Rappelle-toi que c'est moi l'homme, dans cette maison, moi qui rapporte l'argent du ménage, moi qui décide ! (Puis, tourné vers Gwen, il la prit à témoin :) Je suis sûr que vous ne travaillerez plus, vous, quand vous serez mariée, n'est-ce pas ? Ou bien continuerez-vous à faire votre métier d'infirmière ?

— Non, c'est vrai, répondit Gwen, qui lança à Audra un regard d'excuse et lui posa la main sur le bras : Je suis désolée, Audra, mais je dois dire que je suis d'accord avec Vincent. Il a raison, tu sais. De toute façon, pourquoi retourner dans un hôpital ? C'est un travail pénible et plutôt mal payé.

— Mais je veux pratiquer mon métier et me rendre utile ! répondit Audra, décidée à ne pas céder. Qu'importe l'opinion des gens ? C'est absurde de...

— Je refuse de continuer la discussion ! s'exclama Vincent. L'incident est clos. Et il assena sur la table un coup de poing qui fit tressauter la vaisselle.

Audra se dominait avec peine :

— Tu es têtu comme un âne, Vincent ! Ce n'est pas parce que je t'ai épousé que tu as le droit de me dicter ma conduite et de m'imposer tes caprices ! Je veux poursuivre ma carrière d'infirmière et j'ai le droit de...

— Et voilà que ça recommence ! dit Vincent avec un ricanement ironique. On croirait entendre ta fichue Mme Irène Bell, avec ses discours sur les droits de la femme et autres sornettes de suffragette. Je ne veux pas de cela chez moi, tu ferais bien de ne plus l'oublier !

Audra parvint à maîtriser sa colère :

— Oh ! Vincent, tu es d'une mauvaise foi... murmura-t-elle en lui caressant la main dans l'espoir de l'apaiser et de l'amener à ses vues. Tu ne comprends pas ce que j'ai voulu dire.

Il lui lança un regard froid en guise de réponse.

Gwen intervint alors, avec un rire embarrassé :

— Allons, je n'aime pas vous voir vous disputer, vous deux. Embrassez-vous et faites la paix, d'accord ?

Sachant que Vincent n'en prendrait pas l'initiative et, plus encore, impatiente de mettre fin à une scène d'autant plus gênante qu'elle avait Gwen pour témoin, Audra se leva, posa les mains sur les épaules de Vincent, se pencha pour l'embrasser sur la joue :

— C'est bon, tu as gagné, dit-elle avec douceur. La semaine prochaine, j'irai leur dire que je ne peux pas accepter cet emploi.

Mais elle n'avait parlé ainsi qu'afin de ramener la concorde et n'avait pas la moindre intention de céder aux exigences de son mari.

17

Leur passion avait été brûlante sous la chaleur de l'été ; elle tiédissait avec les frimas de décembre.

Dès la fin de 1928, Audra et Vincent étaient le plus souvent à couteaux tirés. L'harmonie qui avait régné dans le cottage de Pot Lane avait cédé la place à de constantes chamailleries et à d'orageuses disputes.

La discorde provenait en grande partie du fait qu'ils se ressemblaient sur bien des points. Entêtés, volontaires, indociles l'un et l'autre, ils ne pouvaient que s'affronter. A leurs yeux, c'était toujours l'autre qui avait tort. L'intransigeance de la jeunesse leur interdisait de tolérer les faiblesses inhérentes à la nature humaine ; ils ignoraient les vertus du compromis, qui leur aurait permis d'éviter les frictions les plus pénibles.

Trop égocentrique à ce stade de sa vie pour considérer autre chose que ses désirs et ses intérêts immédiats, Vincent ne comprenait pas Audra ni ne la connaissait réellement.

Quant à elle, pourtant si intuitive et attentive aux sentiments d'autrui, elle restait étrangement aveugle à ceux de Vincent parce qu'ils la touchaient de trop près. De fait, l'image qu'Audra avait de Vincent Crowther demeurerait toujours erronée et imprécise dans son esprit, soumis à de trop vives émotions pour conserver sa lucidité.

Lorsqu'il était question de Vincent, Audra perdait son sang-froid et devenait la proie des sentiments les plus contradictoires. Persuadée à certains moments de l'aimer à la folie, elle était parfois convaincue de n'éprouver pour lui que de la haine. De son côté, Vincent passait par les mêmes alternatives.

Ils cédaient depuis peu à la fâcheuse habitude de se quereller violemment à tout propos, ou presque — ce qui ne facilitait en rien leurs rapports. Ils étaient devenus incapables de discuter calmement et raisonnablement, de sorte qu'aucun des deux ne pouvait découvrir ce que l'autre pensait ou ressentait réellement. Aussi, leurs doutes sur l'avenir de leur couple et leur aversion mutuelle ne firent-ils que s'aggraver.

Parfois, dans l'obscurité de la chambre à coucher, ils parvenaient à se réconcilier — presque contre leur gré — tant était puissante l'attraction physique qui les rapprochait. Ces occasions se faisaient cependant plus rares à mesure que leurs divergences augmentaient, car Audra refusait, plus encore que Vincent, d'oublier son ressentiment le soir venu.

Depuis le mois de septembre, elle avait de nombreux griefs contre lui, particulièrement en ce qui concernait son refus de la laisser travailler. Elle avait eu beau raisonner, cajoler, argumenter, implorer, Vincent était resté aussi intransigeant que le soir du dîner avec Gwen.

Audra avait fini par céder en se rendant compte qu'il la quitterait si elle le défiait et passait outre à son interdiction. Or, quels que soient les problèmes de leur vie commune, il paraissait tout simplement inconcevable à Audra de vivre sans Vincent. Elle s'était donc résignée à plier devant ses exigences, préférant sauver leur mariage, plus précieux pour elle qu'un quelconque emploi. Depuis, elle faisait le plus souvent l'effort de montrer bonne figure et de se dominer afin de ne pas trahir les sentiments d'amertume et de déception qui la tourmentaient.

Pourtant, lorsqu'elle s'était rendue à Calpher House et avait raconté à Mme Bell ce qui s'était passé, les yeux d'Audra s'étaient emplis de larmes et elle n'avait pu se retenir d'épancher son chagrin.

Irène Bell l'avait écoutée avec sa bienveillance coutumière et avait tenté de la réconforter, tout en s'abstenant d'exprimer son opinion sur l'attitude de Vincent dans cette affaire : « Peut-être finira-t-il par changer d'avis », s'était-elle bornée à dire avec un sourire encourageant.

Audra savait cependant qu'il n'en ferait rien. Vincent n'était pas homme à revenir sur ses décisions, encore moins à reconnaître ses torts. Si Vincent et elle se ressemblaient à bien des égards, Audra, pour sa part, savait toujours admettre ses erreurs, au moins à posteriori.

En ce froid et gris après-midi du début de décembre, tandis qu'elle se hâtait le long de Pot Lane, Audra passait justement ses erreurs en revue. Oui, elle avait eu tort d'épouser Vincent, tort de rester avec lui en dépit de ses propres doutes, de ses réticences. Elle aurait dû le quitter dès que la situation avait commencé à se dégrader, au mois d'août.

C'est ce qu'elle faisait maintenant. Elle ne reviendrait pas en arrière.

Elle serra plus fort la poignée de sa petite valise, leva le menton comme pour se donner du courage. Sa décision était prise. Il était grand temps ! Oui, elle quittait Vincent Crowther sans espoir de retour.

Au plus profond d'elle-même, Audra savait qu'elle l'aimait encore. Qu'elle l'aimerait toujours, sans doute. Mais elle avait fini par se persuader que l'amour était insuffisant au bonheur d'un couple. Il fallait avant tout pouvoir vivre avec l'autre en bonne intelligence — ce dont Vincent et elle semblaient incapables. Ils ne réussissaient qu'à se déchirer avec des mots blessants, souvent cruels, parfois difficiles à reprendre ensuite et à oublier.

La veille au soir, ils avaient eu une dispute particulièrement orageuse, la plus violente qui les eût jamais opposés et dont Audra était sortie profondément meurtrie.

Aussi, une heure auparavant, tandis qu'elle finissait de repasser les chemises de Vincent dans la cuisine, elle avait reposé bruyamment le fer sur son trépied : elle venait de comprendre ce qu'elle devait faire. Après avoir tout rangé, elle s'était changée, avait préparé sa valise, pris ses maigres économies. Et elle avait quitté la maison.

Ce n'est qu'en tournant la clef dans la serrure, lorsque son regard tomba sur le numéro 38 qui se détachait en blanc sur la porte verte, qu'elle avait senti son cœur se serrer. Une profonde tristesse s'était abattue sur elle et elle avait dû s'appuyer un instant au chambranle, les yeux clos, toute pleine de souvenirs des quelques mois vécus en ce lieu. Malgré sa simplicité, cette maisonnette avait été pour elle comme un palais. C'était son premier foyer, qui contenait encore tout ce qu'elle possédait au monde et, surtout, une partie d'elle-même. Ses rêves, ses espoirs pour l'avenir étaient encore enfermés dans ces murs. Elle avait cru qu'ils s'épanouiraient ici, avec Vincent ; elle avait espéré qu'ils fonderaient ici une famille, qu'ils bâtiraient ensemble une vie heureuse. Le destin en avait décidé autrement — du moins le pensait-elle.

Audra s'était forcée à chasser ces réflexions importunes. Puis, après avoir glissé la clef sous le paillasson, elle avait empoigné sa valise et elle était partie, courant presque, vers le bout de la rue.

Maintenant qu'elle marchait en direction de Whingate et du terminus du tramway, elle essayait encore de surmonter sa tristesse. En vain : ses rêves brisés, ses espoirs anéantis, elle retrouvait la solitude qui, des années durant, avait dominé sa vie. Une fois encore, elle avait perdu — son mari, leur vie commune. Son avenir.

Pendant une fraction de seconde, elle hésita, prête à faire demi-tour et à regagner le cottage. Mais une voix intérieure lui enjoignit avec tant de force de ne pas rebrousser chemin qu'Audra poursuivit sa marche d'un pas déterminé.

Le temps, maussade depuis le matin, ne faisait qu'empirer.

Le ciel était d'un gris uniforme, sinistre, qui décolorait tout le paysage. Les squelettes noirâtres des arbres se détachaient çà et là, comme des morceaux de métal déchiquetés par quelque sculpteur fou.

Il commençait à bruiner. Au loin, on entendait gronder les échos du tonnerre. L'orage menaçait et le vent soufflait en rafales de plus en plus fortes.

Adossée contre les grilles de Charlie Cake Park, Audra s'abritait de son mieux en attendant le tram de Leeds, qui avait un retard considérable.

Grelottante, elle resserra l'épaisse écharpe de laine autour de son cou, tapa des pieds pour tenter de se réchauffer. Il faisait si bon dans la cuisine du cottage, où le feu flambait dans le fourneau, qu'elle ne s'était pas doutée jusqu'à présent de l'inclémence du temps. Elle fit un pas en avant, regarda la grand-rue où les rares piétons se hâtaient de rentrer chez eux avant l'orage.

Quel temps épouvantable ! se dit Audra. Il semblait s'accorder à son humeur. S'abritant près de la guérite de l'agent de police, elle poussa un soupir. Elle avait elle-même décidé de quitter Vincent et, déjà, se surprenait à le regretter. Sa propre inconséquence la déconcertait. Elle s'en voulait de ne pouvoir s'en tenir à sa décision. Ai-je tort de le quitter ? Ai-je raison ? Elle n'était plus sûre de rien.

Les bras croisés pour tenter de se réchauffer, Audra essaya de ne plus penser à Vincent, de ne plus imaginer la réaction qu'il aurait en rentrant ce soir-là, en constatant son absence et en lisant le mot qu'elle lui avait laissé. Glacée jusqu'aux os, elle sentait l'humidité imprégner son manteau et traverser son chapeau.

Près de vingt minutes plus tard, elle entendit enfin le roulement du tramway qui s'arrêtait de l'autre côté du jardin public, les voix et les bruits de pas des voyageurs qui en descendaient. Soulagée, elle prit sa valise, se précipita au-devant du véhicule — et heurta de plein fouet une jeune femme qui venait de tourner le coin en courant à toutes jambes.

Elles allaient échanger des excuses quand elles s'immobilisèrent, stupéfaites. Audra venait de reconnaître sa jeune et jolie belle-sœur, sa seule véritable amie dans le clan Crowther.

— Audra ! s'exclama Laurette avec un sourire affectueux. Que diable fais-tu ici ?

— Je prends le tram, grommela Audra en s'écartant.

Laurette remarqua alors la valise et fronça les sourcils :

— Où vas-tu donc ?

— Je ne sais pas, répondit Audra. N'importe où, pourvu que ce soit le plus loin possible de Vincent.

— Que veux-tu dire ? demanda Laurette, soudain inquiète.

— Je le quitte, voilà tout.

— Non, Audra, ne dis pas cela ! Tu ne peux pas le quitter ainsi !

— Oh si !

— Mais où iras-tu ? Tu n'as nulle part où aller. Nous sommes ta seule famille.

Audra feignit de n'avoir pas entendu :

— J'irai à Ripon, à l'hôpital. Mme Lennox me trouvera bien un gîte.

— Écoute-moi, Audra ! N'agis pas sur un coup de tête que tu regretterais plus tard. Réfléchis... au moins pour aujourd'hui : il est bientôt quatre heures, le temps est de plus en plus mauvais. De toute façon, le train de Ripon sera déjà parti lorsque tu arriveras à Leeds.

Allons, viens, rentrons chez toi et discutons de tout cela tranquillement, dit Laurette en lui prenant le bras.

— Lâche-moi, Laurette, je t'en prie ! s'exclama Audra en s'efforçant vainement de se dégager. Cela devient franchement ridicule et je n'ai pas la moindre intention de retourner au cottage.

— Eh bien, allons chez ma mère, nous ne sommes qu'à cinq minutes. Viens, Audra. Tu trembles comme une feuille, tu vas mourir de froid si tu restes dehors !

— A quoi bon aller chez ta mère ? Ma décision est prise et rien ne me fera changer d'avis : *je quitte Vincent*. Comprends-tu ?

Laurette prit Audra par les épaules en un geste d'affectueuse protection :

— Écoute, j'admets volontiers avoir été la première à m'opposer à votre mariage. Mais maintenant que vous êtes mariés, j'estime que Vincent et toi devriez au moins vous efforcer de résoudre vos problèmes et...

— C'est *toi* qui me dis cela ? s'écria Audra, stupéfaite. Oublierais-tu que tu t'apprêtes à divorcer ?

— Oui, je sais, mais ce n'est pas du tout la même chose. Vincent et toi, vous vous aimez. Jimmy et moi n'avons jamais vraiment éprouvé de l'amour l'un pour l'autre.

— L'amour ne suffit pas toujours.

— C'est au moins une base sur laquelle construire une vie, Audra.

— J'y réfléchis depuis des semaines, Laurette, et je ne laisserai personne m'influencer... (Le timbre du tramway qui s'ébranlait l'interrompit. Accablée, elle le regarda s'éloigner en direction de Leeds. Alors, elle se retourna vers Laurette, furieuse :) Regarde ! Par ta faute j'ai manqué mon tram, le prochain ne passera pas avant une demi-heure, au moins !

Déçue, énervée, découragée, elle fondit en larmes.

Les roses qui recouvraient les murs, le linoléum et les porcelaines du dressoir gallois paraissaient plus belles que jamais en ce froid après-midi d'hiver. On les aurait cru réelles tant elles rayonnaient sous la vive lueur provenant du foyer.

La cuisine d'Eliza Crowther était accueillante et chaleureuse. L'atmosphère embaumait le pain et les pâtisseries, fraîchement sortis du four, qui refroidissaient sur le buffet ; l'arôme des épices, clou de girofle, muscade, cannelle, se mêlait aux senteurs des fruits confits, des raisins secs et des dattes d'Egypte.

Comme tous les vendredis après-midi, quelle que soit la saison, Eliza Crowther avait fait sa fournée. Ce jour-là, elle était plus affairée encore. A trois semaines de Noël, elle devait préparer les gâteaux de fête pour toute sa grande famille. Elle allait et venait, alerte, de la table à l'évier, où elle mettait à tremper ses ustensiles. Bientôt, elle allait devoir s'occuper du thé et de la collation pour ceux qui vivaient encore sous le toit familial et elle tenait à ce que tout fût lavé et rangé avant d'entreprendre une nouvelle tâche.

Moyenne de stature et de corpulence, Eliza portait largement ses quarante-neuf ans. Elle le devait surtout à sa mise sans recherche, à son chignon sévère, à sa silhouette épaissie depuis la naissance de Danny, son dernier enfant. Mais sa physionomie restait aimable, ses traits agréables, ses yeux bleus vifs et brillants — ce qui ne l'empêchait pas de faire preuve d'une froide lucidité.

La simplicité sans artifice de son apparence reflétait celle de son comportement. Elle ne se laissait berner par personne et, en digne fille du Yorkshire, se glorifiait d'être une infatigable travailleuse sachant garder les pieds sur terre. Elle parlait sans détour, avec rudesse à l'occasion, allait droit au but, émaillait ses propos d'adages et de dictons qui s'appliquaient à presque toutes les circonstances de la vie.

Après avoir lavé et essuyé ses ustensiles, Eliza alla vérifier la cuisson d'une nouvelle fournée de pâtisseries et de l'imposante tourte aux œufs et au lard qu'elle destinait au prochain repas. Satisfaite de son examen, elle regagna la table de travail et referma les bocaux de fruits secs dont elle venait de se servir pour ses préparations.

Elle n'attendait personne à cette heure-là ; aussi leva-t-elle les yeux avec surprise lorsque s'ouvrit la porte d'entrée.

Laurette entra, suivie d'Audra, toutes deux grelottant de froid.

— Tu rentres de bonne heure, ma chérie, dit Eliza à Laurette. Pas d'ennuis à ton travail, au moins ?

— Non, maman, c'est mon vendredi de sortie. Auriez-vous oublié ?

— C'est vrai, je n'y pensais plus. Bonjour, Audra, ajouta-t-elle à l'adresse de sa belle-fille.

— Bonjour, madame Crowther.

Eliza se tourna vers ses bocaux qu'elle finit de refermer. Elle avait remarqué la valise que portait Audra — et que Laurette mettait à présent dans la penderie, comme si elle cherchait à la cacher — mais elle s'abstint de tout commentaire. Vincent va avoir des surprises, se dit-elle.

— Quand tu auras enlevé ton manteau, Laurette, tu prépareras du thé. Et vous, Audra, venez vous réchauffer auprès du feu. Vous avez l'air gelée.

Les deux jeunes femmes obéirent en silence.

Laurette se réjouissait d'avoir réussi à persuader Audra de la suivre chez sa mère. Elle n'avait pas eu l'intention de lui faire manquer son tram, mais l'incident était le bienvenu. Affectueuse de nature, Laurette s'était prise d'une sincère amitié pour sa belle-sœur. Elle n'avait pu se résoudre à la laisser errer dans les rues de Leeds par un tel froid. Si elle refuse de rentrer à Pot Lane ce soir, se disait-elle, elle pourra au moins partager ma chambre. Et je dirai à mon sacripant de frère ce que je pense de sa conduite. Maman, Olive et moi l'avons trop gâté — la petite Maggie elle-même lui passe tous ses caprices. En tant que mari, il ne doit pas être facile à vivre tous les jours...

Audra s'était assise dans une des bergères vertes et contemplait les flammes d'un air sombre. Elle s'en voulait d'avoir cédé aux instances de Laurette, tout en s'avouant qu'elle appréciait la chaleur douillette de la cuisine. L'humidité glaciale l'avait transpercée jusqu'aux os et elle ne parvenait pas à se réchauffer.

La bouilloire siffla. Laurette remplit la théière brune et la posa sur la table, au milieu de la pièce. Après s'être assise, elle demanda à sa mère :

— Où sont Maggie et Danny ? Il est quatre heures passées, ils devraient être rentrés de l'école.

— Pas aujourd'hui. Ils sont allés à la salle paroissiale où se prépare le spectacle de l'école. Ils meurent d'envie d'y participer, si bien que je leur ai donné la permission d'aller là-bas pour voir si on veut bien leur confier un rôle. Ils jouent Cendrillon cette année, je crois.

— Connaissant Maggie, elle voudra être la vedette ou rien ! dit Laurette en riant. Venez, maman, buvez votre thé avant qu'il ne refroidisse.

Eliza rejoignit les deux jeunes femmes et s'assit dans l'autre bergère, en face d'Audra.

— Alors, ma petite, lui dit-elle en la fixant d'un œil scrutateur, que veut dire tout ceci ? J'ai bien vu votre valise. Courez-vous Dieu sait où, ou venez-vous vous installer ici ?

Audra rougit, se mordit les lèvres mais ne répondit pas.

— J'ai rencontré Audra au terminus du tramway, maman, intervint Laurette. Elle avait l'air bouleversée. Elle m'a dit qu'elle quittait Vincent et retournait travailler à l'hôpital de Ripon. Mais elle a manqué son tram pendant que nous parlions et je lui ai proposé de venir à la maison avec moi.

Eliza fronça les sourcils :

— Je vois... Eh bien, ma fille, à quoi riment ces sottises ?

— Ce ne sont pas des sottises ! protesta Audra, outrée. La conduite de Vincent est indigne, ces derniers temps. Il me traite honteusement et je ne vois pas de raison de le supporter plus longtemps !

— Il ne vous bat quand même pas ! déclara Eliza, certaine que son fils, même soumis aux pires provocations, ne lèverait jamais la main sur une femme. Que voulez-vous dire, au juste ? Expliquez-vous.

Comprenant qu'elle était prise au piège, Audra s'exécuta :

— Il me laisse tout le temps seule, vous le savez fort bien, madame Crowther. Il court les pubs avec ses frères et ses amis, quand il ne va pas parier aux courses chez quelque bookmaker — ce que j'estime inadmissible. Nous aurions aussi bien fait de ne pas nous marier, pour ce que nous nous voyons ! Nous ne sommes pour ainsi dire jamais ensemble.

Eliza poussa un soupir exaspéré :

— Mais c'est toujours ainsi chez nous, ma petite — chez *nous*, les ouvriers ! Nos hommes travaillent dur, le plus souvent de leurs mains. Pour se détendre, ils vont boire un verre au pub, jouer une partie de fléchettes, plaisanter avec leurs camarades. Quel mal y a-t-il à miser quelques pennies sur un cheval, à se donner du bon temps ? Vous n'allez quand même pas reprocher à Vincent ses petits plaisirs qui ne font de mal à personne ?

— Bien sûr que non ! J'aimerais seulement partager ses loisirs — je suis sa femme, après tout ! Mais il préfère sortir seul plusieurs fois par semaine, disparaître tous les week-ends. Je suis tout le temps seule et la solitude me pèse.

— Je comprends. Mais c'est toujours ainsi que les choses se sont passées et qu'elles se passeront, surtout maintenant que vous êtes mariés et installés chez vous. Quand on se fait la cour, cela se passe autrement, bien sûr ! Mais dès qu'il vous a mis l'alliance au doigt, un homme ne se conduit plus de la même manière. Il faudra vous y faire. Écoutez, ma petite, le mariage est ce qu'il est. Quand vous aurez quelques gamins pendus à vos jupes, vous remarquerez moins ce genre de choses. Ils vous occuperont, croyez-moi. Et à ce moment-là vous serez bien contente de ne plus avoir Vincent continuellement dans vos jambes.

Audra fit une moue exaspérée :

— Je n'ai nullement l'intention d'avoir des enfants, madame Crowther — pour le moment, du moins. Je préfère recommencer à exercer mon métier d'infirmière. Mais cela soulève d'autres problèmes entre nous, car Vincent ne veut pas en entendre parler.

— Je l'espère bien ! s'écria Eliza, horrifiée. Comment avez-vous pu imaginer de vous remettre au travail ? Il se sentirait diminué, ridiculisé, si sa femme travaillait ! Que penseraient les gens ? Que diraient ses camarades ?

— Je l'ignore et je m'en moque ! Je sais, en tout cas, que mon salaire nous serait fort utile, répliqua Audra sans pouvoir dominer sa colère. Vincent et moi avons eu, hier soir, une terrible dispute — à propos d'argent, justement. J'ai découvert que nous sommes endettés, madame Crowther, oui, endettés jusqu'au cou. Et c'est sa faute, pas la mienne — inutile de me lancer des regards de reproche ! Il a été faire des achats chez Wigfalls, à Leeds, sans m'en parler. Il n'en avait pas le droit.

— De quels achats s'agit-il ?

— Le canapé de cuir, l'armoire-penderie et le lit.

— Eh bien, quoi d'étonnant ? Vous le saviez, ces meubles sont chez vous, non ?

— Oui, mais ce que j'ignorais, c'est que Vincent les a achetés à crédit. Je croyais qu'il les avait payés comptant. Et si je l'ai appris, c'est parce que Vincent n'a pas payé plusieurs traites et que j'ai lu la lettre de mise en demeure de Wigfalls dans le courrier d'hier. Ce ne serait pas la première fois, paraît-il. L'attitude de Vincent me dépasse ! Nous avons de pressants besoins d'argent et il continue à sortir, à boire, à s'amuser comme si de rien n'était ! De plus, il me refuse le droit de travailler. C'est absurde ! Son orgueil l'aveugle, ce n'est pas un signe d'intelligence de sa part.

— S'il n'a pas payé une ou deux mensualités, il doit avoir de bonnes raisons, j'en suis sûre, répliqua Eliza, toujours prompte à défendre son fils préféré. Je sais que Vincent a des économies à la banque.

— Non, madame Crowther, il n'en a plus. Il a tout dépensé pour ses costumes neufs, pour notre voyage de noces à Robin Hood's Bay, pour quelques objets destinés au cottage. Je lui ai proposé les miennes, je lui ai même offert de vendre un bijou de ma mère afin de régler nos dettes, mais il refuse mon aide !

— Parce qu'il n'en a pas besoin ! s'écria Eliza. Il doit avoir un bas de laine caché quelque part. Je connais mon fils : vous l'humiliez en lui répétant qu'il ne peut pas s'en sortir seul. Laissez-le régler lui-même ce genre de détails, Audra. A sa manière et sans vous en mêler. Est-ce lui le chef de famille, oui ou non ? De toute façon, je suis sûre que vous exagérez. Dans un ménage, les torts sont toujours partagés et vous n'échappez pas à la règle. Au moins, il ne court pas après d'autres femmes, vous pourriez en remercier le Ciel. Croyez-moi, ma petite, faites un effort, essayez de mieux comprendre Vincent.

Abasourdie, Audra dévisageait sa belle-mère : celle-ci paraissait la blâmer pour tout et absoudre Vincent. Se sentant incomprise, elle eut un dernier sursaut de révolte :

— Mais j'ai essayé, j'ai fait de mon mieux... Je sais que vous ne m'aimez pas, pourtant je ne suis pas une mauvaise femme...

Elle dut se détourner afin de dissimuler ses larmes.

— Voyons, Audra, il ne faut pas dire des choses pareilles ! s'exclama Eliza. Je vous aime, ma petite, je n'ai jamais eu mauvaise opinion de vous et je connais vos qualités !

— Vraiment ! dit Audra en ravalant ses sanglots. Pourtant, vous ne m'en avez jamais donné beaucoup de preuves, avouez-le, madame Crowther. Vous étiez également opposée à notre mariage.

— C'est vrai, je l'admets, répondit Eliza. Mais pour une seule raison : parce que vous n'étiez pas de notre monde. J'étais sûre que Vincent et vous aviez des aspirations différentes. Me suis-je trompée ?

— Je ne sais pas... Je ne suis sûre de rien.

— Je m'en rends bien compte. Voilà pourquoi vous ne devez pas agir sur un coup de tête ni quitter Vincent sans avoir réfléchi.

— Si vous êtes persuadée que notre mariage doit échouer, pourquoi voudriez-vous que je reste avec lui ?

— Nous sommes des gens honnêtes. Un divorce dans la famille, cela suffit, répondit Eliza avec un regard en coin vers Laurette.

Quand on se marie à la hâte, on s'en repent à loisir. Je l'ai dit à Vincent, il n'a pas voulu m'écouter. Vous n'avez pas mieux écouté vos amis, il me semble. Alors, voilà maintenant où nous en sommes. Vous avez tous les deux fait votre lit, il faut vous y coucher, que le matelas soit doux ou dur. C'est sur la femme que repose la réussite d'un ménage, poursuivit-elle avec un regard sévère, jamais sur l'homme. Ne l'oubliez pas.

— Mais... c'est injuste ! s'écria Audra.

— Qui donc prétend que les femmes ont la vie facile ? dit Eliza avec un rire amer. Sûrement pas celles de mon milieu. Néanmoins, tout ira mieux entre Vincent et vous quand vous aurez des enfants, Audra, croyez-moi.

— J'attends pourtant mieux de la vie. Je voudrais accomplir quelque chose, être heureuse...

— Heureuse ? s'exclama Eliza comme si Audra avait proféré une obscénité. Supprimez ce mot-là de votre vocabulaire, ma fille. Supprimez-le une fois pour toutes ! Contentez-vous d'avoir un toit sur votre tête, de quoi manger sur la table et un bon mari pour s'occuper de vous. Le bonheur, Audra, ce n'est pas pour les gens comme nous. C'est bon pour les bourgeois, pour les riches, ceux qui ont le temps et les moyens d'être heureux. Nous autres, nous ne le pouvons pas.

Quelle triste résignation ! songea Audra, qui se tourna vers Laurette. Elles échangèrent des regards entendus et Laurette haussa les épaules, en une mimique expressive. Soudain, elle se redressa, renifla :

— Maman, il y a quelque chose qui brûle !

— Mon dieu, les gâteaux de Noël et la tourte ! (Eliza se leva d'un bond, empoigna un torchon, ouvrit le four et entreprit de le vider, tout en lançant à Laurette par-dessus son épaule :) Ne reste pas à bayer aux corneilles, ma fille ! Prends un autre torchon et viens m'aider. Vous, Audra, dégagez de la place sur le buffet !

Les deux jeunes femmes vinrent à son secours et, quelques instants plus tard, les pâtisseries étaient étalées sur le buffet. Eliza les examina, hocha la tête d'un air satisfait en constatant qu'elles n'avaient subi aucun dommage.

— Ce n'est que moi, maman ! (La porte s'ouvrit à la volée, Vincent fit son entrée en ôtant sa casquette. A la vue d'Audra, il eut un mouvement de surprise :) Que fais-tu ici, ma chérie ? demanda-t-il sur un ton léger.

Audra lui rendit son regard sans répondre. C'est comme s'il ne s'était rien passé hier soir, se dit-elle, effarée de son indifférence à tout. Son extraordinaire désinvolture l'exaspéra.

— Elle est venue prendre le thé, se hâta de déclarer Laurette. Nous nous sommes rencontrées en ville et je l'ai invitée.

— Ah bon...

Il enlevait son manteau et se dirigeait déjà vers la penderie. Laurette se précipita au-devant de lui :

— Donne, je m'en occupe, dit-elle en lui prenant le vêtement des mains. Va te réchauffer près du feu.

Elle veut l'empêcher de voir la valise, songea Eliza qui les observait discrètement. Il finira pourtant tôt ou tard par la remarquer. Avec un soupir, elle se tourna vers ses gâteaux.

— Merci, Laurette, dit Vincent en se frottant les mains. J'avoue qu'une tasse de thé bien chaude me ferait du bien.

— Tout de suite, lui dit sa sœur. Elle alla prendre une tasse et une soucoupe, versa le thé.

Un instant plus tard, la porte s'ouvrit de nouveau et Danny entra en courant, suivi de Maggie.

— Nous avons des rôles ! cria Danny à la cantonade. (Il se débarrassa de ses vêtements, les jeta sur le canapé tout en traversant la pièce en direction de l'oiseau dans sa cage.) Me voici de retour, ma jolie ! dit-il affectueusement à la perruche dont Vincent lui avait fait cadeau.

— Danny, va ranger tes affaires ! lui ordonna sa mère.

— Oui, maman, dans une seconde.

— Je m'en charge, maman, dit Maggie qui enlevait son manteau.

— Alors, quel rôle as-tu, bonhomme ? demanda Vincent lorsque le garçonnet le rejoignit.

— Je joue un page. Je ne dirai rien, mais je serai chargé de porter un beau coussin de velours rouge, avec la pantoufle de verre posée dessus !

— Bravo, mon garçon ! lui dit Vincent en lui ébouriffant les cheveux.

Maggie rejoignit les autres à la table :

— Moi, j'ai un rôle important, déclara-t-elle. Je serai l'une des vilaines sœurs de Cendrillon.

— Tu seras parfaite ! s'écria Vincent en éclatant de rire.

— Tu es méchant, Vincent ! riposta Maggie en le bourrant de coups de poing. Si je suis vilaine, tu l'es aussi puisque tout le monde dit que je te ressemble !

— Allons, allons, du calme, vous deux ! leur cria Eliza. Votre père va rentrer d'une minute à l'autre et il n'appréciera pas tout ce raffut, après sa journée de travail !

Puis, en disposant les plats et les assiettes sur la table, elle poursuivit :

— Audra et Vincent, si vous voulez rester, il y a largement assez pour tout le monde.

— Cela dépend de Vincent, répondit Audra.

— Bien sûr que nous restons, maman, déclara-t-il en allumant une cigarette.

Audra se laissa retomber dans la bergère et reprit sa contemplation silencieuse des flammes.

Elle préférait passer la soirée ici plutôt que de se retrouver seule avec Vincent au cottage, où une nouvelle querelle ne manquerait pas d'éclater. Jack et Bill, ses frères, ne tarderaient pas à arriver et l'ambiance deviendrait vite turbulente, comme toujours lorsque les frères et sœurs étaient réunis. Les Crowther étaient bruyants, mais Audra savait qu'ils n'étaient pas méchants.

Certes, elle avait souvent du mal à les supporter. Elle surprenait parfois les regards bizarres qu'ils lui lançaient. Elle savait qu'ils la jugeaient hautaine et se méfiaient d'elle, à l'exception de Laurette et de M. Crowther, ses seuls véritables amis dans la famille. Ils éprouvaient pour elle autant d'affection qu'elle en ressentait à leur égard. Lorsqu'elle serait de retour à Ripon, elle les regretterait sincèrement. Car, en dépit des remontrances de sa belle-mère, Audra était toujours aussi décidée à quitter Vincent. Elle comptait mettre son projet à exécution dès le lendemain.

— Comment as-tu pu agir de la sorte ? Qu'est-ce qui t'a pris d'aller tout raconter à Laurette et à maman ? cria Vincent, au comble de la fureur, lorsqu'ils eurent regagné le cottage.

Puis, le regard étincelant de colère, il poursuivit, en haussant encore le ton :

— Quand Laurette m'a entraîné au salon pour m'apprendre qu'elle t'avait empêchée de fuir et de me quitter, je n'en croyais pas mes oreilles. Si tu veux tout savoir, j'étais mort de honte !

— Je ne voulais rien leur raconter, répondit Audra en se maîtrisant. Laurette t'a dit comment cela s'est passé. Si je ne l'avais pas rencontrée par hasard au terminus du tramway, ni elle, ni ta mère n'auraient rien su.

— Maintenant, en tout cas, elles le savent et tu m'as humilié une fois de plus !

— Que diable veux-tu dire ? demanda Audra en se redressant, à bout de patience.

— Tu as commencé par me ridiculiser devant ton amie Gwen, en parlant de te remettre au travail comme si je n'étais pas capable de te nourrir. Après, tu vas te plaindre auprès de ma mère et de ma sœur ! A t'entendre, je suis le diable en personne. Quand je pense que j'avais peur de te gêner, moi, ajouta-t-il avec un rire sarcastique. Moi, le rustre, avec une grande dame comme toi. Les rôles me semblent plutôt renversés !

— Ne t'inquiète pas, Vincent, je ne te causerai plus le moindre embarras. Je te quitte demain. Pour de bon.

— A ton aise ! dit-il en traversant la cuisine afin de prendre sa casquette.

— Où vas-tu encore ?
— Au pub !
Là-dessus, il sortit sans rien ajouter et claqua violemment la porte derrière lui.
Audra ne partit pas le lendemain, comme elle en avait l'intention. Elle était en effet hors d'état de quitter son lit, fiévreuse, la gorge en feu, les yeux gonflés et larmoyants.
A onze heures, Vincent était tellement inquiet qu'il fit venir le Dr Stalkey, le vieux médecin du quartier qui avait accouché sa mère.
— Elle a une mauvaise grippe, déclara le praticien après avoir examiné Audra. Il y a des dizaines de cas en ce moment à Armley. Veillez à ce qu'elle garde la chambre et boive en abondance. On ne peut rien faire de mieux, mon garçon. La maladie doit suivre son cours.

18

Irène Bell s'arrêta sur le seuil de la salle à manger de Calpher House et eut une exclamation de surprise.

Toujours élégante, avec son papier mural couleur d'airelles et ses beaux meubles anciens, la pièce avait cet après-midi-là un éclat particulier. Il était dû aux décorations de Noël mises en place par Audra pendant l'absence de la maîtresse de maison.

Mme Bell revenait d'un voyage d'affaires de quarante-huit heures à Londres. Elle prolongea sa pause de quelques instants afin d'observer en détail le décor de fête.

Plutôt que de se rabattre sur les paillettes et le clinquant ordinaires, Audra avait réalisé son chef-d'œuvre en puisant dans les ressources de la nature. Guirlandes de houx et d'aubépine, branches de sapin et touffes de gui abondaient, nouées et entremêlées de rubans de velours rouge ou doré. Dans des compotiers de cristal, des pyramides de fruits, de pommes de pin et de noisettes étaient ornées de nœuds de ruban multicolores. Les chandeliers étaient garnis de bougies blanches et deux petits sapins montaient la garde de chaque côté de la cheminée. Ils étaient, eux aussi, décorés de rubans et plantés dans des pots recouverts d'étoffe de lamé or, à l'ancienne.

C'était précisément cette atmosphère surannée qui ravissait Irène. Une fois encore, elle devait admirer le talent d'Audra et son sens artistique, qu'elle estimait hors du commun.

Comment la remercier d'un aussi merveilleux travail ? Je ne puis lui offrir de l'argent, songeait Irène, elle est si fière qu'elle se sentirait offensée. Il faudra, d'ici demain, trouver un présent exceptionnel, en plus du cadeau de Noël que nous avions prévu à son intention.

Elle traversa le vestibule, gravit l'escalier ; elle pensait trouver l'ancienne gouvernante de son fils avec lui, dans la nursery, si elle n'était pas déjà rentrée chez elle à Pot Lane.

Ils étaient en effet installés à une table, près de la cheminée, une boîte de couleurs et du papier à dessin étalés devant eux. Au bruit qu'elle fit en entrant et en les saluant gaiement, ils levèrent les yeux.

— Maman ! Vous êtes de retour ! s'écria Theo.

Le petit garçon courut se jeter dans les bras de sa mère. Irène l'embrassa, le serra contre elle en se tournant vers Audra avec un sourire.

— Bonjour, madame, répondit Audra, souriante elle aussi.

— Je suis contente que vous soyez encore ici, Audra. Je viens d'admirer la salle à manger et je tenais à vous en remercier. La pièce est absolument superbe ! Je ne trouve pas de mots pour vous féliciter.

— Merci, madame. Mais on m'a beaucoup aidée, vous savez.

— Vraiment ?

— Oui. Theo et Dodie — sans oublier Cora.

— Cora ? Mon dieu, quel courage vous avez ! dit Irène en riant. Sans vouloir être méchante, je dois avouer que la pauvre fille est de plus en plus maladroite. Vous avez vraiment été très gentille de l'associer à votre travail.

Tout en parlant, elle était venue s'asseoir à la table.

— Cora est très dévouée, dit Audra. Elle aurait eu beaucoup de peine si nous ne l'avions pas mise à contribution. C'est elle qui a aidé Theo à confectionner les guirlandes.

— Nous ne risquions rien, maman, intervint Theo avec sérieux. Audra a dit qu'elle ne pouvait rien casser, sauf des branches ou de la ficelle. De toute façon, je la surveillais de près.

— Cela ne m'étonne pas de toi, mon chéri, murmura Irène. (Puis, tournée vers Audra, elle reprit :) Je ne sais comment vous dire à quel point j'apprécie ce que vous avez fait. Entre le malaise de la cuisinière, la grippe du maître d'hôtel et mon voyage impromptu à Londres, je me sentais perdue, au début de la semaine. Sans votre aide, je ne m'en serais jamais sortie. Nous avons tant de dîners prévus ces jours-ci, que je me demande comment nous ferons sans maître d'hôtel pendant les fêtes... Mais tout cela n'a aucune importance, se hâta-t-elle d'ajouter. Il ne faut pas se soucier de pareils détails. Je me débrouillerai d'une manière ou d'une autre. Je suis impardonnable, Audra, je ne vous ai même pas demandé de vos nouvelles. Vous sentez-vous mieux ?

— Oui, merci, madame.

— Vous avez pourtant aussi mauvaise mine que lundi dernier, quand je suis venue vous voir au cottage.

— Je suis tout à fait rétablie, je vous assure.

— Regardez, maman, intervint Theo en poussant vers sa mère le bloc à dessin. Audra me montrait comment dessiner un paysage !

Irène y jeta un coup d'œil et murmura distraitement :

— Très bien, mon chéri. Très joli. (Elle regarda avec davantage d'attention la page de gauche, où Audra avait esquissé le paysage que l'enfant avait copié. Dans la simplicité du trait, ce dessin atteignait à la perfection. Irène le considéra longuement, frappée par sa beauté, par les jeux de lumière qu'Audra avait réussi à capter sur le papier. Elle releva enfin les yeux.) Ce dessin est superbe, Audra... mais n'ai-je pas déjà vu quelque chose de semblable ?

— Oui, j'avais fait un tableau plus grand sur ce thème il y a quelques années. Il était accroché dans ma chambre lorsque je travaillais ici.

— Bien sûr ! Vous lui aviez donné un titre inhabituel, si mes souvenirs sont bons.

— L'Arbre du Souvenir. Le tableau représentait le grand sycomore qui se dresse sur la pente dominant High Cleugh. C'est là que j'allais pique-niquer avec ma famille.

— Oui, je m'en souviens, maintenant... (Puis, penchée vers Audra, elle poursuivit :) Vous possédez un talent remarquable, Audra. Pourquoi ne pas persévérer dans cette voie ?

— Non, je ne suis pas si bonne que cela, madame, répondit Audra avec un rire embarrassé. La peinture n'est pour moi qu'un passe-temps.

— Vous pourriez en faire votre profession.

— Non, madame. Je suis avant tout infirmière. Mme Lennox m'a dit que j'avais un don pour guérir.

— Oui, je sais... (Irène Bell devint pensive et, au bout d'un moment, reprit :) Vincent n'a pas changé d'avis, je suppose ? Il refuse toujours de vous laisser reprendre votre métier ?

— Oui. Il ne veut pas en entendre parler, répondit Audra en détournant le regard.

— Je vois.

Irène Bell n'insista pas, comprenant qu'elle abordait un sujet délicat. Elle se demanda si, ce problème mis à part, il existait d'autres points de désaccord entre Vincent et Audra. Au début de la semaine, la jeune femme lui avait paru curieusement renfermée, comme abattue. Mais cela tenait peut-être à ce qu'elle relevait à peine de sa grippe et se sentait encore mal en point.

— Puisqu'il est question de mon mari, dit Audra, il faudrait que je m'en aille bientôt, si vous voulez bien m'excuser. Il est déjà cinq heures et demie et Vincent doit revenir de York à sept heures.

— Pourquoi a-t-il été à York ? Que faisait-il là-bas ? demanda Theo, toujours curieux au sujet de Vincent pour qui il éprouvait une vive admiration.

— Voyons, Theo ! s'exclama sa mère. Il est impoli de poser des questions aussi personnelles.

— Mais non, ce n'est pas grave, madame, dit Audra qui expliqua alors au garçonnet : Il est allé à York avec M. Varley — tu sais, le patron de l'entreprise de bâtiment — discuter avec M. Rowntree. Ils envisagent d'agrandir une des usines de chocolat.

— Oh ! J'aimerais bien visiter une usine de chocolat ! Vincent rapportera-t-il une boîte de truffes ? Ce sont les confiseries que je préfère ! dit-il avec un regard plein d'espoir.

— Je sais, Theo, mais je ne crois pas que M. Rowntree fasse souvent cadeau de ses chocolats, répondit Audra en se levant, avec un sourire amusé.

— Oh, Audra, ne partez pas encore ! dit l'enfant sur un ton suppliant. Je ne vous vois presque plus, ces temps-ci.

Audra caressa ses cheveux blonds :

— Ce n'est pas tout à fait vrai, Theo. D'ailleurs, tu es un grand garçon, maintenant, tu vas à l'école et tu n'as plus besoin de gouvernante. Tu as déjà sept ans.

— Je sais ! Mais vous aviez promis que nous resterions amis.

— Ne le sommes-nous pas ? répondit Audra en se penchant pour l'embrasser.

Theo la prit par le cou et la retint de toutes ses forces.

— Allons, Theo, ne te conduis pas comme un bébé ! lui dit sa mère. Tu sais très bien qu'Audra a mille autres choses à faire, depuis qu'elle est mariée.

— Oui, je sais, dit-il en la lâchant à regret.

— N'est-il pas temps de te préparer pour aller au Grand Théâtre de Leeds ? reprit Irène Bell avec un regard malicieux.

— Oh ! maman ! C'est donc ça, ma surprise ? Je me demandais bien ce que ce serait ! s'écria Theo. Je mourais d'envie d'aller voir *Jack and the Beanstalk* !

— Eh bien, dépêche-toi. Va te laver la figure et les mains. Et Theo... de grâce, change de chemise ! Celle que tu portes est couverte de taches de peinture.

— Au revoir, Theo. Amuse-toi bien, lui lança Audra alors qu'il était déjà sur le pas de la porte.

— Au revoir, Audra. N'oubliez pas mon goûter, demain. Et venez avec Vincent, je vous en prie ! Vous le lui demanderez, n'est-ce pas ?

— Je tâcherai de le convaincre, je te le promets.

Tandis qu'elle raccompagnait Audra vers l'escalier, Irène lui dit :

— Theo a vraiment un faible pour Vincent.

— Oui, et je crois que le sentiment est partagé.

— Vincent réussit bien chez Varley. Cela doit vous faire plaisir.

— Bien sûr. M. Varley a la plus grande estime pour lui, car Vincent a vraiment le compas dans l'œil.

— Il faut le féliciter d'aller aux cours du soir. Ses études de dessin lui plaisent-elles ?

— Beaucoup, répondit Audra — sans oser révéler que Vincent n'avait fait qu'en parler, mais ne s'était jamais inscrit au cours.

Irène, qui l'observait attentivement, perçut aussitôt l'ombre qui obscurcissait son regard et s'en inquiéta. Audra n'était pas heureuse.

— Est-ce que tout va bien, ma chère petite ? lui demanda-t-elle en lui prenant la main.

Audra hésita. Un instant, elle fut sur le point de se confier, mais se retint à la dernière seconde. C'était moins sa fierté qui l'empêchait de s'épancher que la certitude que Mme Bell était impuissante à l'aider. Personne, d'ailleurs, ne pouvait rien pour elle.

Aussi se força-t-elle à sourire :

— Oui, tout va bien, madame. Merci de vous soucier de moi, mais je vous assure qu'il n'y a pas lieu de s'inquiéter.

— Et votre santé ? Êtes-vous vraiment rétablie ? insista Irène Bell, sceptique.

Dans le silence qui suivit, Audra se hâta de hocher la tête, avec trop de force pour être convaincante.

— Vous me paraissez terriblement pâle, lui dit Irène Bell en fronçant les sourcils.

— Ce ne sont que les suites de ma grippe, je me sens un peu fatiguée, voilà tout.

Audra se dégagea avec douceur, prit son manteau et son chapeau dans la penderie de l'entrée, se tourna vers le miroir.

Alors qu'elle mettait son écharpe et ses gants, elle demanda :

— Voulez-vous que j'arrive un peu en avance, demain ? Je pourrais vous aider à préparer la réception de Theo.

— Volontiers ! Je vous serais très reconnaissante de bien vouloir surveiller Theo et les neuf autres petits monstres — au moins jusqu'à la représentation de Guignol.

La porte venait à peine de se refermer qu'elle s'ouvrit de nouveau.

Irène était au milieu de l'escalier. Elle se retourna et, en reconnaissant son mari, eut un sourire joyeux :

— Thomas, déjà vous ? Quelle bonne surprise, mon chéri !

Elle dévala les marches et courut se jeter dans ses bras. Ils s'embrassèrent et Thomas Bell contempla sa femme :

— Avez-vous fait un bon voyage ?

— Excellent, merci. Je vous raconterai tout dans un instant, pendant que nous prendrons tranquillement un verre avant d'aller au théâtre. Mais enlevez d'abord votre manteau et venez voir les décorations d'Audra dans la salle à manger.

— Je l'ai croisée au moment où je passais la grille, dit Thomas en dénouant son écharpe. J'ai dit à Robertson d'arrêter la voiture et je lui ai proposé de la faire raccompagner si elle me laissait le temps de descendre, mais elle a refusé. Elle est toujours aussi indépendante, ma foi !

— En effet.

Irène prit son mari par le bras et l'entraîna vers la salle à manger.

— Audra ne me paraît pas du tout en forme, lui dit-elle, et j'ai l'impression qu'elle n'est pas aussi heureuse avec Vincent qu'elle essaie de me le faire croire.

— Ah !... Beau garçon, ce Vincent Crowther. Sans doute trop gâté par sa mère et ses sœurs, toujours béates d'admiration devant lui, sans parler des autres femmes — dans le passé, naturellement ! Non, Irène, je ne crois pas que ce gaillard soit facile à vivre. En outre, il n'est pas du même milieu qu'Audra.

— Thomas ! s'exclama Irène avec un regard de reproche. Vous savez combien je déteste ce genre de préjugés !

— Sans doute, mais vous ne changerez jamais la mentalité des Anglais, ma chère. D'ailleurs, en ce domaine les roturiers sont tout aussi détestables que les aristocrates. Ils sont aussi snobs les uns que les autres, chacun à leur manière, dit-il avec un sourire ironique. Et puis, quoi que vous en disiez, l'origine des gens a de l'importance, ma chérie. Audra est née dans un certain milieu et son éducation transparaîtra toujours — on le remarque dans tout ce qu'elle fait. Nous devons hélas ! admettre que Vincent ne peut que l'empêcher de se réaliser, si ce n'est même l'abaisser. Vous verrez que j'ai raison. (Et, avec un haussement d'épaules résigné, Thomas Bell conclut :) Mais puisqu'ils sont mariés, cela ne nous regarde pas et nous n'y pouvons rien.

— C'est vrai. Pourtant, j'ai tant d'affection pour elle...

Ils s'immobilisèrent sur le seuil de la salle à manger.

— Admirez, Thomas ! dit Irène.

Il resta d'abord muet d'étonnement.

— C'est tout simplement superbe ! déclara-t-il enfin, aussi impressionné que sa femme par le spectacle.

— C'est à la fois original et somptueux, commenta Irène avant de pousser un soupir.

Thomas lui lança un coup d'œil étonné. Irène se tourna vers lui, perplexe :

— Audra se croit douée pour son métier d'infirmière. Je pense, pour ma part, qu'elle est consciencieuse et efficace, sans plus. Naturellement, elle ne veut pas croire ce que je lui dis, puisque Margaret Lennox lui a affirmé le contraire...

Avec un geste en direction de la salle à manger, elle reprit :

— Son véritable don est là ; Audra est une artiste authentique. Elle peint admirablement. Pourtant, on dirait qu'elle refuse de s'en rendre compte. Je n'arrive pas à comprendre son aveuglement. Tant de talent gâché ! dit-elle avec un nouveau soupir. Voilà, à mon sens, ce qu'il y a de plus triste.

— Peut-être, Irène. Mais n'oubliez pas que cette pauvre Audra n'a jamais eu la chance de faire ce qu'elle voulait dans la vie. Elle a subi les plus pénibles épreuves quand elle était encore très jeune...

19

Pourquoi avoir dit à Mme Bell que j'allais bien ? Je ne vais pas bien du tout. Je suis prise au piège. Que faire ? Que vais-je devenir ?

Audra ne pouvait penser à rien d'autre tandis qu'elle s'affairait dans la cuisine du cottage, peu après son retour de Calpher House.

J'aurais dû me confier à Irène Bell, se dit-elle en regrettant d'avoir voulu, par pudeur, garder ses soucis pour elle. Cela fait du bien d'exposer ses problèmes, surtout à une personne compréhensive qui sait écouter. Audra avait gardé le silence alors que l'occasion de s'épancher lui était offerte ; maintenant, il était trop tard.

Me voilà de nouveau seule au monde, comme je l'ai toujours été depuis mes quatorze ans, songea-t-elle. Je n'ai nulle part où aller, personne vers qui me tourner. Margaret Lennox a été la seule à m'aider, mais elle ne peut plus rien pour moi. Elle ne pourra pas m'offrir un poste d'infirmière, puisque je suis enceinte.

Le découragement contre lequel Audra luttait depuis plusieurs jours se transforma en panique. Lorsqu'elle disposa la vaisselle sur la table, elle constata que ses mains tremblaient. Elle se redressa, se ressaisit au prix d'un violent effort de volonté. Du calme, se répéta-t-elle en respirant profondément. L'agitation et le désespoir sont mauvais conseillers.

Redevenue maîtresse d'elle-même, Audra alla vérifier la cuisson du ragoût de mouton qui mijotait depuis le début de l'après-midi, puis elle se versa du thé, s'installa près du feu et réfléchit à sa situation.

Pendant les quinze jours qu'avait duré sa grippe, elle avait noté les premiers indices d'une éventuelle grossesse. Depuis peu, elle en avait acquis la certitude : son corps subissait un certain nombre de métamorphoses dont la signification était claire. Ne pouvant nier l'évidence, elle avait, au début de la semaine, projeté de fuir, de quitter Vincent.

Ce soir, cependant, alors qu'elle revenait de Calpher House, elle s'était rendu compte qu'elle commettrait une sottise en agissant ainsi, dans l'état où elle se trouvait. Elle n'avait pas d'argent, pas d'emploi, pas d'endroit où chercher refuge. Laurette avait raison : les Crowther constituaient sa seule famille.

Alors, rester avec Vincent ? Le pourrait-elle ? Ils passaient désormais leur temps à se disputer — non, ce n'était plus tout à fait exact. Tant qu'elle avait été malade, il s'était montré prévenant et plein de sollicitude ; et ils n'avaient pas échangé un mot plus haut que l'autre depuis sa guérison.

Quelques jours auparavant, il lui avait demandé si elle voulait toujours le quitter. Elle avait répondu qu'elle partirait dès qu'elle s'en sentirait capable. Il s'était détourné avec une curieuse expression dans laquelle, à la réflexion, Audra reconnaissait une réelle tristesse. Elle comprenait maintenant que c'était le remords qui avait assombri son regard, qu'il s'était repenti de ses paroles blessantes, des violentes querelles qui ne menaient à rien. Et pourtant, le début de leur mariage avait été si plein de promesses... Pourquoi ne pouvons-nous recommencer comme avant ? se demanda-t-elle, les yeux clos, en se remémorant ces jours heureux. Elle aurait tant voulu les revivre...

Un peu plus tard, un bruit de pas sur les dalles de l'allée, au-dehors, tira Audra de ses réflexions. La porte s'ouvrit, Vincent apparut sur le seuil, chargé d'une gerbe de houx qu'il portait au bout d'une ficelle.

Il parut aussitôt soulagé de la voir assise au coin du feu. Ces derniers temps, il ne savait jamais s'il n'allait pas retrouver la maison vide.

— Bonsoir, ma chérie ! lança-t-il en déposant son fardeau et en commençant à se dévêtir.

— Bonsoir, Vincent, répondit Audra.

Elle ne pouvait s'empêcher de le trouver plus beau, plus séduisant que jamais. Le froid avait mis de la couleur à ses joues, ses yeux verts brillaient d'un éclat inaccoutumé.

— Ton voyage à York s'est-il bien passé ? demanda-t-elle.

— Le mieux du monde, et je suis heureux de te l'annoncer, il a même été couronné de succès. Nous avons toutes les chances d'enlever le marché. M. Varley est enchanté et je ne le suis pas moins, car cela veut dire que tous nos emplois sont préservés — pour un bon moment du moins. C'est important si l'on songe à ce qui se passe dans tout le pays. M. Varley prévoit une grave crise économique... (Il n'acheva pas sa phrase mais, tout en finissant d'ôter son manteau, il ajouta :) Au fait, tu peux me présenter tes félicitations.

— Ah oui ? A quel sujet ?

— J'ai eu de l'avancement. M. Varley m'a nommé chef de chantier cet après-midi même. Le poste restait vacant depuis le départ en retraite du vieux Harry Watkins.

— Tu mérites en effet des félicitations, Vincent, et tu ne peux savoir combien je m'en réjouis pour toi ! répondit Audra avec sincérité. Tu n'as certes pas volé cette promotion, tu as travaillé assez dur pour l'obtenir.

— Merci, ma chérie, dit-il en ramassant les branchages. Tiens, j'ai acheté cela à un marchand ambulant, au retour, sur une route de campagne. Faut-il les mettre dans l'eau ?

— Cela peut attendre. Pose-les sur le buffet. Veux-tu du thé ?

— Euh... non, merci...

Il hésita, se pencha vers elle, l'embrassa sur la joue mais s'éloigna aussitôt et se posta devant la cheminée, le dos au feu.

— Merci pour le houx, Vincent, dit Audra avec douceur. Tu es gentil d'y avoir pensé.

— C'est la moindre des choses... Nous reste-t-il de la bière ?

— Oui, il y en a encore quelques bouteilles au cellier.

Tout en traversant la pièce, il demanda :

— Comment va le petit Theo ?

— Il est tout excité en pensant à son goûter de Noël. Ses derniers mots, quand je partais, ont été pour me demander que tu viennes avec moi demain.

— Peut-être, je ne sais pas encore...

Sa bouteille à la main, Vincent revint auprès du feu et s'assit en face d'Audra.

— Theo serait très déçu si tu ne venais pas.

Vincent lui lança un regard surpris :

— Tu ne verrais pas d'objection à ce que j'y aille ? Je veux dire... tu me demandes vraiment de t'accompagner ?

— Bien sûr et, d'ailleurs, Theo y compte fermement. Tu sais quelle admiration il te voue.

Vincent but une gorgée de bière, hocha la tête :

— Eh bien... je finirai de travailler de bonne heure. M. Varley ferme toujours à midi, la veille de Noël.

Vincent fouilla ses poches à la recherche de ses cigarettes.

Le silence retomba — le même silence amical qu'ils partageaient si souvent au début de leur mariage. Ce soir-là, ils semblaient à l'aise l'un avec l'autre comme ils ne l'avaient plus été depuis des mois. Audra sentit soudain que Vincent l'observait et elle leva les yeux vers lui. Son expression était si pleine de tendresse qu'elle en fut profondément touchée.

Elle voulut parler mais ne put trouver les mots capables d'exprimer les émotions confuses qui l'agitaient. Les yeux de nouveau baissés, elle vit son alliance luire dans le reflet des flammes — symbole de ses rêves, de sa foi en l'avenir. Elle pensa à l'enfant qu'elle portait en elle. Son avenir, c'était lui, cet enfant — comme il appartenait également à son passé, à *leur* passé, puisqu'ils l'avaient conçu ensemble dans l'amour qu'ils éprouvaient l'un pour l'autre. Au plus profond de son cœur, Audra comprit qu'en dépit de tout son amour pour Vincent restait intact. C'était un fait, une réalité qu'elle ne pouvait ignorer.

Comme s'il devinait ses pensées, Vincent jeta sa cigarette au feu et se leva. Il s'agenouilla près d'elle, lui prit les mains, la fixa dans les yeux. Ils semblaient plus grands et plus bleus que jamais dans son visage amaigri par la maladie.

— Ne me quitte pas, Audra, dit-il d'une voix tremblante. Ne me quitte pas, je t'en supplie. En rentrant à la maison, ce soir, je ne savais pas si je t'y retrouverais et j'en étais désespéré. Je le suis tout le temps, en ce moment, à cause de cette incertitude où tu me tiens. Je me disais : Que vais-je devenir, si elle n'est plus là ? Comment pourrais-je vivre sans elle ? (Il essaya vainement de sourire.) En fait, je suis incapable de vivre sans toi — je refuse d'ailleurs de l'envisager. Vois-tu, Audra, je t'aime. De tout mon cœur.

Elle savait qu'il était sincère. Elle percevait dans sa voix une authentique détresse et voyait dans ses yeux briller des larmes mal contenues.

Un instant, elle fut hors d'état de répondre.

— Je t'en prie, ne me quitte pas, répéta-t-il d'un ton plus implorant.

Audra leva la main, lui caressa la joue. Puis, à son propre étonnement, elle murmura :

— J'attends un enfant.

Vincent sursauta, bouche bée. Une seconde plus tard, il la prit dans ses bras, la serra contre lui :

— Oh ! Audra ! C'est merveilleux, merveilleux... (Toute angoisse était effacée de ses traits. Un sourire presque enfantin le faisait rayonner.) Tu ne peux plus me quitter, désormais ! Tu ne peux plus, tu le sais bien ! De toute façon, je ne te laisserai pas partir. Tu as besoin de moi, maintenant, pour prendre soin de toi — et de l'enfant !

— Oui, répondit-elle. C'était vrai, elle le savait.

— Notre vie va s'en trouver transformée. Tout ira bien, je te le promets. Et je serai un bon mari. Je te le jure, Audra !

Au début, il tint parole. Il continua de lui prodiguer les attentions qu'il avait eues pour elle durant sa grippe. Jamais il ne lui avait témoigné plus d'égards. Le soir, après son travail, il se précipitait auprès d'elle et ne la quittait plus pendant ses moments de loisir, même les week-ends qu'il avait pourtant l'habitude de consacrer aux amis. Il la cajolait, la dorlotait, se conduisait en mari modèle et en futur père pénétré de ses devoirs.

L'harmonie régnait à nouveau dans la petite maison de Pot Lane.

Audra éprouvait un sentiment de contentement qui lui était inconnu jusque-là. Elle appréciait la tranquillité et la paix domestique dont elle jouissait, sans parler du repos physique. Sa grossesse se déroulait dans des conditions difficiles. Ses nausées matinales, anormalement pénibles, duraient souvent jusque tard dans la journée. Son état général s'en ressentait et elle souffrait d'une faiblesse constante.

Les premiers temps, Vincent s'inquiétait pour elle et compatissait à ses douleurs. Il ne fallut cependant pas longtemps avant que sa patience fît place à l'agacement et, plus grave encore, à l'ennui.

Lorsqu'ils s'étaient réconciliés, juste avant Noël, ils avaient cédé à leur amour mutuel et renoué leurs rapports conjugaux. Ceux-ci avaient, une fois encore, cessé. Vincent admettait plus ou moins la répugnance d'Audra, une femme enceinte n'étant pas censée désirer son mari avec ardeur. Ce qui le troublait davantage, c'était le désintérêt qu'elle manifestait envers lui et sa vie quotidienne. Cette attitude le déconcertait autant qu'elle le blessait.

Aussi était-il prévisible que, chez lui, le naturel reprît le dessus et que la vie de couple lui parût bientôt étouffante. Certes, il aimait Audra, il souhaitait toujours rester marié, mais en même temps il regrettait les charmes du célibat. Non qu'il voulût courir les femmes, mais il se résignait mal à ne plus voir ses amis, à ne plus partager la bruyante camaraderie des pubs, à ne plus participer aux réunions hippiques, à ne plus connaître l'excitation du pari mutuel. Il s'était toujours livré à ces occupations depuis qu'il était adulte et ne voyait aucune raison de modifier ses habitudes.

Il reprit également ses fréquentes visites chez sa mère, simplement parce qu'il cherchait à se replonger dans l'atmosphère turbulente de la maison, dans la chaleureuse affection qu'il retrouvait au sein d'une grande famille aussi unie que celle des Crowther.

Sa conduite lui inspirait d'autant moins de remords qu'Audra ne pensait plus qu'à sa future maternité. Vincent avait l'impression qu'en dehors de l'enfant qu'elle portait, plus rien n'existait pour elle.

De fait, il ne se trompait pas.

Cette naissance prochaine prenait pour Audra une importance que Vincent ne pouvait imaginer. Ce n'était pas seulement son premier enfant et le fruit de leur amour, c'était la fondation même de cette famille bien à elle dont elle rêvait depuis si longtemps.

Affolée à l'idée d'exposer le bébé au moindre danger, elle s'entourait jusqu'à l'obsession de précautions telles que Laurette elle-même en était exaspérée parfois. Quand elle ne se tourmentait pas à propos de son confort, de sa santé et de son régime, elle se préparait au grand événement comme s'il s'agissait du premier enfant qui dût jamais venir au monde.

La deuxième chambre du cottage fut aménagée en nursery avec un luxe d'attentions jusqu'au plus infime détail, tant pour sa décoration que pour ses conditions d'hygiène. Audra mit à contribution tous les membres du clan Crowther, leur imposant de nettoyer, d'astiquer, de tapisser et de peindre la pièce. Puis elle vendit une petite broche en diamants ayant appartenu à sa mère et alla acheter chez *Harte's*, à Leeds, ce qu'elle trouva de mieux en matière de mobilier d'enfants.

Olive, la sœur de Vincent, jouissait, auprès de sa famille et de ses amis, d'une flatteuse réputation pour la perfection de son tricot, technique qu'elle enseignait à Laurette depuis un an. Audra demanda à Olive de l'aider de ses conseils et, à force de ruse, obtint bientôt, tant d'Olive que de Laurette, qu'elles tricotent une layette. Les trois jeunes femmes se mirent à l'ouvrage comme si leur vie en dépendait ; et ce devint un spectacle du plus haut comique que de les voir ensemble faire cliqueter leurs aiguilles, les yeux fixés sur leurs patrons, sourdes et aveugles à ce qui les entourait. Bonnets, chaussons, chandails, brassières, barboteuses, couvertures pour le berceau et le landau témoignèrent bientôt de leur assiduité. Audra entreprit ensuite de coudre et de broder d'autres vêtements, de confectionner au crochet deux superbes châles, si bien qu'elle disposa d'un trousseau digne d'un prince. Elle rangea soigneusement le tout dans les tiroirs de la commode, entre des feuilles de papier de soie, au comble de la joie et de la fierté.

Ainsi surchargée d'activités domestiques, entourée en permanence, ou presque, de membres plus ou moins braillards de la famille Crowther, il arrivait cependant à Audra de se sentir plus esseulée que jamais. Son désarroi tenait autant aux disparitions de Vincent qu'au sentiment de n'avoir pas de famille à elle. Elle avait vainement tenté de se rapprocher d'Eliza, sans pouvoir dissiper la méfiance que lui inspirait sa belle-mère et la gêne qu'elle éprouvait en sa présence. Elle restait persuadée qu'Eliza l'avait rendue responsable de tous leurs problèmes précédents et qu'elle continuait à l'en blâmer, tout en innocentant son fils. Elle se trompait, mais rien n'aurait pu l'en faire démordre.

Avec Laurette, en revanche, Audra entretenait les rapports les plus affectueux. De même se sentait-elle en confiance avec Alfred Crowther, qui estimait que son fils devait bénir sa chance d'avoir pour épouse une jeune femme dotée de si grandes qualités. Alfred réprouvait la conduite de Vincent et le lui disait de plus en plus fréquemment sans mâcher ses mots. Ainsi, ce furent le père de Vincent et sa sœur préférée qui aidèrent Audra à surmonter les moments les plus pénibles de cette difficile période de sa vie.

Pendant toute la grossesse d'Audra, Vincent et elle ne se manifestèrent toutefois aucune animosité, bien qu'ils aient mené leurs propres vies chacun de leur côté. Ils ne s'affrontaient plus, comme par le passé, en de violentes disputes, ni même ne se chamaillaient pour un oui ou pour un non. On aurait dit qu'ils observaient un armistice. Ils se montraient courtois, voire cordiaux, l'un envers l'autre — et continuaient à ne se préoccuper strictement que d'eux-mêmes.

Le rude hiver fit place au plus merveilleux printemps que l'on eût connu depuis des années. Un ciel sans nuages, un soleil éclatant eurent tôt fait de remonter le moral de chacun. Les bourgeons apparurent aux arbres ; les premières jonquilles, les premiers crocus vinrent parsemer la terre noircie de touches brillantes, jaunes et pourpres.

Le mariage de Gwen Thornton et de Geoffrey Freemantle survint à ce moment-là. Audra refusa le rôle de dame d'honneur que lui proposait Gwen, son état le lui interdisant.

Vincent et elle assistèrent pourtant à la cérémonie en l'église

Sainte-Marguerite de Horsforth, par un bel après-midi ensoleillé, le premier samedi d'avril 1929.

Audra s'était taillé une nouvelle robe de grossesse avec un manteau assorti en laine bouclée bleu marine. Elle avait acheté un petit chapeau de paille orné de roses bleues et d'une violette bleu nuit. En la voyant dans cet élégant ensemble, Vincent poussa des cris admiratifs qui laissèrent Audra sceptique.

Tandis qu'ils se rendaient à Horsforth dans la voiture de l'oncle Phil, empruntée pour l'occasion, Audra pensait à Gwen et à leur amitié, qui s'était peu à peu effritée durant les mois d'hiver. Entre son travail au dispensaire, la décoration et l'ameublement de la maison de Headingley, et les préparatifs de son mariage, Gwen n'avait eu que très peu de temps à lui consacrer — de même qu'à quiconque, semblait-il. Leurs existences, de plus en plus différentes, les séparaient inexorablement.

Vincent était en même temps devenu plus intime avec Mike Lesley, l'ancien fiancé de Gwen, ce qui ne contribuait pas à rapprocher les deux jeunes femmes. Vincent était donc moins que jamais disposé à manifester de l'amitié pour Geoffrey Freemantle, qu'il surnommait « l'usurpateur » ; quand bien même aurait-il fait un effort, Audra savait le médecin trop snob pour ne pas dédaigner Vincent.

Je vais donc perdre Gwen à cause de ce Geoffrey Freemantle, se disait-elle avec une profonde tristesse, en regardant distraitement le paysage par la vitre de la voiture.

Plus tard, à l'église, son accablement s'accrut lorsqu'elle vit Gwen s'avancer dans la nef au bras de son père. Son amie lui apparut plus belle que jamais. En même temps, pourtant, elle était différente. Ce n'était plus la Gwen qu'elle avait connue.

Elle portait une robe à paniers de dentelle crème sur un fond de satin crème, un voile à longue traîne en point d'Alençon, retenu sur la tête par un diadème de fleurs d'oranger. Elle tenait un bouquet de roses blanches et d'un rose très pâle. Un cœur de diamants accroché à un rang de perles scintillait à son cou, d'autres diamants pendaient à ses oreilles. Gwen offrait le portrait idéal de la mariée blonde aux yeux bleus et, en ce plus beau jour de sa vie, rayonnait de bonheur.

Je l'ai déjà perdue, se répéta Audra avec mélancolie. Elle m'a quittée pour entrer dans un autre monde, où je ne pénétrerai jamais... Elle retint avec peine les larmes qui lui venaient aux yeux.

A une époque de ma vie, je n'avais rien ni personne au monde — personne d'autre que Gwen, pensait Audra. Son amitié m'a sauvée, je ne l'oublierai jamais. Je l'aimerai toujours, elle restera ma meilleure, ma plus chère amie. Laurette elle-même ne pourra prendre sa place, malgré son affection pour moi et celle que j'ai pour elle.

A ce moment-là, Gwen arriva à la hauteur d'Audra et lui adressa un radieux sourire.

Audra lui sourit à son tour puis, la regardant s'éloigner, elle lança un adieu muet à son amie, en lui souhaitant du fond du cœur tout le bonheur possible, jusqu'à son dernier jour.

Malgré sa peine, Audra réussit à faire bonne figure à la réception. Celle-ci avait lieu chez les Thornton et Audra retrouva avec plaisir cette maison où elle avait passé tant de bons moments. Mais si elle parvenait à feindre la gaieté, les efforts des Thornton, en revanche, restaient vains. Audra avait rarement vu des mines aussi lugubres.

Elle n'était pas au salon depuis plus de quelques minutes quand Mme Thornton l'entraîna à l'écart, afin de lui parler sans témoins. Phyllis Thornton lui déclara de but en blanc qu'aucun membre de la famille n'éprouvait de sympathie pour le Dr Freemantle. Audra tenta de la réconforter, mais Mme Thornton ne s'y laissa pas prendre :

— Cet homme est odieux, Audra, et vous aurez beau dire, vous ne l'aimez pas non plus... Ma pauvre Gwen, pourquoi fait-elle cette folie ? conclut-elle soucieuse, avant d'aller accueillir de nouveaux invités.

Audra la suivit des yeux, pleine de compassion pour cette femme qui avait toujours été bonne avec elle. Vincent la rejoignit et l'entraîna vers le buffet. Quelques instants plus tard, Charlie vint leur présenter sa fiancée Rowena, une jeune fille à la silhouette menue qui ressemblait à Audra, comme celle-ci le remarqua aussitôt. Cette constatation la fit sourire : peut-être était-il vrai que les hommes recherchent toujours le même genre de femmes... En tout cas, elle se réjouissait que Charlie eût trouvé son idéal. Il suffisait de le voir pour se rendre compte qu'il était éperdument amoureux de Rowena.

Les présentations faites, Charlie baissa la voix pour déclarer que Gwen commettait une terrible erreur : « Mes parents sont au désespoir, dit-il. Et moi aussi. » Vincent et lui s'accordèrent bientôt pour mettre le marié en pièces et proclamer que Gwen aurait cent fois mieux fait d'épouser Mike Lesley.

Pourquoi les gens aiment-ils tant médire des autres lors d'un mariage ? se demanda Audra. Elle eut beau chercher, elle ne trouva pas de réponse.

Le mariage de Gwen constitua le principal événement du printemps. Audra et Vincent retombèrent ensuite dans leur routine habituelle, chacun préoccupé de son propre sort.

Audra se retrouvait plus que jamais seule, car Vincent passait désormais deux ou trois jours par semaine à York. L'entreprise Varley réalisait l'agrandissement de l'usine Rowntree et Vincent était responsable des travaux. Ni Audra ni lui ne voyaient d'inconvénient à ces séparations, trop heureux l'un et l'autre que Vincent eût encore un emploi.

Le nombre des chômeurs augmentait sans cesse. Lorsqu'elle se rendait à Calpher House, Audra voyait, le cœur serré, leur file s'allonger devant la Bourse du Travail. Ils paraissaient tellement malheureux et découragés qu'elle remerciait Dieu que Vincent ne fût pas parmi eux.

A la fin de juin, le chantier d'York terminé, Vincent revint travailler sur place et vivre chez lui en permanence. Et ce fut un samedi matin du début juillet, par une chaleur torride, qu'Audra ressentit les premières douleurs. Vincent la conduisit aussitôt à l'hôpital Sainte-Marie dans la voiture de son oncle Phil. Leur premier enfant naquit quelques heures plus tard. C'était un garçon.

Ils avaient choisi ses prénoms des semaines auparavant et décidé de le baptiser Adrian-Alfred, en hommage à ses deux grands-pères. Dès le début, cependant, Vincent le surnomma Alfie et le diminutif lui resta.

Tout le monde adorait Alfie. C'était un bébé toujours gai, souriant, avec de beaux yeux verts, de fins cheveux noirs et le visage d'un chérubin. Il ne pleurait presque jamais et faisait preuve d'un caractère si heureux que ses parents se considéraient comme bénis du Ciel. Les Crowther le dorlotaient et le gâtaient à qui mieux mieux, surtout Alfred et Eliza qui étaient fous de leur premier petit-fils. Ses tantes n'étaient pas moins en adoration devant lui, de sorte que Audra savait ne jamais devoir manquer de gardiennes quand elle en aurait besoin.

Au fil des mois, Alfie croissait en sagesse et en gentillesse. Il souriait, gloussait, se trémoussait dans son berceau ; lorsqu'Audra le promenait en ville, les passants qui se penchaient sur le landau se récriaient d'admiration devant cet « adorable bébé ». Alfie représentait, en effet, le type même du bébé potelé et rieur que tout le monde a envie de prendre dans ses bras et d'embrasser. Audra apprit vite à se montrer intransigeante sur ce point, tant elle craignait que son Alfie soit exposé aux microbes.

Elle aimait son enfant avec passion. Il lui arrivait parfois de s'interrompre au milieu d'un travail et de sortir au jardin à seule fin de le contempler dans son landau. Lorsqu'elle le voyait sourire, lorsqu'elle discernait dans ses yeux une lueur signifiant qu'il la reconnaissait, son cœur bondissait de joie. Rien ni personne au monde ne lui avait encore donné autant de bonheur que ce petit être.

Alfie ressemblerait plus tard à son père, tout le monde s'accordait à le déclarer. Vincent éprouvait pour son fils un amour égal à celui d'Audra, et les heureux parents se rendaient compte que leur enfant faisait preuve d'une vivacité inhabituelle. A six mois, il manifestait déjà les signes d'une intelligence exceptionnelle. Aussi fiers l'un que l'autre de leur Alfie, ils ne cessaient de chanter ses louanges.

A sa manière, l'enfant les avait rapprochés.

Leurs rapports s'étaient améliorés et l'harmonie régnait de nouveau dans le cottage de Pot Lane. Vincent restait plus volontiers à la maison, pendant la semaine et, quand il sortait le samedi soir, Audra l'accompagnait le plus souvent. Cette situation nouvelle était, en grande partie, due à Laurette, qui s'apprêtait enfin à connaître des jours meilleurs.

Vincent avait joué les marieurs avec succès. Sa sœur bien-aimée et Mike Lesley étaient fiancés. Laurette invitait fréquemment Audra à des sorties et celle-ci acceptait sans se faire prier. Les deux hommes aimaient se retrouver, de sorte que Vincent renonçait sans regret à ses soirées au pub pour accompagner sa femme, sa sœur et son ami.

Ils partageaient, tous les quatre, le même goût pour la musique, en particulier pour les opérettes et les comédies musicales qui étaient alors en vogue. Des troupes de Londres donnaient régulièrement des représentations au Grand Théâtre de Leeds et Mike s'empressait de réserver des places. Parfois, ils allaient passer la soirée au dancing, ou voir les derniers films parlants. En toutes circonstances, ils s'amusaient fort bien ensemble.

Le quatuor devint inséparable au long de l'été et de l'automne 1929 ; ils se réjouissaient à l'avance de célébrer Noël les uns avec les autres. Pour sa part, Audra se sentait particulièrement heureuse cette année-là : elle avait enfin une famille et son foyer connaissait la paix.

20

Audra et Laurette remontaient lentement Pot Lane, à l'heure du crépuscule.

C'était la première semaine de janvier 1930, le début d'une nouvelle année — d'une nouvelle décennie.

Les deux jeunes femmes étaient d'excellente humeur, plus joyeuses qu'elles ne l'avaient été depuis des années. En dépit de la situation sociale qui s'aggravait en Angleterre et de la crise économique mondiale, elles voyaient leur avenir sous les plus riantes couleurs.

Audra était aussi satisfaite de sa vie que de Vincent. Elle avait Alfie, son enfant chéri, de jour en jour plus beau et plus adorable, source inépuisable de bonheur. La carrière de Vincent à l'entreprise Varley progressait régulièrement ; il venait d'obtenir une nouvelle augmentation, le ménage avait liquidé ses dettes. Tout allait pour le mieux.

Quant à Laurette, elle se sentait euphorique. Elle était très amoureuse de Mike Lesley, et Mike était amoureux d'elle. La veille au soir, ils avaient officiellement célébré leurs fiançailles et prévoyaient de se marier l'été suivant.

Mike poursuivait ses études de médecine à l'université de Leeds, mais un oncle célibataire, récemment décédé, lui avait légué un petit héritage. Cette aubaine leur permettait de hâter leurs projets de mariage : Mike pourrait subvenir aux besoins de sa femme jusqu'à l'obtention de son diplôme à la fin de l'année. Laurette ne rêvait donc plus qu'à ses noces, au trousseau, à la recherche d'une maison à Upper Armley, où le jeune ménage désirait s'installer, et à assurer le bonheur de l'homme qu'elle aimait.

Les deux jeunes femmes venaient de célébrer entre elles les fiançailles de Laurette. Audra avait tenu à inviter sa belle-sœur à déjeuner. Plutôt que de retourner chez *Betty,* où elles avaient leurs habitudes, Audra avait décidé de faire des folies. La surprise et le ravissement de Laurette lorsqu'elle entra au Turkish Delight, le charmant café oriental des magasins *Harte's*, l'avaient amplement récompensée.

Après le déjeuner, elles s'étaient promenées dans le grand magasin. Elles avaient admiré les toilettes du rayon haute couture, les renards, les castors et les hermines du rayon fourrures, essayé chapeaux et bibis, vaporisé de suaves et coûteux parfums français. Bref, elles s'étaient fait plaisir en s'évadant à peu de frais de leur existence quotidienne.

Elles s'étaient ensuite rendues au grand marché de Leeds, dans Kirkgate, comme tous les samedis après-midi.

— Retour brutal à la réalité ! avait dit Laurette avec un rire ironique, tandis qu'elles louvoyaient entre les étalages de fruits et de légumes.

Audra avait ri à son tour :

— J'ai l'impression que tout le monde nous regarde ou, plutôt, nous renifle, murmura-t-elle en examinant un chou-fleur. Nous devons empester, avec tous ces parfums.

— Disons plutôt que nous sentons la cocotte, comme le ferait aimablement observer notre cher Vincent.

Elles continuèrent leurs achats en pouffant de rire comme des écolières et quittèrent les halles lourdement chargées, afin de regagner Upper Armley par le tram.

Elles se hâtaient maintenant sur le chemin du cottage, transies par la brise glaciale qui s'était levée entre-temps. Il avait beaucoup plu pendant la semaine et le vent soufflait, chargé de la lourde odeur des feuilles mortes et de la terre gorgée d'eau. L'humidité se faisait plus pénétrante et la brume qui s'épaississait présageait de nouvelles averses.

— Fais attention, Laurette, dit Audra. Ces feuilles détrempées sont glissantes.

— Je suis prudente. Merci encore, Audra, pour cette si bonne journée. Ce déjeuner et cette promenade chez *Harte's* m'ont fait un immense plaisir. Pour le moment, j'ai hâte de boire du thé bien chaud. Je ne tiens plus debout !

— Je suis fatiguée moi aussi. Toute cette foule, aux halles ! Je n'ai jamais vu autant de monde.

— Dans un sens, je suis ravie que nous ne sortions pas danser ce soir. Je n'aurais pas tenu le coup longtemps.

— Et moi, je ne sens plus mes jambes, renchérit Audra alors qu'elles atteignaient l'impasse.

Elles s'engageaient dans l'allée empierrée du jardin lorsque la porte du cottage s'ouvrit. Maggie apparut sur le seuil, dans un halo de lumière, et scruta l'obscurité :

— Audra, Laurette, c'est vous ?

— Oui, c'est nous, répondit Audra en pressant le pas. (Elle avait discerné, dans la voix de la fillette, une intonation inhabituelle qui l'alarma.) Quelque chose ne va pas ? demanda-t-elle.

— C'est Alfie, dit Maggie en s'effaçant sur le pas de la porte pour les laisser entrer. Il a l'air malade.

Audra posa précipitamment ses sacs à provisions et courut à la cuisine sans prendre le temps d'enlever son manteau. Penchée sur le berceau, installé dans un coin de la pièce, elle examina Alfie avec anxiété.

Elle constata aussitôt que l'enfant paraissait en effet malade. Les yeux vitreux, il semblait avoir de la fièvre. Audra ôta un gant, posa la main sur ses joues. Elles étaient brûlantes. Son inquiétude redoubla, mais elle ne se laissa pas gagner par l'affolement. Sa formation d'infirmière, les compliments de Margaret Lennox la rendaient confiante. Elle était certainement capable de soigner son fils mieux que quiconque.

Elle se redressa, ôta son manteau. Puis, en allant se laver les mains à l'évier, elle donna ses instructions à Laurette :

— Sois gentille, va chercher le thermomètre dans l'armoire à pharmacie, près de la porte du cellier. Ensuite, tu débarrasseras la table et tu y mettras une serviette propre. Je veux examiner Alfie en pleine lumière et le rafraîchir. Peux-tu aussi m'apporter le panier contenant ses affaires de toilette et mouiller un gant ?

— Tout de suite, répondit Laurette qui s'affairait déjà.

Après s'être essuyé les mains, Audra nettoya le thermomètre, le posa sur la table. Elle souleva Alfie de son berceau, le coucha sur la table, le déshabilla. Ses moindres gestes étaient empreints de tendresse. Elle prit la température de l'enfant et se tourna vers Laurette :

— Il a 40, ce n'est pas étonnant, il brûle de fièvre. Passe-moi le gant de toilette humide, s'il te plaît.

— Que peut-il avoir, à ton avis ? demanda Laurette, inquiète.

— Je n'en sais encore rien. Peut-être une quelconque maladie infantile, la rougeole, la varicelle, la scarlatine. Je ne vois pourtant aucune rougeur... (Elle laissa sa phrase en suspens et finit d'humecter à l'eau fraîche les jambes et le petit corps potelé. Après l'avoir talqué, elle rhabilla l'enfant et reprit :) Sa fièvre est si forte... je devrais peut-être lui donner de l'aspirine ou un calmant... Non, il ne vaut mieux pas. Je vais plutôt faire venir le docteur.

— Oui, tu as raison. Si seulement Mike était là ! dit Laurette avec un coup d'œil à la pendule. Je me demande ce qu'il peut bien faire avec Vincent. Ils devraient déjà être rentrés !

— Je peux aller chercher le Dr Stalkey, proposa Maggie.

— Oui, c'est une bonne idée, répondit Audra en prenant Alfie dans ses bras afin de le recoucher dans son berceau. Mais avant de sortir, dis-moi exactement comment était Alfie cet après-midi, à quelle heure tu t'es aperçue qu'il était malade, les symptômes que tu as remarqués — tout ce qui a pu te frapper.

Maggie s'était fait du souci pendant des heures. Elle n'avait pas emmené Alfie au cabinet du médecin de peur d'aggraver son état. De même, elle n'avait pas osé le quitter le temps d'aller chercher le praticien. Elle était maintenant à bout de nerfs et au bord des larmes.

— Vincent et Mike sont partis pour le match de football vers une heure, commença-t-elle d'une voix tremblante. Juste après, Alfie s'est mis à pleurer. Il ne s'arrêtait plus et j'ai bien vu que ce n'était pas normal, lui qui est si calme d'habitude. J'ai vérifié s'il était mouillé, mais ses couches restaient sèches, il n'y avait pas d'épingle qui le piquait.

Un peu plus tard, il devait être trois heures, il est devenu tout rouge. Il faisait si chaud ici que je l'ai emmené au salon pour le rafraîchir un peu. Je l'ai pris sur mes genoux, je l'ai bercé en lui chantant une chanson. Alors, il a vomi, mais d'une manière si bizarre...

— Décris-la-moi, dit Audra en se raidissant.

— Je ne sais pas comment, c'est difficile, gémit Maggie, consciente du changement survenu chez Audra, de sa tension soudaine.

— Essaie ! insista Audra.

Maggie déglutit avec peine et se concentra pour trouver les mots justes :

— Eh bien... il vomissait tout droit, en jet. Comme si on lui avait donné une tape sur le dos. Le plus curieux, c'est qu'il n'avait pas l'air de faire d'effort, ça venait tout seul.

Le symptôme était si évident qu'Audra faillit céder à la panique. La méningite ! Seigneur, non pas *cela* !... A grand-peine, elle se ressaisit. Elle devait à tout prix rester lucide. Si elle voulait sauver son enfant, elle ne pouvait permettre à l'émotion de troubler son jugement.

Luttant contre sa frayeur, elle se tourna vers le berceau, examina de nouveau Alfie. Il était inerte et toujours aussi rouge.

— Va vite, Maggie, dit-elle. Dis au Dr Stalkey qu'Alfie est malade et qu'il doit venir immédiatement.

Maggie courut décrocher son manteau :

— Qu'est-ce qu'il a, Audra ? Ce n'est pas grave, au moins ?

— Je n'en suis pas certaine mais les vomissements et la fièvre m'inquiètent.

— Je raconterai tout au docteur, dit Maggie en atteignant la porte. Et je courrai sans arrêt, aussi vite que je pourrai.

Dès qu'elle fut partie, Laurette demanda avec inquiétude :

— Dis-moi la vérité, Audra. Tu es devenue blanche comme un linge. Qu'a donc notre petit Alfie ? Tu as bien une idée.

— Je n'en suis pas encore vraiment sûre, répondit Audra en s'efforçant de maîtriser le tremblement de sa voix.

Elle n'osait pas prononcer le nom de cette terrible maladie. Infirmière à l'hôpital de Ripon, elle avait vu deux enfants y succomber dans des souffrances insoutenables.

Laurette se leva :

— Tu es toute pâle, je vais préparer du thé, cela te remontera peut-être.

Elle alla remplir la bouilloire et s'affaira pour tromper l'attente. Elle regrettait que Mike ne fût pas là. Il les aurait réconfortées par sa présence et Audra avait confiance dans son jugement.

Audra s'assit au bord d'un fauteuil et tenta de réfléchir. Sa mémoire avait enregistré nombre de connaissances médicales. Elle les passa en revue et, soudain, revit aussi clairement que si elle l'avait sous les yeux la page de son manuel consacrée à la méningite : *Inflammation aiguë des membranes du cerveau, de la moelle épinière ou des deux. Parfois appelée «fièvre éruptive» à cause des taches pouvant apparaître sur la peau dans certains cas graves. Principaux symptômes: fortes migraines, températures élevées, fréquents raidissements du cou et du dos, convulsions occasionnelles des membres ou du corps. De violents vomissements surviennent communément. Délires, suivis du coma.*

Audra se leva d'un bond, courut au berceau. Elle examina Alfie, ne décela aucun nouveau symptôme. L'enfant restait rouge et fiévreux mais ne manifestait aucun signe de convulsions, de rigidité dorsale. Audra n'avait pas non plus remarqué de taches ni de rougeurs sur son corps lorsqu'elle l'avait changé et rafraîchi quelques instants auparavant.

Un soupir de soulagement lui échappa. Non, ce n'est sûrement pas une méningite, se dit-elle. Comment l'aurait-il contractée? Alfie est sans doute en train de couver un bon rhume à cause du froid, la grippe peut-être, mais rien de pire. *Et la fièvre?* lui disait une voix insistante à l'oreille. *Comment expliquer sa forte fièvre?*

Alfie se remit à pleurer et Audra en oublia sa peur. Penchée sur le berceau, elle prit le bébé dans ses bras, le berça, lui chuchota des mots tendres. Alfie se calma aussitôt et se blottit sur la poitrine de sa mère. Audra fit les cent pas devant la cheminée, l'enfant serré contre son cœur, débordante d'amour et d'inquiétude.

Tout en allant et venant, Audra récitait avec ferveur une prière muette: «Mon Dieu, je vous en conjure, faites que rien de mal n'arrive à mon enfant. Protégez mon petit Alfie, éloignez de lui la souffrance et guérissez-le.» Son oraison finie, elle la répéta inlassablement en attendant l'arrivée du médecin.

21

Alfie mourut.

Sa mort survint si brutalement qu'ils en furent tous comme assommés et refusèrent d'y croire. Un jour, ils avaient devant eux un bébé éclatant de santé, qui riait et gazouillait dans son berceau. Le lendemain, la mort le leur avait arraché.

Ce fatidique samedi soir, le Dr Stalkey s'était immédiatement rendu au cottage, où il était arrivé quelques minutes après Mike et Vincent, de retour de leur match de football.

Après avoir examiné Alfie, ni le médecin ni Mike n'avaient cru à une méningite. Ses inquiétants vomissements de l'après-midi ne s'étaient pas reproduits et il n'avait, pour seul symptôme, que sa forte fièvre.

— Cela ne suffit pas pour se prononcer, avait déclaré le Dr Stalkey. Je reviendrai demain matin. D'ici là, Audra, surveillez-le de près. (Puis, tandis qu'il refermait sa trousse et remettait son manteau, il ajouta à l'adresse de Maggie :) Accompagne-moi à mon cabinet, ma petite. Je te donnerai des remèdes pour le bambin.

L'optimisme manifesté par le Dr Stalkey et Mike rendit courage à Audra et Vincent. Ils suivirent à la lettre les instructions du médecin et veillèrent Alfie pendant tout le week-end, sans le quitter un seul instant.

Audra le rafraîchissait fréquemment à l'eau froide afin de faire baisser la fièvre ; elle lui administrait le fébrifuge aux heures prescrites et lui prodiguait ses soins avec toute sa compétence d'infirmière. Pendant tout ce temps, elle ne prit aucun repos.

A vrai dire, elle ne songeait même pas à dormir. Seule comptait, pour elle comme pour Vincent, la guérison d'Alfie. Le dimanche soir, toute la famille Crowther était persuadée que le pire était passé, qu'Alfie avait vaincu sa mystérieuse maladie. Son regard avait retrouvé sa vivacité habituelle et le rouge de la fièvre avait disparu de ses joues rebondies.

La rechute survint le lundi matin, peu avant midi.

Audra vit se réaliser ses craintes les plus terribles. Alfie était saisi des premières convulsions et sa peau se couvrait de rougeurs, grosses comme des têtes d'épingle. Parvenant malgré tout à dominer son affolement, Audra enveloppa l'enfant dans des couvertures et se précipita au cabinet du médecin.

Le Dr Stalkey comprit au premier coup d'œil. Après un rapide examen, il envoya Audra à l'hôpital Sainte-Marie, situé non loin de là. Il lui promit de se rendre au chevet d'Alfie dès la fin de ses consultations, avant de commencer ses visites dans le quartier.

En attendant que toutes les formalités d'admission soient remplies, Audra serrait son enfant dans ses bras, le berçait, lui parlait à voix basse tout en s'efforçant de ravaler ses larmes. Elle avait le cœur brisé à l'idée de se séparer de lui en de telles circonstances et elle regrettait de ne pas être infirmière dans cet hôpital. Au moins aurait-elle pu continuer à s'occuper elle-même de son enfant.

Quatre jours plus tard, Alfie revint à la maison — dans un petit cercueil de sapin.

Effondré, Vincent se traîna de fenêtre en fenêtre et ferma les rideaux, conformément à la coutume du nord de l'Angleterre.

Il tenta ensuite de réconforter sa femme. Mais Audra était inconsolable.

— Pourquoi n'ai-je pas pu le guérir ? répétait-elle, aveuglée par les larmes. (Vincent et elle se tenaient, côte à côte, devant le cercueil encore ouvert.) Mme Lennox me disait que j'étais une bonne infirmière. Alors, pourquoi ai-je été incapable de guérir notre enfant ?

— Audra, ma chérie, personne ne pouvait rien pour notre petit Alfie. Ce n'est pas ta faute, personne n'y est pour rien. La méningite est le plus souvent fatale chez les tout jeunes enfants. Mike me l'a affirmé ; tu le sais, toi aussi.

— J'aurais dû le garder à la maison, le soigner moi-même plutôt que de le confier à des étrangers, dit-elle entre ses sanglots, accrochée au bras de Vincent. Si je n'avais pas laissé Alfie à l'hôpital, il serait encore en vie. J'en suis sûre !

— Non, ma chérie, ce n'est pas vrai, répondit-il avec douceur, en lissant ses cheveux emmêlés qui tombaient sur son visage bouleversé par la douleur. Ils ont fait l'impossible, à Sainte-Marie, ils ont lutté pour lui sauver la vie. Mais le destin en a décidé autrement.

Vincent parvint à éloigner Audra du cercueil et l'emmena dans la cuisine. Il la serra longuement dans ses bras et, ensemble, ils pleurèrent leur enfant.

Eliza et Alfred vinrent peu après voir une dernière fois leur petit-fils, s'associer à la douleur de leur fils et de leur bru et les assister du mieux qu'ils pouvaient.

Alfred, l'ancien sergent-major des Seaforth Highlanders, le guerrier endurci, s'effondra devant le cercueil et éclata en sanglots sans chercher à se cacher. La vue du petit cadavre le bouleversait. L'enfant offrait dans la mort le spectacle d'une beauté paisible, presque surnaturelle. Il paraissait simplement endormi, mais lorsque Alfred se pencha pour embrasser sa joue, le froid lui transperça le cœur et il dut s'appuyer au bras d'Eliza. Elle fit de son mieux pour le consoler, en dépit de sa propre douleur.

Lorsqu'ils rejoignirent Audra et Vincent dans la cuisine quelques instants plus tard, Alfred avait l'air égaré.

— Pourquoi, demanda-t-il d'une voix tremblante, pourquoi notre petit Alfie a-t-il été ainsi emporté ? Ce n'était qu'un enfant, il était toute notre joie... Pourquoi nous a-t-il été enlevé si cruellement, quelqu'un peut-il me le dire ?

Personne n'avait de réponse à la question d'Alfred.

22

En cette journée de la fin octobre, le temps était très doux, comme il arrive parfois en automne, avant les rigueurs de l'hiver. Le ciel était d'un bleu profond, rendu plus lumineux par un soleil éclatant, et une tiède brise soufflait.

Quel merveilleux après-midi, se disait Vincent. Pourvu que cela dure jusqu'au week-end ! Il quitta la grand-rue et pressa le pas en entendant sonner trois coups au clocher de l'église. Il descendit Ridge Road en direction des bureaux de *H.E. Varley & Fils, Entreprise générale de bâtiment* : il ne voulait pas être en retard au rendez-vous que lui avait fixé M. Fred Varley, son patron.

C'était un jeudi : une semaine particulièrement dure touchait presque à sa fin. Vincent et ses hommes avaient travaillé sans relâche à la construction de l'entrepôt attenant à la filature Pinfold et le chantier devait être terminé pour le lendemain vendredi, à midi. C'était sans doute la raison pour laquelle M. Varley l'avait convoqué : il lui exprimerait ses félicitations et, vraisemblablement, lui remettrait une prime à partager avec son équipe.

Cette perspective mit Vincent de belle humeur. Son allure se fit plus allègre ; en sifflotant il salua la femme du pasteur, qui sortait du presbytère. Il traversa la rue et, quelques secondes plus tard, pénétra dans les bureaux de l'entreprise, où l'accueillit Maureen, la secrétaire de M. Varley.

— Bonjour, Vincent, dit-elle. M. Varley vous attend dans son bureau. Vous pouvez entrer.

M. Varley était au téléphone. Lorsqu'il vit la porte s'ouvrir, il prit aussitôt congé de son correspondant, raccrocha et fit signe à Vincent de s'approcher.

— Ah ! Vous voilà, mon garçon. Asseyez-vous.

— Merci, monsieur Varley, dit Vincent en prenant place devant le bureau directorial. Le chantier Pinfold sera fini demain à midi, les gars ont bien travaillé et vous serez content du résultat. C'est un beau bâtiment.

— J'en suis sûr, mon garçon. Vous êtes un bon maçon et un excellent chef de chantier, le meilleur que j'aie eu, je ne crains pas de le dire. C'est pourquoi... poursuivit Fred Varley en s'éclaircissant la voix, c'est pourquoi il m'est très pénible d'avoir à vous annoncer de mauvaises nouvelles. Je me vois obligé de fermer boutique.

Vincent le dévisagea, incrédule :

— Fermer ? répéta-t-il. Fermer l'entreprise ?

— Hé oui. A compter de demain.
— Bon sang, mais... je ne comprends pas... Il ne termina pas sa phrase.
— Je suis forcé de déposer mon bilan, Vincent. Je n'ai pas le choix.
— Mais pourquoi ? Nous n'avons pas manqué de travail, ces derniers mois...
— Je sais, Vincent. Seulement, certains clients n'ont toujours pas payé et je ne sais pas quand ils se décideront à le faire. Je suis à découvert depuis beaucoup trop longtemps, et je me trouve tellement endetté que je n'ose plus emprunter un sou à la banque — je doute, d'ailleurs, qu'ils accepteraient de m'avancer quoi que ce soit. Tout ce que je possède est hypothéqué. Il n'y a pas trente-six manières de s'en sortir, conclut-il. Il faut arrêter l'hémorragie — et pour cela, le seul moyen, c'est de fermer l'entreprise.
— Oui, je comprends...

Bouleversé, Vincent regardait son patron, doutant encore de la réalité des paroles qu'il venait d'entendre. Il ne pensait pas seulement à son propre sort, mais aussi à celui de ses camarades qui, du jour au lendemain, se retrouveraient chômeurs. Pour comble d'infortune, ils étaient tous mariés, sauf Billie Johnson, le compagnon plombier.

— Bien entendu, reprit Varley, je l'annoncerai moi-même demain aux hommes. Je ne vous imposerai pas une telle corvée, ni ne reculerai devant mon devoir. Il me reste tout juste de quoi assurer la paie de la semaine, pas un sou de plus. Pas d'indemnité de licenciement, pas de primes, rien du tout, Vincent, j'ai le regret de vous le dire. A votre place, poursuivit-il, j'irais m'inscrire à la caisse de chômage dès demain. Autant toucher l'allocation le plus tôt possible.

Vincent acquiesça, l'air sombre.

— Je garde l'espoir de nous sortir de ce gâchis, dit M. Varley en se levant. La situation économique du pays ne peut pas ne pas s'améliorer bientôt. Cette crise ne sera pas éternelle. J'ai la ferme intention de repartir du bon pied, et sans perdre trop de temps. Alors, je tiens à vous dire ceci : quand l'entreprise redémarrera, il y aura un emploi pour vous. J'espère que vous reviendrez travailler avec moi, Vincent.

Vincent se leva à son tour :

— Merci, monsieur Varley. Oui, j'aimerais reprendre mon travail chez vous. Vous m'avez toujours bien traité, plus que bien en réalité. Je suis sincèrement désolé de savoir que vos affaires vont si mal, croyez-moi.

— Moi aussi, Vincent, et pas seulement pour moi, mais pour vous et les autres. Je sais que ce sera dur pour tout le monde.

— Oui... Eh bien, à demain, monsieur Varley.

— A demain, Vincent.

23

Vincent Crowther s'assit sur un banc du jardin public de Moorfield Road et alluma une Woodbine.

Il se moquait bien, à présent, de la clémence du temps : son allégresse était oubliée. Une seule et angoissante question le hantait : comment gagner de quoi subvenir aux besoins de son ménage ?

Il avait récemment lu dans le *Yorkshire Post* que l'Angleterre comptait un million neuf cent mille sans-travail. Plus un, grommela-t-il. La perspective de devoir vivre d'une allocation de chômage l'accablait. Il faudrait pourtant qu'il s'en contente, car il ne pouvait rien espérer de mieux jusqu'à ce qu'il retrouve un emploi.

Depuis qu'il avait quitté les bureaux de Varley, il éprouvait la sensation d'avoir reçu un violent coup sur la tête. Il était entré dans le jardin public une vingtaine de minutes auparavant, dans l'espoir de mettre ses idées en ordre et de reprendre contenance avant de retourner à la maison. Cette impression d'avoir été assommé persistait pourtant et il n'y voyait pas plus clair. Il avait toujours considéré son patron comme un homme d'affaires avisé et prospère et n'avait jamais envisagé que l'entreprise pût déposer son bilan. Encore une preuve, se dit-il, qu'on ne connaît pas vraiment les gens...

Vincent n'avait pas la moindre idée de ce qu'il devrait faire pour retrouver du travail, puisque les offres d'emploi étaient inexistantes dans tout le pays. Il ne savait pas davantage comment annoncer à Audra cette désastreuse nouvelle.

Quel coup cela va lui porter, se dit-il, alors même qu'elle reprend le dessus après la mort d'Alfie. Un gémissement lui échappa. Il tira une longue bouffée de sa cigarette, se demandant combien de temps il aurait encore le moyen d'en acheter. Ou de s'offrir une pinte de bière. Ou de parier aux courses le samedi après-midi. Une nouvelle vague de découragement le submergea. Les choses s'annonçaient mal. Très mal.

Il se massa le front, ferma les yeux, réfléchit aux économies qui lui restaient à la Yorkshire Penny Bank. Peu de chose, à vrai dire. De quoi tenir un mois, tout au plus. A titre d'allocation de chômage, il ne pouvait guère espérer mieux qu'une livre par semaine, peut-être un ou deux shillings de plus. Et il fallait vivre à deux avec cela !... Manifestement, il n'avait d'autre solution que de trouver du travail, n'importe lequel et même n'importe où. Il faudrait chercher ailleurs qu'à Leeds, à Bramley, Stanningley ou Wortley, par exemple. Ou même pousser plus loin encore, jusqu'à Pudsey et Farsley.

— Eh bien, te voilà devenu rentier, ma parole ! Je voudrais bien, moi aussi, avoir le temps de musarder sur un banc au beau milieu de l'après-midi — et un jour ouvrable, par-dessus le marché !

Vincent reconnut la voix grave de son beau-frère. Il ouvrit les yeux et découvrit le sourire amical de Mike Lesley qui se tenait devant lui.

— Tu as raison, Mike, répondit-il en riant. C'est effectivement ce que je suis, un rentier — depuis près d'une demi-heure. Je viens de grossir les rangs des chômeurs, comme le reste de mes copains et une bonne moitié de ce fichu pays.

Mike s'assit à côté de son ami, la mine soudain assombrie :

— Se peut-il que tu sois sérieux, Vincent ? Je ne te crois pas capable de plaisanter sur un tel sujet. Mais que s'est-il passé ? Je croyais que Varley était la seule entreprise de la région qui résiste à la crise !

— Moi aussi, figure-toi. Comme tout le monde. Mais le vieux Varley vient de m'assener la nouvelle il y a une demi-heure : il dépose son bilan.

Mike accusa le coup et hocha la tête :

— La situation empire de jour en jour. Depuis un mois, trois autres entreprises ont fait faillite et Dieu sait quand cela s'arrêtera. Mais tout de même, tu as un métier, Vincent. Tu devrais pouvoir retrouver rapidement du travail.

— Cela m'étonnerait ! M. Varley lui-même ne se fait pas d'illusions. Il m'a conseillé de m'inscrire sans tarder à la caisse de chômage.

Mike ne répondit pas. Les mains dans les poches, le dos voûté, il se demandait comment aider son meilleur ami — et ne trouva pas de solution.

Les deux jeunes gens gardèrent le silence quelques minutes. Dès le début, ils s'étaient senti des affinités et leur amitié s'était renforcée depuis deux ans. Mike était plus jeune que Vincent mais possédait un esprit assez pénétrant pour comprendre, mieux que quiconque, un personnage aussi complexe que Vincent.

Celui-ci reprit soudain la parole :

— Comment vais-je apprendre à Audra que j'ai perdu mon emploi ?

— De la même façon que tu l'as fait avec moi. Sans détour.

— Cela lui causera de la peine, c'est le moins qu'on puisse dire... Je ne supporterais pas de la voir de nouveau abattue, comme après la mort d'Alfie. Son comportement était alors si étrange que je ne la reconnaissais plus.

— Elle allait mal, en effet, mais la mort d'un enfant est un drame pour une femme, surtout s'il s'agit de l'aîné. Cette perte était d'autant plus terrible pour Audra qu'elle en a déjà subi beaucoup, dans sa vie.

— C'est vrai. Pauvre Audra.

— Écoute, Vincent. Moi, je fais confiance à ta femme. Elle a beaucoup plus de force de caractère que la plupart des gens. Elle ne s'avoue jamais vaincue et je parie qu'elle accueillera ce revers de fortune sans sourciller.

— J'espère que tu dis vrai, Mike. Allons, ajouta-t-il en se levant, inutile de reculer. Autant rentrer à la maison et lui annoncer la nouvelle.

— C'est ce que tu as de mieux à faire, Vincent.

Les deux amis sortirent du jardin public.

— Au fait, demanda Mike, veux-tu toujours aller au music-hall, samedi soir ?

— Bien entendu ! Il n'y a aucune raison de changer nos projets. Audra et Laurette s'en faisaient une vraie fête, je ne voudrais pas les décevoir.

— Moi non plus, approuva Mike. Moi non plus.

A peine eut-il franchi la porte du cottage que Vincent sentit qu'il s'était passé quelque chose d'inhabituel. Le phonographe, installé dans le salon, répandait dans toute la maison les accents d'une chanson en vogue. Un bouquet de chrysanthèmes jaunes et bronze décorait la table, dressée avec une nappe de dentelle et le plus beau service de porcelaine. Étonné, Vincent crut d'abord qu'ils recevaient un invité mais constata que le couvert n'était mis que pour deux. De plus en plus intrigué, il remarqua sur la desserte une bouteille de vin fin et huma l'arôme d'un ragoût d'agneau, son plat préféré.

Il accrochait son manteau et son écharpe dans la penderie quand Audra entra dans la cuisine. Elle portait un chemisier du même bleu que ses yeux, une jupe d'un ton plus foncé — et arborait le sourire le plus épanoui que Vincent lui eût vu depuis très longtemps.

— Tu es ravissante, ma chérie ! lui dit-il. (Puis, en désignant d'un geste large le décor de fête, il ajouta :) Devons-nous célébrer quelque événement inattendu ?

— Tu peux même dire *deux* événements ! (Elle l'embrassa et l'entraîna vers la cheminée. Là, elle prit une enveloppe posée sur la tablette :) Ceci d'abord ! J'ai reçu cette lettre de l'étude du notaire de Ripon — tu sais, ils m'avaient écrit en juin dernier pour m'annoncer la mort de ma grand-tante Frances Reynolds et me dire qu'elle m'avait légué quelque chose dans son testament. Tu avais cru qu'il s'agissait d'une pièce d'argenterie, ou de la théière que j'avais admirée. Eh bien, ce n'est ni l'une ni l'autre, mais cinquante livres, Vincent ! *Cinquante* livres ! N'est-ce pas généreux de sa part ?

— Je ne dirais sûrement pas le contraire, déclara Vincent avec un large sourire : ce petit héritage ne pouvait survenir à un moment plus opportun.

Il s'apprêtait déjà à annoncer à Audra la mauvaise nouvelle, mais elle ne lui en laissa pas le temps. Elle se jeta dans ses bras et se serra contre lui avec une ardeur inaccoutumée.

Il l'étreignit à son tour, puis l'écarta doucement pour étudier son expression. Le visage d'Audra était empreint d'une joie profonde et rayonnante.

— Qu'y a-t-il, Audra ? Je ne t'ai encore jamais vue aussi épanouie.

— Je le suis, Vincent, et il y a de quoi. J'étais chez le Dr Stalkey, ce matin, et il me l'a confirmé : je suis enceinte de deux mois. Nous allons avoir un enfant, en mai prochain.

Vincent sentit son cœur bondir dans sa poitrine : ses prières étaient donc exaucées. La naissance d'un autre enfant comblerait pour Audra le vide douloureux laissé dans sa vie par la mort d'Alfie — dans leurs vies à tous deux, à vrai dire, car Vincent avait éprouvé une douleur égale à celle d'Audra et il ne pouvait penser à son enfant mort sans un profond chagrin.

Il embrassa Audra, lui caressa les cheveux avec tendresse :

— Tu ne pouvais pas m'annoncer plus merveilleuse nouvelle, ma chérie. Je l'espérais, je l'attendais depuis des mois. Je ne m'étonne plus, maintenant, de te voir transportée de joie à ce point. Je le suis autant que toi.

— Je l'espérais bien, mon chéri.

Il la serra plus fort contre lui et décida alors de ne pas gâcher cette soirée de fête par ses tristes nouvelles. Demain, il serait toujours temps d'annoncer la faillite de l'entreprise Varley.

A sa propre surprise, Vincent sentit s'évanouir toutes ses appréhensions. Il retrouverait un emploi, il en était désormais certain. Le bébé lui porterait chance.

24

— Oh ! Audra, quelle adorable petite fille ! murmura Gwen, penchée sur le lit d'hôpital pour mieux voir le bébé qu'Audra tenait dans ses bras. Elle ne pourrait pas être plus belle.
— Merci, Gwen. Ce n'est pas moi qui te contredirai sur ce point... (Audra sourit à son amie, venue à l'improviste lui rendre visite à la maternité de l'hôpital Sainte-Marie. Son regard se posa sur le somptueux bouquet que Gwen avait placé un instant auparavant sur la table de chevet :) Merci pour tes fleurs, ajouta-t-elle. Elles sont ravissantes.
— Je sais que tu as toujours aimé les roses jaunes. Mais ce n'est pas tout, dit Gwen en posant un paquet sur le lit. J'ai apporté autre chose pour... (Elle s'interrompit, regarda le bébé et éclata de rire.) Tu ne m'as pas dit comment elle s'appelle !
— Suis-je sotte ! Nous la baptiserons Christina. Qu'en penses-tu ?
— C'est un très joli prénom. (Gwen s'assit au chevet d'Audra et reprit le paquet.) Veux-tu que j'ouvre le cadeau de Christina ?
— Je t'en prie.
— J'espère qu'il te plaira, dit Gwen en dénouant le ruban. (Elle souleva le couvercle de la boîte et déplia une robe rose, au corsage orné de smocks d'un rose plus soutenu.) Elle est en soie, entièrement faite à la main, dit-elle en quêtant du regard l'approbation d'Audra.
— Oh ! Gwen, quelle merveille ! J'adore cette robe. Christina ressemblera à une gravure de mode — mais tu as fait une folie, voyons ! dit Audra en serrant la main de son amie.
Le compliment ne déplut pas à Gwen, qui observait attentivement Audra.
— Tu as très bonne mine, bien meilleure qu'après la naissance d'Alfie...
Elle s'interrompit, soudain penaude :
— Oh ! je te demande pardon...
— Mais non, il n'y a pas de quoi. Aucun de nous ne peut éviter de parler d'Alfie, de temps à autre. J'ai accepté sa mort — ce qui ne veut pas dire que j'aie moins de peine. Mais cela me fait moins de mal d'y penser. Je n'oublierai jamais mon petit Alfie, je l'aimerai toujours autant. Mais maintenant j'ai Christina. (Audra baissa les yeux vers son enfant et sourit en la regardant avant de se tourner de nouveau vers Gwen.) Je me sens vraiment très bien. L'accouchement s'est déroulé sans problème et je n'ai pas souffert pendant ma grossesse.

C'est à peine si j'avais l'impression d'être enceinte, et Christina est venue au monde avec une grande facilité.

Gwen approuva d'un signe de tête :

— C'est souvent le cas, en effet, dit-elle avec une expression mélancolique. Tu as de la chance, tu sais. Je voudrais bien, moi aussi, avoir un enfant.

— Tu en auras un, voyons ! Un peu de patience.

— Un peu de patience ? répéta Gwen avec un rire amer. Nous sommes en mai 1931. Cela fait exactement deux ans et un mois que je suis mariée. Enfin... poursuivit-elle avec un haussement d'épaules résigné, Geoffrey prétend que je suis trop énervée, trop impatiente. Je devrais me détendre et ne plus y penser autant, ce serait le meilleur remède, selon lui.

— Il a sans doute raison. Geoffrey est un excellent médecin. Au fait, comment va-t-il ?

— Oh ! il va très bien... (Gwen se leva brusquement.) Décidément, les infirmières sont au-dessous de tout, dans ce service ! Ces roses seront fanées avant qu'elles ne se décident à apporter un vase, dit-elle en saisissant le bouquet. Je vais les mettre dans l'eau, je reviens tout de suite.

Audra la suivit des yeux. Gwen avait beaucoup changé depuis deux ans. Ou, plutôt, Geoffrey l'avait transformée. Sa manière de s'habiller, de parler, sa démarche, ses pensées peut-être n'étaient plus les mêmes. Pourtant, elle avait encore subi une nouvelle métamorphose depuis leur dernière rencontre. Audra décelait en Gwen quelque chose de nouveau, d'indéfinissable. Elles ne se voyaient plus aussi souvent, leur amitié s'étant considérablement relâchée depuis le mariage de Gwen. Audra était-elle particulièrement sensible aux plus légères modifications qu'elle remarquait chez Gwen à l'occasion de leurs rencontres. Son allure générale, peut-être ? L'ensemble qu'elle portait ? Sa robe et sa jaquette de lin noir, dont aucun ornement n'adoucissait la sévérité, la faisaient certes paraître plus pâle. Pourtant, ce n'était pas cela.

Perplexe, Audra l'observa avec attention tandis qu'elle revenait vers son lit, le vase de fleurs dans les mains. C'est alors qu'elle comprit tout à coup ce qui l'avait frappée chez son amie : son regard était éteint, morne. Elle n'est plus heureuse avec son mari, songea Audra. Mais l'a-t-elle jamais été ? Voilà pourquoi elle ne veut pas en parler et a éludé ma question, en allant s'occuper des roses. Pauvre Gwen... Elle attendait tant de ce mariage, elle rêvait d'une vie heureuse avec Geoffrey — et elle vit sans doute un enfer.

— Merci, lui dit Audra pendant que Gwen disposait le bouquet sur la table de chevet. Elle l'examina discrètement. Oui, c'était bien une profonde tristesse qui assombrissait les yeux de Gwen et donnait à sa bouche ce pli amer.

Gwen interrompit ses réflexions :

— J'ai passé un bon savon à cette jeune infirmière, déclara-t-elle.

— Cela ne m'étonne pas de toi ! Tu vois, il suffit que tu te retrouves dans un hôpital pour vouloir tout diriger. On ne perd pas facilement les vieilles habitudes, n'est-ce pas ?

— Non, c'est vrai, répondit Gwen en se rasseyant. A propos, vas-tu retourner travailler chez cette dame quand tu quitteras l'hôpital ?

— Mme Jarvis ? Bien sûr, je le lui ai promis, je dois tenir ma parole. Elle n'est pas en bonne santé et, de toute façon, nous avons besoin d'argent.

— Ma pauvre chérie, quelle épreuve, dit Gwen avec un regard compatissant. Vincent n'a toujours pas retrouvé de travail ?

— C'est encore plus pénible pour lui, dit Audra. Il souffre énormément d'être sans emploi et tu sais qu'il n'est ni paresseux ni...

— Je n'ai jamais voulu dire cela ! s'exclama Gwen.

— Il passe ses journées à frapper aux portes, poursuivit Audra. Il est très déterminé et ne laisse échapper aucune chance.

— Il doit se sentir vexé, fit observer Gwen. Lui qui s'opposait à ce que tu travailles...

— C'est vrai et il n'a pas changé d'avis. Mais pour le moment, du moins, il est obligé de s'y résigner.

— Je m'en doute. La dernière fois que nous nous sommes vues — c'était en mars, je crois —, tu m'avais dit que ton frère William vous avait proposé à tous les deux d'aller le rejoindre en Australie. L'idée n'a donc pas eu de suite ?

— Non, et je n'y ai jamais cru, à vrai dire. Vincent aura beau déclarer, de temps en temps, qu'il est prêt à émigrer, il ne voudra jamais quitter l'Angleterre. Il grogne, maudit la crise, voue le gouvernement et les hommes politiques à tous les diables, mais il reste trop attaché à son pays.

Audra marqua une pause avant de continuer :

— Non, vois-tu, il ne peut pas envisager de se séparer de ses parents et de sa famille — les Crowther sont trop unis. Mais ce n'est pas la seule raison : je n'ai moi-même aucune réelle envie de partir. Je serais bien entendu très heureuse de revoir Frederick et William, mais je ne me résoudrais pas à vivre en Australie. C'est trop loin.

— Oui, je te comprends, c'est vraiment le bout du monde. (Puis, en s'éventant de la main, elle reprit :) Quelle chaleur ! On étouffe, ici. Pour uh mois de mai, c'est surprenant. (Elle ôta sa veste qu'elle accrocha au dossier de sa chaise.) Mais, au fait, ne m'avais-tu pas dit que ton frère Frederick était fiancé ? Est-il déjà marié ?

Audra ne répondit pas.

— Qu'y a-t-il ? demanda Gwen, étonnée. Pourquoi me regardes-tu de la sorte ?

— Qu'as-tu fait à ton bras ? demanda Audra.

Gwen portait une robe sans manches et l'on distinguait maintenant la chair enflée, marquée par un large hématome brun violacé et plusieurs meurtrissures.

— Oh! cela? répondit Gwen avec un rire gêné. C'est horrible à voir, je l'avoue. Je suis tombée l'autre jour dans l'escalier de la cave. Geoffrey était furieux de ma maladresse. Nous allons à un bal, ce soir, et je ne pourrai pas porter ma nouvelle robe du soir, qui a coûté si cher. Geoffrey a dit que j'aurais pu me tuer et il m'a défendu de m'approcher de ce maudit escalier, conclut-elle avec un rire forcé.

— Je comprends, tu aurais effectivement pu t'assommer. Cet escalier est fort raide, je m'en souviens. Sois prudente, je t'en prie!

— Mais oui, mais oui... (Gwen se leva, soudain nerveuse, et alla regarder par la fenêtre. Au bout d'un moment elle se tourna vers Audra.) Je vois Mike et Laurette qui franchissent la grille. Vincent est avec eux. Je ferais mieux de m'en aller.

— Mais non, reste! Ils seront contents de te voir.

— A vrai dire, je n'ai guère envie de voir Mike, répondit Gwen avec un rire embarrassé.

— Ne dis pas de bêtises, voyons! Maintenant que vous êtes tous les deux mariés, chacun de votre côté, tu n'as pas de raison de te sentir gênée.

— Je sais, mais ils sont de ta famille et je serais de trop. D'ailleurs, il est grand temps que je rentre à Headingley. J'ai tant à faire... nous recevons des invités et je dois surveiller la bonne sans arrêt...

— Tu ne veux vraiment pas rester, pour me faire plaisir?

— Non, Audra, il faut que je m'en aille. (Gwen se pencha, effleura des lèvres la tête de Christina, embrassa Audra sur la joue.) Au revoir, vous deux. Je reviendrai bientôt.

— Au revoir, Gwen, répondit Audra. Merci de ta visite. Elle avait la certitude de ne pas revoir son amie avant longtemps.

A quoi bon prendre la fuite? se dit-elle en la suivant des yeux. Tu ne pourras éviter de croiser Mike à la porte de l'hôpital.

— Alors, comment vont mes femmes? dit Vincent en embrassant Audra.

— Nous nous portons comme des charmes, répondit-elle en souriant. A voir la mine soucieuse de son mari, elle avait déjà compris qu'il n'avait toujours pas trouvé de travail.

Laurette s'approcha à son tour et embrassa Audra :

— Maman t'envoie cette tartelette aux fruits. Elle espère que cela te fera plaisir.

— Comme c'est gentil! Tu la remercieras de ma part.

Assis sur le bord du lit, Vincent intervint :

— Nous venons de rencontrer Gwen. Elle a filé dans le couloir comme si nous étions des pestiférés.

— Elle devait rentrer chez elle — un dîner à préparer, m'a-t-elle dit.

— J'avais plutôt l'impression qu'elle n'avait pas envie de parler à Mike, fit observer Laurette.

— Tu as sans doute raison, répondit Vincent. Et je suis convaincu qu'il n'en a pas plus envie qu'elle. Il n'a plus rien à lui dire.

— Au fait, demanda Audra, où est Mike ?

— Il s'est arrêté auprès d'un patient dans un autre service, il ne va pas tarder, répondit Laurette. Puis-je prendre un instant Christina dans mes bras, Audra ?

— Bien sûr.

Contente de de pouvoir bouger un peu, Audra s'étira, changea de position. Laurette berça la petite fille en lui murmurant des mots tendres. Au bout d'un court silence, Audra lui dit :

— Vincent et moi nous demandions... ou, plutôt, nous espérions que tu voudrais bien être sa marraine et Mike son parrain.

— J'en serais enchantée et Mike aussi ! s'écria Laurette. Mais... qui sera l'autre marraine ? questionna-t-elle en hésitant. As-tu demandé à Gwen ?

— Non, j'ai l'impression que ce serait une erreur. Qu'en penses-tu, Vincent ?

— Je le crois aussi et je suis content que tu aies changé d'avis à ce sujet. Tiens, voici Mike ! ajouta-t-il avec un sourire.

Le jeune médecin embrassa Audra.

— Inutile de vous demander de vos nouvelles. Pour une femme qui a accouché il y a deux jours, vous avez une mine resplendissante. Tout va bien ? Aucun problème ?

— Aucun, répondit Audra en souriant. Elle ne connaissait personne d'aussi sympathique, d'aussi sincèrement soucieux du sort d'autrui, qualités qui feraient de Mike un médecin très apprécié de ses patients. Sa présence, sa voix chaude et grave inspiraient confiance et réconfortaient. Cette douceur était innée.

— Le Dr Stalkey est venu m'examiner tout à l'heure. D'après lui, je peux rentrer à la maison dans quelques jours, dit-elle.

— Il a certainement raison, mais ne prenez pas de risques inutiles. (Puis, une main sur l'épaule de Laurette, il contempla le bébé assoupi dans ses bras :) Elle deviendra une ravissante petite fille.

— Nous aimerions que tu sois le parrain de Christina, Mike, lui dit Vincent. Laurette est déjà d'accord pour être sa marraine. Qu'en dis-tu ?

— Oui, naturellement ! Te voilà donc avec un parrain. Qui sera l'autre marraine ?

Vincent et Audra se consultèrent du regard :

— Je pensais demander à Olive, dit Vincent. Serais-tu d'accord, Audra ?

— Absolument. Restons en famille.

— Olive prendra très au sérieux ses responsabilités de marraine, intervint Laurette. Nous aussi, d'ailleurs.

— Mais oui, je sais qu'on peut compter sur vous, dit Vincent. Donne-moi donc ma fille, Laurette. Je ne l'ai pas encore tenue dans mes bras aujourd'hui.

Laurette lui tendit le bébé. Vincent l'installa avec précaution au creux de son bras replié, rajusta son châle. Elle avait la peau déjà claire et lisse, alors qu'Alfie, au même âge, était encore rouge et ridé comme la plupart des nouveau-nés. Perdu dans la contemplation de sa fille, Vincent débordait de joie et de fierté :

— Dès qu'Audra m'a appris qu'elle était enceinte, j'étais sûr que ce bébé nous porterait chance. Maintenant, plus je la regarde, plus je sens qu'elle est notre porte-bonheur. Elle deviendra un être exceptionnel.

— J'en suis sûre, déclara Audra. Et je lui donnerai tout.

Ses paroles furent accueillies avec surprise et, dans le silence qui suivit, prirent une importance démesurée.

Laurette sourit, ne sachant que répondre. Vincent alla se poster devant la fenêtre, le bébé dans les bras, en affectant de regarder dehors, enfermé dans un mutisme lourd de sous-entendus. Mike l'observait avec inquiétude. Il était visiblement blessé par la remarque d'Audra. N'aurait-elle pas pu dire « nous » au lieu de « je » ? se demanda-t-il. Désireux de rompre le silence embarrassant, il s'éclaircit la voix, hésita :

— C'est un beau sentiment, Audra...

— J'ai parlé très sérieusement et j'entends appliquer ce programme à la lettre, répondit-elle avec force.

Mike connaissait la volonté d'Audra. Il découvrait maintenant autre chose en elle, qu'il n'avait jamais encore discerné : une résolution froide, implacable, inscrite dans le pli de ses lèvres ; une inflexibilité redoutable qui se lisait dans l'éclat de ses yeux. Il ne fallait pas prendre à la légère ce serment qu'elle venait de formuler. Elle chercherait à atteindre son but avec une sorte de fanatisme, sans pitié pour ceux qui se mettraient en travers de sa route — y compris Vincent. Que Dieu les protège, se dit Mike. Ils en auront besoin...

25

Le désir de tout sacrifier à l'avenir de Christina devint, pour Audra, la seule raison de vivre.

Dès le moment où elle eut prononcé ces paroles, en ce mois de mai 1931, elle ne pensa à rien d'autre. Son effort dans ce sens se poursuivit désormais sans relâche.

A peine sortie de l'hôpital, elle reprit son travail chez Mme Jarvis, qu'elle avait soignée pendant les quatre mois ayant précédé la naissance de Christina. Certes, elle avait promis à la vieille dame de revenir auprès d'elle après son accouchement, mais elle obéissait surtout au besoin de gagner de l'argent. L'allocation de chômage de Vincent ne se montait qu'à vingt-cinq shillings par mois — deux shillings de plus maintenant qu'ils avaient un enfant. Cette somme était loin de suffire à les nourrir tous les trois.

Son travail chez Mme Jarvis n'était guère contraignant ; en outre, l'invalide habitait The Towers, un ensemble résidentiel situé à quelques minutes seulement du cottage de Pot Lane.

Audra préférait cependant exercer son métier dans un hôpital plutôt que chez un particulier. Un mois après son retour chez Mme Jarvis, elle la prévint qu'elle solliciterait un emploi à l'hôpital Sainte-Marie. C'est ce qu'elle fit, en effet, au début du mois de juillet.

Un poste allait se trouver vacant en novembre. Quand elle prit ses fonctions, Audra découvrit avec joie qu'elle était affectée au service de pédiatrie.

Elle avait obtenu ce poste convoité grâce à la recommandation de Margaret Lennox et à l'influence de Mme Bell sur Mme Fox, l'infirmière en chef. Elle accepta ces deux appuis sans remords. L'essentiel, à ses yeux, était d'avoir un emploi.

Au printemps de 1932, Audra avait pris ses habitudes à l'hôpital et s'y plaisait. L'infirmière en chef et les médecins l'appréciaient et elle pouvait, à juste titre, espérer une prochaine promotion. Elle ne la briguait pas par orgueil, mais uniquement parce qu'elle lui vaudrait une augmentation de salaire. Elle était chaque jour plus ambitieuse pour Christina, afin d'assurer ses vêtements, son éducation. Son avenir.

Il n'était pas encore question d'économiser de l'argent, pas avant deux ans. Mais Audra avait conçu des projets à long terme qui, seuls, croyait-elle, lui apporteraient le succès. Elle connaissait un moyen d'accroître ses revenus et comptait le mettre en œuvre dès que sa position à l'hôpital serait assez assurée pour le lui permettre : elle voulait occuper ses loisirs à des travaux de couture.

En attendant, son métier d'infirmière la comblait. Elle s'y consacrait avec son enthousiasme et son énergie habituels, toujours souriante et efficace.

Elle n'avait pourtant aucun motif de se réjouir de sa vie familiale. Avec Vincent, les disputes avaient repris, et leur ménage recommençait à battre de l'aile.

Le fossé qui se creusait de nouveau entre eux était toutefois imputable, en grande partie, à Audra. Elle n'accordait son attention qu'à Christina, qu'elle aimait avec une ferveur excessive — peut-être parce qu'elle avait perdu son premier enfant.

Vincent aimait lui aussi la fillette, mais il restait surtout préoccupé de ses propres problèmes, chaque jour plus aigus. Jeune et vigoureux, il pensait également au plaisir et aurait aimé renouer avec sa femme des rapports réguliers. Hélas! Audra cédait à la double obsession de son métier et de sa fille et n'éprouvait plus aucun attrait sensuel pour Vincent.

Elle ne partageait plus son lit depuis plusieurs mois déjà, ce qui le faisait enrager. Il supportait de moins en moins de n'avoir pas d'emploi et d'être relégué aux fonctions de garde d'enfant. La froideur d'Audra, dans laquelle il voyait un affront personnel, avivait encore son amertume et sa rancœur.

Un samedi soir d'avril, une fois Christina couchée, il décida d'avoir une explication avec sa femme.

Il attendit qu'elle finisse de débarrasser la table et de laver la vaisselle. Puis, quand elle se fut installée devant le feu avec sa trousse à couture, il éteignit la T.S.F. et s'assit en face d'elle.

— Pourquoi éteins-tu? lui demanda-t-elle sans lever les yeux de la chaussette qu'elle reprisait.

— Parce que je veux te parler, Audra. Te parler très sérieusement.

Alertée par la dureté de son ton, elle abandonna son ouvrage et se tourna vers Vincent.

— Nous avons des problèmes, de graves problèmes, toi et moi, dit-il. Il est grand temps de les regarder en face, plutôt que de les balayer sous le tapis comme tu...

— Des problèmes? De quoi parles-tu, Vincent?

— Ne fais pas l'innocente, je t'en prie! Tu sais très bien ce que je veux dire : tu me repousses constamment. Serait-ce que tu ne m'aimes plus?

Elle rougit légèrement, comme chaque fois qu'il abordait de telles questions :

— Bien sûr que je t'aime! s'écria-t-elle avec indignation.

— Curieuse manière de me le montrer! L'indifférence glaciale, c'est cela, pour toi, l'amour?

— Tu es de mauvaise foi, Vincent! Ne me parle pas ainsi. Je t'aime, tu le sais bien. Mais... enfin... j'ai peur d'être de nouveau enceinte. Écoute, tu sais aussi bien que moi que nous n'aurions pas les moyens d'avoir un autre enfant. Nous avons déjà à peine de quoi vivre...

— Ce n'est quand même pas ma faute si ce fichu pays est dans un état lamentable ! s'écria-t-il en lui lançant un regard furieux. Adresse plutôt tes reproches à Ramsey MacDonald et à son gouvernement d'incapables ! Je ne suis pas le seul à chercher du travail. En ce moment même, nous sommes deux millions huit cent mille chômeurs en Angleterre ! Et non seulement nous n'avons rien à faire, mais nous sommes humiliés, réduits au désespoir et à la mendicité...

— Ce n'est pas ce que je voulais dire, Vincent ! Je ne te reprochais rien. Je sais que ce n'est pas ta faute, je sais quels efforts tu fais tous les jours pour trouver un gagne-pain honorable. Mais tu n'ignores pas qu'un enfant de plus compromettrait gravement l'avenir de Christina. Comprends-tu ce que je veux dire ? Tu ne peux pourtant pas le nier !

— Oh oui ! je comprends ! Tu lui prépares un avenir de princesse et elle n'a même pas encore un an ! Il y a des moments, Audra, où je me demande si tu ne deviens pas folle.

Incapable de maîtriser sa colère, il se leva d'un bond, alla chercher sa veste dans la penderie et l'enfila rageusement.

— Où vas-tu ? demanda Audra, étonnée de le voir mettre si soudainement fin à cette importante discussion et, en même temps, soulagée d'échapper à une nouvelle scène.

— Je vais chez ma mère.

— Évidemment ! Quand elle aura bien compati à tes malheurs, elle te donnera de l'argent que tu t'empresseras d'aller dépenser au pub, comme d'habitude !

— Ce qui se passe entre ma mère et moi ne te regarde pas ! Je ne t'ai jamais demandé un sou, je ne m'abaisserai jamais à le faire !

Audra s'abstint de répliquer.

Vincent quitta la pièce à grandes enjambées — mais se retint au moment où il allait claquer la porte. Il ne voulait pas réveiller sa fille.

Dix minutes plus tard, alors qu'il arpentait la grand-rue, Vincent s'efforçait de se calmer. Il n'excusait toujours pas l'attitude d'Audra ni ne se résolvait à lui pardonner. Il lui vouait, au contraire, une rancune encore plus vive. Ce soir, sans qu'il pût s'expliquer pourquoi, elle avait réussi à le mettre hors de lui.

Si j'étais riche, se disait-il, et marié à une femme froide et indifférente comme Audra, je prendrais une maîtresse. Elle serait belle, disponible, amoureuse... Malheureusement, je suis pauvre, donc je n'ai pas les moyens d'entretenir une maîtresse.

Une idée lui vint alors. Millicent Arnold ! Il avait les moyens de fréquenter une femme telle que Millicent Arnold. Elle ne lui coûterait rien — rien que des amabilités, des mots tendres, quelques démonstrations de son irrésistible séduction. Sans être une beauté, Millie avait un visage agréable, un caractère doux et aimable. Mieux encore : elle avait un faible pour lui depuis des années, ainsi qu'il se le rappelait fort opportunément. Rien ne vaut une femme dont on hante les rêves, se dit-il. Et aussitôt, il décida de modifier ses projets.

Vincent ne se rendit donc pas chez sa mère. Il n'alla pas non plus au *Cheval Blanc* où Jack et Bill, ses frères, l'attendaient en jouant aux fléchettes. Il prit le chemin du logis de Millicent Arnold, veuve de trente-cinq ans sans enfants, qui, il en avait la certitude, lui réserverait l'accueil le plus chaleureux.

Il remonta Moorfield Road en se hâtant, traversa le jardin public au pas de course, pressa encore l'allure dans le sentier menant à Rose Cottage. C'était là que Millie vivait seule depuis la mort de Ted, son mari, deux ans auparavant. La maison se trouvait à l'écart, à la limite d'Armley, ce qui n'était pas pour déplaire à Vincent. Avec un peu de chance, il serait amené à s'y rendre souvent, désormais ; mieux valait qu'on ne remarquât pas ses allées et venues.

Il avait frappé plusieurs fois sans obtenir de réponse et s'apprêtait, déçu, à rebrousser chemin, quand la porte s'ouvrit. Millie apparut sur le seuil.

— Vincent ! s'exclama-t-elle. Que faites-vous donc ici un samedi soir ?

— Eh bien... commença-t-il en reprenant confiance à la vue des yeux noirs qui le contemplaient avec ferveur. Eh bien, je traversais le jardin public quand je me suis souvenu de ce que vous me disiez la semaine dernière, vous savez, quand nous nous sommes rencontrés près de la bibliothèque. Vous m'aviez dit que vous vous sentiez de jour en jour plus solitaire, plus mélancolique. Alors... C'est curieux, Millie, c'est exactement ce que je ressens moi-même...

— Vraiment, Vincent ?

Il lui sourit, appuyé au chambranle. Il découvrait avec une heureuse surprise que sa silhouette paraissait voluptueuse et, pour la première fois depuis des années, il ne put retenir un rire plein de gaieté.

— J'allais rejoindre mes frères au pub quand j'ai pensé à vous, Millie, à votre solitude, à la mienne... Alors, je me suis dit qu'un peu de compagnie vous ferait peut-être plaisir — et que vous seriez assez gentille pour offrir une bière à un homme qui meurt de soif.

Millicent, abasourdie, doutait de sa bonne fortune. Elle rêvait à Vincent depuis des années, avant même la mort de Ted ; incapable de parler, elle ne put que le prendre par le bras et le faire entrer.

— Une bière ? dit-elle enfin. Plusieurs, Vincent, si vous êtes assoiffé à ce point !

Elle l'introduisit dans le vestibule. Puis, sans lui lâcher le bras, elle fixa d'un regard bouleversé le visage qui avait si souvent traversé ses nuits :

— Peut-être avez-vous faim, Vincent ? Resterez-vous partager mon petit souper ?
— Avec grand plaisir.

Il se redressa. Il avait retrouvé sa dignité d'homme. Et c'est d'un geste possessif qu'il lui enlaça la taille et se laissa guider vers le salon. Il n'avait décidément pas d'inquiétude sur la manière dont se déroulerait la soirée.

Malgré sa liaison avec Millicent Arnold, Vincent ne changea rien à son emploi du temps quotidien. Il était discret. Il aimait bien Millie, se plaisait en sa compagnie, appréciait comme il convenait l'affection qu'elle lui manifestait, les soins qu'elle lui prodiguait. Ils prenaient l'un et l'autre beaucoup de plaisir et de détente à faire longuement l'amour dans le grand lit de Rose Cottage.

Leur attachement restait toutefois purement physique. Vincent savait que leur liaison ne pouvait durer longtemps, Millie le comprenait aussi. Ils étaient d'accord pour ne rien espérer de plus et s'abstenir de toute récrimination lorsque l'un d'eux déciderait de mettre fin à leurs rapports.

Car Vincent avait trop le sens de ses responsabilités pour négliger son enfant, qu'il adorait, ou compromettre ses recherches d'un travail à cause d'une simple fantaisie. Il ne rendait visite à Millicent qu'une fois par semaine, et avec la plus grande prudence, ne prenant le chemin de Rose Cottage qu'à la nuit tombée.

Le reste du temps, sa vie demeurait inchangée.

Il s'occupait de Christina le matin ; vers midi, il l'emmenait chez ses parents, où il déjeunait. L'après-midi, Christina était le plus souvent gardée par sa grand-mère ; Vincent revenait la chercher vers quatre heures.

Entre-temps, il sillonnait la région à la recherche d'un travail. Il avait parfois la chance de trouver un emploi occasionnel, qui ne l'occupait jamais plus d'une journée ou deux.

Le printemps et l'été se passèrent ainsi, l'automne fit bientôt place à l'hiver et Vincent Crowther l'admettait avec résignation : il semblait condamné à rester chômeur. Le gouvernement se révélait impuissant à vaincre la dépression la plus grave et la plus longue que l'on eût jamais connue. L'Angleterre était au bord du précipice, de même que tous les pays affrontant la crise économique. Vincent savait que la situation ne s'améliorerait pas avant longtemps. Des troubles éclataient un peu partout ; émeutes et manifestations se multipliaient.

Comme toutes les grandes villes industrielles, Leeds était gravement touchée. L'Armée du Salut proposait des soupes populaires ; d'autres organisations charitables fournissaient vêtements et chaussures aux enfants les plus démunis, ou aidaient ceux qui n'avaient pas d'avenir dans la région à émigrer vers des terres plus hospitalières.

Jamais Vincent n'avait vu autant d'hommes oisifs dans les rues, les uns faisant la queue devant les Bourses du Travail ou les bureaux d'aide sociale, d'autres discutant par groupes devant les pubs ou les locaux des bookmakers, d'autres, enfin, aux coins des rues, désespérés ou révoltés qui s'apitoyaient sur leur sort. Il régnait sur la ville une atmosphère de fatalité. Mais plus Vincent regardait autour de lui, plus il s'exhortait à lutter contre le découragement et à puiser en lui-même de nouvelles forces. Quoi qu'il arrivât, il était capital qu'il gardât le moral.

Après s'y être opposé, Vincent remerciait maintenant le ciel qu'Audra soit infirmière à l'hôpital Sainte-Marie. Il se réjouissait aussi de ce que les autres membres de la famille aient conservé leur emploi. Savoir ses parents mieux lotis que la plupart des gens le consolait de ses propres déboires.

Son père travaillait depuis des années au service des Transports de la Société coopérative industrielle de Leeds, et il ne risquait sans doute pas d'être licencié. Bill était employé dans l'une des bibliothèques municipales et Jack, qui poursuivait le soir des études de paysagiste, travaillait au service municipal des parcs et jardins. Maggie elle-même avait réussi à se faire engager dans un atelier de confection d'Armley.

Les trois enfants ne gagnaient certes pas autant que leur père, mais leurs salaires additionnés représentaient une somme bien supérieure à celle dont la plupart des ménages devaient se contenter. Aussi les repas étaient-ils toujours copieux à la table d'Eliza, et le charbon abondant dans sa cave ; Vincent savait que, quoi qu'il arrivât, ni Audra, ni Christina n'auraient à souffrir du froid et de la faim.

A l'approche de Noël 1932, Vincent redoubla d'efforts pour trouver du travail. Il voulait à tout prix pouvoir offrir à sa famille des cadeaux pour les fêtes — un présent même symbolique, à Audra ; un jouet à Christina ; un véritable réveillon.

La neige qui était tombée au début de décembre n'avait pas fondu. Beaucoup d'allées et de ruelles étaient rendues impraticables par les congères. Un vendredi, en fin d'après-midi, Vincent trouva un travail : il devait dégager les accès d'une des grandes maisons du quartier. Mais la nuit tombait, et l'intendante lui demanda de revenir le lendemain matin à neuf heures.

Le samedi, il faisait beau et clair, mais le froid très vif était rendu plus mordant encore par le vent. Vincent s'en moquait bien, il était si content de gagner un peu d'argent que rien n'aurait pu l'arrêter. Audra, qui n'était pas de service à l'hôpital ce week-end-là, l'obligea à bien se couvrir. Elle lui fit mettre deux pull-overs sous sa veste et lui noua une grosse écharpe autour du cou pendant qu'il boutonnait son manteau et enfilait ses gants de laine.

— Cela ne devrait pas me prendre plus de trois heures, dit-il en l'embrassant. Je serai de retour pour le déjeuner.

— Je vais préparer une grande marmite de soupe, dit-elle en l'accompagnant à la porte. Tu auras besoin de te réchauffer après être resté dehors par ce temps. (Sur le seuil, elle frissonna en sentant l'air glacé.) Je n'irai pas me promener avec Christina aujourd'hui, il fait vraiment trop froid.

Audra ne pouvait se permettre de paresser ce matin-là. Elle s'occupa de Christina, prépara son potage aux légumes, fit le ménage, de sorte qu'elle ne vit pas le temps passer.

Les douze coups de midi sonnèrent alors qu'elle dressait la table. Elle alluma la T.S.F., prit Christina dans ses bras et s'installa auprès du feu afin de lui donner sa tétée.

A une heure, Vincent n'était pas encore rentré et Audra se demanda ce qui le retenait : à deux heures, l'étonnement avait cédé la place à l'inquiétude. Il revenait souvent tard lorsqu'il était au pub avec ses frères et ses amis, mais jamais quand il travaillait. Il rentrait directement manger un morceau et se changer, s'il devait ressortir ensuite.

Audra recoucha Christina qu'elle avait longuement cajolée, se servit une assiette de soupe — mais elle n'avait pas faim et ne mangea presque rien. Elle se relevait sans cesse et allait regarder à la fenêtre. Toujours personne.

Il était près de trois heures lorsqu'elle entendit enfin les semelles cloutées de ses bottes sonner sur les dalles de l'allée.

— J'étais folle d'inquiétude ! lui dit-elle en refermant la porte derrière lui. Je me demandais ce qui t'était arrivé.

— Il y avait beaucoup de neige à déblayer, répondit-il en dénouant son écharpe et en ôtant ses gants, raidis par la neige gelée. L'allée principale, deux terrasses, les chemins entre les pelouses, la cour...

— Tout cela ? Tu dois être épuisé, Vincent. Viens vite te réchauffer devant le feu.

— Ils ne m'ont même pas offert une tasse de thé à midi...

— Mon dieu, qui sont donc ces gens ?

Vincent ne répondit pas. Tandis qu'il s'approchait du feu, Audra vit sur son visage une expression qui l'inquiéta :

— Vincent... Qu'as-tu ? demanda-t-elle. Es-tu malade ?

Il garda le silence et se posta devant la cheminée. Au bout d'un moment, il plongea le poing dans sa poche, se tourna vers Audra, les traits tirés, l'air abattu, et ouvrit sa main qui tremblait.

— Voilà ce qu'ils m'ont payé, dit-il en lui montrant une pièce de monnaie.

Audra la contempla, stupéfaite :

— Six pence ! Ils t'ont payé six pence pour six heures de travail ! C'est honteux... c'est scandaleux... ces gens sont des... Au comble de l'indignation, elle ne put continuer.

— Oui...

Audra prit Vincent dans ses bras, se blottit contre sa poitrine :

— Oh ! Vincent, mon pauvre chéri... Jamais je ne te laisserai refaire quelque chose d'aussi affreux. Jamais !

Il se détourna, secoua la tête comme s'il voulait nier l'épreuve qu'il venait de subir. Puis, avec un regard morne, il dit :

— Ce pays est pourri.

26

— Joyeux anniversaire, maman !

Audra avait à peine franchi la porte du cottage que Christina se jetait dans ses bras, avec tant d'impétuosité qu'elle faillit renverser sa mère.

— Nous avons préparé une fête pour votre anniversaire, maman ! s'écria la fillette. Papa et moi avons tout fait. C'est une fête juste pour nous trois. Une surprise !

— Je suis très touchée, ma chérie, dit Audra en écartant une mèche rebelle du front de Christina.

Christina avait six ans et sa ressemblance avec son père était de plus en plus frappante. Si elle possédait le teint et les cheveux d'Audra, elle avait hérité les traits fins de Vincent. Elle avait, par ailleurs, des yeux gris, comme Laurette. Elle tient plus des Crowther que de moi, se dit Audra en la regardant tendrement. Depuis peu, Christina avait beaucoup grandi et elle serait sans doute un jour très élancée, comme tous les Crowther.

Vincent s'approcha à son tour et embrassa Audra :

— Joyeux anniversaire, ma chérie !

— Et moi qui pensais que vous m'aviez oubliée ! dit Audra avec un rire embarrassé.

— Impossible ! Tu as fait assez d'allusions à ce jour, ces derniers temps !

— Maman ! Maman ! Venez ! s'exclama Christina en tirant sa mère par la main. Il faut aller au salon. Vous aussi, papa ! Allons, venez tous les deux !

Audra posa son sac à main sur la table de l'entrée et se laissa entraîner en riant, tant la détermination de la petite fille était comique.

— Là, voilà ! dit Christina en poussant Audra. Asseyez-vous ici, sur le canapé. Et papa, dans ce fauteuil.

Vincent s'exécuta de bon gré. Penché vers Audra, il murmura :

— Si on lui permettait d'entrer dans l'armée, elle finirait général, celle-là !

Amusée, Audra acquiesça d'un signe de tête. Tout en ajustant les plis de sa robe, elle lança à Vincent un regard interrogateur, mais il demeura impassible et ne trahit pas le secret de sa fille.

Pendant ce temps, Christina s'était précipitée vers la commode et revenait avec plusieurs enveloppes :

— Voici vos cartes de vœux, maman. Le facteur les a apportées ce matin, juste après votre départ pour l'hôpital. (Elle lui tendit la première enveloppe et se pencha avec curiosité.) De qui est-elle ?

— De tante Laurette et d'oncle Mike. Regarde comme elle est jolie : des oiseaux bleus perchés sur une branche.

— Oh oui ! Donnez-la-moi, je vais la mettre sur la cheminée... Merci, maman. Maintenant, ouvrez celle-ci, ajouta-t-elle en tendant une autre enveloppe.

Audra remarqua tout de suite le timbre australien et reconnut l'écriture de William :

— Là, nous n'aurons pas de mal à deviner ! dit-elle en riant.

— Je peux la voir ? demanda Christina en s'approchant. Elle est jolie, elle aussi. Mais il y en a encore beaucoup d'autres !

Une par une, les enveloppes furent décachetées, les cartes lues et admirées avant de rejoindre les précédentes alignées sur la cheminée. Frederick et Marion, sa femme, envoyaient leurs vœux de Sydney ; les Crowther avaient chacun rédigé une carte ; Gwen elle-même n'avait pas oublié l'anniversaire de son amie.

Enfin, la dernière enveloppe de la pile fut présentée avec solennité par Christina, qui voulait que le moindre de ses gestes témoignât du caractère mémorable de cette journée.

— Celle-là, elle est de nous, dit-elle en embrassant Audra. C'est papa qui l'a choisie, mais il m'avait emmenée avec lui au magasin et je l'ai aidé à chercher.

Audra ouvrit l'enveloppe et en sortit la plus belle des cartes reçues ce jour-là. Sur un épais papier couché, noué d'un cordonnet de soie jaune, elle représentait un vase de roses jaunes posé sur une table près d'une fenêtre ouverte ; un papillon rouge voletait au-dessus des fleurs.

— Comme elle est belle ! s'exclama Audra.

Elle la déplia, lut le court poème imprimé sous lequel Vincent avait ajouté de sa main : *« En te souhaitant beaucoup de bonheur en ce jour — et pour les suivants. Ton mari et ta fille qui t'aiment de tout leur cœur. »* Il avait signé et Christina avait calligraphié son nom.

— Merci à tous les deux. C'est la plus merveilleuse carte de vœux que j'aie jamais reçue de ma vie, leur dit-elle avec un sourire ému.

— Maintenant, maman, déclara Christina, je vais chercher votre cadeau.

Elle courut vers la commode, prit un paquet dans un tiroir et revint le présenter à sa mère :

— De la part de papa et de moi, dit-elle avec gravité.

Audra défit le ruban et le papier d'emballage, pleine de curiosité, touchée par le luxe d'attentions que Vincent et Christina lui prodiguaient. Le paquet contenait une aquarelle encadrée. En la découvrant, Audra poussa un cri d'admiration. Elle représentait un jardin en été, au soleil couchant. La scène était illuminée d'une lumière dorée. Quelques gouttes d'eau scintillaient sur des feuilles, comme si l'artiste avait attendu la fin d'une ondée pour prendre son pinceau.

L'aquarelle, de petites dimensions, était tout à fait ravissante, même si l'on y distinguait quelques défauts. Elle aurait gagné à être mieux travaillée et une partie semblait inachevée. Il se dégageait toutefois de l'ensemble une réelle originalité qui retint l'attention d'Audra. C'est étrange, se dit-elle en contemplant l'œuvre, on jurerait qu'elle est de mon père...

Mais où Vincent aurait-il pu trouver une des premières aquarelles d'Adrian Kenton?

D'ailleurs, le nom de Christina, écrit en grosses lettres dans un coin, aurait suffi à la renseigner si elle n'avait pas déjà reconnu la main de sa fille. En dépit de ses maladresses, Christina avait réussi à capter le jeu de la lumière, tour de force dont seuls les peintres très expérimentés sont capables. Ce n'était pas sa première aquarelle mais celle-ci témoignait sans conteste d'un progrès considérable. Dès l'âge de quatre ans, la fillette avait manifesté des dons pour le dessin et la peinture; maintenant, elle affirmait un réel talent — et même davantage. Cette découverte fit frémir Audra de joie et de fierté.

Elle releva les yeux : Christina la considérait avec inquiétude :

— Elle ne vous plaît pas, maman?

— Si, ma chérie, si! Énormément. Ton aquarelle est superbe et je suis très touchée que tu m'en fasses cadeau. Pardonne-moi de ne pas te l'avoir dit aussitôt, poursuivit-elle en attirant la fillette contre elle, mais j'étais trop occupée à l'admirer.

Rassérénée, Christina retrouva le sourire :

— Je l'ai peinte exprès pour votre anniversaire, maman, et papa l'a emportée chez Mme Cox, dans la grand-rue, pour la faire encadrer. Voilà pourquoi le cadeau est en réalité de nous deux : c'est papa qui a payé le cadre.

Avec un sourire radieux à l'adresse de Vincent, Audra lui répondit :

— Merci, ma chérie. Vous n'auriez pu me donner plus beau cadeau. Je ne m'en séparerai jamais. Cette œuvre méritait d'être encadrée — n'est-ce pas, Vincent?

— C'est vrai. Dès que Christina me l'a montrée, j'ai vu que c'était un chef-d'œuvre. Tu es une véritable artiste, ma chérie! ajouta-t-il avec fierté.

Ravie, Christina se tourna vers sa mère :

— Où allez-vous l'accrocher, maman?

— Voyons... Elle mérite une place d'honneur. Et si, pour le moment du moins, nous la mettions sur la cheminée?

Audra se leva et alla poser le cadre entre les cartes de vœux.

— Au fait, quel est ce jardin? demanda-t-elle à Christina. Où as-tu trouvé ce paysage?

— A Calpher House. J'ai demandé à Mme Bell si je pouvais le peindre et elle a bien voulu. Alors, j'ai choisi ce joli coin, près des rosiers. Elle venait voir de temps à autre si mon travail avançait et elle paraissait très contente. C'était la semaine dernière. Quand il a plu, elle m'a fait rentrer à la maison et m'a offert un verre de lait et deux biscuits au chocolat. Après l'averse, je suis retournée dehors et j'ai tout recommencé. Le jardin était plus joli, il brillait...

— Tu as admirablement rendu ce que tu as vu, Christina, et cette aquarelle est la meilleure que tu aies jamais réalisée. Tu as fait d'énormes progrès !

Ravie du compliment, Christina se rengorgeait. Vincent intervint :
— Et le goûter, Christina ? Je crois qu'il est temps.
— Oh oui ! Maman, papa, venez !

27

Ce fut un somptueux goûter.

Audra ne fut pas autorisée à bouger ne serait-ce que le petit doigt.

Assise en bout de la table, elle se contentait de regarder son mari et sa fille s'affairer pour la servir. Elle avait déjà remarqué qu'ils avaient l'un et l'autre revêtu leurs plus beaux habits pour l'occasion, et de telles attentions la remplissaient de joie et de fierté. Elle eût aimé, elle aussi, ôter la simple robe de coton qu'elle avait portée à son travail, et se faire belle ; mais Christina ne lui en avait pas laissé le temps.

Vincent était superbe. Il portait une chemise blanche, une cravate bordeaux, un pantalon gris foncé. Il s'était visiblement hâté de revenir du travail afin de se raser et de se changer — il avait les cheveux encore humides.

Quant à Christina, elle était tout simplement adorable. Elle avait mis sa belle robe de soie bleu pâle, ornée de dentelle blanche en bandes étroites sur le corsage et la jupe, des socquettes blanches et ses souliers vernis noirs. Le ruban de soie bleue qui lui retenait les cheveux formait un nœud sur le sommet de sa tête. Vincent s'était surpassé.

De même, il avait fait un effort pour décorer la table : une belle nappe damassée, le service à thé réservé aux grandes occasions et, au centre, un bouquet de roses dans un grand vase. Attendrie, Audra sourit en reconnaissant, dans ce dernier détail, la touche personnelle de Christina.

Tandis que Vincent éteignait le gaz sous la bouilloire et versait l'eau dans la théière en argent, Christina apportait des assiettes de friandises en expliquant :

— Les petits sandwiches sont préparés comme vous les aimez, maman. Il y a du jambon, des concombres... Papa a acheté du saumon et nous en avons aussi fait des canapés...

— Tout a l'air délicieux, ma chérie. Tu as dû énormément travailler, n'est-ce pas ?

— Papa m'a aidée, répondit-elle en poursuivant ses allées et venues vers le cellier. (Chaque fois, elle apportait de nouvelles friandises, biscuits au chocolat, madeleines, pains au lait, confitures.) C'est grand-mère qui a préparé les pâtisseries, expliqua-t-elle. Et ce n'est pas tout : voilà des fraises ! Oh ! j'ai oublié la crème...

— Allons, Christina ! dit Vincent en posant la théière sur la table. Viens t'asseoir. Je ne sais pas ce que vous en dites, vous deux, mais moi je meurs de faim.

Pendant le repas, Audra et Vincent conversèrent amicalement. Elle lui parla de sa journée à l'hôpital, où elle avait dorénavant la responsabilité de deux services de pédiatrie et de la maternité.

Il décrivit les travaux qu'il exécutait en compagnie de Fred Varley. Ils bâtissaient ensemble des écuries dans la propriété du riche M. Pinfold, à Old Farnley. Depuis qu'il avait déposé son bilan, Varley n'avait pas encore eu les moyens de remonter son entreprise. Aussi n'acceptait-il que de petits chantiers, qu'il pouvait réaliser seul ou avec l'aide de Vincent.

— Mais il ne tardera pas à redémarrer pour de bon, affirma Vincent. Nous pouvons y compter.

Audra acquiesça d'un signe de tête, tout en priant pour que le sort soit favorable à Vincent. Il aimait son métier et leurs rapports s'étaient sensiblement améliorés depuis qu'il recommençait à travailler à peu près régulièrement et à gagner assez d'argent pour participer aux dépenses du ménage. Elle s'était rendu compte que son oisiveté forcée avait été responsable de leur discorde.

Vincent parla ensuite de son frère Frank, actuellement en Inde, où le 9e Lanciers, son régiment de cavalerie, tenait garnison. Il devait bientôt venir en permission et Vincent avait décrété que le clan Crowther au grand complet donnerait une fête en son honneur.

Christina était très attentive, comme toujours lorsque ses parents discutaient. Les yeux écarquillés, elle les observait à tour de rôle et notait chaque détail de leurs attitudes.

Tout en mangeant ses sandwiches, elle ne perdait pas un mot de ce qu'ils disaient. Si elle risquait un commentaire, de temps à autre, elle se contentait surtout d'écouter. Ses parents étaient si intéressants qu'elle adorait les entendre, surtout sa maman, à cause de sa jolie voix, douce et mélodieuse.

Un moment comme celui-ci la rendait particulièrement heureuse, parce qu'ils étaient en bons termes; elle n'était pas contente, en revanche, quand ils se querellaient. Dans ces cas-là, son père sortait en claquant la porte et ne rentrait que tard dans la nuit, quand elles étaient toutes deux endormies. Ensuite, sa mère était furieuse contre lui pendant plusieurs jours d'affilée et le regardait bizarrement, du coin de l'œil, les lèvres serrées et la mine désagréable.

Une fois, l'année dernière, sa mère avait attendu le retour de son père après une de ces disputes. Ils avaient tous deux crié très fort et, à un moment, sa mère avait lancé : « Puisque tu le prends ainsi, retourne donc chez cette fille de joie ! » Christina avait tout entendu parce que, étonnée d'entendre sa mère crier, elle était sortie de sa chambre à pas de loup et s'était penchée sur la rampe de l'escalier afin de mieux écouter.

Pendant quelque temps après cette scène, elle s'était inquiétée : son père n'allait-il pas les quitter pour vivre avec une fille joyeuse ? Peut-être sa mère et elle n'étaient-elles pas assez gaies ? Peut-être le retiendraient-elles en faisant l'effort de plaisanter plus souvent, se disait-elle sans vraiment savoir comment il fallait s'y prendre pour amuser son père.

Elle s'était finalement résolue à demander à sa grand-mère ce qui distinguait les filles de joie des autres femmes. Horrifiée, Eliza avait demandé à Christina d'où elle tenait cette expression. « Je l'ai entendue à l'école », avait-elle répondu. Elle ne comprenait toujours pas pourquoi elle avait ainsi caché la vérité à sa grand-mère — sans doute parce qu'elle sentait qu'il ne faut révéler à personne ce qui se passe chez soi. Sa mère, en tout cas, ne racontait jamais rien quand elle rendait visite à Eliza. Elle ouvrait à peine la bouche et ne se comportait pas du tout à sa manière habituelle. On aurait dit quelqu'un d'autre.

En fin de compte, elles n'avaient pas eu besoin de se forcer à rire et à plaisanter, puisque son père n'avait pas quitté la maison. Après leurs querelles, même les plus violentes, ses parents retrouvaient le sourire et redevenaient tendres. Ils s'embrassaient. Avec eux, c'était toujours la même chose...

Le rire de Vincent tira Christina de sa méditation. Elle se tourna aussitôt vers lui, attentive. Il avait l'air très gai. Ses yeux verts scintillaient, comme le collier de tante Gwen, celui qu'elle portait quand ils étaient allés lui rendre visite chez elle, à Headingley. Cela faisait bien longtemps, d'ailleurs, qu'ils n'y étaient plus retournés. Sa mère riait, elle aussi ; la gaieté mettait des petites flammes bleues dans ses yeux. Christina savait qu'elle était heureuse.

Elle ne savait pas ce qui avait déclenché cette hilarité car elle n'avait pas écouté leurs dernières répliques. Malgré tout, elle se mit à s'esclaffer elle aussi, pour le seul plaisir de se sentir à l'unisson et de partager leur joie.

— Au fait, Audra, poursuivit Vincent en riant encore, Mike a pris des billets pour le Grand Théâtre samedi soir — une pièce de Noël Coward. Il nous invite, ce sera un nouveau cadeau d'anniversaire pour toi.

— J'en suis très touchée.

— Tante Maggie s'occupera de moi quand vous serez sortis, samedi soir ? demanda Christina.

— Bien sûr, ma chérie.

— Chic, alors ! On s'amuse bien, toutes les deux, et elle me laisse veiller tard.

— Que dis-tu ? s'exclama Audra, indignée.

— Je vais servir les fraises, maman ! déclara Christina en sautant de sa chaise. Et vous en aurez plus que tout le monde, c'est **votre** anniversaire.

— Mais non, voyons, nous nous les partagerons équitablement. Il n'y a pas de favoritisme, dans notre famille.

— Si, c'est vous qui en aurez le plus ! insista la fillette tout en remplissant avec soin les coupes de verre qu'elle avait été chercher sur le buffet.

Ils n'avaient pas mangé de fraises depuis longtemps : elles étaient trop chères. Aussi dégustèrent-ils les fruits dans un silence respectueux, en n'exprimant leur plaisir que par des regards. Les fraises terminées, tout le monde déclara qu'elles étaient, sans contredit, les meilleures qu'ils eussent jamais savourées.

Mais le goûter atteignit son apogée avec le gâteau. Christina et Vincent s'isolèrent un long moment dans le cellier, jusqu'à ce que la petite fille fît enfin son apparition. Elle marchait à pas comptés en portant bien haut le chef-d'œuvre.

Alors, le père et la fille entonnèrent à l'unisson la chanson rituelle : « Joyeux anniversaire !... »

Christina s'arrêta devant sa mère :

— Je suis désolée, maman, il n'y a qu'une seule bougie, mais c'est tout ce qui restait de mon dernier gâteau d'anniversaire. Les autres étaient toutes brûlées.

— Cela n'a aucune importance, ma chérie. Mieux vaut une bougie que pas du tout.

— C'est ce que je lui ai dit, déclara Vincent en reprenant sa place. Je lui ai aussi fait observer que tu préférerais sans doute ne voir qu'une bougie au lieu de trente.

Audra lui adressa un sourire teinté de mélancolie :

— Je n'arrive pas à croire que j'ai trente ans aujourd'hui... Où se sont donc enfuies toutes ces années, Vincent ?

Il hocha la tête, sourit à son tour :

— Ne me le demande pas, ma chérie, je n'en ai pas la moindre idée. J'aurai moi-même trente-quatre ans dans neuf jours... l'aurais-tu oublié ?

Avant qu'Audra ait pu répondre, Christina poussa un cri joyeux :

— Alors, on va faire une fête pour vous aussi, papa !

Christina s'agenouilla pour dire ses prières. Assise dans le fauteuil à bascule, Audra l'écoutait, attendrie.

Une fois terminée la litanie des bénédictions destinées à ses oncles d'Australie et à chacun des membres du clan Crowther, Christina grimpa dans son lit et se glissa entre les draps.

Audra alla la border, redressa l'édredon, puis s'assit près d'elle. Elle caressa la joue de sa fille, lui sourit :

— Merci mille fois, ma chérie. Tu m'as offert la plus belle des fêtes pour mon anniversaire.

Christina sourit, puis elle ajouta avec un peu d'inquiétude :

— Nous pourrons célébrer aussi celui de papa, n'est-ce pas ?

— Bien sûr ! Ce ne serait pas gentil de l'oublier. Tu as eu ta fête le mois dernier. Aujourd'hui, c'était la mienne. Maintenant, ce sera son tour.

Elle se pencha pour l'embrasser. Aussitôt, elle se sentit retenue par deux petits bras. Christina blottit son visage contre l'épaule de sa mère et huma le parfum familier d'essence de gardénia :

— Je vous aime, maman, murmura-t-elle.

— Moi aussi, ma chérie. Si tu savais combien... Allons, couche-toi, à présent, et dors bien vite. Il est tard. Fais de beaux rêves.

— Oui, maman. Bonsoir, maman.

Christina ne s'endormit cependant pas aussitôt. Les yeux grands ouverts, elle contemplait le ciel à travers les vitres. Ce soir, on l'avait laissée veiller bien au-delà de l'heure habituelle, à cause de la fête, et la nuit était tombée.

Le ciel était tout noir et rempli d'étoiles qui scintillaient très, très loin. La lune était ronde, comme une grosse pièce d'argent. La pleine lune, lui avait dit son père avant de l'envoyer se coucher.

Elle aimait tant son père. Et sa mère, bien sûr. Elle n'était vraiment contente que lorsqu'ils étaient tous les trois. Son père avait invité tante Laurette et oncle Mike à leur fête et Christina avait été ravie qu'ils ne puissent pas y assister. Non qu'elle ne les aimât pas — au contraire. Elle aimait tous ses oncles et tantes. Et sa grand-mère. Son grand-père, aussi — surtout son grand-père. Elle adorait son odeur de cuir et de pommade pour les cheveux et de pastilles à l'eucalyptus — il lui en donnait parfois une ou deux quand on ne les regardait pas et qu'il la prenait sur ses genoux pour lui raconter des histoires merveilleuses. Peu importait alors que la grosse moustache blanche lui chatouille les joues, quand il l'embrassait, ou que les nuages de fumée qu'il tirait de sa pipe lui piquent les yeux. Grand-père tenait énormément à sa pipe et ne permettait à personne d'y toucher, pas même à tante Maggie, qu'il aimait pourtant beaucoup.

Malgré tout, Christina aimait ses parents par-dessus tout — plus que le monde entier. Ils étaient ses parents à elle, elle était leur fille à eux. Elle n'aurait jamais voulu avoir un autre papa et une autre maman. Ils étaient irremplaçables, elle le savait avec certitude.

Elle s'enfonça plus profondément sous ses draps, ferma les yeux et se laissa gagner par le sommeil. Elle percevait, comme un murmure, le bruit de leurs voix qui montait du salon... si tendres, si chaudes, si rassurantes. Elle se sentait toujours bien et en sécurité quand elle les entendait parler.

— C'est une enfant exceptionnelle, Vincent, dit Audra en s'installant sur le canapé.

— Oui, elle est vraiment douée.

— Elle a plus que de l'intelligence ou du talent, reprit Audra en posant les yeux sur l'aquarelle. Avant le goûter, tu as toi-même dit que la qualité de ce tableau t'avait frappé au point que tu as décidé de le faire encadrer.

— J'étais très impressionné, je l'avoue. (Il considéra pensivement l'aquarelle de sa fille, puis son regard alla du tableau d'Audra représentant l'Arbre du Souvenir à l'un des paysages d'Adrian Kenton.) Je crois que Christina tient ce don de ton père et de toi, dit-il.

— Oui, je le crois aussi — mais elle me surpassera quand elle grandira. Elle dépassera même mon père, si elle tient ses promesses.

— Tu ne doutes donc plus que tu es la fille d'Adrian Kenton, je suis heureux de le constater, dit Vincent.

— Non, plus du tout. A vrai dire, je n'en avais jamais vraiment douté. Je savais que ma mère n'aurait jamais rien fait qui pût le blesser. Elle était incapable d'un acte coupable... J'ai toujours su d'instinct qu'oncle Peter et elle ne se sont aimés qu'après la mort de mon père.

Heureux de voir ce vieux démon enfin exorcisé, Vincent approuva d'un sourire et tendit la main vers son verre de bière. Ils s'absorbèrent chacun dans leurs propres réflexions.

La soirée s'était rafraîchie et Vincent, pendant qu'Audra couchait Christina, avait allumé le feu dans la cheminée. Audra contemplait les flammes en pensant à cette enfant qu'elle avait elle-même qualifiée d'exceptionnelle et à qui elle voulait assurer un avenir brillant, à la mesure de ses dons. Soudain, Vincent sursauta en l'entendant s'exclamer :

— Oui, nous devons le faire !

— Faire quoi ? demanda-t-il, étonné.

Elle ne répondit pas directement à sa question :

— Je l'ai aidée de mon mieux depuis deux ans et je continuerai, mais je ne puis lui enseigner que ce que je sais — et je ne sais pas grand-chose, puisque j'ai tout appris par moi-même.

— Et alors ?

— Quand elle aura seize ans, il faudra la faire entrer dans une école des Beaux-Arts. On ne l'acceptera pas à celle de Leeds avant cet âge-là. Plus tard, nous l'enverrons à Londres, à l'école Slade — ou, mieux encore, à l'Académie royale.

— Comment allons-nous payer ? demanda Vincent, interloqué. Nous n'aurons jamais les moyens de lui offrir une telle éducation, tant que la dépression durera et que je ne retrouverai pas d'emploi permanent ! Cela va coûter des milliers de livres !

— Je sais, mais nous y parviendrons, répondit Audra avec assurance. Nous le devons, Vincent ! poursuivit-elle avec un enthousiasme qu'elle n'avait plus manifesté depuis longtemps. Nous avons le devoir de l'aider à réussir. Je ne veux pas qu'une simple question d'argent soit pour elle un handicap. Elle possède un don, il faut le cultiver. Elle deviendra un peintre célèbre, Vincent. Une grande artiste !

— Crois-tu vraiment que... murmura-t-il lentement.

Audra se redressa sur son siège, lui lança un regard impérieux :
— Nous n'avons pas le droit d'hésiter, Vincent ! Notre devoir nous impose de tout faire en ce sens, de tout sacrifier pour atteindre ce but. Christina doit avoir toutes les chances de son côté. Je veux qu'elle réussisse et je ferai l'impossible pour cela !

28

— Je ne sais vraiment plus que faire au sujet d'Audra, Mike. Je suis à bout, dit Vincent d'une voix altérée.

Il se leva et alla se poster devant la fenêtre ; le soleil d'avril lui fit plisser les yeux.

— Je connais tes inquiétudes, Vincent.

Le jeune médecin avait l'air soucieux. Il partageait l'anxiété de son ami, toujours sans emploi. Ces derniers temps, Vincent ne parvenait plus à maîtriser ses émotions. Tout, dans son attitude, trahissait l'énervement et le désarroi.

— Comment pourrais-je t'aider ?...

Mike s'interrompit en entendant la porte s'ouvrir. Laurette entra dans le salon, portant un plateau qu'elle déposa près de la cheminée.

— Excusez-moi de vous avoir fait attendre, mais j'ai dû surveiller la cuisson du gigot et des pommes de terre... (Elle laissa sa phrase en suspens lorsqu'elle remarqua la mine troublée de Mike et de Vincent.) J'ai l'impression que je vous dérange, reprit-elle. Je ferais sans doute mieux d'emporter ma tasse à la cuisine et de vous laisser bavarder tranquillement.

— Non, dit Vincent en les rejoignant. Il n'y a pas de secret dans ce que nous disons, tu peux rester.

Il se laissa tomber dans un fauteuil, alluma une cigarette.

Laurette servit le café et s'assit à son tour. Elle lança à Vincent un regard interrogateur, mais il restait silencieux, morose et contemplait les flammes en tirant sur sa cigarette.

Laurette prit enfin la parole pour l'aider à sortir de son mutisme :

— Où Audra et Christina sont-elles allées, aujourd'hui ?

— A Fountains Abbey, répondit Vincent sans lever les yeux. Une nouvelle leçon de peinture « sur le motif », comme dit Audra... Tu sais bien qu'elle emmène Christina peindre à la campagne chaque dimanche où elle n'est pas de service à l'hôpital, ajouta-t-il en se tournant enfin vers sa sœur.

— Oui, je le sais. Je trouve même admirable la façon dont elle l'initie aux œuvres d'art exposées dans les musées et les grands châteaux des environs, Temple Newsam ou Harewook. Audra fournit à Christina une base solide, Vincent. Elle sera parfaitement préparée à la poursuite de ses études.

Vincent hocha la tête.

— Tu disais tout à l'heure que tu ne savais plus comment t'y prendre avec Audra, intervint Mike. Parlons-en donc. Il est bon de se confier parfois. C'est d'ailleurs dans cette intention que tu es venu nous voir ce matin, n'est-ce pas ?

— Oui, Mike, c'est exact. La santé d'Audra m'inquiète. Depuis quelque temps, elle abuse de ses forces. Vous connaissez son emploi du temps. Sa tâche à l'hôpital est déjà rude, mais elle fait des heures supplémentaires chaque fois que l'occasion se présente, pour gagner un peu plus d'argent. A la maison, elle s'occupe de tout, la cuisine, le ménage, la lessive, le repassage. Elle donne à Christina des leçons de peinture. Et elle trouve encore le moyen de travailler sur cette maudite machine à coudre, que lui a offerte Mme Bell, pour faire des retouches et confectionner des robes ! Et, comme si ce surmenage ne suffisait pas, elle se prive de tout, économise sou après sou, ne prend aucun soin d'elle-même — tout cela pour que Christina ait une éducation exemplaire ! Ce qui me déconcerte et m'inquiète le plus, c'est cet insatiable appétit d'argent. Je me sens totalement impuissant, poursuivit-il d'une voix de nouveau tremblante. Je n'ose plus dire un mot ni me mêler de rien. Quand cela m'arrivait encore, elle me rembarrait d'une telle manière que... Bref, j'espérais que tu pourrais lui parler, Mike. En tant que médecin, elle daignera peut-être t'écouter.

— J'en doute, Vincent, répondit Mike. Naturellement, je ne demande pas mieux que d'essayer, mais j'ai peur que ce ne soit du temps perdu. Laurette a beau être proche d'Audra, je crains qu'elle n'ait pas plus de succès. Personne ne pourra la fléchir. Quand elle a quelque chose en tête, elle fait preuve d'une obstination peu ordinaire.

— Oui, je ne le sais que trop bien, grommela Vincent. Tout cela a commencé à la naissance de Christina. A l'époque, j'avais mis Audra en garde contre son idée fixe — je ne m'étais pas trompé... Je ne lui reproche pas d'avoir de l'ambition, encore moins de vouloir assurer l'avenir de son enfant. Non, je le comprends parfaitement. Mais vous avouerez que ce qu'elle fait depuis quelques années est tout simplement... anormal.

— Anormal n'est peut-être pas le mot juste, Vincent, dit Laurette. (Elle s'interrompit, hésita, chercha la meilleure manière d'exprimer sa pensée :) Ce dont nous sommes témoins, dit-elle, c'est la mise en œuvre d'une volonté délibérée, inflexible, mais si profondément désintéressée, si puissamment exercée qu'elle en est... impressionnante.

— Tu veux dire effrayante ! répliqua Vincent avec amertume. Écoute, Laurette, je souhaite moi aussi assurer à Christina le meilleur avenir possible. Je suis sincère, crois-moi. Mais il y a une limite à ce que peuvent accomplir des gens dans notre situation ! Audra vise trop haut pour cette enfant. D'ailleurs, la pauvre petite en souffre. Elle n'a pas d'amies, pas de distractions. J'aime Audra. Je ne veux pas qu'elle se rende malade. Je cherche avant tout à la protéger d'elle-même.

— Je n'ai pas l'impression qu'elle nous écoutera, je te l'ai déjà dit, mais je veux bien lui parler dès demain, dit Mike. Je dois aller à l'hôpital voir des malades, je trouverai l'occasion de m'entretenir avec elle. De toute façon, j'insisterai pour lui faire subir un examen médical complet. Cela devrait au moins te tranquilliser.

— Oui, Mike, je te remercie.

Laurette lui prit la main en souriant :

— Allons, détends-toi. Tout ira bien, tu verras.

Vincent hocha la tête, alluma une cigarette.

— Veux-tu rester déjeuner avec nous ? proposa Laurette. Comme tous les dimanches, il y aura du gigot, des pommes de terre nouvelles, un chou de printemps — tout ce que tu aimes.

— Non, merci, tu es gentille. J'ai promis à Jack et à Bill que je les retrouverais au pub. Après, je les raccompagnerai sans doute chez maman et j'y resterai pour le repas. Au fait, ajouta-t-il, n'en parle surtout pas à maman, mais Bill a l'intention de s'engager dans la marine marchande.

— Voilà qui ne lui fera pas plaisir — avec Frank déjà dans l'armée !...

— Je sais. La guerre semble inévitable, Mike, dit-il en se tournant vers son beau-frère. Hitler est allé trop loin : l'invasion de la Tchécoslovaquie en mars, d'inadmissibles déclarations sur la Pologne, la semaine dernière...

— Je lisais justement ce qu'en disait le *Sunday Express* quand tu es arrivé, l'interrompit Mike. Cet individu se montre de plus en plus vorace, avec sa théorie de « l'espace vital ». Voilà maintenant qu'il exige le rattachement de Dantzig à l'Allemagne ! Nous avons des engagements vis-à-vis de la Pologne, si je ne me trompe. La France aussi a un traité avec elle.

Ils échangèrent un regard inquiet.

— La paix paraît en effet bien menacée, dit Vincent. Je suis prêt à parier que nous serons en guerre contre l'Allemagne avant la fin de l'année.

— Ne dis pas cela ! s'exclama Laurette, qui regardait son frère et son mari avec angoisse. S'il y avait la guerre, vous seriez tous les deux mobilisés, n'est-ce pas ?

— Oui, se borna à répondre Mike.

29

— Qu'il fait beau, ce matin ! dit Audra, sur le seuil du cottage de Pot Lane. Pas un nuage dans le ciel. Regarde, Vincent !
— Oui, un temps splendide. (Vincent la rejoignit. Il suivit la direction de son regard, vers le fond du petit jardin où Christina dessinait. Avec un sourire, il ajouta :) Il fait même beaucoup trop beau pour rester enfermé. Je me demande si je n'irai pas avec vous, cet après-midi — si tu veux bien de moi, naturellement.

Audra lui lança un regard surpris :
— Mais tu vas toujours au *Cheval Blanc*, le dimanche après le déjeuner... (Elle rit.) Nous serions ravies que tu nous accompagnes ! reprit-elle. Nous n'allons pas loin, simplement à Temple Newsam. J'aimerais que Christina étudie de près certains tableaux des vieux maîtres.

Vincent la prit aux épaules, la serra contre lui, puis l'observa attentivement. Son sourire cachait mal sa lassitude et Vincent en eut le cœur serré. En dépit de l'amical sermon que Mike lui avait fait au printemps, Audra continuait à abuser de ses forces. Vincent avait beau dire, elle ne prêtait aucune attention à ses mises en garde et travaillait avec le même acharnement.

— Écoute, ma chérie, j'ai une idée, une excellente idée, je crois. Préparons-nous et partons pour Temple Newsam tout de suite — enfin, d'ici une demi-heure. Profitons de l'occasion, emportons un pique-nique. Comme cela, tu n'auras presque rien à préparer. Qu'en dis-tu ?

Audra sourit et acquiesça. Vincent ne leur proposait pas souvent de les accompagner ainsi dans leurs excursions artistiques et son initiative l'enchantait. Elle consulta la pendule :
— Il est déjà onze heures dix... Oh ! après tout, pourquoi pas ? Christina ! Rentre vite, ma chérie ! Ton papa nous accompagne à Temple Newsam. Nous allons emporter un pique-nique, viens m'aider !
— Oh oui ! s'écria Christina, ravie.
— Commençons par les sandwiches, lui déclara Audra en se précipitant vers la cuisine.
— Puis-je vous aider ? demanda Vincent.
— Non, ce n'est pas la peine. Mais tu peux allumer la T.S.F., nous écouterons un peu de musique.
— D'accord ! (Il alla tourner les boutons du poste.) *Le Beau*

Danube Bleu, Audra ! La première valse que nous ayons dansée à la salle des fêtes paroissiale — te souviens-tu ?

Elle tourna la tête, lui adressa un sourire attendri — et fronça les sourcils : la musique s'était brusquement interrompue.

— Oh non ! Ne me dis pas que le poste est encore en panne !

La voix d'un speaker de la BBC se fit alors entendre : *« Nous interrompons cette émission pour transmettre un important message du Premier ministre. »*

Vincent et Audra écoutèrent en silence la voix de Neville Chamberlain annoncer au pays qu'Hitler avait envahi la Pologne et que l'Angleterre avait déclaré la guerre à l'Allemagne.

« ... que Dieu vous bénisse. Puisse-t-Il défendre le Droit et la Justice. » La voix grave du Premier ministre fit place sur les ondes à l'hymne national, dont les harmonies familières retentirent dans la cuisine silencieuse.

— Nous sommes le 3 septembre, murmura enfin Vincent, bouleversé. Je m'attendais à la guerre, mais elle arrive plus tôt que je ne le prévoyais.

Audra se laissa tomber sur la chaise la plus proche, les jambes soudain flageolantes. Christina regarda alternativement son père et sa mère, étonnée de leur étrange comportement :

— Qu'est-ce que cela veut dire ? Que va-t-il se passer, papa ?

— Nous allons nous battre contre les Allemands. Mais ne t'inquiète pas, ma chérie, tout se terminera bien.

— Peut-être ferions-nous mieux de ne pas aller à Temple Newsam, un jour comme aujourd'hui, dit Audra.

— Oh non ! maman ! Ne dites pas cela, juste quand papa veut nous accompagner !

Christina avait l'air si déçue que Vincent s'exclama :

— Oh ! et puis, allons-y quand même, Audra ! Ce sera sans doute notre dernière occasion de sortir ensemble d'ici longtemps.

— Oui, c'est vrai, concéda Audra, encore hésitante.

— Alors, maman, on peut y aller ? demanda Christina.

— Eh bien soit, cours vite te changer. Ton papa va m'aider à préparer les sandwiches.

— Puis-je mettre ma robe de coton jaune avec les primevères ?

— Si tu veux, ma chérie.

Lorsqu'elle se fut éloignée, Vincent se tourna vers Audra :

— Je ne sais pas quand les bureaux de recrutement vont ouvrir. Demain — mardi peut-être... En tout cas, ajouta-t-il après avoir marqué une pause, je vais m'engager le plus tôt possible.

— Je m'en doutais...

— Comme tout Anglais digne de ce nom, Audra ! Dieu sait si je n'aime pas la guerre. Nous aurons tous à subir un véritable enfer. Mais je vais enfin pouvoir redevenir un homme !

Elle le considéra avec stupeur :

— Mais... je t'ai toujours considéré comme un homme, Vincent !

Vincent Crowther signa son engagement dans la Royal Navy le mardi. Dès la fin de la semaine, il fut envoyé à la base navale de Harwich pour y faire ses classes.

Sans lui, le cottage de Pot Lane devint bien calme et vide. Cette séparation était la première depuis leur mariage et Audra se rendit très vite compte combien Vincent lui manquait. Leur vie conjugale avait été plutôt cahoteuse, Audra était la première à l'admettre ; pourtant, en dépit de leurs querelles, ils s'aimaient. Christina les avait unis.

Audra reprit ses occupations, à l'hôpital et à la maison. Mais elle ne cessait de penser à Vincent, de s'inquiéter pour lui et de se demander comment il s'adaptait à sa nouvelle vie de marin.

Il envoya bientôt de ses nouvelles chaque semaine ; Audra et Christina lisaient et relisaient ses lettres, les commentaient, parlaient de lui tendrement et attendaient avec impatience sa première permission.

Christina devait dorénavant passer ses journées seule, pendant qu'Audra travaillait à l'hôpital Sainte-Marie. « Cela m'est égal, maman, je peux très bien me débrouiller ! » affirmait-elle. Et de fait, elle était fort sérieuse pour ses huit ans. Cela était dû autant à son intelligence qu'à la manière dont sa mère l'avait formée aux tâches domestiques et l'avait élevée parmi des adultes.

Elle était particulièrement proche de sa tante Laurette. Lorsque Audra était de service la nuit, Christina couchait donc chez Laurette. Mike Lesley s'était engagé dans le Corps de santé. Aussi Laurette se réjouissait-elle d'avoir la compagnie de sa nièce. Après le départ de Mike, elle s'était remise au travail. Soucieuse de participer à l'effort de guerre, elle avait pris un emploi de secrétaire de direction dans une entreprise de constructions mécaniques d'Armley reconvertie dans la fabrication de bombes et de munitions.

Tous les jours, quand sa mère était absente, Christina allait déjeuner chez sa grand-mère, ainsi qu'elle le faisait depuis sa petite enfance, quand son père l'y emmenait dans son landau. La cuisine d'Eliza, si gaie et accueillante dans son décor de roses où avaient résonné les rires de la famille, était devenue silencieuse et lugubre.

Bill s'était engagé dans la marine marchande, Jack dans l'armée de terre, Maggie chez les Auxiliaires territoriales. Elle avait passé son premier mois d'instruction dans un centre près de Reading, puis on l'avait envoyée dans un camp du Shropshire, où elle apprenait à se servir de matériel antiaérien. Hal, le mari d'Olive, était dans la R.A.F. Il ne restait à la maison qu'Alfred, trop âgé, et Danny, qui n'avait que seize ans.

Les ballons de protection contre les raids aériens, les projecteurs, le hurlement des sirènes, les rideaux du « black-out », les abris, les masques à gaz — tout cela fit bientôt partie de la vie quotidienne, de même que les tickets de rationnement, les coupons de textile, les restrictions sur l'essence et cent autres produits, les exercices d'alertes aériennes dirigés par des membres de la Défense Passive. M. Trotter, le chef d'îlot dont dépendait Pot Lane, devint bientôt un familier d'Audra et de Christina.

En dépit des difficultés, Audra s'efforçait de respecter les habitudes acquises au fil des ans et insistait pour que Christina se pliât à cette règle. En plus de ses devoirs et de ses leçons, la fillette devait s'appliquer chaque jour à poursuivre son éducation artistique.

Cette vie austère n'était cependant pas dénuée de petits plaisirs. Elles aimaient surtout aller au cinéma voir les derniers films américains ou anglais. Elles appréciaient également les programmes radiodiffusés et écoutaient avec un même intérêt les informations ou les retransmissions de concerts. Lorsqu'il fallait choisir, le cinéma l'emportait le plus souvent ; elles y allaient au moins une fois par semaine, parfois deux, presque toujours en compagnie de Laurette.

Un samedi après-midi de la fin d'octobre 1939, Audra, Laurette et Christina goûtaient dans la cuisine du cottage avant d'aller voir le dernier film dont tout le monde parlait, *Goodbye, Mr. Chips*.

Laurette, passionnée de cinéma et qui lisait toutes les revues consacrées aux films et aux vedettes, leur parlait de ce film et racontait ce qu'elle savait du scénario.

— Ne nous en dis pas plus ! s'exclama Audra. Tu nous gâcherais tout.

— Pardon, je m'en tiendrai là, dit-elle en riant. Celui que j'attends avec impatience, c'est *Autant en emporte le vent*. Ce qu'en disent les magazines m'a mis l'eau à la bouche. Vivien Leigh est époustouflante, sur les photos parues la semaine dernière. Quant à Clark Gable... Il est sublime !

— Si Mike t'entendait... dit Audra en souriant. Elle s'interrompit en entendant frapper à la porte.

— J'y vais ! s'écria Christina en sautant de sa chaise. (Elle courut ouvrir la porte et reconnut avec étonnement le chef d'îlot.) Oh ! c'est vous, monsieur Trotter !

— Bonjour, ma mignonne. Ta maman est-elle là ?

— Oui, monsieur. Entrez.

Jim Trotter ôta son casque, pénétra dans la cuisine :

— Bonsoir, madame Crowther, dit-il à Audra. Je suis désolé de venir vous déranger pendant que vous prenez le thé, mais je voulais vous parler de Mlle Dobbs, qui habite le cottage au coin de la rue.

— Que se passe-t-il ? demanda Audra.

— Eh bien, voyez-vous, elle ne participe jamais aux exercices d'alerte. Alors, je me demande ce qu'elle deviendra si nous avons un jour un bombardement aérien. Je suis très inquiet, je ne vous le cache pas.

— Mais voyons, monsieur Trotter, elle viendra avec nous, dans l'abri au fond du jardin ! Mon beau-père l'a construit, Christina et moi l'avons aménagé confortablement et...

— C'est qu'elle ne veut aller dans aucun abri, madame Crowther ! Je viens de lui en parler et elle m'a reçu avec une certaine rudesse.

— Vraiment ?

— Vous ne pouvez imaginer ce qu'elle m'a dit ! D'abord, elle m'a regardé comme si j'étais un martien. Puis elle s'est écriée : « Moi, descendre dans ce trou, sous la terre ? Pas question, mon garçon ! J'y resterai bien assez longtemps quand je serai morte, alors je tiens à profiter de l'air libre tant que je suis encore en vie. Et si je reçois une bombe, eh bien, tant pis ! » Ce sont ses propres paroles.

Audra fit des efforts désespérés pour garder son sérieux. Laurette et Christina riaient déjà de bon cœur. Le digne M. Trotter paraissait ulcéré :

— Il n'y a pourtant pas de quoi rire, madame Crowther ! s'écria-t-il, indigné.

— Non, vous avez raison, répondit Audra. Pourtant, je ne suis pas loin de partager la phobie de ma voisine...

— J'espère bien que vous ne parlez pas sérieusement, madame Crowther ! répliqua-t-il, alarmé. Si je devais avoir deux personnes aussi indisciplinées dans mon îlot, ce serait la fin de tout !

Audra ne put qu'approuver de la tête, tant elle avait du mal à ne pas éclater de rire.

— Que vais-je faire avec Mlle Dobbs ? reprit Trotter. Je suis responsable de tous les habitants de Pot Lane, comprenez-vous ?

— Je ferai de mon mieux pour décider Mlle Dobbs à venir dans notre abri, monsieur Trotter. Mais je ne vous promets rien, car je ne peux tout de même pas la forcer.

— Merci, madame Crowther. J'apprécie votre effort de coopération. Bonsoir à toutes.

Le chef d'îlot se retira sans demander son reste. Lorsque le bruit de ses pas sur les dalles de l'allée se fut éteint, Audra parvint à reprendre contenance :

— Pauvre M. Trotter ! Je crois qu'il m'aimait bien, mais j'ai peur qu'il ne révise son jugement, après cela...

— Ne t'inquiète donc pas ! répliqua Laurette. Tu avais raison de dire que nous devions garder notre sens de l'humour, par les temps qui courent. Si nous le perdions, nous deviendrions tous fous.

L'Angleterre était sur le pied de guerre et pourtant rien, ou presque, ne survenait sur le front. Tout resta calme sur terre et dans les airs pendant toute cette période que l'on surnomma la « drôle de guerre ».

Sur mer, en revanche, les hostilités s'étaient déclenchées dès le mois de septembre. En octobre, le croiseur *Royal Oak* avait été torpillé à Scapa Flow, dans un port que l'on croyait à l'abri des attaques ennemies. Dès le milieu de novembre, plusieurs navires britanniques avaient été envoyés par le fond, victimes des redoutables mines magnétiques.

Chaque fois qu'elle ouvrait un journal ou allumait la T.S.F., Audra tremblait de peur : Vincent avait en effet été affecté à bord d'un destroyer. Elle poussait un soupir de soulagement à chacune de ses lettres, ou quand les autres membres de sa famille recevaient de ses nouvelles.

Il n'obtint pas de permission pour Noël 1939 mais vint chez lui en janvier 1940 pour soixante-douze heures. Son bâtiment faisait alors escale à Hull, après une longue mission en mer du Nord.

Audra sollicita un congé afin de passer avec lui la totalité de sa courte permission, autorisation que l'infirmière en chef lui accorda de bonne grâce. Audra se prépara donc à accueillir Vincent par un froid après-midi pluvieux. Elle portait, pour cette occasion, la blouse bleue qu'il aimait tant et une jupe gris foncé.

A peine eut-il franchi le seuil du cottage qu'elle comprit sa fierté de porter l'uniforme de la Royal Navy. Il se tenait droit et paraissait grandi, se comportait avec une assurance nouvelle et son regard reflétait sa confiance en soi.

Audra se précipita dans ses bras. Il la serra longuement contre lui, l'embrassa avec passion.

— Que c'est bon de revenir à la maison, mon amour.

— Que c'est bon de te voir ici ! Tu m'as manqué — tu *nous* as tant manqué.

Quelques minutes plus tard, en prenant le thé, Audra lui donna des nouvelles de sa famille, de ses frères, de Maggie, tous sous les drapeaux. Elle lui avoua ensuite son angoisse :

— Les nouvelles de la marine sont de plus en plus catastrophiques. Aurons-nous jamais la victoire ?

— Mais nous en avons déjà eu, des victoires ! s'écria-t-il avec force. Pas plus tard qu'en décembre. Aurais-tu déjà oublié comment nous avons coulé le *Graf von Spee* dans le Rio de la Plata ?

— Non, je n'ai pas oublié, mais j'espérais des succès moins lointains...

— Le *Graf von Spee* nous a échappé durant des mois. Avoir réussi à le couler est un bel exploit — les ennemis le savent bien, crois-moi, et ils ont marqué le coup ! Winston se frotte les mains, je te le garantis.

— Ne me dis pas que tu appelles déjà par son prénom le premier Lord de l'Amirauté ! M. Churchill est-il au courant de votre amitié ? dit-elle d'un air malicieux.

Vincent éclata de rire :

— Dans la marine, nous l'appelons tous Winston, parce que nous l'aimons bien... Au fait, sais-tu comment l'Amirauté nous a annoncé son retour, en septembre ?

— Non.

— *Winston revient*. C'est un compliment qui en dit long ! Oui, Churchill est un grand homme, Audra. Il devrait être Premier ministre — il le sera sans doute un jour. Chamberlain réussit à mécontenter tout le monde.

— Tu ne serais pas peiné que ton ami Winston abandonne la direction de l'Amirauté ?

— Si, mais je préférerais encore le voir à la tête du pays... Vincent s'interrompit en entendant la porte s'ouvrir.

— Papa !

Christina laissa tomber son cartable et courut se jeter dans ses bras, sans prendre le temps d'enlever son manteau. Longtemps, ils restèrent serrés dans les bras l'un de l'autre jusqu'à ce que Vincent s'écartât enfin en demandant :

— Alors, comment va ma poupée ?

Christina contempla un instant ce visage familier qu'elle aimait tant — et fondit en larmes.

— Eh bien, ma chérie, eh bien, que veut dire ce gros chagrin ? dit-il en la pressant à nouveau contre sa poitrine et en lui caressant tendrement les cheveux.

D'une voix entrecoupée de sanglots, Christina parvint à articuler :

— Je croyais que... je ne vous reverrais jamais, papa. Oh ! j'étais si inquiète ! J'avais peur que votre bateau soit coulé...

— Allons, que signifient ces sottises, mademoiselle ? dit Vincent en riant. Il ne m'arrivera jamais rien, je te le promets. Viens, enlève ton manteau et assieds-toi avec nous, ta maman a préparé un délicieux goûter. Après, nous irons rendre visite à ta grand-mère. Et demain, ajouta-t-il en baissant la voix, je vous emmènerai, maman et toi, à Leeds. Au cinéma. Cela te plaira, n'est-ce pas ?

Christina hocha la tête, les yeux brillants de joie.

Le permission de Vincent prit fin trop vite.

Le dimanche matin, Audra se leva à cinq heures afin de lui préparer son petit déjeuner pendant qu'il se rasait et s'habillait.

Les œufs étaient rares, mais elle avait pu s'en procurer deux. Elle en avait servi un la veille à Christina. Elle fit cuire le second pour Vincent, et le lui présenta avec une tomate et une petite tranche de bacon que lui avait donnée Eliza.

En voyant son assiette, Vincent protesta :

— Tu n'aurais pas dû ! Il fallait le garder pour toi. Tiens, prends-en la moitié.

Audra refusa :

— Merci, je n'ai pas très faim. Mange-le, Vincent, tu n'auras sans doute rien d'autre avant des heures. Tu m'as dit que les trains sont très lents, tu ne sais pas quand tu arriveras à Hull.

— C'est vrai...

Il mangea l'œuf, mais avec mauvaise conscience. Si Audra n'en voulait pas pour elle-même, elle aurait pu le réserver à Christina.

Ils se parlèrent peu pendant le repas, oppressés tous deux par le départ imminent de Vincent. Il retournait à la guerre. Quand se reverraient-ils ? Pas avant des mois, des années peut-être.

En entendant sonner six heures, Vincent se leva.

— Je dois y aller, mon train part à sept heures.

Tandis qu'il endossait sa vareuse et prenait son paquetage, il dit à Audra :

— J'ai embrassé Christina avant de descendre. Je préfère ne pas retourner dans sa chambre, je risquerais de la réveiller. Dis-lui au revoir pour moi.

La gorge trop serrée pour parler, Audra se borna à acquiescer d'un signe de tête. Elle accompagna son mari jusqu'au seuil où ils restèrent longuement enlacés.

— Sois prudent, je t'en supplie, parvint-elle à dire.

— Mais oui, ma chérie, ne t'inquiète pas. Je t'écrirai.

Une seconde plus tard, il était déjà loin. Audra se retrouva seule dans la cuisine. Elle courut à la fenêtre, écarta les rideaux, suivit des yeux Vincent qui marchait à grands pas dans la lumière incertaine de l'aube.

Malgré elle, elle porta la main à sa poitrine, sentit son cœur battre de crainte et d'inquiétude. Reviens-moi, murmura-t-elle dans le silence. Reviens, Vincent...

Elle resta là, immobile, longtemps après qu'il eut disparu. Une évidence s'imposait à elle : en dépit de tout, de leurs querelles passées, de leurs désaccords, elle aimait toujours Vincent Crowther avec la même force.

30

L'arrivée du printemps marqua la fin de la « drôle de guerre ».

Le soir venu, Audra écoutait la T.S.F. pendant que Christina faisait ses devoirs ou dessinait. Audra s'inquiétait chaque jour davantage pour son mari, pour la famille et ses amis qui se battaient.

Les événements se succédaient avec une telle rapidité qu'elle avait parfois du mal à se représenter la situation. Le 9 avril, Hitler envahit le Danemark et la Norvège. Le Danemark tomba aussitôt, mais les Norvégiens luttèrent héroïquement et lancèrent à la Grande-Bretagne un appel à l'aide. Des renforts en troupes et en matériel furent immédiatement envoyés, sur terre comme sur mer.

Pendant les trois semaines qui suivirent, Audra vécut comme une somnambule, n'agissant que machinalement, par réflexe. Elle savait, par les communiqués radiodiffusés, que le destroyer de Vincent faisait partie de l'escadre envoyée en Norvège. Elle était paralysée par la terreur, au point que son optimisme naturel semblait l'avoir désertée à jamais.

De jour en jour, les nouvelles se faisaient plus mauvaises. Son cœur cessait de battre chaque fois qu'elle ouvrait un journal.

La Luftwaffe avait quasiment anéanti les forces britanniques envoyées au secours des Norvégiens. Mais, dès la fin du mois, l'on avait réussi à évacuer la plupart des survivants. Le navire de Vincent regagna tant bien que mal les eaux territoriales anglaises ; Vincent lui-même était sain et sauf. Le corps expéditionnaire avait subi des pertes considérables. L'évidence s'imposait à Audra, comme à l'ensemble du peuple britannique : on courait au désastre faute d'avoir écouté les avertissements lancés par Winston Churchill.

— Dieu soit loué, il a enfin été nommé Premier ministre ! dit Audra à Laurette, assise avec elle près de la T.S.F. le 13 mai au matin. Churchill avait prononcé peu auparavant son premier discours de Premier ministre à la Chambre des Communes ; il allait s'adresser au pays dans quelques minutes.

— Vincent a toujours dit que Churchill est le seul à pouvoir nous apporter la victoire, et je suis entièrement de son avis, dit Audra.

— C'est vrai, approuva Laurette. Malgré tout, nous ne sommes pas près de voir la fin de cette épreuve.

— Au moins avons-nous désormais un véritable chef...

Audra s'interrompit, fit signe à Christina de se taire et tourna le bouton pour augmenter le volume sonore. Toutes trois immobiles, elles tendirent l'oreille afin de ne pas perdre un mot du discours. La voix, le style oratoire de Winston Churchill, apportant l'espoir et suscitant le courage de tout un peuple, les fascinaient.

Ce soir-là, Audra et Laurette retrouvèrent quelque optimisme ; au fil des jours, Audra se rendit cependant compte que la prédiction de sa belle-sœur était juste. Leurs épreuves ne faisaient que commencer — et elles s'annonçaient terribles.

Il y eut tout d'abord l'enfer de Dunkerque.

Des milliers de soldats britanniques et alliés se retrouvaient pris au piège sur les plages, ne pouvant ni avancer ni reculer, et menacés d'encerclement par les troupes allemandes. L'Angleterre se prépara au pire. C'est alors que ces hommes furent sauvés, grâce à des actes d'un héroïsme inouï, par une armada hétéroclite où se côtoyaient bâtiments de guerre de la Navy, yachts de plaisance, canots à rames, chalutiers et jusqu'à des péniches. Les civils avaient répondu à l'appel de Winston Churchill et tous les propriétaires d'une embarcation, quelle qu'elle soit, s'étaient lancés sur les eaux de la Manche afin de ramener les soldats en danger. Cette épopée produisit une vive impression et redonna courage à l'Angleterre et à ses alliés.

Audra pouvait chaque jour vérifier ce phénomène à l'hôpital. Tous ses patients adultes, hommes ou femmes, proclamaient la ferveur de leur patriotisme, souvent les larmes aux yeux. Le nom de Winston Churchill était prononcé avec respect et admiration.

Audra avait, elle aussi, une confiance absolue dans le Premier ministre, lui qui n'avait promis à ses compatriotes, quelques semaines auparavant, que « du sang et des larmes ». Elle comprenait trop bien la vérité de ces paroles, comme elle avait compris que Dunkerque ne faisait qu'amorcer le début d'une longue lutte. Le 4 juin, Churchill avertissait le peuple anglais que la tourmente allait bientôt s'abattre sur lui et le soumettre à rude épreuve. Sa prédiction ne tarda pas à se réaliser.

La France capitula. L'Angleterre était seule à poursuivre la lutte.

Au mois d'août, l'énorme puissance de la Luftwaffe se déchaîna sur le pays. Le déluge des bombes allait durer des mois, des années.

La Bataille d'Angleterre était engagée.

Au début, les bombardements visaient Londres et les provinces du sud ; bientôt, les ravages s'étendirent. Les villes industrielles, les bases aériennes et autres objectifs militaires des Midlands et du nord servirent à leur tour de cibles.

Un samedi après-midi, Audra cueillait des roses dans son jardin lorsqu'elle entendit le grondement sourd des avions et le crépitement rageur des mitrailleuses qui brisaient le silence de cette chaude journée.

Elle sursauta, leva la tête. A demi aveuglée par les rayons du soleil, elle fut témoin du combat désespéré que les chasseurs de la R.A.F. menaient contre les assaillants — juste au-dessus de sa maison et son fragile petit univers.

Ce spectacle l'épouvanta. Qu'un tel événement puisse se produire dans le ciel de l'Angleterre, en plein jour, lui paraissait inconcevable. Elle resta pétrifiée, les yeux tournés vers le ciel, jusqu'à ce qu'un des avions explosât dans un grand jaillissement de flammes. Une pluie de débris commença de tomber.

— Maman ! Maman ! L'appel de Christina, qui se précipitait vers elle, la ramena brutalement à la réalité. Elle prit sa fille par la main et l'entraîna en courant vers l'abri antiaérien.

— Je crois qu'il vaut mieux rester ici quelques minutes, au cas où des morceaux de l'avion tomberaient dans le jardin, dit-elle en se forçant à sourire.

— Il faisait si beau, cet après-midi, et c'est arrivé si soudainement...

— Oui, ma chérie, dit Audra en observant, inquiète, la tôle ondulée qui constituait le plafond de l'abri. *Nos cœurs en paix sous le ciel de l'Angleterre...* murmura-t-elle distraitement.

— C'est un vers de Rupert Brooke, du recueil que votre maman vous avait donné, n'est-ce pas ?

— Oui, c'est exact. Tout à l'heure, tandis que je regardais ces avions s'affronter dans ce beau ciel bleu si paisible, je me suis souvenue de ce vers et je me suis demandé si nos cœurs retrouveraient jamais la paix. (Puis, le regard sombre, Audra ajouta :) Theo aurait pu se trouver là-haut, dans un de ces avions... Il est si jeune — dix-neuf ans... Nos aviateurs sont tous si jeunes... Prions pour Theo, Christina. Moi, je prie pour lui tous les jours.

— Moi aussi, maman, quand je dis mes prières pour papa, pour tante Maggie, pour oncle Mike, pour tous mes oncles et pour tous ceux qui se battent pour nous.

Peu de temps après, les bombardements allemands sur l'Angleterre redoublèrent d'intensité. Londres constituait toujours la cible principale, mais Leeds devint l'une des grandes villes du nord les plus durement touchées.

Audra et Christina passaient désormais presque toutes leurs nuits dans l'abri antiaérien. Elles en étaient cependant les seules occupantes : Audra n'avait jamais réussi à persuader Mlle Dobbs de se joindre à elles. Quant à la famille qui habitait le troisième cottage de l'impasse, elle s'était repliée chez des amis à la campagne.

Si Laurette se trouvait là quand la sirène sonnait le début d'une alerte, Audra insistait pour qu'elle restât dans l'abri. Elle refusait de la laisser partir seule jusqu'à Moorfield Road, bien que la nuit fût illuminée par les projecteurs de la D.C.A. Audra respectait les règlements de la Défense Passive, qui enjoignaient de rester chez soi.

L'abri de Pot Lane était maintenant équipé de lits de camp, de couvertures et d'oreillers, de bougies, de lampes à huile, d'un poêle à pétrole pour le chauffage et d'une trousse de première urgence. Audra y avait également empilé des boîtes de conserve ; avec Christina, elle y renouvelait chaque jour la provision de bouteilles d'eau fraîche.

Pourtant, en dépit des bombardements, de la peur constante qu'ils inspiraient, de l'inquiétude sur le sort de Vincent ou des autres membres de la famille, et malgré les difficultés de l'existence quotidienne, la vie suivait son cours.

Vers la fin du mois d'août, les journaux se firent l'écho d'une imminente invasion de l'Angleterre par les Allemands, mais le peuple anglais accueillit la nouvelle avec son flegme coutumier.

L'attitude d'Audra était identique à celle de la population entière lorsqu'elle déclara à Christina :

— Invasion ou pas, tu entreras à l'institution de Mlle Mellor en septembre, au début du trimestre. Que les Allemands débarquent ou non, tu dois acquérir une éducation. D'ailleurs, comme le dit Winston Churchill, nous les combattrons dans les champs, derrière les haies s'il le faut, mais nous les exterminerons jusqu'au dernier.

— Ai-je bien entendu ? Je vais aller quand même à l'école de Mlle Mellor ? s'écria Christina, toute joyeuse.

Elles étaient dans le tramway de Leeds. Audra se tourna vers sa fille :

— Naturellement ! Pourquoi prends-tu cet air étonné ?

— Vous n'en parliez plus, bien que j'aie réussi l'examen d'entrée. Alors, je croyais que vous aviez changé d'avis.

— Pourquoi changerais-je d'avis ?

— Je pensais que grand-mère vous en avait parlé.

— Ta... grand-mère ?

— Oui. Je l'ai entendue dire à grand-père que vous n'aviez pas besoin de m'envoyer dans une institution privée, que l'école paroissiale était bien suffisante. Elle a même dit que vous visiez trop haut pour moi et que cela finirait mal. Je croyais qu'elle vous avait dit la même chose et que vous étiez d'accord.

— Il ne manquerait plus que cela ! s'exclama Audra. Et qu'a répondu ton grand-père ?

— Il a dit que vous aviez raison de viser haut, qu'il admirait votre ambition et que je serais un jour une grande artiste.

— Eh bien, ton grand-père est un homme intelligent, Christina.

La petite fille passa son bras sous celui de sa mère et se serra contre elle :

— Allons-nous en ville pour acheter mon uniforme, maman ?

— Oui, ma chérie, et je suis ravie que tu étudies chez Mlle Mellor. Les cours d'éducation artistique y sont réputés, j'ai d'ailleurs déjà eu quelques conversations avec le professeur. Elle est au courant de nos projets et te préparera comme il faut pour entrer à l'École des Beaux-Arts de Leeds.

— Après cela, je pourrai entrer à l'Académie royale de Londres ?
— Bien sûr, puisque je te l'ai promis ! répondit Audra en riant. Mais on ne t'y acceptera pas avant que tu aies vingt ans. Tu as encore beaucoup de chemin à faire, tu sais !

Les relations entre la mère et la fille devinrent plus affectueuses que jamais pendant les années de guerre. L'absence de Vincent les laissait en tête à tête, même si elles voyaient Laurette au moins une fois par semaine.

L'avenir de sa fille était l'obsession d'Audra. Quand elle n'imaginait pas quelque nouvelle économie destinée à payer ses études, elle cherchait le moyen de développer l'intelligence de l'enfant dans d'autres domaines que celui des arts.

A cause de la guerre, les compagnies théâtrales ne venaient plus aussi fréquemment à Leeds. Mais lorsqu'une nouvelle pièce était annoncée, Audra s'efforçait toujours d'obtenir des billets. Elle emmenait Christina aux concerts classiques, parfois à l'opéra lorsque l'occasion se présentait. Elle encourageait également sa fille à lire, de préférence les auteurs classiques, afin d'accroître sa culture. Aussi Christina prit-elle goût très tôt à la lecture.

Le cinéma constituait cependant leur passe-temps favori et elles éprouvaient un plaisir toujours aussi vif à leurs sorties du samedi soir dans une des salles du quartier.

La guerre s'éternisait et les permissions étaient rares. Entre l'été 1941 et l'hiver 1942, ni Vincent ni Mike ne revinrent chez eux plus d'une fois.

Les deux femmes vivaient dans l'inquiétude constante d'apprendre la perte d'un être cher, mais leur force de caractère leur permettait de maîtriser la crainte, de supporter les bombardements, les longs séjours dans l'abri, et le rationnement. Elles ne se plaignaient jamais et gardaient l'espoir d'une victoire prochaine et du retour à une existence normale.

En octobre 1944, la chance sourit à Audra. Margaret Lennox, à qui elle vouait respect et admiration depuis son séjour à Ripon, fut nommée infirmière en chef de l'hôpital général de Leeds. Margaret téléphona aussitôt à Audra et lui offrit la direction du service de chirurgie. Audra accepta sans la moindre hésitation. Ce poste était mieux payé que celui qu'elle occupait et, surtout, plus stimulant. D'ailleurs, Audra avait toujours rêvé de travailler à nouveau avec Margaret Lennox.

Audra eut tôt fait de se sentir à l'aise dans ses nouvelles fonctions, bien que cet établissement fût plus vaste et moins bien organisé que l'hôpital Sainte-Marie. Elle se mit cependant au travail avec plaisir, y déploya son énergie coutumière et s'aperçut bientôt que cela l'aidait à surmonter ses appréhensions.

Audra vit avec soulagement arriver le début de 1945 et, avec lui, les bonnes nouvelles de la progression des forces alliées en Europe. L'on ne se demandait plus si la victoire était assurée ; c'était une simple question de temps.

Désormais, Audra ouvrait les journaux et allumait la T.S.F. sans plus de crainte mais, au contraire, avec une joyeuse impatience. Avec tout le peuple anglais, elle attendait la fin. Le 8 mai, les Allemands capitulèrent sans conditions, à Reims.

La guerre était finie — en Europe, du moins.

Audra et Christina avaient peine à y croire. Dans leur petit cottage de Pot Lane, elles s'embrassèrent en pleurant de joie.

Deux jours auparavant, Christina avait célébré son quatorzième anniversaire.

— Mon plus beau cadeau, dit-elle à Audra, c'est de savoir que la guerre est finie et que papa va bientôt revenir.

— Oui, ma chérie. Nous n'avons plus rien à craindre. (Son regard se tourna vers toutes les photos alignées sur le buffet : Vincent ; son frère William, qui servait dans l'armée australienne ; Mike Lesley ; Theo Bell ; Maggie et les frères de Vincent, Frank, Jack, Bill et Danny ; Hal, le mari d'Olive. Qu'ils paraissaient tous fiers de porter l'uniforme ! Alors, elle ajouta avec une émotion mal contenue :) Remercions Dieu qu'ils soient tous sains et saufs. Nous avons eu de la chance, ma chérie. Beaucoup de chance... plus que la plupart des gens.

31

Au cours des années qui suivirent, Audra s'absorba dans ses occupations au point de ne jamais s'accorder un moment de répit — sauf pour contempler sa fille, dont les dons et la beauté ne cessaient de croître.

Un jour, cependant, elle se surprit à s'examiner dans le miroir de sa coiffeuse et décida de faire le point.

C'était une chaude journée de juillet 1951, quelques heures avant la cérémonie de remise des diplômes à l'École des Beaux-Arts de Leeds. Cet événement considérable pour sa fille ne l'était pas moins pour elle et pour Vincent ; aussi voulait-elle, tout naturellement, soigner son apparence.

Quelques fines rides lui griffaient la peau autour des yeux ; son expression de résolution obstinée semblait plus marquée que jamais. A l'exception de ces menues imperfections, si l'on pouvait les qualifier ainsi, et d'un soupçon de gris aux tempes, elle se jugea tout à fait présentable, compte tenu de ses quarante-quatre ans.

Sa chevelure châtain clair, coupée court, restait abondante et souple, son teint irréprochable, et les années n'avaient pas éteint l'éclat de ses yeux bleus.

De plus, j'ai su garder la ligne, ajouta-t-elle en tendant la main vers un flacon de fond de teint. Elle n'avait d'habitude que le temps de se poudrer le nez et de s'appliquer une trace de rouge à lèvres avant de courir à l'hôpital, où elle travaillait toujours et occupait une position hiérarchique importante. Ce jour-là, néanmoins, elle voulait prendre le temps de se maquiller convenablement et, dans ce dessein, avait emprunté quelques-uns des produits de beauté de Christina.

Après avoir étalé le fond de teint, elle se poudra, ajouta un soupçon de rouge afin de souligner ses pommettes, s'assombrit les cils au mascara et termina par une soigneuse application de rouge à lèvres.

Assurée d'avoir fait pour le mieux, Audra prit un peu de recul et procéda à un nouvel examen. Son image la fit d'abord sursauter. Le maquillage accentuait ce qu'elle avait de plus remarquable, en particulier ses yeux et la fraîcheur de son teint. Ses traits paraissaient avoir retrouvé une vivacité nouvelle. Satisfaite, elle se brossa les cheveux, les mit en place en les retenant à l'aide d'un peigne ; quelques gouttes de gardénia, son parfum préféré, appliquées derrière les oreilles mirent la dernière touche à ses préparatifs.

Elle sortit de la penderie la robe de soie bleu marine qu'elle s'était confectionnée la semaine précédente. Elle avait réalisé une fidèle copie d'un modèle de Christian Dior, dont elle avait découpé la photographie dans un numéro de *Vogue*; c'était toujours ainsi qu'elle procédait lorsqu'une toilette retenait son attention, pour elle-même ou pour Christina.

Elle étala la robe sur son lit, sortit d'un tiroir son sac à main, des gants blancs, le petit chapeau de paille bleu marine orné d'une rose blanche et les escarpins achetés la veille.

Une fois habillée, Audra revint à sa coiffeuse et, devant le miroir, arrangea son chapeau, mit les boucles d'oreilles offertes par Vincent pour Noël, glissa à son doigt la bague de fiançailles de sa mère. Alors, elle ouvrit le tiroir et y prit l'écrin contenant les perles de Laurette.

Elle les contempla longuement. Le collier ne comportait qu'un seul rang, mais les perles étaient de très belle qualité. Mike les avait achetées chez Greenwood, le meilleur bijoutier de Leeds, peu après la fin de la guerre. Sa belle-sœur les avait beaucoup aimées.

Audra pensa à sa chère Laurette, morte trois ans auparavant de façon si soudaine, si brutale que la tristesse ne s'était jamais dissipée. Personne ne s'était consolé, à vrai dire. Au printemps 1948, Laurette paraissait encore en pleine santé. Elle était pourtant tombée malade cet été-là — et on l'avait enterrée en novembre. Le cancer. Heureusement, Laurette n'avait pas vraiment eu le temps de souffrir. Mais sa perte resterait irréparable, pour Audra comme pour toute la famille.

Soucieuse de ne pas être en retard, Audra se redressa, agrafa le collier à son cou, se regarda une dernière fois dans le miroir. Au prix d'un effort de volonté, elle chassa sa mélancolie. Laurette n'aurait sûrement pas apprécié de la voir affligée en un jour pareil. Elle était trop fière de Christina pour ternir sa joie !

Audra prit ses gants et son sac, descendit l'escalier, posa ses affaires sur la table du vestibule, près du téléphone, et consulta l'horloge. Que faisait donc Vincent ? Il lui avait promis d'être de retour à une heure et demie et il était déjà deux heures moins le quart !

A l'exception de la disparition de Laurette, les Crowther n'avaient pas lieu de se plaindre de leur sort, ces dernières années. Ils n'habitaient plus le cottage de Pot Lane. En 1949, ils avaient emménagé dans une maison beaucoup plus grande, à Upper Armley. Située non loin de Charlie Cake Park, elle comportait trois chambres, un salon, une salle à manger et une vaste cuisine où, comme à l'accoutumée, tout le monde se rassemblait. Les pièces étaient spacieuses, la demeure claire et gaie.

Audra aimait surtout le jardin. Une longue pelouse en couvrait toute la longueur et aboutissait à deux grands arbres, dont les ombrages créaient un petit paradis de fraîcheur pendant l'été. Audra avait planté des roses, des delphiniums, et une multitude d'autres fleurs, elle avait aussi aménagé un petit potager.

Vincent jouissait d'une certaine aisance. A peine démobilisé, il s'était associé à Fred Varley et à son fils Harry. Après en avoir si longtemps parlé sans jamais passer aux actes, il s'était enfin décidé à suivre des cours de dessin et d'architecture. Désormais, il ne travaillait plus sur les chantiers mais secondait Fred Varley à la tête de l'entreprise, où il s'occupait plus particulièrement des plans et de l'administration. Varley & Crowther n'était encore qu'une entreprise modeste, mais bien établie dans la région. Vincent gagnait correctement sa vie et pouvait subvenir aux besoins de sa famille. Le salaire d'Audra servait donc intégralement à l'éducation de Christina.

La guerre avait changé Vincent Crowther.

Le spectacle de la mort et de la destruction avait assagi sa nature et discipliné son caractère. S'il aimait toujours fréquenter le pub le dimanche et jouer aux courses, il ne cédait plus à la tentation de séduire les femmes.

Non que ses rapports avec Audra se fussent modifiés ; mais au bout de vingt-trois ans de mariage ils s'étaient accoutumés l'un à l'autre. Leur ménage restait solide, semblait-il. Ce qui les unissait, surtout, c'était la fierté que leur inspirait leur fille.

Tout en remplissant la théière, Audra pensait à Christina et aux vêtements qu'il fallait encore lui préparer. Dans dix jours, ils allaient partir pour Londres afin d'installer la jeune fille dans son petit appartement. Audra aurait donc le temps de couper et de terminer une robe ; le reste serait envoyé par la poste.

— Désolé d'être en retard ! déclara Vincent en entrant par la porte de derrière. Il y avait tellement de circulation entre Pudsey et ici que je croyais ne jamais arriver... (Il s'interrompit soudain, dévisagea Audra :) Qu'as-tu fait ?

— Eh bien, devine !

— Voyons, c'est peut-être le chapeau, à moins que ce ne soit la robe...

— Mais non, c'est tout simplement le maquillage. Je me suis servie du fond de teint de Christina et de son rouge.

— Cela me plaît, dit-il avec un sourire. Tu es très bien, je dirais même ravissante, ma chérie. Tu devrais te maquiller plus souvent.

Audra esquissa un sourire mais se détourna aussitôt, gênée d'être ainsi détaillée. Vincent ne l'avait pas regardée de la sorte depuis des années...

— Veux-tu du thé tout de suite ou après t'être changé ? lui demanda-t-elle.

— Après. Je n'en ai que pour quelques minutes.

Il s'éloigna en hâte. Audra le suivit des yeux en se disant qu'il était, lui aussi, fort séduisant.

Vincent n'avait presque pas vieilli. Un mois auparavant, il avait célébré son quarante-huitième anniversaire, mais il gardait l'allure d'un homme beaucoup plus jeune. Il n'avait pas un cheveu gris, son visage restait celui d'un adolescent au teint frais, sans une ride ou presque.

Elle s'assit en attendant son retour et se demanda s'il avait encore des maîtresses. Avant la guerre, elle le soupçonnait de lui être infidèle, mais n'en avait jamais eu la preuve. Leurs rapports étaient toutefois si mauvais, à certains moments, qu'elle s'attendait à ce qu'il allât chercher consolation entre des bras plus accueillants que les siens.

Irritée contre elle-même, elle ne put retenir un soupir. Il lui venait, aujourd'hui, d'étranges pensées. Elle s'était d'abord trouvée au bord des larmes en pensant à la mort de Laurette ; et maintenant, voilà qu'elle ressassait des soupçons imaginaires contre Vincent ! Comme si cela pouvait encore compter.

— Buvons donc ce thé, Audra ! dit Vincent en réapparaissant. Nous n'avons plus de temps à perdre.

Il s'assit en face d'elle, souleva la théière :

— Christina est-elle bien partie ? reprit-il.

— Oui, à midi. Elle voulait vérifier un certain nombre de choses, pour son exposition. Il fallait qu'elle s'assure que ses tableaux étaient bien éclairés. Tu sais comment elle est : avec elle, tout doit toujours être impeccable, jusqu'au moindre détail.

— Exactement comme sa mère ! dit-il en riant. Allons, prends tes affaires et mettons-nous en route. Ne manquons rien de cette cérémonie, cela fait vingt ans que tu t'y prépares !

— C'est exact, répondit Audra en riant. Toi aussi, d'ailleurs.

Quelques instants plus tard, alors qu'ils étaient en voiture et se dirigeaient vers la ville, Audra posa la main sur l'épaule de Vincent et exerça une légère pression.

Il lui lança un bref regard :

— Qu'y a-t-il ?

— Je sais déjà que Christina sera un jour aussi célèbre que deux autres illustres anciens élèves de l'École des Beaux-Arts de Leeds, Barbara Hepworth et Henry Moore.

Vincent se contenta de hocher la tête. A quoi bon discuter avec Audra ? Jusqu'à présent, elle avait toujours eu raison au sujet de leur fille.

DEUXIÈME PARTIE

CHRISTINA

1951-1965

32

Son petit appartement de Londres plaisait beaucoup à Christina.

Il se trouvait dans une haute maison étroite de Chester Street, non loin de Belgrave Square, et appartenait à Irène Bell. Christina et sa mère y avaient plusieurs fois séjourné lorsqu'elles venaient à Londres en « voyage culturel », afin de visiter galeries et musées. Les lieux leur étaient donc déjà familiers.

Irène Bell louait l'appartement à Audra quatre guinées par semaine. Audra considérait ce prix fort avantageux, mais Christina savait que Mme Bell ne s'était résolue à demander un loyer qu'à contrecœur. Elle aurait préféré prêter l'appartement. Audra ne l'aurait toutefois pas accepté, ainsi que Mme Bell l'avait expliqué à Christina : « Votre mère est trop méfiante. Si le loyer lui paraît trop peu élevé, elle aura des soupçons. » Christina avait reconnu la justesse de cette observation et elles avaient toutes deux déterminé un montant acceptable.

L'appartement occupait le dernier étage de la maison. Il s'agissait, en fait, d'un grenier aménagé en deux pièces : une salle de séjour et une chambre à coucher, avec une salle de bains et une cuisine. Le tout formait un logement indépendant.

A l'origine, Irène Bell avait créé cet appartement à l'intention de ses filles. Elles s'en étaient servies comme d'un pied-à-terre, ainsi, plus tard, que leur frère Theo, lorsqu'il étudiait le droit à Cambridge et venait de temps à autre passer un week-end à Londres. Maintenant âgé de trente ans et devenu avocat, Theo s'était marié depuis peu ; il habitait le reste de la maison avec Angela, son épouse. Irène Bell venait parfois rendre visite à son fils et à sa belle-fille et logeait alors chez eux, mais ces occasions se faisaient rares. Septuagénaire, veuve depuis trois ans, elle ne s'éloignait de chez elle qu'avec réticence. Elle préférait accueillir ses enfants et petits-enfants à Calpher House.

Le jour de l'arrivée d'Audra et de Christina, la résidence des Bell était déserte. Theo et Angela passaient leurs vacances en France ; Mme Bell avait confié un jeu de clefs à Audra en lui recommandant de s'installer avec Christina comme chez elles.

Au bout de sa première semaine à Londres, Christina avait terminé son emménagement. Chevalet, toiles vierges, pinceaux, tubes de couleurs avaient été déballés et rangés, ainsi que les livres, les vêtements et autres affaires.

Les vêtements remplissaient la grande penderie de la chambre et, chaque fois qu'elle les regardait, Christina était impressionnée de constater l'ampleur de la garde-robe que sa mère lui avait constituée.

Huit mois durant, Audra avait mesuré, coupé, épinglé, cousu, repassé. Mais ce ne fut qu'en ayant l'ensemble sous les yeux que Christina prit conscience de tout le travail accompli par sa mère, qui avait créé de ses mains ces élégantes toilettes.

— Je serai l'étudiante la mieux habillée de l'Académie ! dit-elle à Audra le vendredi soir. Elle admirait dans la glace l'effet produit par une robe de sois gris perle qu'elle tenait contre elle.

— Je l'espère bien ! répondit Audra en riant. Je me suis donné assez de mal.

— Je sais, maman, je sais quels efforts tout cela vous a coûtés. Merci pour toutes ces belles robes, pour l'argent que vous avez dépensé pour moi. Vous êtes la meilleure des mères.

— Je me le demande... Gênée du compliment, mais contente malgré tout, Audra s'assit sur l'un des lits jumeaux.

La robe toujours plaquée contre sa poitrine, Christina se retourna :

— Pensez-vous qu'elle conviendra pour aller au théâtre ce soir ?

Audra fit un signe d'approbation. Christina remit le vêtement dans la penderie :

— Il faut choisir le sac et les chaussures qui iront avec. Voyons... les vernis noirs, peut-être ? Et le châle de soie grise de chez Dior que grand-mère m'a offert pour mon anniversaire. La température peut fraîchir...

— J'en doute, dit Audra. Il a fait affreusement chaud toute la journée. Nous aurons une vague de chaleur ce week-end, je le crains.

— Ne dites pas cela, maman ! N'oubliez pas que nous avons prévu de passer la journée de dimanche au château de Windsor. Je n'ai aucune envie de brûler sous le soleil pendant que nous visiterons le parc.

Audra sourit sans cesser d'observer sa fille qui s'affairait à la recherche des accessoires assortis à sa tenue et ne put s'empêcher de l'admirer.

Châtain clair durant son enfance, les cheveux de Christina prenaient, depuis quelques années, une teinte plus soutenue où le soleil d'été faisait apparaître des reflets d'un roux doré. Sa ressemblance avec son père était marquée ; son visage possédait de la distinction grâce à ses traits finement dessinés et à la fraîcheur de son teint. Ses grands yeux gris rappelaient ceux de Laurette. Christina avait aussi hérité de la stature des Crowther, à la satisfaction d'Audra qui avait toujours souffert de sa petite taille.

Son charme personnel et ses dons artistiques mis à part, Christina était remarquable à bien d'autres égards, nul ne pouvait le contester. En dépit des prédictions de sa grand-mère, son éducation dans une institution privée et les ambitions d'Audra n'avaient pas eu de mauvais résultats, au contraire. La jeune fille n'était devenue ni déplaisante, ni indisciplinée, ni snob ; elle n'avait pas davantage dédaigné ses parents pour leur préférer ses camarades. Elle leur vouait une adoration égale à celle qu'elle leur inspirait, préférait leur compagnie à toute autre et les plaçait, depuis son enfance, sur un piédestal.

Audra pouvait être fière de la manière dont elle avait élevé sa fille. Elle ne s'était pas contentée de lui offrir des études dans les plus prestigieuses écoles. Elle lui avait transmis le meilleur d'elle-même et lui avait inculqué le sens du devoir, de l'honneur et des responsabilités. Se souvenant des principes qui avaient présidé à sa propre éducation, elle lui avait appris le respect d'autrui. Plus important encore, Audra avait donné à Christina un inestimable trésor : la jeune fille connaissait sa juste valeur ; aussi possédait-elle une remarquable confiance en soi.

Trop souvent distante et réservée vis-à-vis de Vincent, Audra avait su, en revanche, manifester son affection pour sa fille, aussi bien en paroles qu'en actions. Cet amour inconditionnel ne s'était cependant pas exprimé aux dépens de la discipline, tant de la part d'Audra que de celle de Vincent. Celui-ci s'était montré très strict avec Christina pendant son adolescence, surtout en ce qui concernait ses rapports avec les garçons.

Oui, se disait Audra en observant sa fille qui allait et venait dans la chambre, elle ne manque ni de grâce ni de charme. Mais elle est loin d'être parfaite — qui, d'ailleurs, pourrait s'en vanter ? Elle tient de Vincent son tempérament emporté, enclin aux excès, ses goûts dispendieux, sa passion pour les toilettes et le luxe. Elle est sujette à des foucades. Malgré tout, ce n'est pas une enfant gâtée. Combien de fois Eliza avait-elle dit à Audra et à Vincent : « Vous la gâtez, cette petite. Vous vous en repentirez plus tard, rappelez-vous ce que je vous dis ! » Audra croyait encore entendre la voix de sa belle-mère.

— Vous êtes bien pensive, maman ! Qu'est-ce qui ne va pas ?

Audra se redressa :

— Je pensais à ta grand-mère. Elle ne se lassait pas de me répéter que mes projets pour ton avenir étaient trop ambitieux. « Tout ce tra-la-lala... », c'est son expression préférée quand elle me parle de toi.

— Je sais, je sais... Cette pauvre bonne-maman a tant de préjugés. Mais elle croyait bien faire et elle m'aimait beaucoup. Après tout, ajouta Christina avec un sourire, je suis le seul rejeton de son cher « Enfant terrible »...

— Enfant terrible ?...

— Oui, le surnom de papa quand il était petit. Elle ne vous l'a jamais dit ?

— Non. A vrai dire, ta grand-mère et moi n'avons jamais été très intimes. Nous n'étions pas souvent du même avis et ses opinions sur la place des femmes dans le monde me choquaient profondément.

— Que voulez-vous dire ?

— Ta grand-mère a toujours professé que les femmes doivent rester... comment dire ? — assujetties aux hommes. Bien avant ta naissance, elle était scandalisée que je veuille poursuivre ma carrière d'infirmière. Elle m'a déclaré que mon devoir consistait à rester chez moi, à avoir des enfants, à me taire, à obéir à mon mari et à m'occuper de lui comme une servante.

— Cela ne m'étonne pas d'elle ! Je sais qu'elle me désapprouve de venir à Londres étudier à l'Académie royale. A ses yeux, c'est du gaspillage. Quand je suis allée lui dire au revoir l'autre jour, elle a grommelé qu'il s'agissait d'une dépense inutile, car j'allais évidemment abandonner mes études pour me marier et avoir des enfants dès que se présenterait un beau jeune homme !

— Oui, je la reconnais bien là... dit Audra. (Puis, au bout d'un instant, elle releva les yeux vers sa fille :) Vois-tu, Christina, je me réjouis de savoir que tu as de l'ambition, que tu désires poursuivre une carrière et profiter de la vie. Si tu le veux, tu le peux. Tu peux tout obtenir par un travail assidu et le désir d'atteindre un objectif. Il ne faut jamais — entends-tu ? — jamais te limiter à...

— Je sais, maman, l'interrompit Christina. Je me rappelle très bien ce que grand-père avait dit, quand vous vouliez me faire entrer chez Mlle Mellor et que grand-mère protestait, comme à son habitude. Il avait répliqué que vous aviez raison de vouloir la lune et que c'est pour cela qu'il vous admirait...

La sonnerie du téléphone retentit. Christina tendit le bras vers l'appareil, posé sur la table de travail, et décrocha le combiné.

— C'est vous, papa ? (Elle marqua une pause tout en écoutant, sourit et regarda Audra :) Oui, je comprends... Nous avons déjeuné chez Fortnum et nous sommes allées à la Tate Gallery voir les tableaux de Turner... D'accord, je vous passe maman.

Audra prit le combiné :

— Bonjour, Vincent. Tout va bien ?...

Elle garda le silence, tandis qu'un flot de paroles bourdonnait dans l'écouteur. Christina la laissa seule et se rendit dans la minuscule cuisine, où elle mit de l'eau à chauffer et entreprit de laver une salade. Audra la rejoignit quelques minutes plus tard.

— Donne, je vais t'aider, lui dit-elle.

— Non, j'ai presque fini... Papa devient impossible, dit-elle en souriant. Il ne peut plus me parler sans m'accabler de recommandations, de conseils de prudence. Que lui arrive-t-il donc, depuis quelque temps ?

— Tu es toujours sa petite fille et il s'inquiète de te savoir seule, voilà tout.

Christina prit un air sceptique. Un instant plus tard, elle pouffa de rire :

— Méfiez-vous, maman, vous allez vous ruiner en téléphone ! Papa n'a pas cessé d'appeler depuis le début de la semaine... A moins qu'il ne veuille vous faire de nouveau la cour ! ajouta-t-elle en riant de plus belle.

— Ne dis pas de bêtises, voyons ! protesta Audra.

Ce soir-là, Christina emmena Audra voir ses acteurs favoris, Vivien Leigh et Laurence Olivier.

Ils étaient les vedettes du Festival de Grande-Bretagne où l'on donnait en alternance *César et Cléopâtre* de George Bernard Shaw et *Antoine et Cléopâtre* de Shakespeare.

Christina avait tenu à faire cette surprise à sa mère.

Audra savait qu'elles iraient au théâtre, mais elle ignorait le titre de la pièce. Aussi fut-elle ravie lorsque Christina lui dévoila son projet dans le bus.

— Il serait dommage d'assister à une pièce sans voir l'autre. J'ai donc pris des billets pour les deux et nous verrons la seconde demain soir.

— Tu fais des folies, ma chérie. Comme ton père.

— Il s'agit d'une grande première, maman. Ce sera exceptionnel, une représentation inoubliable, répondit Christina.

Alors qu'elles gagnaient leurs places dans la salle, Audra saisit la main de Christina et murmura :

— Merci, ma chérie, pour cette merveilleuse surprise. Je t'assure que je ne l'oublierai jamais.

Le séjour d'Audra à Londres se termina trop vite.

Une fois réglés les détails matériels de l'installation de Christina et avant le début de ses cours en septembre, la mère et la fille avaient partagé de bons moments, au théâtre, au cinéma, dans les musées et les galeries.

Avant qu'Audra ne quitte Leeds, Vincent lui avait donné de l'argent en lui recommandant de dîner au moins une fois en ville. Elle avait obéi sans se faire prier et retenu une table dans un charmant bistrot français, « Chez Jacques ». D'autres jours, elles s'étaient contentées de paresser à l'appartement, ou de se promener à pied dans Green Park ou le Mall, de faire du lèche-vitrines le long de Bond Street, ou encore de fureter chez Hatchard's, la librairie préférée d'Audra. Chaque instant passé ensemble leur avait paru précieux. Audra n'oublierait jamais ces deux semaines à Londres avec Christina.

— Ce séjour m'a rendue si heureuse, dit-elle à Christina dans le taxi qui les emmenait à la gare de King's Cross, le matin de son départ.

— Moi aussi, maman.

Christina redevint silencieuse en se rendant soudain compte combien sa mère allait lui manquer. Dorénavant, elle serait seule.

Ce ne fut pas sans tristesse qu'elles s'engagèrent sur le quai où attendait le train pour Leeds. Au moment de monter en voiture, Christina retint sa mère, la serra dans ses bras :

— Jamais je ne pourrai vous rendre ce que vous avez fait pour moi, maman, dit-elle d'une voix mal assurée. Vous êtes la mère la plus extraordinaire au monde.

Audra considéra sa fille avec étonnement :

— Mais, ma chérie, je n'ai fait que mon devoir !

Audra avait dit à Vincent de ne pas venir la chercher à la gare de Leeds. Toujours économe, elle prit donc le tram afin de regagner Upper Armley.

En pénétrant dans la maison, elle fut d'abord frappée par le silence. Lorsqu'elle posa sa valise dans le vestibule et ôta son chapeau, elle sentit couler sur ses joues les larmes qu'elle retenait depuis le matin. Le soleil a déserté ma vie, se répétait-elle.

Quand Vincent revint du travail ce soir-là, il ressentit lui aussi l'absence de Christina. Il n'en dit pourtant rien à Audra, dont il devinait la tristesse. Il affecta, au contraire, de lui parler gaiement de son voyage, dans l'espoir de lui changer les idées — et il y parvint assez bien, au début du moins.

Mais après le dîner, tandis qu'ils prenaient le café devant la cheminée, Audra se replia de nouveau sur elle-même. Vincent s'absorba à son tour dans ses réflexions. Le silence s'installa entre eux.

Vincent finit cependant par éprouver le besoin d'extérioriser ses sentiments et de les partager avec Audra :

— Quel drôle d'effet de ne plus avoir Christina auprès de nous, dit-il sans élever la voix. Tout est soudain si calme...

— Oui.

— Que veux-tu, elle nous a quittés pour de bon. Elle ne reviendra sans doute plus vivre avec nous...

Audra fronça les sourcils :

— Je ne le souhaiterais pas, Vincent ! Ce serait la preuve que nos efforts auraient été inutiles.

— Tu as raison. Le jour de sa naissance, tu avais juré de tout lui donner — de décrocher la lune. Tu as réussi, ma chérie.

Vincent avala une gorgée de café, sortit son paquet de cigarettes de sa poche, le posa sur la table basse :

— Nous avons vécu bien des choses ensemble, Audra...

— Oui... Nous avons dû affronter de nombreuses épreuves.

Il la dévisagea sans répondre.

— Nous les avons surmontées victorieusement, je crois. N'est-ce pas, Vincent ?

Il acquiesça, puis s'éclaircit la voix :

— Je me demandais... Cela te ferait-il plaisir de partir avec moi le prochain week-end ? Maintenant que nous sommes seuls, rien ne nous en empêche.

— Partir ? répondit-elle, étonnée. Où cela ?

— Robin Hood's Bay.

— Pourquoi ?

— Parce que c'est là que nous avons fait notre voyage de noces... Crois-tu qu'il soit trop tard pour recommencer, Audra ? Nous pourrions repartir dans la vie, toi et moi, comme au début. Comme aux premiers jours de notre mariage...

— Peut-être, répondit-elle. Peut-être.

33

S'il lui arrivait parfois encore de céder à la nostalgie et de regretter ses parents, Christina s'accoutuma très vite à sa nouvelle indépendance.

L'atmosphère de la capitale, la multiplicité des distractions qui s'offraient à elle la stimulaient sans l'éblouir ; consciente des sacrifices consentis par sa mère, elle ne voulait pas se laisser distraire de ses études.

Travailleuse, ambitieuse par nature, Christina n'avait nulle intention de se dissiper et de décevoir les espoirs placés en elle par Audra. Dès le premier jour de cours à l'Académie royale de Kensington, elle se mit au travail avec autant d'entrain que de concentration.

A cette époque — le début des années 50 — l'Académie commençait à jouir d'une réputation internationale ; elle attirait les artistes les plus doués, élèves et professeurs, dans toutes les disciplines enseignées, de la peinture figurative à la sculpture, du stylisme textile à la création de costumes et de décors pour le théâtre.

Lorsque, au début de l'année, Christina avait soumis ses meilleures œuvres à l'appui de sa demande d'inscription, les professeurs avaient accepté sa candidature en reconnaissant ses dons exceptionnels de paysagiste. Depuis son enfance, Christina voyait tout en fonction de la lumière, dont ses toiles paraissaient inondées — que ce soit le rayonnement doré d'une journée d'été ; l'éclairage froid, métallique, de la mer démontée en hiver, ou l'éclat assourdi que semblent diffuser, au printemps, les landes du Yorkshire. La qualité de son travail et son assiduité firent bientôt apprécier Christina de ses maîtres, qui voyaient en elle l'élève idéale.

Son caractère ouvert et amical la rendit également sympathique à ses condisciples ; en moins de quinze jours, elle s'était déjà fait de nombreux amis, garçons et filles. Celle, toutefois, vers qui elle se sentait le plus attirée et avec qui elle se découvrait le plus d'affinités avait son âge et s'appelait Jane Sedgewick.

Jane était une jeune fille exubérante et gaie, quelque peu écervelée. Distinguée, jolie, avec de longs cheveux très blonds et des yeux couleur pensée, elle possédait la personnalité la plus attachante que Christina eût jamais rencontrée.

Leur amitié se scella un certain après-midi de septembre, alors qu'elles peignaient côte à côte dans l'un des grands ateliers de l'Académie.

Christina vit tout à coup sa voisine se lever et adopter, avec dérision, la pose et le débit d'une tragédienne. Les yeux au ciel, le poing tendu, elle déclama :

— Infortunée que je suis ! Mes travaux ne sont que barbouillages informes à côté des tiens. Les dieux sont trop cruels, puisqu'ils me condamnent à périr plutôt que d'aggraver ma honte. Mais avant de trancher le fil de ma jeune vie, accorde-moi une dernière faveur, conclut-elle en changeant brusquement de ton.

— Volontiers, répondit Christina en riant. Laquelle ?

— Viens boire un café après le cours.

Christina accepta en riant de plus belle. Un peu plus tard, en route vers le café le plus proche, elles bavardaient déjà avec animation. Elles firent plus ample connaissance devant de nombreuses tasses d'*espresso*. Après que Christina eut raconté l'essentiel de sa vie, elle écouta avec attention le récit de Jane. Elle découvrit alors avec étonnement que sa nouvelle amie était la fille aînée de Dulcie Manville et de Ralph Sedgewick, un couple d'acteurs aussi célèbres que Vivien Leigh et Laurence Olivier — ce qui expliquait sans doute son goût pour le cabotinage.

Les Sedgewick avaient tenu la vedette dans d'innombrables films des années 40 que Christina et Audra avaient presque tous vus au cinéma d'Armley :

— Ma mère sera aux anges quand elle apprendra que je te connais ! Elle est une admiratrice inconditionnelle de tes parents — moi aussi, d'ailleurs. Quand elle est venue m'accompagner en août, nous sommes allées voir un de leurs films à Haymarket. Comme nous avons ri ! C'était une des comédies les plus drôles que nous ayons vue depuis des années.

— Que dirais-tu de les rencontrer en chair et en os ? demanda Jane. Viens passer le week-end à la maison, cela me ferait vraiment plaisir.

Christina ne s'attendait pas à cette invitation :

— Es-tu sûre qu'ils n'y verront pas d'inconvénient ? C'est un peu tard, nous sommes déjà jeudi et...

— Aucun problème ! Nous vivons dans une vraie maison de fous. Allons, accepte ! On s'amusera, le jardin est ravissant, tu pourras peindre tant que tu voudras. Il faudra seulement se méfier de mes frères et sœur, d'abominables petits monstres, mais nous n'aurons pas besoin de nous occuper d'eux. Alors, tu viens ?

— Eh bien, oui, répondit Christina, ravie. Merci mille fois de ton invitation.

Le lendemain après-midi, les deux amies prirent la route du Kent dans la vieille automobile de Jane, une MG à la carrosserie cabossée et peinte d'un jaune criard.

Les Sedgewick possédaient un vieux manoir, Hadley Court, près du village d'Adldington. Peu après avoir dépassé le village, Jane ralentit et désigna un ravissant petit château d'époque Tudor, dont on distinguait la longue toiture et les fenêtres aux petits carreaux cernés de plomb derrière une grille imposante.

— Voici Goldenhurst, la maison d'oncle Noël, expliqua Jane. C'est mon parrain, et l'homme le plus adorable au monde. Dimanche matin, nous irons déjeuner chez lui. L'ambiance sera complètement dingue, il reçoit toujours les gens les plus excentriques. Mais nous aurons au moins l'occasion de nous amuser un peu et d'échapper quelques heures aux abominables petits monstres.

— Qu'ont-ils donc de si effrayant, tes frères et sœur ? demanda Christina.

— Ce sont de vrais sauvages. Tu vas bientôt comprendre.

— Quand tes parents arriveront-ils ?

— Samedi soir, après la représentation. Ils quittent le théâtre sans prendre le temps de se démaquiller, roulent à tombeau ouvert et arrivent ici vers minuit. Tu feras leur connaissance à ce moment-là — si tu te sens le courage de veiller aussi tard et de manger des sandwiches à pareille heure.

Jane s'engagea dans une longue allée sinueuse. La maison apparut dans un tournant et Christina tomba sous le charme au premier coup d'œil. A certains égards, elle lui rappelait High Cleugh, où sa mère l'emmenait souvent quand elle était petite. Elles pique-niquaient près de l'Arbre du Souvenir, Audra lui décrivait l'atmosphère de cette demeure où s'était écoulée son enfance. Plus tard, Christina s'était rendue seule sur l'éminence dominant l'Ure et en avait fait un tableau pour l'offrir à Audra.

Grande bâtisse longue et basse, à l'architecture composite, avec de hauts corps de cheminée et de larges fenêtres, Hadley Court ne manquait pas de caractère. Elle était entourée d'un parc rustique, d'allure romantique, où voisinaient des saules pleureurs, une pièce d'eau couverte de nymphéas, des massifs disposés en désordre. Lorsque Christina s'y promena par la suite, elle éprouva le désir de rendre sur la toile ces nuances de verdure, adoucies par la lumière tamisée du Kent.

Ainsi que Jane le lui avait promis, on s'amusa durant tout le week-end, qui réserva à Christina quelques surprises, à commencer par la découverte que sa nouvelle amie était plutôt portée sur l'exagération.

Les « petits monstres » décrits par Jane n'avaient rien d'« abominable », ni n'étaient de « vrais sauvages ». Hadley et Lyndon, jumeaux de onze ans, se révélèrent de charmants garçonnets fort bien élevés, aux joues constellées de taches de son. Jane prétendit qu'elle avait obtenu qu'ils se comportent comme des anges en les menaçant de terribles représailles s'ils lui faisaient honte. Poppy-Louise, leur sœur âgée de neuf ans, était une jolie fillette aux immenses yeux couleur pensée, comme ceux de Jane, et aux cheveux d'un roux doré éclatant.

Elle enchanta Christina par son irrésistible sourire et ses bavardages débordants d'imagination.

Dulcie et Ralph Sedgewick accueillirent Christina avec chaleur et la traitèrent d'emblée comme un membre de la famille. Elle ne les trouva ni cabotins, ni prétentieux, comme on aurait pu le redouter, mais cultivés et pleins d'esprit. Ralph était extrêmement amusant. De toute la famille, Jane était finalement la seule à posséder le tempérament mélodramatique que l'on prête aux gens de théâtre.

« Oncle Noël » n'était autre que Noël Coward. En arrivant à Goldenhurst le dimanche matin, Christina resta muette de saisissement lorsqu'elle se vit présentée à Vivien Leigh et à Laurence Olivier.

Un peu plus tard, elle demanda à Jane :

— Que voulais-tu dire en m'annonçant des invités excentriques et une ambiance dingue ? Tu aurais au moins pu me prévenir !

Jane pouffa de rire :

— Oui, mais avoue que cela aurait été moins drôle si tu avais su à l'avance... Tu ne m'en veux pas, au moins ? ajouta-t-elle en redevenant sérieuse.

— Mais non, je ne t'en veux pas ! Au contraire.

Désormais, Christina passait régulièrement ses week-ends à Hadley Court et, en semaine, était comme chez elle à l'appartement des Sedgewick, à Mayfair. Dulcie Manville s'était prise d'une vive affection pour Christina, dont elle estimait qu'elle exerçait une influence bénéfique sur Jane.

Fille unique, Christina n'appréciait que davantage la compagnie d'une famille aussi unie et distrayante que les Sedgewick. Elle éprouvait le plus grand plaisir à se trouver mêlée aux célébrités du monde du spectacle, aux écrivains, aux journalistes et aux hommes politiques familiers de la maison.

Ce monde brillant la captivait sans cependant lui tourner la tête. Elle savait garder les pieds sur terre et son amour de la peinture l'incitait à poursuivre ses études avec assiduité.

Elle avait toujours le même attachement pour ses parents, pour sa mère en particulier. Au cours des neuf mois qui suivirent son installation à Londres, elle reçut deux fois la visite d'Audra, et se rendit fréquemment dans le Yorkshire, pour le week-end ou à l'occasion des vacances scolaires.

Christina savait que sa mère ne vivait que pour ces retrouvailles et se réjouissait de l'entendre rapporter des anecdotes sur les Sedgewick, leurs amis célèbres, les dîners et réceptions auxquels Christina était conviée.

Audra nourrissait pour sa fille une fierté sans limites. Christina obtenait d'excellents résultats à l'Académie ; ses succès mondains ne satisfaisaient pas moins Audra. Elle y voyait la preuve que ses vœux étaient exaucés et qu'elle avait procuré à sa fille une existence supérieure à la sienne. Sa propre vie y trouvait sa justification, ses efforts n'avaient pas été vains.

Ses deux premières années à Londres apportèrent à Christina nombre de défis à relever, de nouvelles situations auxquelles s'adapter. Ce fut pour elle une période enrichissante. Une seule ombre venait ternir son bonheur : savoir que sa mère continuait de travailler.

Vincent avait beau être associé à part entière de l'entreprise Varley & Crowther et gagner confortablement sa vie, ses revenus restaient insuffisants pour faire face à la totalité des charges financières de la famille. Audra conservait ses fonctions à l'hôpital de Leeds afin de subvenir à l'entretien de Christina à Londres. C'était elle qui prenait à sa charge ses frais de scolarité et son loyer ; elle lui versait une mensualité régulière, achetait les étoffes destinées à la confection de ses robes. Christina pensait souvent que sa mère, une fois déchargée de telles obligations, pourrait enfin cesser de s'épuiser au travail et mener une vie plus agréable.

A la fin de sa deuxième année d'études, Christina se hasarda à suggérer qu'elle pourrait participer aux dépenses en prenant un emploi à mi-temps. Audra lui opposa un refus catégorique ; elle ne voulait même pas envisager cette solution, qui aurait pour résultat de distraire Christina de ses études et d'en compromettre le succès. C'était compter sans l'obstination de sa fille.

Sans oser, d'entrée, prendre un emploi, Christina adopta des habitudes moins dispendieuses et réduisit ses frais en emménageant avec son amie Jane. Celle-ci lui proposait avec insistance, depuis des mois, de partager son appartement de Walton Street ; il appartenait à une de ses tantes qui, depuis son mariage, habitait Monte-Carlo et ne demandait à sa nièce qu'un loyer symbolique. « Si tu y tiens, donne-moi une livre par semaine », avait déclaré Jane devant l'insistance de Christina à payer sa part.

Christina avait également décidé de confectionner elle-même ses robes. S'il ne s'agissait pas d'une économie à proprement parler, cela contribuerait au moins à alléger la besogne de sa mère. Jane connaissait son talent dans ce domaine et l'y encouragea. De fait, Christina tenait d'Audra son habileté manuelle. Des années durant, elle avait observé Audra en train de concevoir et d'exécuter d'élégantes toilettes, tant pour elle-même que pour des clientes. En un tournemain, Christina rénova quelques-unes de ses vieilles robes, en créa deux ou trois autres à la dernière mode et se proclama très fière des résultats.

Audra en éprouva d'abord quelque contrariété, mais finit cependant par admettre que ces travaux d'aiguille ne causaient pas trop de tort aux études de sa fille. Elle reconnut même, en maugréant, que les robes, les jaquettes et les tailleurs conçus par Christina étaient élégants et originaux.

Au cours de l'automne 1953, Christina réalisa, à l'intention de sa mère, une blouse peinte à la main. Elle l'emporta lorsqu'elle se rendit à Leeds pour les fêtes de fin d'année.

Le jour de Noël, Audra poussa un cri d'admiration lorsqu'elle ouvrit la boîte. Elle se déclara émerveillée de la beauté des delphiniums d'un bleu soutenu se détachant en camaïeu sur le bleu pâle de la soie :

— Mais tu n'aurais pas dû ! dit-elle d'un ton de reproche. Toute cette couture te distrait de tes cours.

— Pas du tout, maman ! répondit Christina en l'embrassant. Je désirais vous offrir quelque chose de beau, que j'aie réalisé de mes propres mains.

Les fêtes se déroulèrent pour les Crowther dans une atmosphère familiale, paisible et joyeuse. En janvier, Christina regagna Londres.

Ses études devaient se conclure au mois d'août ; aussi se replongea-t-elle avec une énergie redoublée dans son travail. Elle voulait réussir pour elle-même, certes. Mais aussi pour sa mère.

34

Vincent aperçut Christina avant qu'elle ne le vît.
Descendue du train de Londres tout au bout du quai, elle avançait parmi les voyageurs qui se hâtaient vers la sortie.
Dans son manteau de poil de chameau et ses chaussures à hauts talons, elle allait d'un pas vif, les épaule effacées, la tête droite. En la voyant, son père se sentit ému par l'assurance de sa démarche, l'éclat de sa jeunesse et de sa beauté.
Dans un mois, elle aurait vingt-trois ans. Vincent avait peine à y croire. Hier encore, lui semblait-il, il la promenait dans son landau... Elle était devenue une belle jeune femme, dans laquelle il plaçait une confiance absolue. Quand elle était partie vivre à Londres, il s'était d'abord beaucoup inquiété. Saurait-elle affronter les situations nouvelles, juger les gens inconnus — les hommes, surtout — à qui elle serait mêlée ? Peu à peu, Vincent avait compris qu'il n'avait pas lieu de se faire du souci. Ils avaient élevé Christina selon des principes éprouvés ; elle savait distinguer le vrai du faux, le bien du mal. Dès lors, il vécut plus tranquille. Audra et lui pouvaient être fiers de leur fille.
Christina le remarqua à son tour. Elle pressa l'allure, agita le bras en souriant. Vincent courut au-devant d'elle, fit lui aussi des gestes de bienvenue. Ils se rejoignirent enfin. Christina posa sa valise :
— Bonjour, papa !
— Bonjour, ma chérie.
Ils s'étreignirent en riant, s'embrassèrent, s'écartèrent afin de mieux se dévisager. On était le Vendredi Saint, ils ne s'étaient pas revus depuis Noël et, ainsi qu'après chacune de leurs séparations, ils avaient en quelque sorte besoin de refaire connaissance.
Il semble las et vieilli, observa Christina avec surprise. Jusque-là, pourtant, le temps n'avait pas de prise sur son père.
Elle est plus radieuse que jamais, se dit Vincent avec un serrement de cœur. Quand elle va savoir ce qui est arrivé à Audra... Quand allait-il lui en parler ? Avant d'arriver à la maison, en tout cas.
Il souleva la valise, prit Christina par le bras :
— Viens, ma chérie. Ta mère t'attend avec autant d'impatience que d'habitude.
— Moi aussi, j'ai hâte de la voir. Où êtes-vous stationné ?
— Juste devant la gare.
Tandis que Vincent remontait Stanningley Road en direction

d'Upper Armley, Christina lui exposa ses projets pour les vacances de Pâques :

— Je pensais passer le week-end à la maison, avec maman et vous. Ensuite, si vous n'y mettez pas d'objection, j'aimerais partir quelques jours peindre dans la nature.

— Je n'y vois aucun inconvénient. Où comptes-tu aller ?

— J'avais d'abord envisagé la région des lacs, mais j'ai eu envie de faire quelques marines. Alors, je me suis dit que je pourrais aller voir le long de la côte, vers Whitby, Scarborough, Flamborough Head, quelque part par-là... Qu'en pensez-vous ?

— Tu préférais déjà ces coins-là quand tu étais petite. Pourquoi pas ? La côte y est superbe. Mais que dirais-tu des environs de Ravenscar ? On découvre des points de vue extraordinaires du haut des falaises et il y a un bon hôtel à proximité. Nous aimons te savoir bien installée quand tu pars ainsi à l'aventure.

— Vous me gâtez, tous les deux ! dit Christina. Je serais si contente si maman pouvait prendre deux ou trois jours de liberté pour m'accompagner. Cela lui ferait le plus grand bien, vous ne croyez pas, papa ?

Sans répondre, Vincent manœuvra pour ranger la voiture sur le bas-côté. Quand il eut serré le frein, il se tourna vers sa fille :

— Écoute, il faut que je te parle... commença-t-il.

— De quoi s'agit-il ? demanda-t-elle, comprenant au ton de sa voix qu'il s'apprêtait à lui apprendre une mauvaise nouvelle. C'est... maman, n'est-ce pas ?

— Oui, ma chérie.

Elle lui prit le bras, l'étreignit avec force, le visage soudain pâle d'inquiétude :

— Que lui est-il arrivé ?

— Il y a trois semaines, ta mère est tombée gravement malade, Christina. Une pneumonie virale. Elle a passé quinze jours à l'hôpital. Au début, les médecins craignaient des complications... Non, ne t'affole pas, ma chérie ! Elle est hors de danger. Elle est revenue à la maison pour sa convalescence.

Bouleversée, Christina resta quelques instants sans voix :

— Pourquoi ne m'avoir rien dit ? s'écria-t-elle enfin. Vous avez eu tort de me le cacher, papa ! J'aurais dû être auprès d'elle — au moins la semaine dernière, depuis son retour à la maison. Vous aviez le devoir de me prévenir ! conclut-elle avec une colère croissante.

— Je ne voulais pas contrarier ta mère, répondit Vincent sans élever la voix. Si j'avais pris l'initiative de te faire venir contre son gré, elle aurait été très mécontente. Tu sais comment elle est, elle ne voulait pas t'inquiéter...

— Non, vraiment, je ne vous comprends pas ! Vous n'auriez pas dû l'écouter. D'ailleurs, qui s'occupe d'elle, en ce moment ?

Vincent relança le moteur et repartit :

— Moi, répondit-il. J'ai pris une semaine de congé. Nous ne sommes pas débordés de travail et il me restait plusieurs jours de vacances...

— J'aurais dû venir plus tôt ! s'écria Christina. Je le pouvais, je n'avais aucun cours important à l'Académie. Il aurait été si facile de me mettre au courant !

Vincent garda un silence prudent. Sa fille et lui avaient le même tempérament emporté qui envenimait les querelles. Mieux valait éviter de se disputer un jour comme celui-ci. Il accéléra et feignit de s'absorber dans la conduite.

A mi-pente de Ridge Road, il lança un bref coup d'œil à Christina et lui dit :

— Tu t'es calmée, j'espère. Je ne voudrais pas que tu arrives à la maison de mauvaise humeur et que tu fasses une scène, au risque de troubler ta mère.

— Par moments, papa, vous êtes impossible ! Comment pouvez-vous imaginer un seul instant que je ferais une chose pareille ?

Les yeux d'Audra formaient deux immenses taches bleues dans son visage pâli et émacié. A la vue de Christina, son expression s'anima. Elle se redressa avec peine, tendit les bras :

— Ma chérie, te voilà !...

Christina courut s'agenouiller à son chevet, prit sa mère dans ses bras :

— Oh ! maman... Vous auriez dû dire à papa de m'avertir. Vous n'êtes pas raisonnable.

Elle scrutait Audra avec anxiété afin de se rendre mieux compte de son état. Audra leva la main, lui caressa la joue :

— Tu devais te soucier de tes études. En ce moment, elles comptent plus que ma santé.

Christina renonça à la contredire. Elle alla chercher une chaise près de la fenêtre, l'approcha du lit.

Vincent entra à son tour :

— Comment te sens-tu, ma chérie ? Tu ne souffres pas ? Es-tu bien installée ?

— Mais oui, Vincent, merci.

— Bon... Je vais faire chauffer de l'eau.

Il sortit et Christina parvint à feindre la bonne humeur :

— Maintenant que je suis là, maman, c'est moi qui m'occuperai de vous. Je vais vous dorloter et vous gâter comme vous le méritez !

Audra fronça les sourcils :

— A Noël, tu m'avais dit que tu comptais aller peindre dans la région des lacs. Tu ne modifies pas tes projets à cause de moi, j'espère ?

— Non, pas du tout. Mon professeur m'en a dissuadée, j'ai suffisamment de tableaux d'avance.

Audra s'appuya contre ses oreillers, la mine enfin apaisée :

— Je suis si heureuse de savoir que tu resteras ici toute la semaine... Dis-moi, comment va Jane ?

— Toujours aussi gentille. Elle vous envoie son plus affectueux souvenir.

— Je suis ravie que tu l'aies pour amie et que vous partagiez cet appartement de Walton Street. Il est confortable et plein de charme. Mais parle-moi de toi. Tu sais combien j'adore t'entendre raconter la vie passionnante que tu mènes à Londres.

— Je sais, maman, mais je vais d'abord descendre aider papa. Voulez-vous manger quelque chose avec votre thé ?

— Non, merci, ma chérie, je n'ai pas faim.

Christina dévala l'escalier. Elle voulait avertir son père de ses changements de projets avant qu'il ne laisse échapper quelque gaffe devant sa mère.

Elle le trouva à la cuisine.

— Ah ! te voilà ! J'ai acheté des petits pains chez le pâtissier et je m'apprêtais à en beurrer un pour ta mère.

— Elle dit qu'elle n'a pas faim.

— Elle en mangera quand même. Elle a toujours mangé de ces petits pains-là au moment de Pâques, c'est une sorte de tradition qui remonte à son enfance, à High Cleugh... (Tout en parlant, il fendait les petits pains et étalait le beurre.) Tu trouves sans doute que ta mère a mauvaise mine, poursuivit-il, mais elle va beaucoup mieux. Elle se rétablit de jour en jour, crois-moi.

— J'en suis heureuse... Papa, je voulais vous prévenir : pas un mot sur mes projets d'excursion le long de la côte. Je resterai toute la semaine m'occuper de maman.

— Cela ne lui plaira pas, elle va encore se tracasser...

— Je le lui ai déjà annoncé. Alors, je vous en supplie, pas un mot à ce sujet ! Je lui ai affirmé que mon professeur n'en voyait pas l'utilité.

— Dans ce cas, je me tairai... Tu es une bonne fille, Christina. Ta présence sera bénéfique à ta mère, j'en suis sûr. Plus bénéfique que tous les médicaments.

Cette semaine-là, Christina n'eut pas le temps de souffler.

Elle avait pris la maison en main. Tous les jours, elle faisait le ménage, les courses, la cuisine, la lessive et le repassage, sans parler des soins qu'elle prodiguait à sa mère avec une efficacité et un dévouement inlassables.

Le lundi de Pâques, elle insista pour que son père reprît son travail. Vincent s'exécuta, non sans s'être plaint auprès d'Audra du caractère autoritaire de leur fille. Un matin, en passant devant la porte de leur chambre, elle l'entendit fulminer : « Je t'avais toujours dit qu'on aurait pu en faire un général, de cette gamine ! Eh bien, je ne m'étais pas trompé, elle vient encore de m'en administrer la preuve. Quant à moi, je ne voudrais pas l'avoir comme patron ! »

Christina avait souri en poursuivant ses occupations. Elle savait fort bien de qui elle tenait ses dispositions tyranniques : de son père.

Soigner sa mère, la dorloter, prévenir ses moindres désirs la comblait de joie. A mesure que les jours passaient, Christina se rendit néanmoins compte qu'Audra s'évertuait à paraître gaie et pleine d'entrain en sa présence. Il devenait de plus en plus évident que cet effort l'épuisait. Vers la fin de la semaine, Audra semblait à bout de forces et l'inquiétude de Christina s'accrut.

Le vendredi matin, jour de son départ, elle constata que sa mère avait à peine touché au petit déjeuner qu'elle lui avait préparé. Les œufs brouillés au bacon étaient intacts, le toast à demi grignoté, la poire pas même pelée.

— Vous mangez moins qu'un oiseau, maman ! Je ne suis pas tranquille de partir en vous laissant dans cet état.

— Ne dis pas de bêtises, ma chérie. Je n'ai pas faim en ce moment, voilà tout. N'oublie pas que j'ai été très malade. Je retrouverai l'appétit quand mes forces reviendront et que je pourrai me lever et recommencer à bouger.

— Je crois que je ferais mieux de rester encore la semaine prochaine...

— Il n'en est pas question ! Pense avant tout à tes études. Tu n'as pas le droit de les négliger, d'autant qu'il s'agit de ton dernier trimestre.

Avec un soupir résigné, Christina enleva le plateau du lit et alla le poser sur la commode. Elle revint s'asseoir au chevet de sa mère, lui prit la main :

— Mangerez-vous au moins la poire, si je la pèle ?

— Non, merci, sincèrement... J'ai été très heureuse de t'avoir auprès de moi cette semaine, ma chérie, mais il faut maintenant que tu retournes à Londres, que tu retrouves tes études, tes amis, dit Audra avec un sourire.

Christina voulut le lui rendre — en vain.

Sous le soleil de cette matinée d'avril, elle voyait le visage de sa mère en pleine lumière et, pour la première fois peut-être, pouvait l'examiner avec objectivité. Et ce qu'elle observait la bouleversa.

En trois ans, Audra avait terriblement vieilli. Elle n'a pas quarante-sept ans, songea Christina ; et pourtant, aujourd'hui, on dirait une vieille femme.

Le vie de travail et de sacrifice menée par sa mère lui apparut soudain avec une telle clarté que Christina sentit sa gorge se nouer. L'amour, la compassion que lui inspirait cette mère, si fragile d'allure mais dotée d'une volonté de titan, lui firent battre le cœur. Elle se pencha et embrassa Audra afin de lui dissimuler ses émotions, qu'elle craignait de ne pouvoir dominer.

Alors, tandis qu'elle la serrait dans ses bras, Christina comprit qu'elle n'avait plus le droit de la laisser continuer ainsi. Cette existence austère, laborieuse, épuisante devait impérativement prendre fin.

Et c'est à *moi* d'y mettre un terme, se jura-t-elle.

35

Plus tard, ce jour-là, dans le train qui l'emmenait vers Londres, Christina ne pouvait chasser de son esprit le visage vieilli de sa mère.

Tout en regardant tristement le paysage, elle s'interrogeait sur la conduite à tenir désormais. Une certitude s'imposait, en tout cas : après avoir obtenu son diplôme à la fin de l'été, elle n'aurait plus le droit de laisser sa mère l'entretenir.

Christina poussa un profond soupir, changea de position. Des années s'écouleraient avant qu'elle ne soit en mesure d'établir sa réputation de paysagiste et de gagner sa vie grâce à la vente de ses œuvres. Ainsi que tous les jeunes artistes, elle en avait conscience.

Audra aussi. Combien de fois, depuis deux ans, lui avait-elle répété : « Ne t'inquiète de rien, Christina. Fais de la belle peinture, c'est moi qui m'occupe de trouver l'argent. » Le rappel de ces paroles la fit frissonner. Car c'était là, en grande partie du moins, le nœud du problème : sa mère était décidée à la décharger de tout souci matériel jusqu'à ce qu'elle atteigne la célébrité et que les amateurs s'arrachent ses tableaux...

Fallait-il qu'Audra continue à travailler, épuise ses dernières forces, à seule fin de payer le loyer de Christina, acheter ses robes, la nourrir, lui offrir, même, le superflu ?

Non, dit-elle à voix haute. Non, c'est impossible ! Je ne puis plus longtemps la contraindre à gagner *mon* argent. Je dois, je *veux* mettre un terme à cette situation, ainsi que je me le suis promis ce matin. Mais comment ? Par quel moyen ? Blottie dans le coin du compartiment, elle ferma les yeux en retournant les mêmes questions dans son esprit. Que faire, comment s'y prendre pour sortir de ce dilemme ?

Lorsque le train entra dans la gare de King's Cross, Christina souffrait d'une violente migraine et se sentait un peu faible. Elle se demanda si elle ne couvait pas une grippe.

Naturellement, il pleuvait, constata-t-elle, maussade. Elle descendit sa valise du filet, trébucha quand le train s'immobilisa. En se hâtant le long du quai, elle résolut de prendre un taxi, malgré sa décision de surveiller plus que jamais ses dépenses. Elle cédait au désir de regagner l'appartement au plus vite, avide de tranquillité et de solitude. Ce soir, de difficiles réflexions l'attendaient — et des choix plus éprouvants encore.

D'habitude, quand elle revenait du Yorkshire à la fin des vacances, Christina était très déçue de trouver l'appartement vide. Lorsqu'elle y arriva ce soir-là, elle se félicita au contraire de savoir que son amie ne serait pas revenue de Hadley Court avant le dimanche soir.

Christina voulait être seule afin de prendre ses problèmes à bras-le-corps, de découvrir pour chacun d'eux une solution appropriée. Avant de s'y attaquer, cependant, elle téléphona à son père afin de le rassurer. « Je suis bien arrivée, lui dit-elle. Ne dérangez pas maman. Embrassez-la de ma part. » Ensuite, elle défit sa valise, se prépara un bain.

Elle resta plus d'un quart d'heure dans l'eau très chaude, se forçant à se détendre sans plus penser à rien. Lorsqu'elle se sentit mieux, elle se frictionna avec énergie. Puis, enveloppée dans un ample peignoir, elle alla s'étendre sur son lit, avec un bol de café au lait très sucré.

Son regard fit lentement le tour de la chambre. Sur chacun des murs était accroché un de ses tableaux. Ses yeux se posèrent sur le plus récent : l'étang des nymphéas de Hadley Court. D'infinies nuances de vert s'y mêlaient ou se juxtaposaient, du vert-bleu trouble de l'eau au vert clair et brillant des feuilles ou aux tonalités plus douces des traînées de mousse sur les bords de la pièce d'eau. Deux touches d'autres couleurs venaient rehausser l'ensemble et l'animer : le blanc pur de l'unique fleur de nymphéa, aux pétales scintillants de rosée, et un mince rayon de soleil, filtrant à travers les feuillages denses de l'arrière-plan et venant se refléter sur la surface de l'étang. Ce doigt de lumière, à peine teinté de jaune, frémissait sur l'eau et se diffusait en touchant la fleur, autour de laquelle la composition était centrée.

Christina posa son café sur sa table de chevet et s'enfouit le visage dans l'oreiller. Elle se sentait hors d'état de contempler plus longtemps ce tableau, ni aucun autre. Sa douleur anéantissait la joie que l'art lui avait, jusqu'alors, procurée.

Car le prix en avait été trop lourd.

Quelques toiles, même réussies, valaient-elles les sacrifices consentis par Audra : toutes ces années de labeur, sa santé compromise, les mille petits plaisirs, le superflu qu'elle s'était refusés, les vacances, les toilettes neuves auxquelles elle avait dû renoncer ?...

Christina sentit sa gorge se serrer. Depuis combien d'hivers voyait-elle sa mère porter le même manteau bleu ?... Elle ne put retenir ses larmes. Elle pleura pour sa mère, pour sa vie si longtemps sacrifiée à seule fin d'assurer son avenir, à elle. Elle pleura longtemps, jusqu'à ce que l'épuisement eût raison d'elle.

Elle s'assoupit alors et rêva qu'elle tombait dans un abîme, dans un puits d'un noir absolu... et elle se réveilla en sursaut. Un instant désorientée, elle ne sut où elle était, jusqu'à ce qu'elle eût enfin reconnu sa chambre de Walton Street. Un coup d'œil au réveil lui apprit qu'il était près de une heure du matin. Elle avait donc dormi longtemps, mais d'un mauvais sommeil.

Elle éteignit la lumière, retomba contre son oreiller, referma les yeux. Les mêmes questions, le même dilemme revinrent l'obséder. Certes, elle pourrait toujours prendre un emploi tout en continuant à peindre. Mais cela ne résolvait pas tout. L'essentiel était ailleurs : *elle avait contracté une dette envers sa mère.*

Cette constatation fut comme un trait de lumière, un éclair qui la fit de nouveau sursauter. Redressée sur son lit, les yeux grands ouverts dans l'obscurité, elle comprit enfin ce qui la troublait si profondément depuis des heures : sa dette envers sa mère. Une dette dont elle devait s'acquitter, à tout prix. Sa conscience l'exigeait.

36

A peine Christina eut-elle franchi le seuil de l'appartement que Jane passa à l'offensive :
— Écoute-moi bien, Crowther ! Cela fait des semaines que tu n'es pas dans ton assiette. Alors, ce soir, nous allons en parler.
Interloquée, Christina referma la porte et se laissa docilement entraîner vers le petit salon. Jane poussa son amie sur le canapé et s'assit en face d'elle :
— Allons, Christina, avoue : ai-je tort ou raison ? Y a-t-il, oui ou non, quelque chose qui te bouleverse ?
— Oui, c'est vrai. Je me débats avec un problème, plusieurs en réalité, et je voulais t'en faire part, mais... Christina s'interrompit, se détourna, le regard soudain absent.
Jane attendit patiemment la suite, soulagée de sentir Christina enfin prête à se confier. Depuis son retour du Yorkshire à la fin des vacances de Pâques, deux mois auparavant, son amie n'était plus la même. Elle se montrait tour à tour renfermée, distraite, irritable, maussade ; à chaque tentative de Jane pour aborder ce sujet, elle affirmait que tout allait bien.
Au bout d'un long silence, Christina reprit la parole :
— Tout d'abord, Jane, je dois te présenter mes excuses. Je n'ai pas dû être facile à vivre, je m'en rends compte, parfois même franchement odieuse. Me pardonnes-tu ?
— Tu n'as pas à t'excuser, idiote ! Mais puisque cela te fait plaisir, va en paix : je t'accorde mon pardon.
Christina esquissa un sourire et poursuivit :
— J'avais de difficiles décisions à prendre et je ne voulais pas t'en parler avant d'y être parvenue. (Jane soutint le regard pensif de Christina mais s'abstint de tout commentaire.) Voilà : j'ai décidé d'abandonner la peinture, déclara Christina.
Jane sursauta :
— Quoi ? Tu ne parles pas sérieusement, j'espère !
— Si, très sérieusement.
— Je ne te laisserai pas commettre cette folie !...
Christina l'interrompit d'un geste péremptoire :
— Tu ne m'en empêcheras pas. D'ailleurs tu es mal placée pour me donner des conseils. C'est *toi*, il y a six mois, qui m'as annoncé que tu renonçais à la peinture pour devenir décoratrice de théâtre. Je t'entends encore me dire que tu refusais de mourir de faim dans un galetas, dans l'espoir hypothétique qu'un amateur vienne un jour

t'acheter un tableau ! Tu avais même ajouté que les collectionneurs qui en ont les moyens préfèrent investir leur argent dans les œuvres de peintres déjà célèbres, que ce soit Renoir ou Van Gogh, Monet ou Picasso...

— Mais tu es cent fois plus douée que moi !...

— Plusieurs de nos condisciples, poursuivit Christina en ignorant l'interruption, s'orientent elles aussi vers d'autres domaines — le textile, la mode, la décoration d'intérieur, les costumes ou les décors de théâtre comme toi.

— Je te répète que tu vaux mille fois mieux que nous toutes ! insista Jane. Regarde ! s'exclama-t-elle en montrant les tableaux accrochés aux murs, regarde donc ! Comment peux-tu seulement envisager d'abandonner... *cela* ?

— Le plus facilement du monde, répondit Christina d'une voix à peine audible. *Cela*, comme tu dis, n'existe qu'au prix d'une vie humaine.

— Laquelle ? s'écria Jane, stupéfaite.

— Celle de ma mère.

Christina ne laissa pas à son amie le temps de réagir. Lentement, en soupesant chacun de ses mots, elle entreprit de lui expliquer ses motivations. Elle lui raconta la vie d'Audra, lui parla de ses origines, de sa jeunesse, de ses longues années de travail, des sacrifices endurés pour assurer un avenir à sa fille. Lorsqu'elle eut terminé son récit, Jane avait les larmes aux yeux.

— Vois-tu, Jane, poursuivit Christina, je ne crois pas pouvoir la convaincre de cesser de travailler, même après avoir obtenu mon diplôme. Elle voudra continuer à m'entretenir jusqu'à ce que mes tableaux commencent à se vendre. Elle est obstinée jusqu'à l'entêtement. Bien sûr, je pourrais trouver un emploi quelconque, de quoi gagner ma vie tout en peignant, et lui renvoyer l'argent qu'elle me donnera. Je pourrais peut-être même réussir à la persuader que je n'ai plus besoin d'elle pour subvenir à mes besoins et, par conséquent, la libérer de son esclavage. Mais cette solution ne me satisferait pas, Jane.

— Là, Christina, je ne te suis plus très bien.

— Je ne puis me contenter d'aller lui dire : « Merci, maman, maintenant je suis assez grande pour m'occuper de moi-même. » Non, vois-tu, j'éprouve le besoin — un besoin impérieux — de lui rendre à mon tour la vie plus facile, plus agréable. J'ai *envie* de lui offrir le superflu dont elle a toujours été privée — et cela coûte cher, très cher. Si je restais une artiste, comme il y en a tant, il me faudrait des années pour arriver, peut-être, à en avoir les moyens. Or, je n'en ai ni le temps, ni la patience. Je veux être en mesure de lui offrir tout cela le plus tôt possible, tant qu'elle est encore assez jeune pour en profiter.

— Comment t'y prendras-tu pour gagner autant d'argent ? demanda Jane.

— En faisant des affaires, c'est le seul moyen — et des Affaires avec un grand A. En devenant styliste de haute couture — une styliste très riche et très célèbre. Et très, *très* vite. Le plus vite possible.

— Mais... comment comptes-tu te lancer ?

— Grâce à toi, justement.

— A... *moi* ?

— Ou plutôt grâce à l'aide de ta mère, si tu me permets de lui parler de mes projets.

— Tu n'as bien entendu pas besoin de me demander la permission. Mais en quoi ma mère peut-elle t'aider ?

Le regard soudain brillant, Christina se pencha vers son amie :

— Écoute, elle me demande sans arrêt de lui faire une robe semblable à celles que je porte. Il y a quelques jours encore, elle m'a affirmé que ses amies se les arracheraient si je pouvais seulement en fournir assez. Elle me l'a dit sur le ton de la plaisanterie, mais je suis sûre qu'un certain nombre de ces femmes seraient prêtes à m'en acheter. Rappelle-toi la réception que ta mère avait donnée en l'honneur de son agent aux États-Unis : Polly Lamb et Lady Buckley se récriaient d'admiration devant une de mes jaquettes. Elles voulaient savoir où je l'avais achetée. Comprends-tu, Jane, que mes tenues de soirée en soie peinte sont vraiment originales parce que je les ai moi-même conçues ? Je pourrais partir de là. Plus tard, je confectionnerais des tailleurs, par exemple — ils plaisent à tout le monde.

— Tu as raison ! s'écria Jane, convaincue. Il faut en parler à maman, et lui confectionner une robe. Elle ne verra aucun inconvénient, j'en suis sûre, à ce que tu prennes contact avec ses amies, surtout celles qui semblaient intéressées par tes créations.

— Je suis contente que tu sois d'accord. Il reste toutefois un petit problème à résoudre... Crois-tu que ta mère accepterait de m'en payer la moitié d'avance ? Pourrait-elle obtenir la même chose de ses amies ? Cela me rendrait un immense service.

— N'aie crainte, maman te paiera rubis sur l'ongle et je lui fais confiance pour que les autres agissent de même ! (Jane marqua une pause, réfléchit.) Pourtant, ce n'est pas la meilleure solution, Christina. Si tu veux te lancer dans la couture et le faire sur une grande échelle, il te faut un capital.

— Je le sais trop bien, hélas ! Mais c'est hors de question, je ne possède pas un sou.

— Moi, si ! Ma grand-mère Manville m'a légué cinq mille livres qui dorment à la banque et ne rapportent presque rien. Ces cinq mille livres, je vais te les avancer.

— J'apprécie ta générosité, Jane, mais je ne peux pas accepter ! protesta Christina.

— Dans ce cas, je t'y forcerai ! Grâce à ces fonds, ton affaire se développera beaucoup plus vite et plus aisément. Tu pourras engager une ou deux couturières, louer un local.

— Je sais, cela fait aussi partie de mes projets... (Christina se leva, s'accouda à la cheminée, réfléchit.) Je ne comptais pas en arriver là avant l'année prochaine, le temps de mettre suffisamment d'argent de côté. Tes cinq mille livres me permettraient de démarrer beaucoup plus vite, c'est exact... Eh bien, soit. J'accepte ta proposition, Jane. Je ne saurais te dire combien je t'en suis reconnaissante.

Elle rejoignit son amie, se pencha afin de l'embrasser. Jane se leva aussitôt et serra Christina dans ses bras avec un sourire joyeux.

— Eh bien, nous voici associées ! dit-elle. Dès demain, j'irai retirer mon argent de la banque. Et je puis me rendre utile de bien d'autres manières ! En t'envoyant des clientes, par exemple...

Elle s'interrompit, soudain soucieuse.

— Qu'y a-t-il ? demanda Christina.

— Ta mère... Comment vas-tu le lui apprendre ? Savoir que tu abandonnes la peinture sera un coup terrible pour elle...

— Oui, je sais. C'est un des problèmes les plus délicats. J'y ai beaucoup pensé ces dernières semaines, et je suis arrivée à la conclusion qu'il valait mieux ne rien lui dire, au début du moins. Après avoir obtenu mon diplôme en août, je prétendrai continuer à peindre. Quatre ou cinq mois plus tard, peut-être à Noël, je lui dirai que j'ai vendu plusieurs tableaux et que je gagne bien ma vie.

— Te croira-t-elle ?

— Je l'espère, Jane. Je l'espère de tout mon cœur.

37

Audra n'avait pas seulement légué à Christina ses dons artistiques. Elle lui avait aussi donné son goût de l'effort, sa résistance physique, son courage obstiné et sa soif de réussir tout ce qu'elle entreprenait.

Ces qualités, mises en œuvre dès le début, permirent à Christina d'obtenir un succès rapide et durable, qui se manifesta avant même que six mois se soient écoulés. Elle se découvrit également un sens des affaires dont elle ne se savait pas si bien pourvue et qui, par la suite, allait la servir d'éclatante façon.

Sa force principale résidait, toutefois, dans sa capacité à intégrer ses conceptions artistiques dans la mode. Ses robes du soir, jaquettes, tailleurs aux extraordinaires motifs peints constituèrent sa marque distinctive et connaîtraient un grand succès tout au long de sa carrière.

Jane lui en fit un jour la remarque : Mariano Fortuny s'est rendu célèbre par ses robes « Delphos » en soie plissée, Chanel par ses cardigans, Dior par le New Look, Balenciaga par la perfection de sa coupe. Toi, tu le deviendras parce que tes toilettes sont des œuvres d'art. Tes robes resteront des classiques comme celles de Poiret. Les femmes les porteront des années sans qu'elles se démodent.

Christina accepta de bonne grâce le compliment, parce qu'elle connaissait la sincérité de son amie et associée. Elle ne put cependant s'empêcher de rire :

— On se souviendra aussi de moi parce que je travaille dix-huit heures par jour, sept jours par semaine et des semaines d'affilée !

— Très juste ! approuva Jane. Ces derniers mois, tu as travaillé comme un bagnard. Avoue quand même que le jeu en valait la chandelle. Nous sommes submergées de commandes ! Ne serait-il pas temps d'engager une couturière de plus ?

— Oui — et les recherches ont déjà commencé. Elise et Germaine se renseignent auprès de leurs amies et relations de la colonie française. Elles ne tarderont pas à dénicher la perle rare.

— Je l'espère bien — sinon, nous devrons nous installer devant les machines à coudre ! Ce serait le comble, après nous être échinées à peindre ces satanés tissus.

— Je tiens à te remercier encore de nous aider pour les robes de Mme Bolton. Je te signale d'ailleurs, à titre amical, que tu as de la peinture rose sur le nez — ce qui ne t'empêche pas de réaliser les plus beaux papillons de Londres !

Jane pouffa de rire, se frotta le nez;

— Cela me fait plaisir de mettre la main à la pâte. Si seulement je pouvais en faire davantage ! La plupart du temps, j'ai l'impression d'être inutile...

— Ne dis pas de bêtises, Jane ! Tu es irremplaçable. Tu tiens la comptabilité, tu es partout où l'on a besoin d'aide. Et puis, il ne se passerait rien ici sans toi. N'oublie pas tes cinq mille livres.

— Un sage investissement, et qui démontre assez mon admirable sens des affaires !

Tout en parlant, Jane alla vider la cafetière dans la petite cuisine attenante au bureau. Christina se leva, s'étira, s'approcha de la fenêtre pour regarder la cour qui bordait « l'usine », ainsi qu'elle avait baptisé son local. Elle l'avait trouvé à la fin du mois d'août, peu après avoir quitté l'Académie. Il s'agissait d'une ancienne boutique de fruits et légumes, disposant d'un logement à l'étage et située au bout de Kings Road. L'endroit convenait parfaitement et le loyer était raisonnable.

La lumière du jour, indispensable pour peindre les étoffes et pour les travaux de couture, entrait par les grandes fenêtres de l'appartement. L'espace disponible autorisait l'embauche de personnel supplémentaire lorsque le besoin s'en ferait sentir. Quant à la boutique, elle avait été transformée en pièce de réception et d'essayage.

Christina et Jane avaient peint les murs en blanc, sauf la pièce de réception pour laquelle elles avaient préféré le gris perle. La devanture était occultée par un rideau de soie gris clair, afin de dissimuler les clientes à la curiosité des passants. Dulcie leur avait fait cadeau d'un tapis d'Orient, de chaises, d'une table et d'une lampe provenant des greniers de Hadley Court. A l'aide de quelques plantes vertes et de leurs dessins encadrés et accrochés aux murs, les deux jeunes filles avaient créé un décor chaleureux et accueillant.

L'arrière-boutique avait été aménagée en bureau ; à l'étage, l'une des chambres servait d'atelier de couture, l'autre d'atelier de finition et la troisième pièce, la plus grande, était le domaine de Christina. C'est là qu'elle dessinait et peignait les étoffes ; c'est là que Jane et plusieurs de leurs anciennes condisciples venaient parfois l'assister pour la préparation des manches ou la copie de certains motifs. Comme il s'agissait d'œuvres originales, exécutées et signées de la main de Christina, elle ne pouvait autoriser personne à en faire davantage.

Christina pensait plus que jamais à ses étoffes peintes, en ce gris après-midi de mars 1955, tout en contemplant distraitement la cour de son « usine ».

— Écoute, Jane, dit-elle en se retournant vers son amie. Nous gagnons beaucoup d'argent avec nos robes du soir. Je crois pourtant que je devrais commencer à concevoir d'autres modèles et élargir la gamme.

— J'y songeais, moi aussi. La peinture te prend beaucoup de

temps, parce que tu dois l'exécuter toi-même — après tout, c'est ce qui te distingue des autres. Il faudra en effet envisager de réduire cette activité.

— Oui, d'autant plus que je voudrais m'occuper sérieusement des tailleurs et des robes qui plaisent tant à ta mère. Elle reconnaît à coup sûr les modèles qui se vendront.

— C'est exact — et puisqu'il est question d'elle, je ferais mieux de déguerpir, répondit Jane en se levant. Elle me tuera si je suis en retard à mon rendez-vous avec Gregory Joynson et il faut encore que je passe me changer à la maison. Alors, qu'attends-tu pour me souhaiter bonne chance ?

— Je te souhaite tout le succès possible ! Je suis sûr que tes esquisses de costumes lui plairont, elles sont sensationnelles.

— Elles plaisent déjà à la vedette de la pièce et c'est le principal ! dit Jane avec un clin d'œil complice. Dieu bénisse ma chère mère, championne du favoritisme... Ne passe pas encore la moitié de ta nuit ici, Christina ! ajouta-t-elle en marquant une pause sur le pas de la porte. Tu commences à avoir mauvaise mine.

— Non, rassure-toi. A tout à l'heure, à l'appartement.

Une fois seule, Christina monta à son atelier et alluma les puissantes lampes qui lui permettaient de travailler la nuit. Elle inspecta, avec satisfaction, le tissu qu'elle avait peint dans la matinée.

Elle avait représenté des lis blancs sur une mousseline de soie noire, en travaillant sur le coupon dans lequel, le lendemain, serait taillée la robe. Elle utilisait souvent cette méthode ; d'autres fois, elle préférait au contraire dessiner d'abord le patron, couper les pans avant et arrière et peindre les motifs en fonction de la forme de la robe. Jamais elle ne se limitait à une technique ou à un processus donné mais suivait son inspiration du moment, de sorte qu'aucun de ses vêtements peints ne ressemblait aux autres.

Après avoir vérifié plusieurs coupons en cours d'exécution, Christina redescendit à son bureau. Elle s'assit à sa table de travail, prit une feuille de papier et entreprit de rédiger une lettre à ses parents. Elle leur écrivait régulièrement une fois par semaine, leur téléphonait tous les dimanches. Ce jour-là, sa lettre hebdomadaire aurait déjà dû être postée.

Un peu à contrecœur, comme chaque fois, elle couvrit les pages de mensonges — sur la vente de ses tableaux, sur ses sorties et ses obligations mondaines, sur sa vie en général. Elle se voyait forcée d'inventer, puisque sa vie personnelle était inexistante, sans même une amourette — la dernière en date, avec un camarade de l'Académie, avait tourné court, comme les précédentes.

Les coudes sur la table et la tête dans les mains, Christina chercha quelque chose d'intéressant à raconter. Audra raffolait de ses anecdotes sur les Sedgewick, leurs brillantes réceptions et leurs illustres amis.

A court d'inspiration, Christina posa son stylo et laissa ses réflexions se porter sur Dulcie Manville. Amie fidèle et affectueuse depuis le premier jour, elle s'était montrée particulièrement accueillante envers ses parents, lorsqu'ils étaient venus à Londres assister à la remise de son diplôme. Pendant ces quelques jours, Jane leur avait cédé sa place dans l'appartement de Walton Street et était retournée chez ses parents, à Mayfair. Audra et Vincent avaient ainsi pu être auprès de Christina ; leur séjour à Londres s'était déroulé dans les meilleures conditions.

Les Sedgewick avaient organisé une fête en l'honneur de Jane et de Christina. Dulcie était restée bouche bée lorsqu'on lui avait présenté Vincent — Christina ne put retenir un sourire en se rappelant sa réaction : « Vous auriez pu me prévenir que votre père était le sosie de Robert Taylor, Christina ! S'il était acteur, il ferait fortune avec un physique pareil ! » Lorsque Christina rapporta ces propos à ses parents, Vincent en fut tout émoustillé, mais Audra manifesta une vive contrariété. Christina se rendit alors compte que sa mère était restée très jalouse.

On ne sait jamais à quoi s'en tenir avec eux, se dit Christina en reprenant son stylo. Quand ils ne se font pas la guerre, ils tombent dans les bras l'un de l'autre... Elle évoqua ses parents avec tendresse. Elle les aimait autant l'un que l'autre, s'efforçait toujours de ne pas prendre parti, d'éviter de leur causer de la peine. Jusqu'à présent, elle y avait réussi. Mais c'est avec un sentiment de culpabilité qu'elle reprit le catalogue de ses mensonges. Pourtant, j'agis ainsi pour une bonne cause, se dit-elle.

Il était neuf heures du soir lorsque Christina quitta enfin « l'usine » et descendit Kings Road en direction de Sloane Square. Tout en marchant, elle ne cessait de penser à sa mère. Elle était parvenue à convaincre Audra de ne plus lui envoyer d'argent, en prétendant que ses œuvres se vendaient bien. Cela n'empêchait pas Audra de continuer à travailler. « Ta mère refuse de m'écouter, lui avait déclaré Vincent pendant les dernières vacances de Noël. Elle n'en a jamais fait qu'à sa tête et je suis bien le dernier qu'elle écoutera sur ce sujet. » Audra n'avait pas davantage accepté d'entendre sa fille et Christina, de guerre lasse, n'avait pas insisté.

Au moins avait-elle la consolation de savoir qu'Audra conservait désormais pour elle-même l'argent qu'elle gagnait. Si sa mère travaillait encore, ce n'était plus afin de l'entretenir et Christina en éprouvait un profond soulagement.

Elle s'était résolue une fois pour toutes à ne jamais revenir sur sa décision de délaisser la peinture, qui ne lui inspirait aucun regret. Une seule ambition l'habitait désormais : se faire une place dans le monde de la haute couture et parvenir à une réussite éclatante. Ce n'est qu'en gagnant de l'argent, beaucoup d'argent, qu'elle serait en mesure, croyait-elle, d'acquitter sa dette envers sa mère, de l'entourer du luxe et du confort qu'elle méritait.

Sa lettre postée, Christina traversa Sloane Square en resserrant son écharpe pour se protéger du vent. Elle ne pensait déjà plus qu'à l'importante commande de Miranda Fowler, la célèbre comédienne, qui partait trois mois plus tard pour New York, où elle devait tenir la vedette d'une pièce de Broadway, et avait demandé à Christina de lui confectionner autant de robes du soir que possible.

Je ne pourrais jamais terminer à temps ! se dit la jeune fille en arrivant à Walton Street. Aussi, après avoir dîné d'un sandwich et d'un verre de lait, elle s'apprêta à passer la plus grande partie de la nuit à prendre des notes et à esquisser des modèles.

Les jours suivants, Christina se sentit habitée par l'inspiration.

Son carnet de dessin fut bientôt rempli de projets de toilettes pour Miranda Fowler ; les idées lui venaient sans effort, son imagination lui paraissait illimitée. Styles, formes, couleurs, textures, étoffes, broderies, tout se pressait dans sa tête sans se confondre. En dix jours, elle avait sélectionné ses esquisses, mis ses croquis au net et fixé son choix sur les tissus qu'elle utiliserait.

Plusieurs jours d'affilée, elle se trouva submergée sous une avalanche de mousselines, de soies, de satins, de brocarts, de crêpe georgette de toutes les couleurs de l'arc-en-ciel. Cette apparente confusion s'ordonna, elle aussi, peu à peu, et Christina choisit quelques échantillons de soie, de mousseline et de crêpe georgette pour les robes du soir, de satin pour les tenues d'intérieur et une longue cape de soirée, de brocart pour deux jaquettes à porter sur des pantalons de soie.

Lorsque l'actrice vint pour qu'on prît ses mesures, elle manifesta son enthousiasme devant les dessins et les échantillons des tissus choisis. Christina lui expliqua qu'il ne saurait être question de peindre et décorer une garde-robe complète de vêtements de soirée et sa cliente se rendit à ses raisons.

Christina travailla sans relâche, tandis que les deux couturières françaises piquaient et cousaient avec frénésie. Quelques semaines après le début du travail, Christina engagea une amie de Germaine, Lucie James, Française mariée à un Anglais. Lucie possédait les meilleures références ; excellente couturière, elle jouissait aussi d'une flatteuse réputation de coupeuse et avait travaillé chez Balenciaga jusqu'à son mariage, en 1938. Elle sortait de chez un couturier français installé à Londres. Christina se rendit vite compte que Lucie était la « perle rare » dont elle avait rêvé. Sa nouvelle recrue allait désormais la décharger d'une partie de la coupe, de sorte qu'elle pourrait se consacrer davantage à la peinture.

Ce ne fut pas une mince affaire pour leur équipe que de terminer la totalité de cette garde-robe à la date spécifiée par Miranda Fowler. De fait, Christina avait même pris un peu d'avance. Aussi, un beau soir de la fin mai, elle emmena Jane dans l'atelier afin de lui montrer ses réalisations.

Sous la lumière des projecteurs, elle retira d'un geste large le drap qui voilait la collection :

— Mesdames, admirez les chefs-d'œuvre ! déclara-t-elle. Mais avant de te montrer en détail ces merveilles, je dois t'apprendre ceci : lorsque Miranda Fowler m'aura payée, je pourrai enfin te rembourser tes cinq mille livres. N'est-ce pas sensationnel, Jane ?

— C'est vrai, mais rien ne presse, répondit Jane. Après quoi, elle laissa éclater son admiration à mesure que Christina lui présentait les toilettes.

Lorsqu'elles furent redescendues au bureau, Christina dit à son amie :

— J'invite mes trois adorables collaboratrices à dîner ce soir, pour les remercier de leurs efforts. Veux-tu te joindre à nous ? Tu fais partie de la famille.

— Je ne demanderais pas mieux, Christina, mais je tombe de fatigue. Ces fichus costumes m'ont tuée et je dois absolument régler ce soir un nouveau problème : les fraises refusent de garder leur forme et je ne peux pas les amidonner sous peine d'écorcher le cou des acteurs. Pourquoi faut-il aussi que ma mère ait cette passion pour le rôle d'Elizabeth Tudor ?

Christina pouffa de rire :

— Justement, dîner avec nous te changera peut-être les idées.

— Inutile d'insister. Ce soir, je rentre travailler, je me ferai un sandwich et je me coucherai de bonne heure... Quelle vie passionnante nous menons, toi et moi ! ajouta Jane avec une grimace.

— Nous nous rattraperons quand nous serons riches et célèbres.

— Plutôt deux fois qu'une !... Maintenant, écoute-moi bien : ne t'avise pas de claquer les portes et d'emprunter une démarche d'éléphant quand tu rentreras ce soir. Je t'ai dit que je me coucherai tôt, je tiendrai parole.

— Demain, c'est samedi. Tu peux faire la grasse matinée.

— Si seulement !... Allons, amuse-toi bien et passe une agréable soirée.

Il était un peu plus de onze heures, ce soir-là, lorsque Christina arriva dans Walton Street.

Elle se sentait épuisée. Les quelques mois qui venaient de s'écouler avaient beaucoup exigé d'elle. Ce soir, pour la première fois depuis longtemps, elle s'était détendue. Mais le repas copieux et les vins l'avaient assommée. Elle avait hâte de se glisser dans son lit.

En levant les yeux, elle s'étonna de voir les lumières de l'appartement allumées. Jane a sans doute oublié d'éteindre dans le salon avant de se coucher, se dit-elle en ouvrant la porte de la rue.

Elle monta l'escalier jusqu'au dernier étage. Elle était encore sur le palier, son trousseau de clefs à la main, quand la porte de l'appartement s'ouvrit. Jane apparut sur le seuil.

Christina sursauta :

— Tu m'as fait peur...

Jane lui prit le bras et lui imposa silence :

— Tes parents sont là, murmura-t-elle. Ta mère est folle de rage.

— Oh ! mon dieu !... dit Christina en pâlissant. Que je suis idiote !

38

Sa mère la dévisageait avec une telle froideur que Christina s'immobilisa sur le seuil. D'un seul coup, son courage la désertait. Elle parvint à maîtriser un tremblement.

Assis côte à côte sur le canapé, ses parents étaient figés comme des statues.

Nul ne parlait. Dans le vestibule, Jane préférait se soustraire aux regards. Christina était pétrifiée.

Au bout d'un long silence, elle retrouva l'usage de la parole :

— Papa, maman... quelle surprise...

— Je le constate, en effet, répliqua Audra, glaciale.

Sous le regard meurtrier de son père, Christina avala sa salive avec peine.

Audra se leva alors d'un bond et fit le tour de la pièce, s'arrêtant devant chaque tableau :

— *Ormes en hiver... Nuages à Gunnerside... Houghley Beck... Les delphiniums d'Edith...* (Elle interrompit son énumération, se tourna vers sa fille en tendant un doigt accusateur vers la chambre et le tableau que l'on y voyait par la porte ouverte :) Et maintenant, *Nymphéas à Hadley Court.* Tu m'avais affirmé avoir vendu toutes ces toiles. Tu m'as menti, Christina. Je veux savoir pourquoi. Je veux savoir de quoi tu vis. Avec quel argent. Il se passe ici des choses extrêmement inquiétantes et j'exige des explications, entends-tu ? Tu vas me dire la vérité. Tout de suite !

Face à cette attaque, Christina se ressaisit. Il ne lui restait plus qu'à affronter une scène depuis longtemps prévisible.

Elle s'approcha d'Audra, prit une profonde inspiration :

— Je voulais vous parler, en effet. Depuis très longtemps... L'expression d'Audra, la force redoutable de sa personnalité la réduisirent au silence. Elle n'osa pas poursuivre.

— J'attends, Christina.

Elle se jeta à l'eau, bafouillant presque :

— J'ai abandonné la peinture, je suis devenue styliste de mode. Je me suis rendu compte qu'il était vain de rester une artiste famélique. Je voulais gagner de l'argent, comprenez-vous ? Mes toilettes sont belles, elles ont du succès. Elles vous plairont aussi, j'en suis sûre...

— Quoi ? s'exclama Audra, livide. Tu as abandonné l'art pour devenir *couturière* ? Tu as renoncé à ton don de créer la beauté pour te livrer au... *commerce* ? Je n'en crois pas mes oreilles ! Je ne veux pas y croire...

Audra s'interrompit, comme ébranlée par cette découverte. Un instant plus tard, elle reprit avec véhémence :

— Après tout ce que j'ai fait pour toi ! Mon dieu, quand je pense aux années de travail et de sacrifices, à tout ce que je t'ai donné, allant jusqu'à m'effacer pour te faire passer avant moi, avant ton père que j'ai négligé à cause de toi ! Et tout cela pour... pour...

Audra fut incapable de poursuivre. Suffoquée par l'émotion et par l'indignation, elle se tourna vers Vincent, les yeux pleins de larmes.

— Oh, Vincent !... dit-elle en lui tendant les bras.

Il la serra contre lui, s'efforça de la calmer et de la réconforter. Puis il releva les yeux, dévisagea sa fille comme s'il la voyait pour la première fois.

Sous la dureté de ce regard, Christina eut un mouvement de recul. Pendant un bref instant, une expression de désespoir se peignit sur le visage de Vincent.

— Tu infliges à ta mère une peine inguérissable, dit-il d'une voix sourde.

Sans rien ajouter, il tourna le dos à sa fille et emmena Audra, secouée par les sanglots.

Christina était pétrifiée. Un instant plus tard, elle s'élança à la poursuite de ses parents, les rattrapa dans le vestibule, retint Vincent par la manche :

— Papa, je vous prie, attendez...

Il se dégagea d'un geste brusque et s'écria :

— Il est bien temps ! Je t'ai assez entendue ce soir, Christina. Je ne t'aurais jamais crue capable de faire souffrir ta mère à ce point.

Bouleversée, Christina suivit des yeux ses parents qui traversaient le palier et s'engageaient dans l'escalier.

Derrière elle, Jane murmura :

— C'est épouvantable, Christina... Comment te sens-tu ?

Christina ne répondit pas. Jane la prit par les épaules, l'entraîna à l'intérieur, referma la porte et força son amie à aller s'asseoir sur le canapé.

Soudain saisie d'un tremblement incontrôlable, Christina fondit en larmes.

— Il faut que je les rejoigne... commença-t-elle.

— Non, ma chérie, non, lui dit Jane en s'efforçant de la consoler. Pas ce soir, cela causerait plus de mal que de bien... Tiens, essuie-toi les yeux, ajouta-t-elle en lui tendant son mouchoir. Je vais chercher quelque chose à boire, nous en avons besoin toutes les deux.

Christina sécha ses larmes, se moucha, prit le cognac que lui tendait son amie et en avala une gorgée.

— Je pourrais peut-être leur téléphoner dans un moment. Ils sont sans doute descendus dans mon ancien studio, chez Theo.

— Non, ils sont à l'hôtel... Quelle idiote je fais ! Je n'ai même pas pensé à leur demander lequel, quand ton père m'en a parlé !

— Oh non !... (Christina s'affaissa contre le dossier, vaincue par le chagrin.) J'étais sûre qu'ils étaient à Chester Street. Comment les retrouver, maintenant ?

— Ils téléphoneront peut-être demain.

— J'en doute fort. Maman est dans tous ses états, papa est furieux contre moi... Raconte-moi ce qui s'est passé ce soir, répondit-elle en se massant les yeux d'un geste las.

— Ils sont arrivés vers dix heures un quart. Je m'étais couchée tôt, mais le téléphone ne cessait pas de sonner. Des appels plus ridicules les uns que les autres. Gregory Joynson, d'abord, qui se plaignait que l'un des costumes de ma mère jurait avec la couleur d'un coussin du décor — il est tatillon comme une vieille fille ! Il a rappelé cinq minutes après en s'inquiétant de ces maudites fraises. J'avais à peine raccroché que Harry Manderville appelait pour nous inviter à je ne sais quel bal des Beaux-Arts, le mois prochain. J'étais tellement lasse que j'ai décroché l'appareil et je me suis endormie. J'ai été réveillée en sursaut par l'interphone de l'entrée. C'était ton père. Bien entendu, je leur ai dit de monter — que voulais-tu que je fasse ? J'étais à moitié endormie et je n'ai même pas pensé à cacher les tableaux...

— Je ne t'en veux pas, Jane. Tu n'y es pour rien. Ont-ils au moins dit pourquoi ils étaient à Londres ? Ils n'ont pas l'habitude de venir comme cela, sans avertir.

— Si j'ai bien compris, ton père a eu l'idée de génie d'emmener ta mère à Londres pour te faire une surprise. Voilà pourquoi ils n'ont pas prévenu de leur visite.

— Si seulement j'avais été au courant... Nous aurions caché les tableaux à l'atelier et ils ne se seraient doutés de rien.

— Je sais... Je me sens coupable, je te l'avoue, dit Jane avec un regard contrit. Si je n'avais pas décroché le téléphone, ils auraient pu me joindre. Ils ont essayé d'appeler et, trouvant la ligne occupée, ils sont sortis dîner. Plus tard, ils ont fait une nouvelle tentative et la téléphoniste leur a dit que la ligne était en dérangement. C'est alors qu'ils ont décidé de venir voir ce qui se passait. Oh ! si je leur avais parlé, je les aurais tranquillisés et ils ne seraient pas venus avant demain. Nous aurions eu le temps d'enlever les tableaux.

— Tu n'as rien à te reprocher, Jane, je te le répète ! Si je n'avais pas invité les couturières à dîner, j'aurais été là moi-même pour recevoir mes parents. La vie est faite de coïncidences, tu le sais aussi bien que moi. (Puis, après avoir regardé autour d'elle, elle ajouta :) Je suppose que ma mère a immédiatement remarqué les tableaux, n'est-ce pas ?

— Quelle question ! Je me suis aussitôt rendu compte que nous nous étions conduites comme des imbéciles. Alors, je me suis précipitée à la cuisine pour faire chauffer de l'eau. J'étais terrorisée. Crois-moi, j'ai passé une des heures les plus pénibles de ma vie, seule avec eux à attendre ton retour !

— A-t-elle posé beaucoup de questions sur ce que je faisais ?
— Pas une seule. Ton père non plus.
Christina consulta sa montre :
— J'essaie de me convaincre qu'ils vont m'appeler... C'est idiot de ma part, je sais bien qu'ils n'en feront rien.
— Mais si, tu verras. Je suis sûre qu'ils t'appelleront demain.
Christina hocha distraitement la tête. Elle savait que Jane cherchait à la rassurer. Elle savait aussi que son amie se trompait.

Christina ne put trouver le sommeil.
Dans le noir, les yeux ouverts, elle pensait à sa mère et attendait le matin.
A sept heures, elle alluma sa lampe de chevet, prit son carnet d'adresses et chercha le numéro de téléphone de Mike Lesley. Si quelqu'un était au courant de l'endroit où ses parents étaient descendus, ce devait être lui. Elle composa l'indicatif de Leeds, le numéro. On décrocha presque aussitôt.
— Docteur Lesley à l'appareil.
— Oncle Mike ? Ici Christina.
— Je t'ai reconnue. Bonjour, ma chérie.
— Excusez-moi de vous déranger si tôt, mais je me disais que vous connaissiez peut-être le nom de l'hôtel où logent papa et maman. Nous nous sommes disputés hier soir et...
— Je suis au courant, ton père me l'a raconté tout à l'heure.
— Ah bon ?... Vous savez donc où ils sont ?
— Oui, Christina, ils étaient au Brown. Mais ton père m'a appelé il y a une demi-heure, au moment de quitter l'hôtel. Actuellement, ils sont sur la route, tu ne peux plus les joindre.
— Oh, mon dieu !... J'espérais les voir ce matin, leur expliquer... Sa déception était si vive qu'elle dut s'interrompre.
— Il vaut peut-être mieux qu'ils soient déjà partis, Christina. Dans quelques jours, quelques semaines, ta mère sera calmée et tu pourras lui parler posément.
— Je ne crois pas, oncle Mike. Il faut que je m'explique sans tarder. Hier soir, elle était terriblement peinée, blessée... Papa vous a-t-il tout raconté ?
— Oui.
— Vous savez donc que j'ai abandonné la peinture pour la couture ?
— Oui.
— Et vous me désapprouvez, vous aussi ?
— Cela te regarde, Christina. Tu dois mener ta vie comme tu l'entends. Tu as sûrement de bonnes raisons d'avoir pris cette décision.
— Oui, oncle Mike, d'excellentes raisons ! C'est pourquoi il faut

que je les fasse comprendre à maman. Je ne pouvais plus continuer à me laisser entretenir par elle. C'est à moi de subvenir à mes propres besoins. Savoir qu'elle continuait à travailler à l'hôpital pour me donner de l'argent m'était devenu intolérable. J'ai un certain talent pour le stylisme, et j'ai pensé que c'était un moyen de gagner de l'argent — pas seulement pour moi, mais pour elle. Pour maman. J'ai le devoir de m'acquitter de ma dette envers elle...

— Oh, Christina !... l'interrompit Mike avec un soupir. Ta mère n'attendait pas d'être remboursée de ce qu'elle a fait pour toi. Sa seule récompense, c'était la fierté que tu lui inspirais.

— Cela lui suffisait peut-être, mais pas à moi. Loin de là ! Je veux lui offrir bien davantage, je veux qu'elle profite enfin de la vie, qu'elle ait tout ce qu'il y a de mieux et je ne m'arrêterai pas avant de le lui avoir donné !

— Non, en effet — il serait vain de t'en empêcher, répondit-il avec compréhension. Tu ressembles trop à ta mère pour te laisser détourner de ton objectif... Je me demande toutefois si elle comprendra jamais, *elle*, jusqu'à quel point tu marches sur ses traces.

— Que voulez-vous dire, oncle Mike ? Je ne suis pas sûre de vous comprendre.

Mike Lesley préféra ne pas répondre directement :

— Il y a longtemps déjà, ton père était venu me demander conseil au sujet d'Audra. Il était extrêmement inquiet de la voir ruiner sa santé, se surmener et abuser de ses forces. Nous étions alors au printemps 1939. Ton père jugeait anormal son besoin obsessionnel de tout sacrifier à ton avenir. Laurette avait objecté que le mot « anormal » n'était pas tout à fait juste, qu'il s'agissait plutôt — comment disait-elle, déjà ? — d'une volonté si puissante et si désintéressée qu'elle en était... impressionnante.

Christina essuya du bout des doigts les larmes qui lui venaient aux yeux :

— C'était la bonne définition, n'est-ce pas ?

— Oui, ma chérie. Maintenant, tu suis son exemple. Ta mère ne pourra pas plus t'en empêcher aujourd'hui que ton père n'avait su s'opposer à elle à l'époque.

— Pourquoi m'avoir dit qu'elle ne me comprendrait pas, oncle Mike ?

— Parce qu'elle ne voudra jamais admettre que tu abandonnes la peinture afin de payer ta dette à son égard. L'idée même la scandalise. Tu aurais beau le lui expliquer, comme tu viens de le faire ; je connais d'avance sa réponse. Elle te forcera à te remettre à peindre parce qu'elle n'a aucune envie de profiter de la vie ni de s'entourer de luxe.

— Vous avez sans doute raison, dit Christina au bout d'une longue pause. Mais cela ne me détournera pas de ce que je considère comme mon devoir.

39

— Je veux faire les choses en grand, déclara Christina. En très grand ! Et dès maintenant !

Jane sursauta et enleva précipitamment les épingles qu'elle tenait entre ses lèvres.

— J'aimerais que tu évites les proclamations de cet ordre quand j'ai ces trucs-là entre les dents ! Pour un peu, je les avalais.

— Je te présente mes excuses les plus plates.

— Je les accepte, répondit Jane en souriant. Donc, tu veux faire les choses en grand. Vas-y, je t'écoute. Dis-moi tout.

— C'est bien ce que je compte faire dans une minute, répondit Christina en traversant l'atelier en direction de Jane, qui travaillait sur un costume de scène destiné à sa mère.

Il faisait une chaleur étouffante, en cet après-midi de juillet. Jane s'était mise à l'aise ; elle avait noué les pans de son chemisier de coton sous sa poitrine, troqué sa jupe contre un short, enlevé bas et chaussures et relevé ses longs cheveux blonds au-dessus de sa tête.

En dépit de sa coiffure en désordre, de son visage barbouillé de rouge à lèvres et de maquillage, Christina ne pouvait s'empêcher d'admirer la beauté de son amie. Jane lui était de plus en plus chère et Christina se réjouissait chaque jour d'avoir mérité son amitié.

Elle posa sur une table le plateau qu'elle portait, dévissa la thermos :

— Que dirais-tu d'une citronnade bien fraîche ? Tu dois mourir de soif.

— Merci. On devrait s'offrir un autre ventilateur... (Jane s'écarta du mannequin, examina la robe de style Tudor et alla s'asseoir sur un tabouret en prenant le gobelet que lui tendait Christina.) Et maintenant, parle. Expose-moi tes projets. Je te connais, ils doivent déjà être parfaitement au point.

— Pas tout à fait, mais presque, répondit Christina en s'asseyant sur le bord d'une table. Depuis dix mois que nous travaillons, nous avons bien gagné notre vie. Nous pourrions néanmoins vendre deux fois plus de robes si nous étions en mesure de les produire. Donc, comme je te le disais, il faut nous agrandir.

— Comment cela ?

— En engageant des coupeuses, des couturières, du personnel de bureau et en ouvrant un magasin d'exposition dans le West End.

— Cela coûte cher, Christina. Mes cinq mille livres n'y suffiraient pas.

— Je sais. Il en faudrait à peu près cinquante mille.

— Tant que cela ? dit Jane avec un sifflement impressionné.

— J'ai tout étudié en détail. Il faut compter les salaires, bien sûr, mais aussi le stock — les tissus, les fournitures. Sans parler du loyer du magasin. J'en ai visité quelques-uns, la semaine dernière, je sais qu'ils coûtent cher, surtout dans le quartier de Mayfair. C'est là que nous devrions nous installer.

— Quand tu parles de faire les choses en grand, tu n'y vas pas de main morte !

— La classe n'a pas de prix, Jane ! Mais revenons aux cinquante mille livres. Nous devrions pouvoir les emprunter à la banque, mais il faudrait que ta mère se porte caution.

Jane fronça les sourcils, se mordit les lèvres tout en réfléchissant :

— Non, ce n'est pas une bonne idée de s'endetter auprès d'une banque, dit-elle enfin. Je préférerais de beaucoup emprunter directement à ma mère. Elle nous donnerait au moins la moitié, ma tante Elspeth — celle de Monte-Carlo — mettrait le reste. J'en suis sûre, elle m'a déjà demandé si nous avions besoin d'argent pour notre affaire. Elle accepterait d'autant plus volontiers qu'elle raffole de tes robes.

— Si tu y arrivais, Jane, ce serait le rêve... Sincèrement, crois-tu qu'elles prendraient le risque ?

— J'en donnerais ma tête à couper. De toute façon, il n'y a pas grand risque à te financer, tout le monde le sait.

— J'aimerais quand même que ce soit sous forme de prêt — avec des intérêts bien entendu — si cela leur convenait. Nous n'avons pas vraiment besoin d'associés ou d'actionnaires.

— Non, c'est vrai... Maman et tante Elspeth ne seraient guère gênantes, mais je suis d'accord avec toi. Il vaudrait mieux qu'elles nous prêtent cet argent.

Jane se leva soudain, pleine d'enthousiasme :

— Allons tout de suite téléphoner à maman ! Elle est à la maison en train de repasser son rôle. Après, j'appellerai tante Elspeth à Monte-Carlo. Elles sauteront toutes les deux sur l'occasion, j'en suis sûre ! Oh, Christina, tout cela devient passionnant ! La semaine prochaine, tu verras, les choses vont prendre des proportions... énormes !

Riant aux éclats, Jane traversa l'atelier à grandes enjambées puis dévala l'escalier en chantant : « Toujours plus grand, toujours plus haut, telle est notre devise !... »

Christina la suivit d'un pas plus mesuré. Elle souriait devant l'exubérance de son amie mais croisait les doigts pour conjurer le sort. Pourvu que Jane ait raison ! se répétait-elle.

Jane avait raison.

Dulcie Manville et sa sœur Elspeth Langer fournirent à Christina

Crowther le capital dont elle avait besoin pour agrandir sa maison de couture et s'installer dans le West End.

Quatre jours après l'appel téléphonique de Jane, Elspeth arriva de France. Les quatre femmes se réunirent à plusieurs reprises avec les hommes de loi de Dulcie. C'est au cours d'une de ces conférences que Dulcie et Elspeth décidèrent que Christina devait disposer d'un capital plus important encore, afin de faire face à l'imprévu. Elles doublèrent donc le montant de leur prêt : cent mille livres, à raison de cinquante mille chacune.

Christina déposa cette somme à la banque avant la fin du mois de juillet, après avoir dûment signé les actes nécessaires.

Le plus dur, en un sens, restait à faire. Christina se rendit compte qu'elle allait devoir se dédoubler.

Le jour, elle était chef d'entreprise. A ce titre, elle recevait les employés de bureau, les couturières, les coupeuses, les brodeuses, les repasseuses, car elle voulait n'engager que les meilleures recrues. Lucie James, qu'elle avait promue au poste de première, lui était de bon conseil. C'est elle, par exemple, qui lui présenta Giselle Roux pour l'emploi de première vendeuse. Giselle était mariée à un Anglais, comme son amie Lucie, et vivait à Londres depuis 1952. Jeune femme élégante et raffinée d'une trentaine d'années, elle avait été vendeuse chez Balmain, à Paris, et possédait une excellente expérience du métier. Christina vit qu'elle pouvait faire confiance à son jugement et lui laissa le soin de recruter les autres vendeuses. Lorsqu'elle ne recevait pas de postulantes, Christina visitait des locaux pour son magasin, sillonnait le West End, montait des escaliers, arpentait, entrait, sortait — et sentait le découragement la gagner.

Alors qu'elle allait désespérer, elle tomba presque par hasard sur un charmant petit hôtel particulier dans Bruton Street, en plein Mayfair.

L'agent immobilier le lui fit visiter un samedi de la fin août. Il bruinait et le ciel était gris. Cependant, Christina fut aussitôt sensible à l'impression d'espace et de clarté qui se dégageait des pièces. Elle loua la maison sans hésiter, parce qu'elle convenait admirablement à ses projets, qu'elle était en bon état et nécessiterait peu de travaux.

Composée d'un rez-de-chaussée et de cinq étages, elle offrait des surfaces amplement suffisantes pour l'installation des ateliers et des bureaux. Il y avait surtout deux grands salons, de part et d'autre d'un vestibule, qui semblaient parfaitement adaptés à la présentation des collections.

Situés au premier étage, hauts de plafond, ils comportaient chacun une cheminée, des portes-fenêtres ouvrant sur de petits balcons. En les parcourant, Christina les imaginait déjà décorés dans ses teintes préférées de gris et de blanc, avec une épaisse moquette et de grands lustres de cristal ruisselants de lumière.

Le soir, elle abandonnait son rôle de femme d'affaires et redevenait artiste.

Longtemps après que tout le monde avait déserté l'« usine » de Kings Road, Christina restait travailler aux dessins de sa première collection sous la griffe *Christina*. Il s'agissait d'une collection d'été, qu'elle avait l'intention de dévoiler à la presse et au public au début de 1956. Il ne lui restait que cinq mois pour créer les soixante-cinq modèles, elle devait donc travailler d'arrache-pied. Pour la première fois, elle présentait une collection complète car, depuis dix mois, elle n'avait encore soumis à ses clientes que des dessins et des échantillons des toilettes qu'elle réalisait ensuite à leurs mesures.

La création d'une collection entière autour d'un thème unique constituait un défi stimulant. Christina le relevait grâce à ses qualités créatrices qui aiguillonnaient son énergie et la poussaient à se surpasser. Non contente, en effet, de concevoir les robes et les ensembles proprement dits, elle tenait à créer les accessoires correspondants. A ses yeux, une robe, un tailleur, un manteau n'étaient « finis » qu'accompagnés de leurs accessoires. Une toilette devait former un tout.

Comblée de se voir enfin lancée comme elle l'espérait, Christina n'était pas moins satisfaite d'exploiter ses talents artistiques. Il ne subsistait qu'une ombre à son bonheur : sa brouille avec ses parents.

Depuis la terrible scène du mois de mai, elle leur avait souvent téléphoné, elle était allée les voir dans le Yorkshire, elle leur écrivait avec la même régularité. Son père s'était quelque peu laissé attendrir, mais sa mère restait aussi froide et distante, au point que Christina s'était résignée à suivre les conseils de Mike Lesley. Elle s'abstenait donc de révéler à sa mère les raisons profondes l'ayant poussée à abandonner la peinture et elle gardait l'espoir de se réconcilier avec elle un jour ou l'autre. Audra l'aimait trop pour lui en vouloir longtemps, elle en était sûre. Elle comptait également sur l'influence que son père ne pourrait manquer d'exercer.

Un jour, bientôt, tout rentrerait dans l'ordre. D'ici là, Christina ferait l'impossible pour que ses parents soient à nouveau fiers d'elle.

40

Du vestibule séparant les deux salons, Christina regarda autour d'elle.

Les deux pièces offraient un décor identique : murs et moquette gris perle, cheminées blanches, lustres et appliques de cristal, miroir de Venise.

L'ensemble produisait l'effet recherché par Christina. La dominance gris clair rehaussée de blanc donnait un sentiment de fraîcheur apaisante. Aucune touche de couleur ne venait rompre cette subtile harmonie. Christina voulait, en effet, que rien ne pût distraire l'attention ni concurrencer ses modèles. Les fleurs elles-mêmes, bannies des salons, se voyaient reléguées dans les couloirs de l'hôtel de Bruton Street.

Christina se retourna afin de vérifier l'agencement de la gerbe posée sur la console Louis XVI du vestibule. Elle était uniquement composée de fleurs blanches et cet arrangement floral, placé à cet endroit précis, atteignait à la perfection.

Elle pénétra dans le plus grand des deux salons. Pour la centième fois depuis le début de cette froide journée de janvier, elle en vérifia l'aménagement jusqu'au moindre détail.

La pièce était séparée en deux par un praticable, flanqué de chaque côté par des rangées de chaises dorées. Christina ne put maîtriser un frisson de plaisir et d'impatience. Dans moins d'une heure, sa première collection allait apparaître au grand jour. En même temps, elle éprouva une soudaine appréhension, joignit les mains et prit une profonde inspiration.

— Mademoiselle !...

Sa première vendeuse se tenait sur le seuil des vestiaires aménagés dans les pièces contiguës, où les mannequins s'apprêtaient pour le défilé, qui devait commencer à quinze heures.

— Giselle ?

— Je voulais simplement vous souhaiter bonne chance, mademoiselle, lui répondit-elle avec un large sourire.

— Merci, Giselle... (Le sourire de Christina se figea :) Pas de problèmes avec la collection, au moins ? Est-elle au point, à votre avis ?

— Au point ? Elle est superbe, mademoiselle ! Splendide ! Quand j'étais à la maison Balmain, je disais toujours à Monsieur que si l'enthousiasme régnait dans les ateliers, on pouvait s'attendre à des acclamations dans les salons. A la maison Christina, il y a plus que de l'enthousiasme aux ateliers. Alors, vous pouvez être sûre que les applaudissements vont retentir dans les salons.

Une jeune habilleuse passa la tête par la porte entrebâillée :

— Excusez-moi de vous interrompre, on a besoin de Mme Roux !

La première s'éclipsa aussitôt.

Une fois seule, Christina alla se poster le dos à la cheminée. Elle embrassa la pièce du regard, suivit le praticable jusque dans l'autre salon. Elle imagina les mannequins allant, venant, tournoyant, faisant halte ici ou là afin de présenter ses créations sous leur meilleur jour. Elle aimait chacun des modèles sortis de ses mains — mais le public serait-il conquis ? Elle ne pouvait que prier. Elle s'étonnait encore d'avoir réussi à tout faire, à sortir la collection à temps. « De la sueur, du sang et des larmes... » murmura-t-elle en évoquant le célèbre discours de Winston Churchill, prononcé au début de la guerre, quand elle était encore enfant.

Elle se retourna, s'observa dans le miroir de Venise au-dessus de la cheminée. Un peu plus tôt, trouvant qu'elle avait mauvaise mine, elle s'était maquillée de façon plus soutenue qu'à l'accoutumée. Le fard semblait s'être évanoui, elle se vit aussi pâle qu'avant — peut-être à cause de son tailleur : elle devait toujours se maquiller davantage lorsqu'elle portait du noir...

En reculant d'un pas, Christina s'examina en pied, détailla son tailleur d'un regard critique. C'était une parfaite réussite — une coupe, un montage irréprochables. Pour seul ornement, elle portait un gardénia blanc à l'épaule. Désormais, ce gardénia allait devenir sa marque.

Satisfaite, elle leva la main afin de lisser sa coiffure.

C'est alors qu'elle vit leur reflet dans le miroir. Ils se tenaient sur le seuil et hésitaient à entrer.

Pendant une fraction de seconde, Christina crut être le jouet d'un mirage. La réalité s'imposa toutefois. Elle se tourna vers eux, ouvrit la bouche, ne put proférer un son. Elle resta là, pétrifiée, muette.

Audra fit enfin quelques pas dans sa direction :

— Nous sommes venus... Nous ne pouvions pas ne pas venir. Pas un jour comme aujourd'hui.

— Oh, maman...

— Christina, ma chérie...

Du même pas, elles s'avancèrent l'une vers l'autre, se rejoignirent au milieu de la pièce. Audra leva vers sa fille des yeux pleins de larmes :

— Tu m'as tant manqué...

Christina tendit les bras, la serra contre sa poitrine comme si rien ni personne ne pouvait lui faire relâcher son étreinte :

— Je me suis tant ennuyée de vous, maman. Vous ne saurez jamais à quel point...

Vincent les rejoignit, les prit toutes deux dans ses bras. Leurs pleurs de joie firent place au rire. La première, Christina s'écarta afin de mieux contempler ses parents. Ils étaient revenus vers elle. Elle ne pouvait se rassasier de leur présence.

— Je suis si heureuse. Cela représente tant pour moi... M'avez-vous pardonné, maman ?

— Tu n'as rien à te faire pardonner, ma chérie. Oui, j'étais en colère contre toi parce que je souffrais. Je me rends maintenant compte que j'avais tort de me conduire ainsi. Tu devais agir selon ton sentiment, ton oncle Mike nous l'a encore récemment répété. Vois-tu, poursuivit Audra en souriant, je t'ai peut-être offert la chance de réussir ta vie, mais je n'avais pas le droit de mener cette vie à ta place. Quand je l'ai enfin compris, j'ai su que c'était à moi de faire le premier pas, ma chérie.

Christina se pencha, embrassa sa mère :

— Maintenant que papa et vous êtes ici, ce jour est le plus beau de ma vie. (Puis, prenant le bras de Vincent, qu'elle embrassa à son tour, elle ajouta :) Merci d'avoir amené maman, merci d'être vous-même venu. Je vous aime tant, tous les deux.

Vincent répondit :

— Nous t'aimons aussi, Christina. Alors, quand nous avons reçu l'invitation avec ton petit mot, j'ai dit à ta mère que nous ne pouvions pas manquer d'être témoins de ta réussite.

41

Du jour au lendemain, Christina Crowther devint une personnalité de la haute couture internationale.

Son succès fut si soudain, les commandes furent si nombreuses qu'il ne lui fallut pas vingt-quatre heures pour comprendre qu'elle devait, sans tarder, agrandir ses locaux, engager du personnel et acheter des tissus.

Elise, Germaine et Lucie se chargèrent de ces problèmes, avec leur célérité et leur efficacité coutumières, tandis que Giselle Roux, à la tête de son équipe de vente, canalisait le flot des acheteuses qui envahissaient l'hôtel de Bruton Street.

Les anciennes clientes de Christina s'arrachaient les modèles de la collection, les nouvelles ne voulaient pas être en reste. Ce fut toutefois l'importance considérable des commandes passées par certains grands magasins qui laissa Christina et Giselle stupéfaites.

Ainsi, l'acheteuse de Bergdorf-Goodman, de New York, était conquise par la collection au point d'en commander presque tous les modèles par dizaines d'exemplaires. Celle de chez Harte's, de Knightsbridge, alla encore plus loin. En même temps, elle proclamait à tous les échos que Christina était la découverte de la décennie et faisait observer que le monde de la haute couture n'avait pas connu de triomphe comparable depuis la création du New Look par Christian Dior en 1947. « Elle a raison, mademoiselle, renchérissait Giselle. Nous assistons au même phénomène. » Christina ne demandait qu'à la croire.

Ces commandes représentaient un chiffre d'affaires de plusieurs centaines de milliers de livres. De sa boutique de fruits et légumes de Kings Road à l'élégant hôtel particulier de Mayfair, Christina avait accompli un pas de géant. D'emblée, elle se trouvait à la tête d'une affaire considérable — et l'égale des plus grands.

Son extraordinaire ascension, elle la devait à cette première collection, qu'elle avait baptisée la « collection florale », thème qu'elle avait en effet retenu et interprété différemment pour chacun de ses modèles.

Les robes du soir, particulièrement élaborées, étaient ornées de toutes sortes de fleurs, des orchidées les plus exotiques aux fleurs des champs les plus simples. Lorsqu'elle en avait entrepris la conception, plusieurs mois auparavant, Christina s'était rendu compte qu'il lui serait impossible de peindre elle-même chaque robe. Elle avait donc engagé des peintres, chargés de recopier fidèlement ses dessins.

Elle avait également fait imprimer ses fleurs en sérigraphie sur des coupons entiers. Les toilettes vaporeuses qu'elle obtenait ainsi, dans des mousselines de soie ou des crêpes georgette, firent elles aussi sensation. Ses robes du soir ou de cocktail imprimées allaient connaître un succès durable et rapporter à leur créatrice livres et dollars par millions.

D'autres toilettes, coupées dans une soie plus lourde, ne comportaient qu'un seul motif, sur la jupe, le corsage ou une épaule. Mais cette fleur unique, brodée et incrustée de pierreries, devenait un véritable bijou. Les clientes se précipitèrent sur ces modèles sans se soucier du prix.

Les toilettes du soir de la « collection florale » étaient luxueuses et féminines ; elles suscitèrent l'admiration unanime lors de leur présentation. Christina avait sélectionné une gamme de coloris allant du blanc et de délicats tons pastel aux couleurs les plus soutenues, rouge, jaune, saphir ou noir — pour lequel Christina avouait un penchant particulier.

Caractéristique de toute la collection, le thème floral se retrouvait dans les toilettes de jour, mais sous une autre forme, encore plus originale : dans la ligne même des modèles.

Tailleurs, robes et manteaux, ajustés du bas, s'épanouissaient à partir de la taille et jusqu'aux épaules en lignes souples, jamais angulaires. Ainsi, la silhouette même suggérait la forme d'une fleur sur sa tige.

Parfois très stricts, ces modèles étaient toujours coupés et montés de manière irréprochable, selon une architecture fortement structurée. Christina avait réalisé cette gamme en tissus légers, soie, coton, lin, serge, dans de nombreuses nuances de rose et de mauve, ou dans des bleus crus, des verts allant de l'émeraude le plus éclatant au citron le plus délicat. Bien entendu, elle avait tenu à ce que chaque modèle fût accompagné de ses accessoires.

Si Christina avait reçu du public un accueil enthousiaste, celui de la presse était encore plus chaleureux. Les chroniqueuses de *Vogue*, *Harper's Bazaar* ou *Queen* étaient des femmes raffinées, blasées, qui ne se laissaient pas prendre aux apparences. Elles savaient aussi bien dénoncer le faux semblant qu'acclamer le véritable talent. Elles avaient compris que le foudroyant succès de Christina ne serait pas un simple feu de paille mais annonçait le début d'une carrière solide.

Quant aux journalistes de la presse à grand tirage, ils ne juraient plus que par Christina.

De fait, elle leur fournissait de la bonne copie. Quel meilleur sujet, pour eux, que l'histoire de cette inconnue qui, du jour au lendemain, s'imposait à la haute société et surtout qui était jeune, jolie et née, comme tout un chacun, dans une modeste famille de province ? Les journalistes étaient d'autant plus empressés que leurs lecteurs pouvaient s'identifier à leur héroïne — et davantage encore à Audra et

Vincent, mitraillés par les photographes lors de la présentation de la collection, en janvier.

Christina tirait de son succès une certaine fierté, mais elle gardait les pieds sur terre. Au fond de son cœur, elle savait que sa plus précieuse récompense se trouvait dans le bonheur qu'elle offrait à ses parents. Jamais elle n'oublierait leurs visages épanouis pendant le défilé des mannequins, tandis que les applaudissements crépitaient sous les lustres.

Ainsi que Jane le lui avait dit ce soir-là, après le souper réunissant les Crowther et les Sedgewick :

— Ils rayonnaient de joie et de fierté, Christina. Je crois même avoir surpris des larmes dans les yeux de ton père. Christina lui avait alors répété les paroles de sa mère.

Pendant le cocktail, à l'issue du défilé, Audra s'était approchée de Christina et, avec un sourire un peu contrit, lui avait dit :

— Ce n'est pas seulement de la haute couture, Christina. C'est une œuvre d'art.

Christina avait promis à Jane de passer avec elle des vacances dans les Alpes en février ; elle ne put finalement la rejoindre que pour un long week-end. Elle avait trop à faire et ne pouvait se permettre de négliger sa maison de couture à ce stade vital de son développement.

Ces quatre jours avec Jane à l'Alpe-d'Huez la détendirent cependant et les deux amies s'amusèrent beaucoup. Elles ne manquaient pas d'admirateurs empressés, qui se disputaient la faveur de les inviter pour l'apéritif, un dîner, une fondue tardive ou une soirée dans une « boîte » à la mode.

Christina, qui ne skiait pas, ne fut même pas tentée d'apprendre. Elle préférait admirer Jane qui dévalait les pistes. Son amie était excellente skieuse et patineuse. Le dimanche après-midi, Christina se retrouva ainsi au bord de la patinoire, à suivre des yeux les savantes évolutions de son amie sur la glace.

C'est alors qu'elle eut une illumination : il fallait aux femmes des vêtements à la fois élégants et confortables, leur permettant de pratiquer les sports et de se détendre ensuite. Son imagination concevait déjà des idées nouvelles pour sa collection d'hiver. Le succès initial de Christina allait ainsi se perpétuer grâce à sa capacité de prévoir les tendances et de précéder la mode. C'est cette faculté qui, dès le début, la distingua des stylistes simplement talentueux pour la mettre au niveau des meilleurs.

Les idées esquissées au bord de la patinoire furent développées sur la table à dessin de son atelier, au dernier étage de sa maison de Bruton Street. La collection devant être présentée en septembre, il fallait en lancer la fabrication au plus tard en mai. Aussi, Christina, de retour à Londres, ne se laissa plus distraire de son travail jusqu'à la fin de mars.

Pendant ce temps, la carrière de costumière de son amie Jane se développait de façon prometteuse.

Le succès des costumes dessinés pour sa mère et la troupe du drame élizabéthain lui avait valu la commande des costumes d'une pièce de West End. Au printemps 1956, elle s'affairait sur la garde-robe complète d'un film, dont le tournage devait bientôt commencer aux studios d'Elstree ; elle s'apprêtait à partir ensuite pour New York, où elle séjournerait plusieurs mois. Elle venait en effet de signer un contrat pour la conception des costumes d'une comédie musicale à grand spectacle de Broadway. Il s'agissait là d'un défi à relever, et Jane s'y préparait dans la fièvre.

En dépit de leurs emplois du temps surchargés, les deux amies réussissaient pourtant à mener de front leur travail et une vie sociale active ; ce printemps et cet été-là furent les plus trépidants qu'elles eussent jamais connus.

Au début de mai, Ralph Sedgewick les invita à venir séjourner dans la villa qu'il avait louée dans le Midi de la France pour le mois de juin.

— Viens donc ! insista Jane. Nous avons toutes les deux besoin d'un changement d'air — toi, surtout. Beaulieu est un endroit ravissant. D'ailleurs, une fois que nous nous serons reposées en paix pendant quelques jours, nous pourrons aller à Grasse. Tu y trouveras tous les éléments pour ton projet de parfum.

— Excellente idée, Jane. Je téléphonerai demain à ton père pour le remercier et lui dire que j'accepte.

Au cours des semaines suivantes, Christina accorda toute son attention à ce parfum, qu'elle comptait commercialiser sous sa griffe. La marque « Christina » avait déjà acquis une solide réputation des deux côtés de l'Atlantique ; le lancement d'un parfum ne pourrait que lui être bénéfique.

L'idée lui en était venue lors d'une conversation avec Giselle Roux, aussitôt après le triomphe de janvier.

— Il faut avoir votre propre parfum, mademoiselle, lui avait déclaré sa première. C'est une tradition dans toutes les grandes maisons, Chanel, Dior, Balmain, Balenciaga, Givenchy... Vous devriez y réfléchir sérieusement, croyez-moi.

— Certes, mais comment m'y prendre ? demanda Christina, que l'idée avait immédiatement séduite.

— Tout d'abord, vous choisissez la fragrance dominante parmi vos fleurs préférées — la rose, le muguet, le jasmin, etc. Ensuite, il faut aller à Grasse. C'est le centre de l'industrie du parfum, on y trouve les meilleurs spécialistes du monde. Ils composeront votre parfum selon vos indications et vos préférences.

Christina avait remercié Giselle de sa suggestion et promis d'étudier le projet. Mais elle s'était trouvée trop débordée par la préparation de la collection d'hiver pour s'en occuper. Elle n'avait toutefois pas abandonné l'idée, et quand elle eut décidé de se rendre sur la Côte d'Azur en juin, elle demanda à Giselle de lui préparer des rencontres avec les spécialistes de Grasse. Giselle prit aussitôt contact avec ses relations à Paris.

— Le gardénia... j'en reviens toujours au gardénia. Peut-être parce que c'est un parfum riche, entêtant. Peut-être aussi parce que ma mère en mettait quand j'étais petite. Mme Bell lui en rapportait un flacon de chez Harrod's chaque fois qu'elle allait à Londres.

Les deux amies roulaient vers Grasse, par une belle journée de la fin juin.

— Moi aussi, j'aime bien l'odeur du gardénia, mais il faudrait trouver un nom un peu plus évocateur ! répondit Jane. Tu ne peux pas baptiser ton parfum tout bonnement *Gardénia*. Essaie d'inventer quelque chose de plus... accrocheur.

— *Blue Gardenia... Gardénia Bleu ?*

— C'est le titre d'un film avec Alan Ladd !

— Non, le film s'appelait *Le Dahlia Bleu*, répondit Christina en riant. Sérieusement, Jane, *Blue Gardenia* me plaît. Cela sonne bien — et ma mère a de superbes yeux bleus.

— Dans ce cas, va pour *Blue Gardenia* ! D'ailleurs, ce nom me plaît aussi, surtout s'il évoque ton adorable mère... ah ! Tu sens ? poursuivit Jane en humant l'air par la vitre ouverte. Cela embaume déjà les fleurs. Nous allons bientôt arriver.

— C'est vrai, regarde ! Voici Grasse, sur sa colline. Conduis, je me charge de repérer l'hôtel. Il est excellent, paraît-il. C'est Giselle qui nous l'a retenu.

Christina et Jane séjournèrent trois jours à Grasse. Elles admirèrent les champs de fleurs qui entouraient la ville, se promenèrent dans les vieilles rues, visitèrent la cathédrale, consacrèrent de longues heures au musée Fragonard. Elles passèrent cependant le plus clair de leur temps dans les parfumeries, à humer et comparer les essences, à discuter avec les chimistes. Christina fixa son choix sur deux parfums, spécialement formulés pour elle et qui seraient commercialisés l'année suivante. L'un serait le fameux *Blue Gardenia*, l'autre, à dominante de rose, serait baptisé *Christina*.

42

— Jamais Hadley Court ne m'a semblé aussi merveilleux que ce soir ! dit Christina à Ralph Sedgewick. A l'intérieur, les fleurs, les bougies créent un décor magique. Quant aux jardins !... Sous les lumières venues de la maison, ils paraissent irréels.

L'acteur tourna son regard vers la pelouse :

— C'est vrai, les jardins sont particulièrement beaux, vus de cette terrasse. Ils sont presque trop parfaits, comme une toile de fond sur une scène... J'avoue qu'il n'y a rien de plus ensorcelant qu'une nuit d'été en Angleterre — quand il a fait aussi beau qu'aujourd'hui, ajouterais-je.

Christina ne se lassait pas d'écouter sa voix mélodieuse, justement célèbre dans tous les théâtres du Royaume-Uni.

— Vous avez dit « magique », Christina. La soirée entière a quelque chose de magique, je crois. Ici, nous n'entendons même plus un souffle de ce vent qui nous torture si souvent. Nous avons vraiment de la chance pour le bal de Jane. Vous amusez-vous bien, au moins ?

— Oh oui, merci ! Mais la soirée m'aurait paru plus merveilleuse encore si Jane ne devait pas nous quitter pour quatre ou cinq mois. Elle va me manquer — pardon, c'est très égoïste de ma part ! Je sais ce que Dulcie et vous éprouverez après son départ pour New York.

— En effet, mais j'espère que nous aurons la chance d'aller jouer à Broadway pendant son séjour là-bas. David Merrick nous réclame pour une nouvelle comédie, si j'en crois mon agent aux États-Unis. Et vous-même, Christina ? Ne prévoyez-vous pas d'y aller en octobre ? Attendez, je crois que Dulcie m'en a parlé, mais je n'en suis plus très sûr...

Christina sourit. Les distractions de Ralph étaient un sujet de plaisanterie dans la famille. Jane prétendait que son père n'était capable de se rappeler que ses rôles.

— Non, répondit-elle, vous ne vous êtes pas trompé. Je compte, en effet, m'y rendre en octobre prochain. Mes ventes marchent très bien à New York et Bergdorf-Goodman m'a invitée à venir présenter ma collection d'hiver après Londres.

— Félicitations, Christina. Je suis très fier de vous et de ma petite Jane. Votre réussite est admirable. Vous n'avez pas perdu de temps depuis que vous êtes sorties de l'Académie. Et d'ailleurs...

— Ah ! vous voilà, vous deux !

Christina et Ralph Sedgewick reconnurent la voix de Jane et se tournèrent vers elle.

Elle franchissait la porte-fenêtre et semblait glisser plutôt que marcher à leur rencontre. Rayonnante de joie, elle était particulièrement ravissante dans une robe de Christina, toute en tulle vaporeux et en dentelle, qui flottait autour d'elle comme un nuage.

— Je vous cherchais partout ! s'écria-t-elle. Vous vous racontez encore des potins, avouez ! De *qui* parliez-vous ? Oh, et puis, non ! Je ne veux rien entendre. Vous feriez mieux d'être au salon, en train de danser comme tout le monde.

Elle prit son père par le bras :

— Je dois vous dire, papa, que vous avez déniché un orchestre absolument... divin ! Ils ont un sens du rythme ! Personne n'y résiste. Allons, ne restez pas plantés là, venez vous trémousser un peu ! conclut-elle en riant.

Ralph la toisa d'un regard amusé :

— Je crains que ce ne soit plus tout à fait de mon âge, ma chérie. D'ailleurs, c'est justement parce qu'il fait trop chaud dans la maison que Christina et moi sommes venus ici prendre l'air.

Il posa son ballon de cognac sur la balustrade de pierre, sortit un étui à cigarettes de la poche de son smoking, fit jaillir la flamme de son briquet :

— Au fait, sais-tu où est ta mère ? J'espère qu'elle n'est pas en train de se « trémousser » par cette chaleur, à son âge...

— Vous devriez avoir honte, papa ! l'interrompit Jane. A vous entendre, on croirait qu'elle est vieille. Elle n'a que cinquante et un ans ! Mais si vous voulez tout savoir, maman ne danse pas, elle bavarde avec Miles. Il vient d'arriver — plus seul que jamais, ajouta-t-elle en accompagnant ses mots d'une mimique expressive.

— Miles est arrivé ? s'exclama Ralph avec un plaisir évident.

— En chair et en os, dit une voix masculine depuis la porte-fenêtre.

— Mon cher Miles ! Je suis ravi que vous ayez quand même pu être des nôtres ! dit Ralph en allant au-devant du nouveau venu, le bras tendu.

Les deux hommes se serrèrent longuement la main. Pour récente qu'elle fût, leur amitié était sincère et fondée sur de réelles affinités.

— Désolé d'avoir manqué le souper, Ralph, mais j'étais retenu en ville. Dans mon métier, vous savez ce que c'est, n'est-ce pas... Miles laissa sa phrase en suspens. Il n'avait pas besoin d'expliquer son retard. L'on pardonnait volontiers aux hommes politiques ce genre de péchés véniels — si l'on se montrait moins indulgent pour leurs autres activités.

— Justement, venez manger quelque chose, dit Ralph. Le buffet est encore bien garni, je crois. En tout cas, je vais vous chercher à boire !...

Il s'interrompit en constatant que Miles paraissait distrait :

— Pardonnez-moi, je manque à tous mes devoirs ! Christina, ne vous cachez donc pas ainsi, venez que je vous présente mon ami Miles.

Pendant que Jane s'éclipsait en annonçant qu'elle allait chercher du champagne, Miles s'avança. Christina fit, elle aussi, quelques pas, la respiration soudain rendue malaisée par l'intensité du regard bleu qui la fixait.

Miles Sutherland n'avait jamais rencontré, se disait-il, plus séduisante jeune femme. Elle avait ramené ses cheveux châtains sur le dessus de sa tête, où ils formaient une sorte de couronne de boucles — coiffure démodée mais qui lui convenait à merveille. Elle portait une robe de coupe très simple, de style antique, en mousseline gris clair, avec un collier et des boucles d'oreilles de pierres grises, discrètes répliques des yeux immenses qui semblaient lui dévorer le visage. Opales, pierres de lune ? Il n'aurait su le dire.

La sentant réservée, presque intimidée, il lui adressa un sourire engageant.

Ralph s'éclaircit la voix :

— Christina, j'ai le plaisir de vous présenter Miles Sutherland, l'un de nos plus brillants hommes politiques, comme vous le savez sans doute. Miles, je vous présente Christina Crowther, la meilleure amie de Jane. Nous la considérons d'ailleurs comme un membre de la famille.

Christina salua, tendit la main. Miles la prit, la serra avec insistance. Depuis qu'il avait posé les yeux sur elle, il savait qu'il désirait cette femme.

— Ravi de faire votre connaissance, dit-il en lâchant la main à regret. J'ai beaucoup entendu parler de vous par ma sœur. Elle raffole de vos robes.

— Votre sœur ? demanda Christina, gênée de ne pas savoir qui elle était.

— Oui, Susan Radley.

— Ah ? Lady Radley ? dit-elle avec un embarras croissant.

— Exactement, répondit-il avec un sourire amusé. (Puis, se tournant vers Ralph, il poursuivit :) Vous me proposiez un verre, mon cher, je ne dirais pas non. Indiquez-moi seulement où se trouve le bar et...

— Pas du tout. Restez donc, Miles, je vais vous le chercher. Que voulez-vous ?

— Du scotch, avec un doigt de soda.

Ralph Sedgewick lança un coup d'œil vers Christina :

— Vous n'avez pas touché à votre cognac. Préféreriez-vous autre chose ?

— Volontiers. Une coupe de champagne serait plus rafraîchissante, peut-être ?... Elle regrettait que Ralph la laissât seule sur la terrasse avec cet homme, dont le regard la gênait et l'hypnotisait à la fois.

Il sourit sans cesser de la dévisager, comme s'il trouvait en elle la réponse à une question muette. Il lui proposa une cigarette, qu'elle refusa, et, après en avoir allumé une, il dit d'un ton ironique et légèrement condescendant :

— Vos photographies dans les journaux ne vous rendent pas justice, elles vous vieillissent... Mais, dites-moi, comment vous débrouillez-vous avec les journalistes ? Par moments, je les trouve insupportables.

Christina ne releva pas le compliment douteux qu'il venait de lui décerner.

— Je m'en arrange le mieux du monde, merci. Ils me traitent avec beaucoup d'égards — mais je ne suis pas, il est vrai, un brillant homme politique dont le nom fait régulièrement la une.

— Bien joué ! répondit-il en riant. (Il se rapprocha, s'appuya à la balustrade.) Au fait, les pierres de votre collier... opales ou pierres de lune ?

— De simples perles de verre. Leur aspect laiteux m'avait plu, voilà tout.

— Vous ne portez jamais d'opales ?

Elle secoua négativement la tête. Il la détaillait des yeux, avec une insistance à la limite de l'impudence, mais elle soutint son regard sans ciller.

— Vous devriez essayer, dit-il en baissant la voix. Des opales feraient un effet extraordinaire sur votre peau — et avec des yeux tels que les vôtres.

Prise de court, Christina ne répondit pas. Les jambes soudain flageolantes, elle s'assit sur la balustrade.

Miles Sutherland ne pouvait s'arracher à sa contemplation. Christina l'attirait. Il sentait s'éveiller en lui des émotions inconnues et son désir se faisait plus impérieux.

A son vif soulagement, Christina vit Raph reparaître enfin sur la terrasse : il portait un verre dans chaque main.

Elle resta assise un peu à l'écart en buvant son champagne, tandis qu'ils parlaient politique avec animation. Elle les écoutait à peine mais observait Miles Sutherland. Qu'y avait-il, chez cet homme, qui la troublât à ce point ? Sa présence, sa forte personnalité, son charisme de politicien ? Elle l'ignorait. Il n'était pas particulièrement beau, bien qu'il eût des traits réguliers, un visage intelligent et fin. Ses cheveux cendrés grisonnaient sur les tempes. Mince, presque maigre, il était à peine plus grand qu'elle.

C'est dans ses yeux, se dit-elle, qu'il faut chercher la source de son magnétisme. Dans cette nuance de bleu, clair et profond à la fois, comme un ciel d'été.

Les deux hommes poursuivaient leur discussion, à laquelle Christina prêta un peu plus d'attention. Elle ne se lassait pas d'entendre

Miles, de suivre les inflexions chaudes et persuasives de sa voix. Elle l'imaginait sans mal prononçant un discours à la Chambre.

Puis, sans qu'elle y eût pris garde, Miles se retourna vers elle et lui dit bonsoir :

— Enchanté d'avoir fait votre connaissance, conclut-il avec indifférence.

Christina se laissa glisser de la balustrade, serra la main tendue :

— Très heureuse de vous avoir rencontré, répondit-elle en feignant la même politesse désinvolte.

Une fois couchée, elle se demanda longtemps pourquoi elle éprouvait une telle déception.

43

— Quel culot ! s'exclama Jane. Faire irruption dans ta vie, avec l'intention avouée de te séduire...

— Il ne fait pas irruption, dit Christina, il m'a téléphoné fort courtoisement à Bruton Street. Et il n'essaie absolument pas de me séduire.

— Bien sûr que si !

— Pendant un déjeuner ? Tu dis n'importe quoi, Jane.

— Je te parle d'*après* le déjeuner ! En France, cela se pratique tous les jours.

— Nous sommes à Londres, pas à Paris, voyons !

Jane paraissait toujours aussi énervée :

— Mon dieu, si maman savait cela, elle en ferait une maladie ! Elle serait furieuse ! C'est à cause de nous que tu as fait sa connaissance à Hadley Court.

— Tu as l'intention de lui rapporter mes faits et gestes ? demanda Christina.

— Mais non... Seulement, je me demande par moments si tu ne perds pas la tête ! Tu serais complètement idiote de sortir avec Miles Sutherland.

— Pourquoi cela, je te prie ?

— Parce qu'il est... dangereux. Sentimentalement dangereux. J'en mettrais ma tête à couper.

— C'est toi qui te conduis comme une idiote, Jane ! En quoi est-il dangereux ? Pourquoi devrais-je me méfier de lui ?

— D'abord, il est marié...

— Mais séparé de sa femme. Tout le monde le sait, les journaux en ont assez parlé il y a quelques années.

— Peut-être, mais il n'est toujours pas divorcé.

— Vraiment, Jane, je ne te comprends plus, mais plus du tout ! J'estime Miles, au contraire, comme un homme de valeur, courtois, honorable...

— Un goujat, oui !

— Qu'as-tu, aujourd'hui ? Je ne t'avais jamais encore entendu porter de jugements aussi catégoriques sur qui que ce soit.

— Bon, examinons les faits. Miles Sutherland est assez séduisant, il ne manque pas de charme, il rencontre un succès fou dans les réunions mondaines, je te l'accorde. N'oublie cependant pas qu'il a également un succès fou à la Chambre des communes et que c'est un homme politique brillant, certes, mais aussi ambitieux.

— Et alors ? Où veux-tu en venir ?

— Pour l'amour du ciel, Christina, ne te fais pas plus bête que tu n'es ! Il se trouve que ce cher Miles a déjà une femme dans sa vie, une certaine Candida Sutherland qui, par le plus grand des hasards, est la fille unique de l'un des plus gros industriels du Royaume-Uni et, par conséquent, seule héritière d'une énorme fortune...

— Je le sais déjà !

— Alors, tu devrais également savoir que Miles Sutherland n'est pas homme à négliger ses intérêts — oh, non ! Quand on est un parlementaire plein d'avenir et, par-dessus le marché, une des lumières du parti Travailliste, on ne se prive pas de l'argent de sa femme, car l'argent constitue un atout essentiel. T'imagines-tu un seul instant qu'il renoncerait de gaieté de cœur à une source...

— Jane, cela suffit ! l'interrompit Christina. Tu divagues ! A t'entendre, on croirait que j'entretiens une folle liaison avec lui, quand, en réalité...

— Ce n'est pas lui qui refuserait ! Cet homme-là est un satyre !

— Quand, en réalité, reprit Christina, je le connais à peine. Il m'a simplement invitée à déjeuner. Qu'y a-t-il en cela de répréhensible ?

— Quand un homme tel que Miles Sutherland invite à déjeuner une fille comme toi, répondit Jane, c'est qu'il a en tête une idée bien précise — et sûrement pas d'ordre gastronomique.

— Épargne ta salive, je suis bien décidée à accepter son invitation, répliqua Christina.

— Je t'en prie, n'y va pas... Tu ne pourras jamais t'en sortir.

— Me sortir de *quoi*, à la fin ?

— Tu ne sauras pas résister à son charme, à son bagout. C'est un politicien, ne l'oublie pas. Ces gens-là sont doués pour raconter n'importe quoi en ayant l'air sincère !

— Je suis assez grande pour veiller sur moi-même, Jane.

— Non, ce n'est pas vrai !

Christina marqua une pause avant de reprendre la parole, lentement, pensivement :

— Ma mère avait une amie de jeunesse, Gwen — je l'appelais « tante » Gwen, quand j'étais petite. Elles s'étaient connues à Ripon, où elles étaient toutes deux infirmières, et étaient devenues très intimes. Seulement, Gwen n'a jamais vraiment aimé papa, ce qui peinait beaucoup maman. Par la suite, elle a épousé un sinistre individu, Geoffrey Freemantle, que maman détestait. Ce Geoffrey les a séparées encore davantage, comme papa l'avait fait au début... Alors, poursuivit-elle, je ne voudrais pas qu'il nous arrive la même chose, Jane. Cela me ferait trop de peine. Faisons un pacte : déclarons que jamais les hommes ne nous sépareront, que nous nous efforcerons toujours de rester au-dessus de ce genre de considérations. Qu'en dis-tu ?

— Je suis tout à fait d'accord, Christina. Jamais, au grand jamais, nous ne laisserons les hommes provoquer la moindre brouille entre nous. C'est juré !

Ce soir-là, les deux amies sortirent dîner dans un bistrot de Belgravia, « Le Matelot », dont elles aimaient l'atmosphère décontractée et le décor nautique qui leur rappelaient leurs vacances sur la Côte d'Azur.

Tout en buvant un verre de vin blanc en guise d'apéritif, Jane renoua le fil de leur conversation du matin :

— Qu'est devenue l'amie de ta mère ?

— C'est une triste histoire, Jane. Elle a été très malheureuse avec ce Geoffrey. D'abord, il la battait.

— C'est affreux !

— En effet. Quand j'étais petite, maman se doutait déjà de quelque chose — c'est du moins ce qu'elle m'a raconté plus tard. Cette pauvre Gwen était toujours victime d'accidents bizarres — elle faisait des chutes inexplicables, se cognait aux murs... Maman s'en était inquiétée. Au début, elle craignait que Gwen ne fût malade — une tumeur au cerveau, une affection nerveuse, par exemple. Finalement, elle a compris. Elle a voulu confesser Gwen, qui a nié farouchement, et c'est à compter de ce moment-là qu'elles ne se sont plus revues.

— Et qu'est-il arrivé ensuite ?

— Gwen est revenue nous voir pendant la guerre, sans prévenir. Je me le rappelle très bien, car elle m'avait apporté de jolies perles de verre. Je devais avoir dix ou onze ans, à l'époque. Bref, elle est arrivée à l'heure du thé, elle est restée dîner et, après que je fus allée me coucher, elle a finalement tout avoué à maman. La pauvre devait être à bout. Ma mère a réussi à la convaincre de retourner vivre chez ses parents — ce qui n'a sans doute pas été commode.

Christina s'interrompit, but une gorgée de vin. Jane bouillait d'impatience et de curiosité :

— Continue ! Je t'étrangle si tu ne me racontes pas la suite.

— Bref, maman est allée parler à Charlie, le frère de Gwen. Charlie a dit au mari qu'il ferait mieux de ne plus s'approcher de Gwen s'il tenait à sa santé...

— Elle a obtenu le divorce ?

— Non, le Geoffrey en question est mort pendant la guerre. Il était à Londres, pour je ne sais quelle affaire, en 1944 je crois, et il a été tué dans un bombardement.

— Qu'est devenue Gwen, après cela ?

Christina sourit enfin :

— Eh bien, sa triste histoire finit mieux qu'elle n'avait commencé. Elle s'est remariée avec mon oncle Mike Lesley en 1952. Il était veuf, désemparé. Ma mère l'a invité à dîner avec Gwen. Car, vois-tu, ils se connaissaient très bien avant la guerre — ils parlaient même mariage, si je ne me trompe. Ils ont donc repris leur idylle au point où ils l'avaient interrompue.

— Façon de parler ! commenta Jane en riant. En tout cas, je suis contente de savoir que tout a bien fini. La pauvre ! Dis-moi... reprit-elle. A propos de Miles...
— Eh bien, quoi ?
— Quand déjeunes-tu avec lui ?
— Après-demain, vendredi.
Jane fit une grimace peinée :
— C'est le jour de mon départ pour New York. Mais je prends l'avion de dix heures du matin, tu pourras toujours m'appeler plus tard et me raconter comment cela s'est passé. Je meurs d'envie de tout savoir !
— Jane, tu es incorrigible ! Il ne se passera rien du tout, voyons ! De toute façon, je comptais t'appeler pour m'assurer que tu seras bien arrivée.
— Christina... le trouves-tu vraiment irrésistible ?
— Il a un certain charme.
Christina avait répondu avec une désinvolture qu'elle espérait convaincante. Car elle n'osait pas avouer à son amie ses véritables sentiments.

Miles Sutherland se décommanda à la dernière minute.
— Je suis absolument navré, dit-il au téléphone le vendredi matin, mais il m'est impossible de me libérer pour notre déjeuner. Des problèmes imprévus... trop compliqués à vous expliquer. Me pardonnez-vous, Christina ? Ce n'est que partie remise, j'espère.
— Euh... oui. La main crispée sur le combiné, Christina ne put rien ajouter.
— Il me vient une meilleure idée ! s'écria-t-il à l'autre bout du fil. Sortons plutôt dîner la semaine prochaine. Je constate que mon agenda est rempli de rendez-vous pour le déjeuner, mais je suis libre presque tous les soirs. Que diriez-vous de mardi prochain ?
— C'est malheureusement impossible, Miles. Je pars pour Paris lundi.
— Paris en juillet ? répondit-il avec un rire incrédule. Vous n'y trouverez personne, les Parisiens seront tous en vacances. Il n'y aura que des hordes de touristes américains !
— J'y vais pour affaires, répondit-elle.
— Plaisir ou affaires, Paris reste une des plus belles villes du monde. Quand comptez-vous rentrer ?
— Dans une dizaine de jours.
— Dans ce cas, je vous rappellerai d'ici... voyons, disons quinze jours ? Cela vous convient-il, Christina ?
— C'est parfait, Miles.
Après avoir raccroché, Christina resta longtemps immobile, troublée que cet homme ait pu éveiller en elle d'aussi vives émotions.

44

C'est avec l'œil d'un peintre que Christina admira Paris. Durant la première semaine de son séjour, elle eut l'impression de vivre dans un bain de lumière, la plus merveilleuse qui soit. Chaque jour, en sortant du Ritz, où elle était descendue, elle levait la tête, admirait le ciel d'un bleu profond, immaculé, étendu comme un dais au-dessus de la plus belle ville du monde.

Il faisait un temps idéal, ensoleillé, doux, sans rien de l'humidité étouffante qui lui rendait Londres insupportable avant son départ. Pourtant, alors qu'elle appréciait la limpidité du ciel, les reflets du soleil sur la Seine, le jeu des ombres et de la lumière à travers les feuillages, les vibrations dorées qui nimbaient les monuments, Christina n'eut à aucun moment le désir de fixer ses impressions sur la toile.

En prenant sa décision d'abandonner la peinture, elle s'était juré de ne nourrir aucun regret — et elle tenait parole.

Elle était soulagée, en un sens, de ne pas devoir lutter pour parvenir au sommet et bâtir sa réputation aux côtés de peintres illustres, bien que sa mère l'en ait crue capable. La tâche était impossible. Quel peintre peut jamais se vanter d'égaler — voire de surpasser — le génie d'un Turner, d'un Van Gogh, d'un Monet ?

De fait, Christina puisait d'immenses satisfactions dans sa nouvelle profession. La mode lui lançait des défis constamment renouvelés et la gestion de sa maison de couture, qui faisait appel à son sens des affaires, lui procurait autant de plaisir que ses activités de création.

Elle tirait une légitime fierté de son extraordinaire réussite ; l'argent qu'elle gagnait constituait à ses yeux mieux qu'une récompense méritée. Dès la fin de l'année, elle serait en mesure de rembourser le prêt consenti par Dulcie et Elspeth. Elle avait surtout atteint son objectif essentiel : sa mère avait enfin abandonné son emploi à l'hôpital de Leeds. Elle acceptait même sans protester le chèque que Christina lui faisait parvenir tous les mois. Ce n'avait pas été sans mal ; mais Christina avait finalement gagné, grâce, en partie, à l'intervention de son père. Il avait compris, lui, quel prix sa fille attachait à ce geste.

Cette semaine-là, entre ses rendez-vous et ses réunions avec les parfumeurs, les fabricants de tissus et ses nombreuses autres relations d'affaires, elle trouva néanmoins le temps de faire quelques emplettes et d'acheter des cadeaux pour ses parents. Elle choisit, à l'intention de sa mère, des gants de chevreau doux comme du velours, une écharpe de soie, des chemisiers ; pour son père des cravates, des chemises, un élégant briquet. Elle n'avait pas non plus oublié Jane, à qui elle rapportait un somptueux châle du soir d'Hermès, dans une harmonie de roses qui, sans aucun doute, plairait à son amie.

Elle pensait justement à Jane, le vendredi soir, tandis qu'elle traversait la place Vendôme en direction du Ritz. Jane était partie pour New York le vendredi précédent. Une semaine s'était écoulée, qui semblait à Christina avoir duré une éternité. Elle souffrait d'être séparée de son amie — mais sa réaction était compréhensible : elles ne s'étaient pas quittées depuis cinq ans. Jane était sa meilleure, sa seule amie. Sa mère s'était montrée si exigeante pour son éducation que Christina n'avait, en fait, jamais eu de camarades de jeux dans son enfance ou son adolescence. Quand elle ne peignait pas, elle consacrait ses loisirs à des excursions « sur le motif », à des visites de musées, de galeries. Jusqu'à son entrée à l'Académie, elle avait passé la quasi-totalité de son temps en la seule compagnie d'Audra.

Christina franchit la porte du Ritz avec un sourire, en se remémorant le petit hôtel de la rive gauche où Jane et elle descendaient quand elles étaient étudiantes. On s'y trouvait bien loin de ce luxueux édifice où Hemingway avait eu ses habitudes, et qui accueillait toujours les stars, les têtes couronnées et les grands de ce monde. Si seulement Jane avait pu l'accompagner, cette fois-ci ! Comme elles se seraient amusées, toutes les deux !...

Son appartement étant situé dans l'aile donnant sur la rue Cambon, elle devait traverser la longue galerie marchande jusqu'au petit hall desservant cette partie de l'hôtel. Contrairement à son habitude, Christina ne s'attarda pas devant les vitrines ; elle avait hâte de se sentir chez elle, de se mettre à l'aise après s'être fait servir du thé.

Le concierge lui tendit sa clef en souriant, lui dit qu'il n'y avait pas de messages à son intention. Elle le remercia et se dirigea vers l'ascenseur.

C'est alors qu'elle le vit.

Stoppée dans son élan, elle resta figée sur place, stupéfaite.

Sans cesser de la fixer du regard, il se leva de son siège et vint au-devant d'elle d'une démarche souple, détendue. Elle se sentait hypnotisée par l'éclat de ses yeux bleus.

— Bonjour, Christina.

— Miles... Quelle surprise ! parvint-elle enfin à dire. Que faites-vous ici ?

Le demi-sourire ironique qu'elle se rappelait si bien apparut au coin de ses lèvres :

— Je descends toujours au Ritz quand je suis à Paris.

— Ah !...

Il lui prit le bras avec autorité, l'entraîna vers l'ascenseur. Ils gardèrent le silence en montant ; à l'étage, il la suivit dans le couloir. Parvenue devant son appartement, elle essaya maladroitement d'ouvrir la porte mais fit tomber la clef.

Toujours calme, Miles la ramassa, ouvrit, s'effaça, entra derrière Christina. Il observait sa démarche gracieuse, sa silhouette élancée. Il découvrit qu'elle possédait des jambes admirables — comment ne les avait-il pas remarquées plus tôt ? Tout simplement parce qu'elle portait une robe longue lors de leur rencontre à Hadley Court, se rappela-t-il, amusé. En tout cas, il était sûr d'une chose : en la revoyant, il retrouvait cette sensation de chaleur, d'exaltation, ce désir impérieux éprouvés au début du mois. C'était même la raison de sa présence ici, en ce moment.

Il traversa le petit vestibule vers le salon, s'adossa au chambranle. Fasciné, il ne pouvait la quitter des yeux. Il maîtrisait avec peine son envie de la prendre dans ses bras, de la caresser. Il savait pourtant qu'il ne pouvait céder à son impatience. Son éducation le lui interdisait et, plus encore, sa crainte de l'effrayer par une telle fougue. Dès le premier instant de leur rencontre, il avait compris qu'elle était innocente et n'avait aucune expérience des hommes. Il voulait surtout apprendre à la connaître mieux, à savourer la découverte progressive de sa personnalité et ces moments précieux, irremplaçables, qui précèdent l'amour et lui donnent toute sa valeur.

Christina posa son sac et son porte-documents sur une table et se retourna vers lui :

— Il ne s'agit pas d'une coïncidence, n'est-ce pas ?

— Bien sûr que non, Christina.

Il s'approcha d'elle, lui prit la main, la serra fortement. Les yeux dans les yeux, en silence, ils restèrent un long moment face à face. Le premier, il reprit la parole, souriant :

— Tout compte fait, il me déplaisait d'attendre quinze jours avant de dîner avec vous. Voilà pourquoi je suis venu — pour vous inviter à dîner. Ce soir. Vous êtes libre, j'espère ?

— Oui... répondit-elle en l'observant, les sourcils légèrement froncés. Mais, n'êtes-vous pas venu à Paris pour quelque affaire ? Vous n'avez tout de même pas pris l'avion, de Londres à Paris, dans le seul dessein de m'inviter à dîner ? C'est impossible !

— C'est pourtant la vérité.

Elle se sentit rougir, son cœur se mit à battre follement. Elle tenta de détourner les yeux — en vain. Sous la fixité de son regard, elle éprouvait la même fascination quasi hypnotique que la première fois, à Hadley Court.

Un étrange sourire apparut sur les lèvres de Miles. Il lui lâcha la main, alla à la fenêtre, écarta les rideaux et regarda dans le jardin :

— Si nous n'étions pas en juillet, submergés par les touristes, je vous aurais emmenée chez Maxim's. Mais puisque nous sommes en juillet et que je n'ai pas apporté de smoking, tenue obligatoire pour les messieurs le vendredi soir, nous pourrions dîner ici même, dans le jardin. Qu'en dites-vous ?

— Comme il vous plaira, Miles. Ce serait en effet agréable de dîner en plein air.

— Dans ce cas, retrouvons-nous en bas, au bar, vers... mettons, vingt heures ? dit-il après avoir consulté sa montre. Cela vous convient-il ? Il vous reste une heure pour vous changer.

— C'est largement suffisant, en effet.

Il traversa la pièce, s'arrêta en face d'elle et, pour la seconde fois, la regarda dans les yeux. Puis, lui prenant la main qu'il porta à ses lèvres, il dit :

— Oui, Christina, je ne suis venu à Paris que pour vous, n'en doutez plus. Depuis notre rencontre à Hadley Court, voyez-vous, je n'ai pas réussi à vous chasser de ma mémoire.

Il s'en fut, sans même se retourner, avant qu'elle eût eu le temps de répondre. Elle entendit la porte se refermer derrière lui. Elle était seule.

Elle ferma les yeux, les rouvrit, s'ébroua, incapable d'assimiler ce qui lui arrivait depuis — combien de temps ? Dix, quinze minutes, tout au plus. Ainsi, il l'avait suivie jusqu'à Paris dès qu'il avait pu se libérer... il l'avait attendue dans le hall, des heures peut-être. Et puis... il envisageait sûrement autre chose qu'un souper fin, comme Jane le lui avait dit crûment. Se souciait-elle, elle-même, de gastronomie ?

Depuis quinze jours, elle n'avait pu s'empêcher de penser à Miles Sutherland. Le déjeuner manqué lui avait causé une déception si profonde qu'elle en avait souffert plusieurs jours. Et maintenant, Miles était là. Elle traversa la pièce tout en déboutonnant sa robe de lin noir — sans cesser un instant de songer à lui.

Il ne ressemblait à aucun des hommes qu'elle avait connus jusque-là. D'ailleurs, il était un *homme*, pas un de ces adolescents ou de ces jeunes gens insipides avec lesquels il lui était arrivé de sortir quand elle était encore étudiante.

Miles Sutherland était un homme du monde, un homme d'expérience. Elle accrocha sa robe à un cintre et la plaça dans l'armoire. Elle frissonna en se rappelant son regard pénétrant, passionné, la manière dont il lui avait tenu la main, baisé le bout des doigts. A un moment, elle avait cru qu'il allait la prendre dans ses bras et elle avait elle-même tressailli sous l'effet de son propre désir. Elle se sentit alors gagnée par l'impatience. Que cette heure d'attente allait être longue. Tout en examinant les robes pendues devant elle, elle se demanda quelle tournure allaient prendre les événements.

Sa main se posa finalement sur une robe de cocktail en mousseline de soie, à rayures lilas et mauves se fondant dans un gris clair. La robe sans manches avait un corsage ruché, un décolleté plongeant, une jupe ample. Christina savait que cette toilette la mettait en valeur.

Ce soir, elle voulait se rendre aussi irrésistible devant Miles qu'il l'était à ses yeux.

Quelques minutes plus tard, tout en remontant ses cheveux avant de prendre son bain, elle s'observa dans le miroir de la salle de bains. Elle vit apparaître le visage de Miles et sentit si fortement sa présence qu'il aurait réellement pu se tenir derrière elle et la regarder dans la glace.

— Oh, Miles ! dit-elle à haute voix, je n'ai pas pu, moi non plus, te chasser de mon esprit.

45

En la voyant, il sentit son cœur battre plus fort.

Elle venait d'apparaître à l'entrée du bar, dans une robe couleur lilas ; ainsi que lors de leur première rencontre dans le Kent, elle portait son collier de fausses opales d'un gris laiteux et avait relevé ses cheveux en couronne.

Il se leva, alla à sa rencontre. Il avait traversé la moitié de la pièce quand elle le vit. Elle lui sourit, pressa le pas. Lorsqu'ils se rejoignirent, une bouffée de parfum à l'arôme frais, léger, rappela à Miles l'herbe d'une prairie sous un soleil d'été.

Les yeux dans les yeux, ils restèrent un instant immobiles, jusqu'à ce qu'il la prît par le bras pour l'entraîner vers une table isolée, où une bouteille de Dom Pérignon trônait dans son seau à glace. Une cigarette se consumait dans le cendrier, à côté du whisky que Miles buvait pour se donner du courage en attendant sa venue.

Ils prirent place, face à face. Il écrasa sa cigarette, sourit. Elle lui rendit son sourire. Il se félicitait, en un sens, que la table les séparât. Elle constituait un obstacle qui s'opposait à ce qu'il commît quelque irréparable sottise. De toute façon, il préférait d'abord observer Christina, l'étudier, graver profondément dans son esprit l'image encore imprécise qui ne le quittait pas depuis des semaines.

— Vous buviez du champagne à Hadley, j'en ai donc commandé une bouteille...

Il s'interrompit un instant, stupéfait du son de sa propre voix, de ce qu'elle révélait de tension nerveuse. Cette tension n'avait fait que s'aggraver depuis sa décision de venir à Paris ; elle était devenue insoutenable pendant la dernière heure d'attente.

Il fit signe au serveur de venir déboucher la bouteille en s'efforçant de prendre une attitude désinvolte :

— Cela vous convient, j'espère ?

— Merci, Miles, tout à fait. Je ne bois d'ailleurs que du vin blanc ou du champagne. Et puis, le champagne est réservé aux grandes occasions — comme celle-ci.

— Vraiment ?

— Mais oui !

— Et pourquoi cela ? demanda-t-il, en se penchant légèrement vers elle.

— Parce qu'il ne m'arrive pas souvent d'être invitée à dîner par un célèbre homme politique qui, par-dessus le marché, entreprend la traversée de la Manche dans ce dessein !

L'éclair de gaieté qui faisait briller ses yeux, le rire mal réprimé qui vibrait dans sa voix lui rendirent sa bonne humeur. Comprenant qu'elle le taquinait, il fut soulagé de constater qu'elle avait le sens de l'humour.

— Le voyage en valait la peine, répondit-il. Le paysage que je vois d'ici me paraît enchanteur.

— Merci, Miles.

Le serveur remplit leurs flûtes. Miles leva la sienne, la choqua contre celle de Christina :

— A notre première soirée ensemble.

— N'oublions pas de boire à notre dîner — le plus coûteux, sans doute, si l'on y ajoute le prix de votre billet d'avion et celui de votre chambre. A moins, bien entendu, que vous ne pratiquiez couramment ce genre d'extravagances.

Il la dévisagea, inquiet, cherchant dans ses paroles quelque allusion voilée à ses conquêtes féminines ou une trace de jalousie. Mais il ne vit rien qu'un amusement sincère.

Il en eut la confirmation lorsqu'elle pouffa de rire, un rire communicatif qui le détendit un peu.

Tout en buvant une gorgée de champagne, Christina l'observait d'un air perplexe :

— Qu'auriez-vous fait, Miles, si j'avais eu ce soir un autre rendez-vous ?

Il prit le temps d'allumer une cigarette avant de lancer un regard ironique à Christina :

— C'est une éventualité que j'avais envisagée, je l'avoue...

Puis, penché vers elle, il poursuivit :

— Alors, je vous aurais invitée demain soir, ou dimanche. Et si vous aviez encore été prise, je me serais rabattu sur le déjeuner. Je me serais même contenté d'une tasse de thé, d'un petit déjeuner, d'une promenade au Bois — n'importe quoi. Voyez-vous, Christina, je tenais à mieux vous connaître — et j'ai de la suite dans les idées.

— Je le sais.

— Comment cela ?

— Il suffit de lire ce qu'on dit de vous dans les journaux depuis quelques années. Vous semblez jouir d'une réputation bien établie d'obstiné, que rien ne détourne de ses objectifs. A la Chambre des communes, par exemple, où vous harcelez le gouvernement.

— Le devoir de l'opposition consiste à tout faire pour déstabiliser la majorité.

Il se carra dans son siège, l'étudia attentivement :

— Je n'ai pas changé d'avis depuis ce que je vous ai dit à Hadley, reprit-il. Vos photos dans la presse ne sont décidément pas ressemblantes, elles vous font paraître plus vieille... D'ailleurs, quel âge avez-vous, Christina ?

— J'ai eu vingt-cinq ans en mai.

Il cacha sa surprise. Il l'aurait crue plus âgée, vingt-sept, vingt-huit ans peut-être. Non qu'elle le parût, mais beaucoup d'indices le suggéraient : sa brillante réussite, la réserve prudente de son comportement dénotaient à ses yeux une certaine maturité. Vingt-cinq ans ? Encore une jeune fille...

— Je suis beaucoup plus âgé que vous. Trente-huit ans.
— Non, quarante.

Il éclata de rire. Christina lui décocha un regard pétillant de malice.

— Et voilà où mène la vanité masculine ! Comment connaissez-vous mon âge ? Je ne me rappelle pas l'avoir vu dans les journaux, ces derniers temps du moins.

Elle était allée consulter un annuaire politique dans une bibliothèque, mais préféra ne pas trahir sa curiosité :

— C'est Jane, je crois, qui me l'a dit.
— C'est vrai, ma sœur et Dulcie sont amies intimes. Vous le saviez, bien entendu, puisque Dulcie vous a présenté Susan — dont vos robes ont fait la conquête, dit-il en remplissant leurs verres. Votre carrière est éblouissante et vous êtes devenue célèbre en très peu de temps. J'admire les femmes intelligentes, Christina. Me dévoilerez-vous les mystères de votre vie — et ceux de votre réussite ?
— Volontiers, si cela vous intéresse vraiment.
— Cela me passionne.

Elle lui raconta ses années d'enfance et de jeunesse dans le Yorkshire, sa rencontre avec Jane à l'Académie royale, sa décision de se lancer dans la haute couture. Elle ne lui révéla cependant pas ses véritables raisons de délaisser la peinture, car elle préférait qu'il la croie depuis toujours attirée par la mode.

— Voilà pour l'essentiel, conclut-elle un quart d'heure plus tard, en avalant une gorgée de champagne.
— Une ascension fulgurante, dont je vous félicite, dit-il, sincèrement admiratif. Il avait pris un réel plaisir à écouter son récit. Les inflexions mélodieuses de sa voix l'avaient curieusement apaisé — peut-être parce qu'il savait l'avoir pour lui seul quelques heures et qu'il pouvait se passer bien des choses en un tel laps de temps...
— A votre tour de me raconter votre vie, Miles, lui dit-elle en souriant. Elle n'avait rien appris de précis dans l'annuaire et voulait en savoir davantage.
— Ma vie n'a rien de très excitant, commença-t-il avec un haussement d'épaules. Né à Londres, élevé dans le Suffolk. Eton, études de droit à Oxford, quelques années de pratique — je préférais déjà la politique, voyez-vous. J'ai remporté ma première élection à vingt-sept ans. Depuis, heureusement pour moi, mes électeurs de Manchester me sont restés fidèles. Mes parents vivent toujours, Dieu merci, et je n'ai qu'une sœur. Aucun passe-temps, aucun intérêt en dehors de la

politique, à quoi je consacre ma vie. Rien d'autre qui mérite d'être signalé. Cela fait de moi un personnage plutôt falot, n'est-ce pas ?

— Nullement, au contraire, répondit Christina, en remarquant qu'il n'avait fait aucune allusion à sa femme.

Comme s'il avait deviné ses pensées, il se pencha vers elle et ajouta, à voix plus basse et avec un regard de défi :

— Ah, j'allais oublier ! Je suis séparé de ma femme.

— Je sais.

— C'est encore Jane qui vous l'a dit ?

— Non, je l'ai lu dans une chronique de William Hickey, dans le *Daily Express*.

— Cela remonte à deux ans ! s'écria-t-il, étonné. Ne trouvez-vous pas curieux que nous ayons lu tant de choses nous concernant l'un l'autre et que nous nous en souvenions ? Cela aurait-il quelque signification cachée ? ajouta-t-il avec un sourire amusé.

— Oui, c'est que nous avons une excellente mémoire et que nous portons un intérêt morbide aux médisances des chroniques à scandale.

Il éclata de rire. De plus en plus enchanté par la personnalité qu'il découvrait, il prit la main de Christina :

— Sans doute, répondit-il. Mais je crois qu'il y a autre chose.

— Quoi donc ?

— Je vous le dirai plus tard, répondit-il en faisant signe au serveur de lui apporter l'addition. Allons d'abord dîner, je serais désolé qu'on nous ait pris notre table.

46

Ses nerfs le trahirent pendant le dîner.

Au bar, il avait pu se détendre. Mais là, soudain, il sentit sa main prête à trembler et dut reposer sa fourchette. Adossé à son siège, il contempla Christina, calme en face de lui.

Les reflets mouvants de la chandelle posée sur la table donnaient à son visage des apparences mystérieuses. Une ombre lui obscurcissait la bouche. Il aurait voulu embrasser ces lèvres, serrer cette femme contre son cœur, l'aimer de toutes ses forces, de tout son être. Pourquoi perdaient-ils ainsi leur temps dans un restaurant ? se demanda-t-il en maîtrisant mal sa nervosité.

Christina buvait en observant Miles par-dessus son verre. La présence de cet homme la troublait. Son élégance ajoutait à sa séduction. Elle détailla avec plaisir son sobre complet gris aux fines rayures blanches, sa chemise d'un bleu accordé à la couleur de ses yeux...

Ses yeux qui, soudain, s'assombrirent. Ses traits qui se contractaient. Ses lèvres qui se serraient.

Que se passe-t-il en lui ? se demanda-t-elle. Regrette-t-il d'être venu sur un coup de tête ? L'inquiétude lui noua la gorge. Et s'il allait lui dire poliment bonsoir après le dessert et s'en tenir là ? Ce regard, surpris à Hadley Court et reconnu tout à l'heure au bar, l'avait-elle imaginé ? Avait-elle pris ses propres désirs pour des réalités ? Elle ne voulait pourtant pas qu'il la quitte après le dîner. Elle voulait rester avec lui, près de lui. Elle le désirait, *lui*...

— Quelque chose ne va pas, Miles ? se surprit-elle à demander.

— Non, pas du tout ! (Il repoussa les pensées sensuelles qu'elle lui inspirait, affecta l'insouciance, but une gorgée de vin :) Qu'est-ce qui a pu vous le faire croire ?

— Vous aviez l'air peiné... Elle s'interrompit devant son expression amusée.

— Vraiment ?... Puis-je fumer ? ajouta-t-il. Je n'ai pas très faim, à vrai dire.

— Moi non plus.

Ils avaient, l'un et l'autre, à peine touché au contenu de leurs assiettes.

Dans le regard que Christina posait sur lui, Miles discerna un sentiment nouveau qui le déconcerta. Elle le considérait d'une manière différente, ouvertement sensuelle. Dès leur première rencontre, il avait compris qu'elle éprouvait pour lui un certain attrait ou, plutôt, une sorte de curiosité. Se pourrait-il qu'elle ressentît exactement le même désir que lui ?

Penché vers elle, il déclara sans préambule :

— Quand vous me connaîtrez mieux, vous vous rendrez compte que je puis parfois faire preuve d'une franchise brutale — vous saurez au moins à quoi vous en tenir avec moi. Ce soir, Christina, je serai donc franc : nous ne sommes plus des enfants. Vous savez aussi bien que moi pourquoi je suis venu à Paris. Je voulais être avec vous, poursuivit-il en lui prenant la main. Je voulais vous serrer dans mes bras, vous couvrir de caresses, vous aimer — faire l'amour avec vous. Est-ce ainsi que vous le compreniez ? Partagez-vous le même désir, Christina ?

— Oui, Miles, murmura-t-elle.

— Dans ce cas, il me semble inutile de nous torturer davantage. Je demande l'addition, allons-nous-en.

A peine eurent-ils refermé la porte qu'ils furent dans les bras l'un de l'autre.

Emportés par une passion qu'ils ne pouvaient maîtriser, ils s'étreignirent, leurs corps soudés, leurs lèvres impatientes, communiant dans un baiser où se fondaient leurs êtres. Le temps n'existait plus, un même vertige les enivrait.

Ils n'eurent pas conscience de s'être dévêtus, de s'être jetés sur le lit. Sur le visage, dans le regard de l'autre, chacun lisait le reflet de son propre désir, de l'attente enfin apaisée.

— Je n'ai cessé de penser à toi, Christina. Tu ne m'as pas quitté depuis que je t'ai vue pour la première fois.

— Je t'ai désiré, Miles, dès l'instant où mes yeux se sont posés sur toi.

Par un de ces miracles dont l'amour n'est guère prodigue, leurs corps furent aussitôt accordés. Toute pensée leur devint importune — même celle de leur bonheur. Seule comptait l'extase qui les transportait.

Plus tard, alanguis, enlacés, ils reprirent lentement contact avec le présent.

La première, Christina rompit le silence :

— Miles... Puis-je te poser une question ?

— Bien entendu.

— Tout à l'heure, quand nous bavardions au bar, tu m'as répondu qu'autre chose nous rapprochait — souviens-toi, je plaisantais sur notre goût pour les potins des journaux. A quoi pensais-tu ?

— Je pensais à notre rencontre au bal de Jane. Et j'ai compris alors que nous avions sans doute été inconsciemment attirés l'un vers l'autre.

— Je l'étais vers toi, en tout cas.

— Moi aussi, je l'avoue.
— En te voyant sur cette terrasse, j'ai senti mon cœur battre. Mes jambes flageolaient. J'étais en piteux état, dit-elle en riant.

Il sourit à cet aveu, qui dénotait tant de candeur et d'innocence. Peu de femmes de quelque expérience se seraient trahies de la sorte. Cette preuve de pureté le toucha.

— Console-toi, répondit-il, moi aussi. J'ai compris qu'il fallait que je te connaisse mieux... Voilà d'ailleurs pourquoi j'étais furieux d'avoir dû décommander notre déjeuner à la dernière minute.

— J'étais plutôt déçue... dépitée. Dis-moi, quand as-tu décidé de venir à Paris ?

— Au début de la semaine. Le vendredi, les Communes sont généralement calmes, on n'y débat que de projets de lois secondaires. Sachant que je pouvais me libérer de bonne heure, j'ai retenu mon billet d'avion...

— Après avoir téléphoné à Bruton Street pour demander où j'étais descendue, si je comprends bien ?

— C'est exact.

— Je m'étonne que ma secrétaire ne m'en ait pas informée.

Miles rit :

— J'ai prétendu appeler de la part de Susan Radley qui voulait savoir le nom de ton hôtel pour t'envoyer des fleurs. Il s'agissait d'une surprise, bien entendu — et j'ai même précisé que j'étais le fleuriste.

— L'habile homme que voilà ! dit Christina. Mais pourquoi tant de précautions ? Pourquoi chercher à me cacher ta visite à Paris ?

— Je désirais te surprendre.

— Tu ne pouvais pas savoir si je n'étais pas partie retrouver quelqu'un. Un ami — un amant, peut-être.

— Je ne pouvais que prier et espérer qu'il n'en soit pas ainsi. Alors, poursuivit-il en l'embrassant, es-tu contente que je sois venu ?

— Pas contente, Miles. Follement heureuse.

Elle l'attira vers elle, ils échangèrent un long baiser.

— Resteras-tu demain ? demanda-t-elle.

— Non seulement demain, mais tout le week-end. Je ne repartirai que lundi matin, par le premier vol... Mais assez parlé, mon amour. Nous avons tellement mieux à faire...

Ils ne se relevèrent qu'à minuit et sortirent en ville.

Miles aimait le jazz. Il emmena Christina dans une de ses boîtes favorites, non loin des Champs-Elysées. Dans l'atmosphère sombre, enfumée, intime, ils restèrent assis côte à côte en se tenant la main. Tout en buvant du scotch, il lui parlait de cette musique qu'il aimait, des musiciens qui la célébraient, de Bix Beiderbecke à Charlie Parker, à Fats Waller, Django Reinhardt ou Louis Armstrong. De temps à autre, il l'embrassait, lui caressait le genou, souriait. Chaque minute qui s'écoulait rendait Christina plus profondément amoureuse de Miles Sutherland.

Ils allèrent ensuite aux Halles, se restaurer d'une soupe à l'oignon. Il lui raconta son enfance, évoqua les souvenirs de sa jeunesse dans le vieux manoir du Suffolk où les générations de ses ancêtres s'étaient succédé pendant des siècles. Elle l'écouta sans perdre un mot de ce qu'il lui révélait de lui-même, de sa famille. Il était près de six heures du matin lorsqu'ils regagnèrent enfin le Ritz, la main dans la main, riant comme des écoliers, tout au bonheur de se découvrir l'un l'autre.

Miles l'accompagna jusqu'à sa chambre, ouvrit la porte, entra derrière elle :

— Tu ne vas pas me jeter dehors, j'espère ? dit-il tout en dénouant sa cravate. Ne m'exile pas, je t'en supplie !...

En guise de réponse, elle lui offrit un sourire, sa main tendue. Il ferma la porte à clef, la suivit jusqu'à la chambre à coucher.

Alors, il la prit dans ses bras en murmurant son nom, la souleva, la porta jusqu'au lit. Ils firent l'amour, dormirent un peu, recommencèrent... Et c'est ainsi que s'écoula le week-end.

47

— Je ne puis y échapper, dit Miles le dimanche soir, tandis qu'ils dînaient à La Coupole. La semaine à venir s'annonce particulièrement éprouvante.

Sa mine soudain sérieuse inquiéta Christina. Il avait été d'une gaieté constante depuis trois jours. Elle posa sa fourchette, leva les yeux :

— Que veux-tu dire ?

— Hugh Gaitskell va se lancer à l'attaque d'Anthony Eden, sur l'affaire du canal de Suez et de nos rapports avec Nasser. L'affaire est si grave que nous allons tous être mis à contribution dans le débat — moi, en particulier, qui suis un protégé de Gaitskell. La situation se présente mal.

— Crois-tu vraiment que la guerre puisse éclater au Proche-Orient ?

— Oui, je le crains, répondit-il, de plus en plus sombre. En Égypte, du moins, à cause du canal. Mais ne nous attristons pas inutilement ce soir, tout peut encore changer. Quand comptes-tu rentrer à Londres ?

— Pas avant samedi. Mon avocat a besoin de moi pour conclure les négociations avec le parfumeur.

— Dans ce cas, dit-il en lui prenant la main, dois-je revenir le week-end prochain ?

— Oh, Miles, ce serait merveilleux ! Peux-tu te libérer ?

— Je ferai le nécessaire.

Après le dîner, ils se promenèrent à pied, puis regagnèrent l'hôtel en taxi, sans cesser de se tenir la main.

Plus tard ce soir-là, étendus côte à côte, Miles dit comme à regret :

— J'ai peur de trop m'attacher à toi, Christina.

— Et moi à toi, Miles.

— Je ne devrais pas — nous ne devrions pas, je le sais. Mais je ne puis réprimer mes sentiments.

— Pourquoi devrions-nous nous empêcher d'être heureux, puisque nous nous aimons ? répondit-elle en se blottissant contre lui.

Il soupira, garda un moment le silence :

— Parce que je n'ai rien à t'offrir, Christina. Elle ne m'accordera jamais le divorce.

— Cela m'est bien égal !

— Un jour, peut-être, tu ne penseras pas de même.

— Mais pourquoi refuserait-elle de divorcer ?

— Sincèrement, je n'en ai pas la moindre idée. Elle ne veut plus de moi, mais, en même temps, elle ne peut se résoudre à ce que j'appartienne à une autre.

— M'appartiens-tu, alors ? Juste un tout petit peu ?

— Oui, et même plus qu'un tout petit peu. Mais je t'aime déjà trop pour te jouer la comédie, ma chérie, poursuivit-il en l'embrassant. Je suis attaché à toi, à nous. Je veux, de toutes mes forces, que ce que nous avons commencé ce week-end continue — et continue longtemps. C'est de l'égoïsme, je le sais. Car si nous continuons, il faudra nous cacher. J'ai honte de te l'imposer. Mais si Candida apprenait la vérité, elle provoquerait un scandale. Ma carrière en serait gravement compromise, sinon brisée. Le comprends-tu ?

— Bien sûr. Mais je veux, moi aussi, te garder, Miles. Je veux continuer. Nous pouvons être prudents. Nous n'avons pas besoin de nous exhiber en public. Le secret ne me fait pas peur.

— Tu t'en lasseras un jour, Christina.

— Non, Miles. Pas avec toi.

Sans répondre, il la serra plus fort contre lui. Ils s'endormirent peu après.

Miles repartit pour Londres le lendemain matin.

Durant toute la semaine, en allant de son appartement de Knightsbridge à la Chambre des communes et en vaquant à ses affaires, il ne cessa de penser à cette dernière conversation. Il étudia sous tous les angles la possibilité de mettre fin à leur liaison de sa propre initiative. Miles Sutherland avait un sens aigu de ses responsabilités, contrairement au portrait peu flatteur qu'avait dressé de lui Jane Sedgewick. Il était homme d'honneur, conscient de ses devoirs et respectueux de ses obligations. Il souhaitait sincèrement dénouer les derniers liens qui l'attachaient à sa femme névrosée. Disposant d'une belle fortune personnelle, il n'avait nul besoin de l'argent de son beau-père.

Mieux valait cependant rompre avec Christina avant qu'il ne soit trop tard, se répétait-il. Et puis, le soir venu, il lui téléphonait au Ritz, ainsi qu'il le lui avait promis ; et le son de sa voix chassait de son esprit toute velléité de se conduire raisonnablement. Il désirait cette femme comme aucune autre avant elle, il en oubliait son sens critique, sa volonté. Et il était incapable d'étouffer ses sentiments.

C'est ainsi qu'il reprit l'avion de Paris le vendredi après-midi.

A peine eut-il posé les yeux sur Christina que son cœur battit plus vite. Jamais il ne pourrait prendre la décision de se séparer d'elle. Elle lui était plus précieuse que l'air, que la lumière, que le soleil.

Christina avait prévenu ses désirs. Sans lui laisser le temps de déclarer qu'il préférait ne pas sortir dîner, elle l'informa avoir commandé un souper froid.

— Nous pique-niquerons au lit ! dit-elle en lui tendant un whisky soda exactement dosé selon ses préférences.

Quelques instants plus tard, il sortit de sa poche un petit écrin de cuir rouge :

— Pour toi, ma chérie. Des opales. Te souviens-tu ? Le soir de notre rencontre, je t'avais dit que tu devrais toujours porter des opales.

— Oh, Miles ! Elles sont trop belles ! Je n'ai jamais rien vu de plus...

— Sur toi, elles seront encore plus belles. Viens, essaie-les.

Il l'entraîna vers le miroir, l'aida à attacher les boucles à ses oreilles. Elle s'admira ; il l'admira ; ils pouffèrent de rire comme des enfants, tout à la joie d'être à nouveau ensemble. Elle courut ensuite dans la chambre et en rapporta un petit paquet :

— Pour toi ! dit-elle.

Il défit le paquet en souriant :

— Tu n'aurais pas dû ! s'exclama-t-il devant l'étui à cigarettes de chez Cartier. C'est une folie...

D'un baiser elle lui imposa silence.

Plus tard encore, lorsqu'ils firent l'amour, Miles eut l'impression de la voir, de la toucher pour la première fois. Il lui semblait trouver en elle, dans son regard, dans son visage, des beautés nouvelles, des attraits inconnus.

Rien, désormais, ne pouvait plus les séparer.

Ils s'aimaient jusqu'à l'obsession. Christina vivait avec intensité son premier amour. Miles, qui avait connu d'autres femmes, se rendait compte, émerveillé, qu'il n'avait encore jamais aimé avec autant de force.

C'est au cours de ce week-end que Miles eut l'idée de revenir à Paris tous les vendredis. Il s'y sentait à l'abri des regards indiscrets. Durant le mois d'août, ils prirent donc l'habitude d'y passer les fins de semaine.

— Nous devrions quand même changer d'hôtel, dit Christina vers la fin du mois. Nous commençons à nous faire un peu trop remarquer au Ritz.

Ils allèrent donc séjourner au George V, au Prince de Galles, au Raphaël, jusqu'au moment où Miles comprit que leurs allées et venues dans les aéroports attiraient, elles aussi, l'attention.

— Il va falloir nous trouver une cachette quelque part en Angleterre, dit-il à Christina un samedi, sur les Champs-Elysées. Pourquoi ne t'en occuperais-tu pas la semaine prochaine, ma chérie ?

48

Il pleuvait à verse, en cette froide journée de novembre. Un vent violent soufflait en rafales et la pluie cinglait les vitres.

Pourtant, dans la bibliothèque de la petite maison de campagne des Costwolds, il régnait une atmosphère paisible et tiède, sous la lumière des lampes.

Étendue sur le canapé, Christina écoutait la pluie. Ce bruit avait sur elle un effet curieusement lénifiant, qui favorisait sa rêverie dans l'oisiveté du dimanche.

Elle coula un regard vers Miles, ainsi qu'elle se surprenait si souvent à le faire. Elle l'aimait, d'un amour si intense qu'elle n'avait jamais cru possible qu'il en existât de semblable. Sa carrière occupait dans sa vie une place importante, elle travaillait avec le même acharnement ; mais Miles représentait désormais sa seule vraie raison d'être.

Elle ne vivait que pour les week-ends. Pour ces heures privilégiées où ils se retrouvaient, seuls, dans leur refuge, une charmante maison isolée des environs de Cirencester, qu'elle avait dénichée par hasard au début d'octobre. La maison était libre pour six mois et elle était meublée : ils n'avaient eu qu'à y emménager.

Ils entouraient leur liaison des plus grandes précautions afin d'en préserver le secret. Christina n'en avait cure ; elle n'avait besoin de personne d'autre que de Miles. S'il parvenait à se libérer dans le courant de la semaine, ils passaient quelques heures ensemble. Ne pouvant se montrer en public, ils restaient dans l'appartement de Walton Street. Leurs week-ends constituaient leurs seuls véritables moments de détente. Ils lisaient, parlaient, se promenaient dans la campagne. Christina aimait cuisiner pour Miles, s'occuper de lui, partager ses pensées, ses émotions. Sa passion exigeante et sa sensualité. Sa tendresse, aussi — il présentait tant de contrastes.

Assis en face d'elle, dans un fauteuil près du feu, il s'absorbait dans la lecture de l'*Observer*. Les journaux du dimanche, étalés à ses pieds, avaient déjà été lus, commentés. Il accompagnait ses lectures d'un grommellement, d'un éclat de rire, d'un juron. Alors, la mine contrite, il se tournait vers elle, et expliquait ses réactions. Miles partageait tout avec elle.

En ce moment, il paraissait préoccupé. Christina le savait inquiet de la situation au Proche-Orient. Les hostilités avec l'Egypte avaient été déclarées, à la suite de la nationalisation du canal de Suez par Nasser. La Grande-Bretagne, la France et Israël avaient bombardé Le

Caire, envoyé des troupes. En privé, Miles était furieux. A la Chambre, il multipliait les interventions.

Il prit soudain conscience du regard posé sur lui, leva les yeux de son journal :

— Qu'y a-t-il, ma chérie ?

— Rien. Je t'admirais, voilà tout, dit-elle en se redressant.

— Ah, ah ! Dans ce cas, nous ferions mieux de monter. Tu pourras ainsi donner libre cours à ton admiration, dit-il avec un sourire malicieux. Y a-t-il rien de meilleur que l'amour par une journée pluvieuse ?

— Miles, tu exagères !

— Ce n'est pas ce que tu me disais hier soir. Si mes souvenirs sont bons, tu n'avais pas assez de mots pour m'encourager.

Elle lui prit le journal des mains, s'assit sur ses genoux. Puis, avec un baiser, elle murmura :

— Hier soir, tu t'étais surpassé.

Il sourit. Puis il ôta ses lunettes, se frotta les yeux :

— Au diable les journaux, un peu d'air me ferait du bien. Que dirais-tu d'une petite promenade ? A part moi — et la Reine, je crois — tu es la seule personne au monde à aimer marcher sous la pluie.

— Bonne idée, mon chéri. Viens !

Elle se leva d'un bond et lui tendit la main.

Ce soir-là, ils s'aimèrent avec un abandon total. Leurs derniers vestiges de pudeur, leurs dernières réticences s'évanouirent, balayés par une passion qui les unit plus que jamais, corps et âmes.

Dans le silence de la nuit, Miles reposait, inerte, la tête sur l'épaule de Christina.

Elle se sentait encore étourdie. Ce visage, si près du sien, l'émouvait au point qu'elle en avait parfois les larmes aux yeux. Qu'y voyait-elle, qui l'attendrît de la sorte ? Quel secret ressort de sa mémoire ces traits tant aimés touchaient-ils, pour la bouleverser avec une telle intensité ?

Miles rouvrit les yeux :

— Que nous arrive-t-il, mon amour, lorsque nous sommes ensemble ?

— Je ne sais pas... Nous nous envolons vers quelque monde inconnu — moi, du moins. L'as-tu déjà remarqué ?

— Non. Ou, plutôt, je te suis partout où tu vas. Je partage tes émotions, je ne puis donc les remarquer.

— Les avais-tu déjà partagées de la même façon avec une autre ?

— Non... Je crois savoir ce qui nous arrive, ma chérie, poursuivit-il. Nous atteignons, dans notre amour physique comme dans l'union de nos esprits, une perfection qui transcende nos rapports et nous entraîne à un autre niveau de conscience — à un niveau supérieur.

— Ce doit être cela.

Il lui caressa les cheveux. Puis, avec douceur, il lui prit le visage et le tourna vers lui :

— Christina... Je ne te l'avais pas encore dit, commença-t-il en hésitant, mais j'ai fait quelque chose, pendant que tu étais à New York il y a une quinzaine de jours...

Il laissa sa phrase en suspens. Devant sa mine soudain grave, elle se redressa, inquiète :

— Quoi donc, Miles ?

Il s'assit à son tour, prit une cigarette sur la table de chevet, l'alluma, en tira une longue bouffée avant de poursuivre :

— J'ai fait quelque chose que j'ai juré de ne jamais recommencer. Je suis allé voir Candida. Je lui ai demandé le divorce.

— Et alors ?

— Alors, elle a répondu non. Une cascade de *non*, à vrai dire, accompagnés de menaces et de promesses de scandale public si je m'avisais d'aborder de nouveau le sujet... Vois-tu, reprit-il après une pause, je n'ai tenté cette démarche qu'afin de pouvoir t'épouser. Je ne veux plus que nous continuions à nous cacher, à raser les murs, à ne pas pouvoir nous montrer au grand jour. Je voulais faire de toi ma femme. Mais j'ai bien peur que ce ne soit impossible.

— Je m'en moque ! s'écria-t-elle en se blottissant dans ses bras. Cela n'a pas d'importance, Miles. Rien n'a d'importance, tant que nous pouvons être ensemble.

49

— Eh bien, qu'as-tu donc, ma chérie ? Le collier ne te plaît pas ? demanda Miles en traversant le salon de Walton Street. Il scruta le visage de Christina, dont il ne comprenait pas l'expression bouleversée.

Elle leva la main vers le collier, palpa les chaînettes d'or serties de diamants et d'opales :

— C'est le plus beau cadeau que l'on m'ait jamais offert, mon chéri. Je l'adore.

— Alors, pourquoi cette mine lugubre ? dit-il en s'asseyant près d'elle, en lui prenant la main. Parce que je ne peux pas passer Noël avec toi ? Dans ce cas, je m'arrangerai pour abréger ces vacances. Tiens, j'ai une idée : je resterai avec toi la veille de Noël, toute la journée. Le soir, je rejoindrai mes parents et mes fils dans le Suffolk. Je réveillonnerai avec eux, je resterai le jour de Noël et je reviendrai le lendemain avec toi...

— Non, Miles. Je ne te laisserai pas te couper en deux ni modifier tes projets à la dernière minute. De toute façon, je ne peux pas changer les miens. Mes parents seraient trop malheureux si je n'allais pas les voir. Ils comptent sur ma visite — tu sais bien que je n'ai guère eu l'occasion d'être avec eux, ces derniers temps.

— Candida n'y sera pas, si c'est ce qui te tracasse. Elle emmène Monica en Ecosse, chez son père avec qui elles passeront les vacances. Je ne comprendrai d'ailleurs jamais pourquoi elle m'a déclaré, de but en blanc, que je pouvais avoir les garçons pendant les fêtes. Cela me dépasse.

Les yeux fixés sur les flammes, Christina ne répondit pas. Miles lui prit le menton, la força à se tourner vers lui :

— Je te jure que c'est vrai, ma chérie. Candida ne sera pas à Broxley Hall... Tu me crois, au moins ? Réponds, je t'en prie !

Touchée par sa sincérité, elle lui serra la main d'un geste rassurant :

— Je sais très bien que tu ne me mentirais pas, Miles. Tu en es incapable.

Il la regarda longuement dans les yeux, où ses émotions ne manquaient jamais de se refléter. D'habitude, il y voyait tout ce qu'il cherchait à savoir. Cette fois, il distingua un trouble inexplicable mais préféra ne pas insister. Ils ne se verraient pas pendant une huitaine de jours, leur séparation la plus longue depuis six mois. Mieux valait ne pas gâcher cette soirée, lui conserver son caractère de fête.

Comme si elle avait suivi le cours de ses réflexions, Christina sourit et se leva :

— Mets des bûches dans la cheminée, mon chéri, et débouche le champagne ! Je vais chercher tes cadeaux. Ce soir, c'est notre Noël à nous.

— A vos ordres, Majesté ! (Il se leva à son tour, l'attira vers lui, l'embrassa tendrement dans le cou :) Je t'aime tant, murmura-t-il.

Elle se dégagea avec douceur, courut vers la chambre. Sur le seuil, elle se retourna. Immobile au même endroit, il ne la quittait pas des yeux. Elle lui lança un baiser du bout des lèvres.

Miles débouchait la bouteille lorsqu'elle reparut, les bras chargés de paquets.

— Ils ne sont pas tous pour moi ? demanda-t-il en riant.

Elle déposa son fardeau devant la cheminée, sourit.

— Encore un voyage et c'est tout.

Incrédule, il hocha la tête, rit de plus belle, le cœur débordant d'amour.

— Tiens, tu en as toujours eu envie, dit-elle en lui tendant un paquet de grandes dimensions. Je suis heureuse de te l'offrir, en gage de mon amour pour toi.

La forme du paquet laissait supposer qu'il renfermait un tableau, sans doute un de ceux peints par Christina, mais Miles ne devinait pas lequel — il les avait tous admirés.

— Merci, mon amour. Je me doute de ce que c'est mais... duquel s'agit-il ?

— Ouvre, tu verras !

Elle resta près de la cheminée, l'observa pendant qu'il déballait le cadeau sur le canapé. Il ne put retenir une exclamation :

— Oh, Christina ! Les *Nymphéas à Hadley* !... Tu es trop généreuse. Je sais que c'est ton préféré. Comment te remercier ?... Il posa le tableau, la prit dans ses bras, l'embrassa tendrement.

— Il n'est devenu mon préféré qu'après notre rencontre à Hadley Court, dit-elle, ravie de constater son plaisir. Voilà pourquoi je tiens à te le donner. En le regardant, tu penseras à moi.

Son sourire s'évanouit :

— Partirais-tu en voyage ? demanda-t-il.

— Mais non ! Pourquoi cette question ?

— La manière dont tu viens de dire « tu penseras à moi »... comme si j'avais besoin de me souvenir de toi... Pourtant nous ne nous quitterons plus, n'est-ce pas ?

— Bien sûr, voyons !... Allons, buvons un peu de champagne avant d'ouvrir tes autres cadeaux.

Il remplit les flûtes.

— J'ai reçu une carte de vœux avec quelques lignes de Ralph et de Dulcie. Ils comptent rester encore quelque temps à New York, surtout depuis qu'il est question de ce film à Hollywood et d'une nouvelle pièce à Broadway. Et Jane, as-tu reçu de ses nouvelles ?

— Elle m'a téléphoné hier au bureau en se plaignant de l'arrivée des « petits monstres » à New York pour Noël. A part cela, rien de neuf. Elle doit rester six mois de plus, pour dessiner les costumes d'une comédie musicale.

— J'en suis ravi pour elle, voilà qui confirme son talent. Joyeux Noël, ma chérie ! dit-il en levant son verre.

— Joyeux Noël, Miles.

Ils restèrent assis devant la cheminée en buvant du champagne. Miles ouvrait ses paquets, découvrait avec des exclamations de surprise et de joie des livres, des disques de jazz, des cravates, une robe de chambre en soie.

Il fut particulièrement ravi devant les boutons de manchettes en saphir.

— Une merveille ! Tu as fait une folie !...

— Tu es le plus mal placé pour me le reprocher ! dit-elle en s'agenouillant près de lui. Ils te plaisent vraiment ?

— Ils sont superbes.

— Ils m'ont tout de suite plu — ils sont de la couleur de tes yeux.

Avec un sourire, il plongea la main dans sa poche :

— Alors, il est temps de sortir ceci, dit-il en lui tendant un écrin.

C'était une bague, une opale entourée de brillants, assortie au collier qu'il lui avait offert un peu plus tôt.

— Oh, Miles ! C'est trop beau ! dit Christina en glissant le bijou à l'annulaire de sa main droite.

— Tu te trompes de main, ma chérie, dit-il en enlevant la bague pour la remettre à la main gauche. Disons, du moins, que je préfère la voir ici... (Il s'interrompit, stupéfait, en voyant ses yeux s'emplir de larmes.) Christina, mon amour, qu'as-tu ?

Elle secoua la tête, s'essuya les yeux du revers de la main :

— Oh, Miles...

— Qu'y a-t-il, ma chérie ? Parle, je t'en prie.

Elle leva les yeux, hésita :

— Je... je suis enceinte.

Le temps d'un éclair, elle vit la lueur de joie et de fierté dans son regard, le sourire qu'il ne pouvait réprimer et qui révélait ses sentiments profonds. Une fraction de seconde plus tard, son visage redevint inexpressif :

— Oh, Christina... dit-il enfin.

Elle ne pouvait se méprendre au son de sa voix. La tristesse, la préoccupation se lisaient également sur ses traits.

— Il y a une seconde, tu étais heureux ! s'écria-t-elle en lui prenant la main. Je le sais, je l'ai vu.

— Oui, je l'étais, c'est vrai. Mais... Il ne put continuer. Jamais il ne l'avait tant aimée.

— Je ne comptais pas te l'annoncer ce soir, lui dit-elle. Si tu ne m'avais pas passé cette bague au doigt, je me serais tue.

— Tu as parlé, tant mieux. Cela nous concerne tous les deux. Tu ne peux pas porter seule pareil fardeau, Christina.

— Je ne voulais pas t'inquiéter en ce moment, juste avant Noël, te gâcher ces fêtes... Tu n'as pas si souvent l'occasion de voir tes fils.

— Tu penses toujours aux autres, mon adorable Christina. (Il lui caressa la joue, se renfonça dans le fauteuil, pensif.) Eh bien, nous voilà donc avec un problème à résoudre...

— Écoute, Miles... Je ne veux pas d'un avortement. Je sais qu'un enfant te poserait de sérieuses difficultés, mais je me disais que...

— Ce serait pire que des difficultés, ma chérie ! Et je ne souhaite pas plus que toi l'avortement... Pour le moment, je ne vois pas de solution, je l'avoue.

— Je tiens à garder cet enfant, Miles. Personne ne saurait qu'il est de toi — personne que nous deux. Je n'ai aucun problème financier, je puis m'occuper de tout et...

Il l'interrompit.

— Je n'en suis pas si sûr. Il suffirait d'un mot de trop, d'une rumeur. Alors, ma carrière...

— Oui, je sais, on ne peut rien négliger.

— Depuis quand le sais-tu ?

— Depuis quatre jours. Je suis enceinte de six semaines.

Il la prit dans ses bras, la serra contre sa poitrine, lui caressa les cheveux :

— Nous trouverons une solution, ma chérie. Ne t'inquiète plus de rien. Nous réglerons tout cela après les vacances.

50

Miles avait eu beau lui recommander de ne pas s'inquiéter, Christina ne put s'en empêcher tout au long des vingt-quatre heures la séparant de son départ pour le Yorkshire, où elle allait passer Noël avec ses parents.

Elle s'inquiétait de Miles, d'elle-même, de l'enfant — ou, plutôt, de la décision à prendre à son sujet.

Christina savait que Miles Sutherland éprouvait pour elle un amour profond, sincère, et ne souhaitait pas qu'elle subisse un avortement. Son instinct lui disait aussi qu'il désirait cet enfant, leur enfant. Elle avait néanmoins assez de sens pratique pour comprendre que sa carrière politique constituait une menace pesant sur leur bonheur.

Un jour, non pas dans l'exaltation de la passion, mais dans le calme d'une de leurs promenades, il lui avait dit : « Tu es toute ma vie, Christina. » Ce n'était pas exact, elle le savait. Sa véritable vie, c'était la politique, et jamais Christina ne pourrait lui demander de la délaisser, de briser sa carrière pour vivre au grand jour avec elle. Et avec leur enfant.

Si elle le lui demandait, il y réfléchirait sérieusement, il accepterait sans doute. Un jour, pourtant, il le regretterait — et elle le regretterait aussi. On ne demande pas à l'homme qu'on aime de tout son être de renoncer à sa vocation, à sa vie publique.

La vie de Miles Sutherland et la politique étaient trop étroitement imbriquées pour être dissociées. Éloigné de ses électeurs et de ses partisans, privé de l'atmosphère de la Chambre des communes et de ses batailles parlementaires, il ne tarderait pas à dépérir. Winston Churchill avait dit, une fois, qu'il était « l'enfant de la Chambre ». Miles Sutherland aurait pu reprendre cette parole à son compte.

Le lendemain soir, à huit heures, lorsqu'elle quitta sa maison de couture de Bruton Street, Christina avait moins que jamais trouvé de solution à son dilemme. Ce matin-là, Miles était parti pour la propriété de ses parents, dans le Suffolk, aussi tendre, aussi soucieux que la veille au soir lorsqu'il avait appris la nouvelle. Christina avait fait ses derniers achats de Noël avant d'aller au bureau signer les chèques, distribuer les cadeaux et assister à la fête organisée par Giselle pour le personnel.

Il ne lui restait maintenant plus rien à faire que ressasser son inquiétude jusqu'au départ de son train, le lendemain matin. Rentrée chez elle, elle alluma le feu dans la cheminée, alla à la cuisine. Sans avoir vraiment faim, elle savait qu'il fallait manger quelque chose.

Elle ouvrit une boîte de soupe et, en attendant qu'elle chauffe, se confectionna un sandwich avec le reste du saumon fumé de la veille.

Son léger repas sur un plateau, Christina revint s'installer devant la cheminée du salon. Une fois encore, elle tourna et retourna dans son esprit les options qui s'offraient à elle. Elle pourrait garder l'enfant, au risque de perdre Miles. Elle pourrait choisir l'avortement. Elle pourrait disparaître, mettre l'enfant au monde dans un pays étranger, y vivre jusqu'à la fin de sa vie — si Miles venait de temps en temps lui rendre visite.

Énervée, elle se leva, arpenta la pièce. Je suis trop bête, se dit-elle. Aucune de ces solutions n'est la bonne. Il y en a une autre, la seule possible : Miles doit arriver à contraindre sa femme à consentir au divorce, afin que nous puissions nous marier. Voilà l'issue ! Pourquoi n'y avaient-ils pas pensé plus tôt ? Sans doute parce qu'ils restaient persuadés que le divorce était impossible. La réalité était sûrement tout autre, il existait un moyen de résoudre le problème. Christina reprit sa place devant la cheminée. Pour la première fois depuis plusieurs jours, elle se sentit calme, détendue.

Les mains sur son ventre, elle ne pensa plus qu'à l'enfant — leur enfant. L'enfant de Miles. Elle ressentit une joyeuse exaltation. Tout finirait par s'arranger. Elle allait donner le jour à cet enfant. Elle allait épouser Miles...

La sonnerie du téléphone la fit sursauter. Elle courut décrocher et reconnut aussitôt sa voix :

— Bonsoir, mon amour. Comment vas-tu, ce soir ?

— Merveilleusement bien, Miles ! Je viens d'avoir une idée de génie.

— Moi aussi, répondit-il en riant. Mais dis-moi la tienne d'abord.

— Il faut retourner voir qui tu sais et faire en sorte qu'elle te rende ta liberté.

— Je me demande parfois pourquoi je t'aime tant ! C'est évidemment pour ton intelligence. Les grands esprits se rencontrent : figure-toi qu'il m'est venu exactement la même idée ce soir. J'avais hâte de t'appeler. Oui, Christina, je retournerai voir Candida dès son retour d'Écosse. Je suis sûr que tout s'arrangera. Je me sens beaucoup mieux, tu sais. Noël ne sera pas aussi triste que je le craignais. D'ailleurs, nous nous retrouverons la semaine prochaine. Au fait, tu ne veux toujours pas que je te téléphone dans le Yorkshire ? Tu es sûre ?

— Il ne vaut mieux pas, mon chéri. Je n'ai guère envie de devoir expliquer qui tu es, quand et comment nous nous sommes connus, etc. Les parents sont tous les mêmes, tu sais.

Le chauffeur mit la valise dans son taxi, se retourna :
— Où allons-nous ?
— A la gare de King's Cross.

— C'est comme si vous y étiez.

Christina se carra sur la banquette, lissa sa jupe, jeta un coup d'œil au-dehors. Il neigeait de petits flocons tenaces qui ne fondaient pas en touchant terre. Elle se demanda quel temps il faisait à Leeds, s'il y aurait un beau tapis de neige pour les fêtes.

Un regard à sa montre lui confirma qu'elle avait largement le temps. Son train ne partait qu'à 10 heures 30. Après Leeds, il continuait jusqu'à Edimbourg, en Écosse — ce qui la fit penser à Candida. Oui, Miles réussirait à reprendre sa liberté. Oui, ils allaient se marier, ils auraient leur enfant. Elle se caressa discrètement le ventre. Il restait plat. On ne remarquait encore rien. Dans quelques semaines, il n'en irait pas de même. Elle allait devoir penser à se dessiner une garde-robe de maternité...

Ni le chauffeur ni Christina ne virent le gros camion, débouchant d'une rue transversale, qui dérapa sur la chaussée glissante. Il prit le taxi en écharpe et l'envoya, au bout de plusieurs tête-à-queue, s'écraser contre un réverbère du trottoir opposé.

Projetée en avant, Christina alla heurter de la tête la vitre de séparation, en face d'elle, avant de retomber sur le plancher, inerte. Elle n'avait pas repris conscience lorsqu'on parvint à l'extraire de la carcasse tordue du taxi et à la charger dans l'ambulance. Par miracle, elle n'avait que des blessures bénignes, coupures et contusions.

Mais une heure après son admission au service des urgences de l'hôpital, elle fit une fausse couche.

51

Pendant plusieurs semaines, Christina resta abattue, désespérée. Miles ne souffrait pas moins ; il s'efforçait de la consoler, l'entourait d'affection. Mais il fallut longtemps à Christina pour surmonter sa douleur.

Elle parvint peu à peu à dominer son découragement. Les exigences de son travail l'aidaient dans sa convalescence. Ce n'était cependant pas la perte de son enfant qui la troublait le plus, en ce début de l'année 1957. Elle en était arrivée à se persuader que Miles et elle seraient à jamais entravés dans leurs mouvements par cette épouse abusive qui refusait le divorce. En d'autres circonstances, ils auraient pu vivre ensemble ouvertement. Mais, dans l'Angleterre de l'époque, un homme politique de l'importance de Miles restait beaucoup trop vulnérable. Un tel défi à l'hypocrisie leur était donc interdit.

Il était retourné voir Candida en février. En le voyant rentrer à l'appartement de Walton Street, vaincu et humilié, Christina avait été bouleversée.

— Je me suis mis à genoux devant elle, j'ai prié, supplié — sans résultat, dit-il en buvant le whisky-soda que Christina lui avait servi. Cette femme est folle, elle n'a plus rien d'humain.

A la fin de février, la sœur de Miles les avertit qu'ils avaient été reconnus près de leur maison de campagne des Costwolds. Ainsi, leur chère retraite des week-ends, où ils venaient chercher la paix, se transformait en une prison, d'où ils ne pouvaient plus sortir sans craindre d'être vus. Leurs rapports devinrent de plus en plus clandestins.

Pour la première fois depuis le début de leur amour, Miles et Christina commencèrent à se quereller. Il ne s'agissait, bien entendu, que de petites disputes insignifiantes ; il n'en demeurait pas moins que l'harmonie qui avait toujours régné entre eux se trouvait perturbée.

En avril, Christina avait dû se rendre à l'évidence : Miles ne parviendrait jamais à se débarrasser de Candida ; sa carrière politique passerait toujours avant le reste ; elle ne pouvait plus supporter l'existence qu'elle était contrainte de mener. Elle avait organisé sa vie autour de Miles, de ses désirs, des exigences de son travail et de ses activités antérieures à leur rencontre. Il lui devenait impossible de continuer ainsi.

En juillet de la même année, elle en vint à la conclusion qu'une solution s'imposait, la seule lui permettant d'échapper à cette situation : quitter l'Angleterre, faire un long séjour aux États-Unis. Ce n'était qu'en s'éloignant de Miles qu'elle pouvait espérer mettre fin à leur liaison. Elle l'aimait trop pour trouver la force de rompre si elle restait à Londres, près de lui. Elle devait renoncer à lui afin de se sauver elle-même. Elle payait d'un prix trop lourd quelques instants de bonheur furtif. Elle éprouvait aussi le besoin d'acquérir ce à quoi elle avait toujours aspiré : une vie normale, un mari, des enfants — la dignité. Elle ne supportait plus de rester dans l'ombre, de devoir se cacher, même à la campagne.

Elle ne lui demanda pas son avis ni ne lui confia ses projets — il ne les accepterait jamais, elle en était sûre. Lorsqu'elle lui en parlerait, ce serait pour le mettre devant le fait accompli. Sa première mesure fut de nommer Giselle Roux directrice de la maison de couture pour un an. Elle donna à ses parents les clefs de l'appartement de Walton Street en leur disant de s'en servir au moins une fois par mois. Elle remit un autre jeu de clefs à sa secrétaire, chargée de relever le courrier et de régler les factures afin de conserver l'appartement, que ni Jane ni elle ne souhaitaient abandonner. Elle organisa la création à New York d'une succursale de la maison « Christina ». Elle disposait de capitaux pour la financer et d'une longue liste de fidèles clientes américaines susceptibles d'assurer son succès. Il y avait surtout Jane, sa fidèle amie, qui l'attendait avec impatience et la pressait de venir. Christina s'était depuis longtemps confiée à elle ; elle lui avait également fait part de sa décision de rompre avec Miles.

Il fut le dernier à en être informé.

— Tu es plus belle que jamais, Christina ! lui dit Miles ce soir-là.

Elle s'éclipsa vers la cuisine sous prétexte d'aller chercher des glaçons — en fait, afin de refréner l'élan qui la poussait vers lui. Il était plus séduisant que jamais, dans un costume d'été en toile beige — les couleurs claires lui allaient bien. Tout en remplissant le seau à glace, elle se rendait compte qu'il lui serait impossible de passer la soirée avec lui de la manière prévue, sous peine de perdre tout courage.

Lorsqu'elle revint au salon, il la regardait encore :

— Je t'ai toujours aimée en vert pâle, Christina. Tu aurais dû mettre mes opales avec cette robe. Au fait, je remarque que tu ne les portes guère, depuis quelque temps. Tu ne les aimes donc plus ?

— Si, Miles, je les adore. Mais elles sont trop précieuses, je les garde au coffre... (Elle s'éclaircit la voix, s'assit, s'efforça de parler sans trembler :) Miles, il faut que je te dise...

A la gravité de son expression, il comprit aussitôt qu'elle s'apprêtait à lui assener une mauvaise nouvelle.

— Je te quitte, Miles. Je ne peux plus vivre en Angleterre... Non, laisse-moi finir ! dit-elle en lui imposant silence d'un geste. Toi, tu ne peux pas partir, tu es membre du Parlement. Mais moi, je peux. Je m'en vais donc demain, à New York. Pour un an, peut-être davantage.

— Mais enfin, ma chérie, pourquoi ? s'écria-t-il. Dis-moi pourquoi !

— Parce que nous ne pouvons plus vivre ensemble, Miles. Je t'aime, je t'aime de tout mon cœur, mais je ne peux plus continuer ainsi. Il me faut te quitter si je veux commencer une vie nouvelle. Le comprends-tu ?

— Je retournerai demander à Candida...

— Tu n'obtiendras rien d'elle, Miles, tu le sais aussi bien que moi. Elle n'acceptera jamais de te rendre ta liberté. C'est à moi de m'éloigner, de sauver ma propre existence.

Il se leva d'un bond, il traversa la pièce, la prit dans ses bras :

— Je t'aime, Christina. Tu es toute ma vie. Ne me quitte pas, je t'en supplie !

— Je ne suis pas *toute* ta vie, Miles, je n'en suis qu'une partie. Ta vie, c'est ta carrière, la politique. Tu as tes enfants... Les premiers temps, tu auras de la peine, je sais, mais tu te consoleras...

Trop émue pour poursuivre, elle se dégagea, s'éloigna vers la cheminée.

Pétrifié, il la suivit des yeux. Pour lui, c'était la fin du monde — la fin de *son* monde.

— Si tu m'aimes, Miles, reprit-elle, les yeux pleins de larmes, rends-moi la liberté. Si tu m'aimes autant que tu me le dis, laisse-moi cette chance de refaire ma vie. Promets-moi de ne pas reprendre contact avec moi, de ne jamais chercher à me revoir. Redonne-moi la paix de l'âme et du cœur.

— Non, Christina, je t'en supplie... Nous trouverons une solution, nous chercherons...

— Il n'y a qu'une solution, Miles. C'est que tu me rendes ma liberté.

Il la contemplait, immobile, la tête bourdonnante de mille pensées qui s'entrechoquaient. Tant de mots qu'il ne lui avait pas encore dits, tant d'amour qu'il n'avait pas su exprimer, donner, partager... Car il l'aimait, de tout son être. Et c'est parce qu'il l'aimait qu'il avait en effet le devoir de lui accorder cette chance qu'elle lui demandait. Il était maintenant trop tard pour infléchir le cours des événements. Trop tard pour la reprendre. Trop tard...

Il fit un pas vers elle, s'arrêta. Il ne pouvait pas l'embrasser une dernière fois. Il ne l'osait pas.

— Adieu, mon amour, parvint-il à prononcer.

Il quitta la pièce en titubant, dévala l'escalier, aveuglé par les larmes. Jamais, il le savait, il n'aimerait plus quiconque comme il aimait Christina.

Elle traversa l'Atlantique sans cesser de pleurer.

Jane l'attendait à l'aéroport. Un regard lui suffit pour comprendre. Elle l'entraîna, d'un geste protecteur, vers la voiture.

— Béni soit l'inventeur des lunettes noires ! dit Christina en tentant de plaisanter — avant de fondre de nouveau en larmes.

Jane la prit dans ses bras, l'invita à pleurer tout son soûl — recommandation bien inutile, car Christina n'entendait même pas les paroles consolatrices que lui prodiguait son amie.

Christina réussit, tant bien que mal, à se remettre au travail — un travail qu'elle aimait, dans lequel elle s'absorbait et qui l'aidait à maîtriser peu à peu son chagrin. Elle ne se consolait pas d'avoir perdu Miles. Elle savait, au fond de son cœur, qu'elle ne s'en consolerait jamais tout à fait. Il avait été son premier amour, un amour trop profond pour qu'elle pût l'oublier, trop intense pour disparaître.

Pourtant, au fil des semaines, puis des mois, elle parvint à se ressaisir. Un soir, elle s'endormit sans avoir pleuré une fois de la journée.

Le lendemain matin, au petit déjeuner, elle déclara à Jane :

— Je crois que je suis en train de guérir, je n'ai pas versé une larme hier soir.

— Tant mieux, répondit Jane. (Elle avait compris, dès le début, à quel point son amie souffrait. Aussi s'était-elle attachée à la réconforter sans la brusquer. Elle s'était même abstenue de tout commentaire désagréable sur Miles.) Mais c'était plutôt long, ajouta-t-elle.

— Que veux-tu dire ?

— Nous sommes au début de décembre, tu es arrivée en juillet. Six mois de larmes ininterrompues, ce doit être un record du monde !

Christina ne put s'empêcher de rire. Jane l'imita :

— A la bonne heure, Crowther ! Je constate que tu vas vraiment mieux. Tu vas peut-être pouvoir m'aider à préparer ma — *notre* réunion de Noël.

— Parce que nous lançons des invitations pour Noël ?

— Évidemment. Je voudrais te présenter Simon, un acteur. Il te plaira, du moins je l'espère — j'envisage sérieusement de l'épouser, figure-toi.

— Depuis quand cela dure-t-il ? s'écria Christina. Je crois pourtant n'avoir remarqué aucun acteur dans les parages.

— Oh, c'est un nouveau — mais adorable.

— Les bons acteurs ne font pas de bons maris, Sedgewick.

— Oserais-tu dire du mal de mon père, par hasard ? s'écria Jane en feignant l'indignation. Maman ne serait pas contente.

— Non, lui, il est différent.

— Alex Newman aussi.

— Je croyais qu'il s'appelait Simon ?

— Le mien, oui. Alex Newman est pour toi.

— Ah non ! protesta Christina. Ne me parle plus des hommes, je t'en prie ! Du moins, pas encore...

Elle n'avait pourtant pas prévu Alex Newman.

A peine eut-elle posé les yeux sur lui qu'elle dut convenir qu'il était, effectivement, différent des autres. Il possédait une distinction inhabituelle, ne devant rien à ses attraits physiques ni même à sa séduction.

Quand Jane le lui présenta, Christina lui serra la main sans se douter qu'il avait déjà, en quelques secondes, décidé de l'épouser.

Il ne la quitta pas de la soirée, déborda de charme et de prévenances. Il sut la faire rire ; Christina apprécia son sens de l'humour et se surprit à le trouver sympathique. Mais quand il l'invita à sortir avec lui le lendemain soir, elle refusa :

— Merci, mais je ne pense pas pouvoir...

— Dites plutôt que vous ne voulez pas entendre parler des hommes — pour le moment du moins.

Christina le regarda, surprise de sa perspicacité. Elle se demanda si Jane lui avait parlé de ses malheurs, mais repoussa aussitôt le soupçon : son amie n'aurait pas été capable d'une telle trahison.

— Ne prenez pas cette mine offusquée, dit-il en souriant. Mon instinct me dit que vous avez récemment souffert — à cause d'un homme. Cela explique peut-être votre répugnance à accepter mon invitation — à moins que ma personne ne vous déplaise.

— Pas du tout, Alex ! Vous m'êtes très sympathique, au contraire. Eh bien, soit, j'accepte votre proposition.

Il alla chercher à boire et ils s'installèrent auprès du feu. Ils y restèrent longtemps à bavarder de mille choses et se découvrirent nombre de points communs.

— Selon Jane, lui dit Alex, le démarrage de votre maison de couture new-yorkaise est prévu pour le début de l'année prochaine. Je suppose donc que vous vivrez ici en permanence ?

— Non, je ne le pense pas. Ma maison de Londres aura toujours besoin de moi, de sorte que je partagerai mon temps entre ici et là-bas. Je me suis accordé un an pour que tout fonctionne correctement.

— Je vois. Votre affaire se développera cependant davantage ici. En fait, j'imagine que vous ferez à New York un chiffre d'affaires au moins double de celui de Londres.

Le sachant banquier, Christina le considéra avec un nouvel intérêt. Ils parlèrent affaires jusqu'à la fin de la soirée. Plus tard, lorsque les invités furent partis et qu'elle aida Jane à laver et ranger la vaisselle, Christina ne cessa de penser à Alex Newman.

Tandis qu'elles finissaient d'essuyer les verres, elle dit à Jane :

— Alex me plaît. Tu avais raison, c'est un homme charmant et différent des autres.

— Très riche, aussi, répondit Jane avec un large sourire. Mais pardon, j'oubliais que tu n'accordes aucune attention à ce genre de détails.

— Non, en effet. Et ne commence pas à fabuler, Jane, il ne me plaît que comme ami, rien de plus ! Ses idées m'intéressent et il est prêt à m'aider.

— Je n'en doute pas un seul instant ! dit Jane en souriant. Je te signale malgré tout qu'il n'est pas seulement séduisant, bel homme, riche et intelligent ; il est également célibataire.

— L'homme idéal, si je comprends bien. Dans ces conditions, pourquoi n'est-il pas marié ?

— En fait, je crois qu'il est divorcé.

Christina se détourna, quitta la cuisine. Jane la rejoignit au salon :

— Excuse-moi, Christina, j'ai parlé sans réfléchir. Je ne voulais pas te faire de peine.

— Tu ne m'as pas fait de peine, Jane. Je ne suis pas mûre pour recommencer à m'intéresser aux hommes, voilà tout.

— Tu sortiras quand même avec Alex demain soir ? Il est si gentil. Je sens que tu lui plais aussi. Accepte, pour me faire plaisir !

Christina dîna avec Alex Newman le lendemain soir. Elle ne savait pas encore qu'il était l'homme qui guérirait ses blessures et lui apporterait un nouveau bonheur.

52

— Maman, j'ai le droit de savoir quel cadeau nous faisons à bonne-maman pour son anniversaire ! Pourquoi ne me dites-vous rien ?

Christina lança un regard excédé à sa fille :

— Chut, Kyle ! Quand on a six ans, on ne crie pas dans la rue !

— Mais pourquoi refusez-vous de me le dire ?

— Parce que tu ne sais pas garder un secret. Ton papa et moi préférons ne pas t'en parler, c'est un cadeau trop important. Tu serais capable de gâcher la surprise que nous préparons pour ta grand-mère.

— Non, maman, je vous promets de me taire ! protesta Kyle, ulcérée. Je ne suis plus un bébé comme Clarissa.

Clarissa était la fille de celle que l'enfant appelait tante Jane. Christina serra fermement la main de Kyle et traversa Grosvenor Square, en direction de South Audley Street. Il faisait beau, en ce mois de juin 1965. Audra allait avoir cinquante-huit ans dans quelques jours. Alex et Christina la recevaient à dîner ce soir-là, dans leur appartement d'Eaton Square, et Kyle, depuis plusieurs jours, harcelait sa mère pour apprendre en quoi consistait ce fameux cadeau.

— Maman, dites-moi ce que c'est ! insista-t-elle.

— Faisons un marché, Kyle, répondit Christina en maîtrisant son exaspération. Si tu cesses enfin de me poser la question, je te le révélerai quand nous serons à la maison. Marché conclu ?

— D'accord !

Elles reprirent leur marche en silence, au vif soulagement de Christina. Ses affaires la préoccupaient ; elle se demandait si elle ne devrait pas s'arrêter à Bruton Street et consulter Alex et Giselle au sujet de la collection d'hiver, en cours de fabrication. Finalement, elle se décida à rentrer directement. Ses parents, Jane et son mari, les Sedgewick, devaient arriver vers 18 heures 30 ; il était déjà 16 heures. Mieux valait ne pas perdre trop de temps.

Elle pensait à la robe qu'elle mettrait quand elle le vit descendre d'une limousine, à quelques mètres de là.

Elle marqua une pause imperceptible avant de poursuivre à l'allure d'escargot que lui imposait Kyle.

Il s'éloignait de la voiture et tournait la tête de son côté lorsqu'il la reconnut et s'immobilisa au milieu du trottoir. Il la contempla un instant, incrédule. Puis il se dirigea vers elle à pas lents, sans la quitter des yeux.

C'est extraordinaire, ne put-elle s'empêcher de penser, il n'a absolument pas changé depuis huit ans. Un peu plus grisonnant, peut-être, mais il est resté le même. Il était devenu célèbre. Le parti Travailliste avait remporté les dernières élections générales, en 1964, et Miles Sutherland avait été nommé ministre — l'un des plus importants du gouvernement. L'on disait volontiers qu'il deviendrait Premier ministre tôt ou tard. Candida avait divorcé six ans auparavant, afin de se remarier avec un Français sans fortune, mais possesseur d'un titre prestigieux — duc ou marquis, Christina ne s'en souvenait plus précisément. On voyait de temps à autre le nom de Miles dans les journaux, associé à celui de quelque femme en vue, mais il ne s'était jamais remarié.

Christina sentait son cœur battre plus fort, sa gorge se serrer.

Finalement, ils se retrouvèrent face à face.

— Bonjour, Christina.

— Bonjour, Miles... dit-elle, aveuglée par l'éclat de ses yeux bleus, assourdie par les battements de son propre cœur. Quelle heureuse surprise de vous revoir, depuis si longtemps...

— Huit ans. C'est fort long, en effet.

— Félicitations, Miles, pour votre réussite.

— Acceptez aussi les miennes. Je vois votre nom partout où je me tourne — parfums, vêtements, lunettes de soleil, lingerie, chapeaux, la liste est interminable... Il ne put continuer. Il devait lutter contre lui-même afin de ne pas la saisir par le bras, l'entraîner n'importe où, là où ils seraient seuls, où il pourrait la serrer contre lui, lui dire qu'il l'aimait toujours avec la même passion.

Ils ne pouvaient ni l'un ni l'autre faire un geste ou détourner les yeux. Le temps s'était arrêté. Les souvenirs affluaient...

— Maman ! La voix de la fillette rompit le charme.

Miles baissa les yeux vers elle, s'éclaircit la voix :

— Bonjour, dit-il en lui tendant la main. Je m'appelle Miles. Et toi ?

Elle prit la main tendue, sourit :

— Kyle.

— Quel âge as-tu, Kyle ?

— Six ans, monsieur.

Miles releva les yeux :

— Oh, Christina... murmura-t-il.

Elle vit une soudaine douleur se peindre sur son visage. Son regard exprimait une telle adoration qu'elle ne put se méprendre : il n'avait jamais cessé de l'aimer. Il pensait à l'enfant, leur enfant, perdu. Elle comprit aussi que s'il ne s'était pas remarié, c'était à cause d'elle.

La vision brouillée par les larmes, elle ne put que murmurer son nom. Il lui prit la main :

— Non, ne pleurez pas, dit-il d'une voix mal assurée. J'ai déjà trop de mal à me retenir... Que Dieu vous bénisse, Christina. Au revoir, Kyle.

Il tourna les talons, s'en fut à grands pas vers la maison devant laquelle sa voiture avait stoppé, monta les marches du perron. Christina attendit de voir la porte se refermer sur lui avant de reprendre sa marche.

— Pourquoi pleurez-vous, maman ?
— Je ne pleure pas.
— Si, je le vois !
— C'est le vent, une poussière dans l'œil...
— Il n'y a pas de vent, maman.
— Je suis fatiguée, prenons un taxi.

Tenant sa fille par une main, s'essuyant les yeux de l'autre, Christina se dirigea vers la station la plus proche.

A peine franchi le seuil de l'appartement, Kyle revint à la charge :
— Maman, vous avez promis de me dire quand nous serions rentrées quel cadeau vous offrez à grand-mère.
— C'est vrai, Kyle, mais je ne t'ai pas précisé quand. Tu l'apprendras donc en même temps qu'elle — ce soir.
— Ce n'est pas juste !

Heureusement, la gouvernante apparut à point nommé dans le vestibule et entraîna la fillette en dépit de ses protestations.

Christina alla dans sa chambre, s'enferma dans la salle de bains. Là, elle ouvrit en grand les robinets du lavabo et, protégée par le bruit, donna enfin libre cours à ses sanglots, le visage enfoui dans une serviette. Longuement, elle pleura sur son amour perdu, son enfant mort, sur Miles et sa solitude, sur la cruauté du destin qui les avait séparés.

Lorsqu'elle eut retrouvé son calme, elle bassina ses yeux gonflés, se remaquilla et se prépara pour le dîner d'anniversaire de sa mère. Elle avait choisi dans sa garde-robe une toilette de soie mauve, avec laquelle elle comptait porter les opales de Miles, si parfaitement assorties à ces tons lilas. Quelle étrange coïncidence, se dit-elle en regardant les bijoux. Elle les avait pris dans le coffre le matin même. Pendant toutes ces années, pas une fois elle n'avait rencontré Miles lors de ses fréquents séjours à Londres. Et il fallait qu'aujourd'hui...

Elle traversait le vestibule pour se rendre au salon, sur lequel elle voulait jeter un dernier coup d'œil avant l'arrivée de ses hôtes, quand elle entendit la voix de Kyle dans le cabinet de travail d'Alex. Lorsqu'elle y entra, la fillette disait :

— ... et après qu'il est parti, maman s'est mise à pleurer.

Alex la vit sur le pas de la porte. Il se leva, lui sourit :
— Ma chérie, tu es ravissante, ce soir.

Elle s'avança à sa rencontre, lui tendit les mains. En guise de réponse, elle exprima par son regard l'amour qu'elle éprouvait pour lui. Plus que jamais, elle était heureuse d'avoir épousé un tel homme.

Alex se tourna vers sa fille.

— Eh bien, petit diable, qu'attends-tu pour aller te changer ? Tes grands-parents vont arriver d'une minute à l'autre.

Une fois seul avec Christina, il l'embrassa :

— Ainsi, tu as enfin rencontré Miles Sutherland, dit-il à voix basse.

Elle hésita :

— Oui... Il m'a fait beaucoup de peine, Alex. Voilà pourquoi j'ai pleuré. Il n'y avait pas d'autre raison, crois-moi.

— Je te crois. Il doit se sentir très seul, en dépit de son pouvoir et de sa célébrité.

— Oui. Pauvre Miles... C'est vraiment sur lui que j'ai pleuré, je t'assure.

Il sourit avec une indulgence amusée :

— Depuis sept ans que nous sommes mariés, ma chérie, penses-tu que je ne sache pas encore quels sont tes sentiments ?

— C'était Miles, n'est-ce pas ? demanda Jane. C'était lui, l'homme que tu as rencontré dans la rue ?

Christina fit la grimace :

— La petite poison, elle t'a tout raconté à toi aussi ! Elle n'a sans doute pas non plus oublié tes parents.

— Ne lui en veux pas, Christina. Tu connais les enfants. De toute façon, personne n'a écouté ce qu'elle disait.

— Je parierais le contraire ! répondit Christina avec un rire contraint. (Puis, après avoir entraîné son amie à l'écart, sur la terrasse de l'appartement, elle reprit :) Il n'y a pas dix minutes, ma mère m'a demandé qui j'avais rencontré cet après-midi. Elle a même eu l'audace de me demander si j'étais heureuse avec Alex !

— L'es-tu, au moins ? demanda Jane, inquiète. Tu ne regrettes plus Miles, j'espère ?

— Bon sang, Jane, comment peux-tu me poser des questions pareilles ? Tu devrais savoir mieux que personne combien j'adore Alex ! Je ne pourrais rêver mariage plus heureux, je suis comblée en tout... Mais, dis-moi, poursuivit-elle avec un regard inquisiteur, à mon tour de poser une question. Qu'avais-tu contre ce pauvre Miles ? Tu n'arrêtais pas de dire des méchancetés sur son compte.

— Eh bien... J'avoue qu'il me plaisait et j'étais furieuse de constater qu'il ne daignait pas même me regarder, répondit Jane d'un air penaud. Alors, quand il a commencé à te courir après, je me suis inquiétée, je te jure que c'est vrai. J'avais le pressentiment qu'il te ferait souffrir. Je ne me suis pas trompée, conclut-elle à voix basse.

— J'en suis bien guérie.

— Dieu merci ! (Jane fit quelques pas, s'accouda à la balustrade dominant les arbres d'Eaton Square :) Tu sais, Simon et moi sommes réconciliés depuis la semaine dernière. Une tempête dans un verre d'eau, rien de plus... Quand je pense à tes mises en garde sur le mariage avec un acteur !

— Je savais que cela s'arrangerait, dit Christina en souriant. Viens, nous ferions mieux de rentrer. Alex voudrait que je fasse mon petit discours à maman et que nous lui offrions son cadeau, de sorte que nous puissions enfin expédier notre bavarde au lit. Il est grand temps !

Alex s'éclaircit la voix :

— Puis-je vous demander un peu de silence, je vous prie ? Christina désire nous dire quelques mots.

Le silence se fit. Christina s'avança vers le milieu de la pièce en tenant Kyle par la main. Vêtue de sa plus belle robe, la petite fille portait un paquet-cadeau enrubanné.

Christina se tourna vers Audra :

— L'année dernière, il m'est venu une idée dont j'ai parlé à Alex, au sujet de votre cadeau d'anniversaire. L'idée lui a plu autant qu'à moi. Voici donc ce que nous offrons tous les trois, en espérant que vous aurez autant de plaisir à recevoir ce cadeau que nous en avons eu à l'acheter.

Kyle leva les yeux vers sa mère, Christina lui fit un signe de tête :

— Oui, tu peux aller donner son cadeau à bonne-maman.

La fillette se précipita, noua ses bras autour du cou d'Audra en l'embrassant :

— Voilà, bonne-maman ! Dépêchez-vous de l'ouvrir, ils n'ont pas voulu me dire ce que c'était, sous prétexte que je ne sais pas garder un secret !

Sa déclaration suscita un fou rire général.

Rose de plaisir, Audra dénoua le ruban, défit le papier argenté, souleva le couvercle d'une petite boîte.

— Qu'est-ce donc ? demanda-t-elle, perplexe, en montrant une vieille clef de fer forgé. Vincent, sais-tu de quoi il s'agit ?

Vincent prétendit tout ignorer. En réalité, il avait été dès le début mis dans le secret et avait collaboré à la réussite de l'opération.

— C'est la clef de votre nouvelle maison, maman — la vôtre et celle de papa, dit Christina. Alex et moi avons acheté High Cleugh en votre nom. La maison de votre enfance, où vous serez de nouveau chez vous.

Audra ouvrit la bouche, sans parvenir à émettre un son. Ses yeux allaient de la clef à sa fille, à son gendre, à son mari. Très pâle, les yeux brillants de larmes, elle se leva en titubant, alla vers Christina et Alex :

— Je n'aurais jamais cru revoir cette clef avant ma mort, dit-elle d'une voix enrouée par l'émotion. A plus forte raison la tenir dans ma main. Je ne sais comment vous remercier, mes enfants. Cette maison... cette maison...

Elle se raccrocha au bras de Christina pour ne pas tomber. Les joues humides de larmes, elle murmura encore :

— Merci, ma chérie. Merci... merci... merci... Un sourire apparut enfin sur ses lèvres. Il ne s'effaça plus de la soirée.

Plus tard, cette nuit-là, couchée avec Alex, Christina se blottit contre lui.

— Mon chéri... Crois-tu que le dîner ait fait plaisir à maman et qu'elle soit vraiment heureuse de retrouver son cher High Cleugh ?

— L'expression « vraiment heureuse » me semble un euphémisme ! « Bouleversée » ou « folle de joie » serait plus proche de la réalité ! répondit-il en riant.

Christina rit à son tour.

— Quelle belle soirée, mon amour. Merci de m'avoir aidée à la réaliser.

Sans répondre, il la serra tendrement contre lui. Son amour pour elle n'avait cessé de se renforcer, depuis l'instant où il l'avait vue pour la première fois, à cette soirée chez Jane. A présent, il regrettait que sa fille ait rapporté la rencontre de l'après-midi. Il aurait préféré ignorer que Christina avait revu Miles Sutherland. Leur liaison appartenait à un passé depuis longtemps révolu, sans doute ; mais l'idée de leurs retrouvailles ne lui déplaisait pas moins. Christina avait trop souffert à cause de Miles... Alex s'en voulut de sa réaction égoïste. Mieux valait, au contraire, qu'il fût au courant si Christina souhaitait épancher son cœur. Elle ne lui avait jamais beaucoup parlé de Miles ; il avait cependant compris, dès leur voyages de noces à Paris, que cet homme l'avait profondément marquée et qu'elle l'avait beaucoup aimé. Mais, après tout, il avait lui aussi aimé une autre femme avant Christina. Celle-ci ne lui en apprendrait probablement guère plus sur le compte de Miles Sutherland. Elle qui partageait sans réticences ses moindres pensées, se tenait sur la réserve dès qu'il était question de Miles. Car, pour tout le reste, ils ne se dissimulaient rien l'un à l'autre — franchise qui constituait l'une des raisons du succès de leur mariage. Et de celui de leur association en affaires. Ils formaient une équipe imbattable. D'une maison de couture prospère et réputée, Alex avait fait une multinationale qui « pesait » des centaines de millions. La combinaison du talent artistique de Christina et du génie des affaires d'Alex, le jeu judicieux des licences d'exploitation avaient placé la griffe « Christina » au tout premier rang.

— Es-tu heureux avec moi, Alex ? demanda-t-elle tout à coup.

— Tu sais que je le suis, mon amour.

— Regrettes-tu que je ne puisse plus avoir d'enfants ? En aurais-tu voulu d'autres ?

— Ah non ! Kyle me suffit amplement ! répondit-il. Imagine ce que nous deviendrions si nous en avions deux comme elle !...

— Réponds sérieusement.

— Mais je suis sérieux, ma chérie. Tout me convient très bien ainsi — à condition que tu sois heureuse, toi. L'es-tu ? Réponds franchement.

— Oui, très... Mais es-tu sûr de ne pas regretter que nous n'ayons pas un fils — un héritier ?

— Nous avons une fille — une héritière — et je n'en souhaite pas davantage.

Penché vers elle, il posa doucement ses lèvres sur les siennes. Son baiser se fit plus tendre, plus pressant à la fois. Avec une lenteur voluptueuse, il la couvrit de caresses, éveilla son désir par des gestes pleins d'une tendresse sachant exprimer, de mille manières, qu'il ne la ferait jamais souffrir ni ne lui causerait de peine.

Lorsqu'il la sentit enfin proche de l'extase, il la fit sienne. Pour la nuit — et pour toujours.

ÉPILOGUE

KYLE, AUDRA ET CHRISTINA

1978

ÉPILOGUE

Assise sur le canapé, Audra laissa son regard errer autour de la pièce en attendant que Christina reprît son calme. La scène qui venait de se dérouler entre Kyle et sa mère avait été violente — et bruyante. Kyle était partie en claquant la porte. Le silence était enfin retombé, au vif soulagement d'Audra. On n'entendait plus que les pas de Christina, étouffés par l'épaisse moquette, le tic-tac du cartel, le grondement sourd de la circulation, qui leur parvenait par les portes-fenêtres entrouvertes. Dehors, le soleil de mai inondait la terrasse. Encore étourdie par son voyage, Audra luttait contre la fatigue. Elle était arrivée à New York le matin même et subissait les effets du décalage horaire.

Christina cessa son va-et-vient en remarquant, pour la première fois, la lassitude qui marquait le visage de sa mère :

— Ma pauvre maman ! Vous devez être morte de fatigue. Nous nous sommes conduites comme des égoïstes, j'en ai honte. Voulez-vous faire une sieste ? Vous en auriez le temps, avant le dîner.

— Pas maintenant, Christina. Je n'ai pas sommeil.

Émue, Christina s'assit à côté d'elle, lui prit les mains :

— Kyle a beaucoup d'idées fausses, mais elle ne s'est pas trompée sur un point : je m'en veux de vous avoir fait venir sans raison... (Elle s'interrompit, pleine de remords. Audra allait avoir soixante et onze ans. Elle n'avait pas à se soucier de leurs problèmes. Alex et elle auraient dû se montrer capables de faire face à la rébellion de leur fille.) Vous devez nous prendre pour des incapables...

— Mais non, voyons ! Tu m'as lancé un appel à l'aide, je suis venue. Tu sais bien que je l'aurais fait dans n'importe quelles circonstances. Je vous aime tous les trois, Christina. Kyle est ma petite-fille. J'ai le cœur brisé de vous voir si malheureux, les uns et les autres.

— Je souffre, je l'avoue. Kyle est irresponsable de vouloir abandonner ses cours à l'Institut de la mode, de manifester pour mes affaires le mépris qu'elle affecte. Vous l'avez vous-même entendue, tout à l'heure ! Mon plus cher désir a toujours été de la voir me succéder... Oh, maman ! poursuivit-elle d'une voix mal assurée. A quoi rime cette révolte ? A quoi aura servi tout mon travail, si Kyle me tourne le dos ?... Les yeux pleins de larmes, elle ne put continuer.

Son chagrin émut profondément Audra. Moi seule, se dit-elle, sais ce qu'il en a coûté à Christina de créer sa maison de couture. Moi seule connais l'étendue de son sacrifice. Voilà pourquoi l'attitude de

Kyle la bouleverse à ce point. Comment le lui reprocher, quand moi-même, jadis...

— Depuis quinze jours, reprit Christina, Kyle se montre invivable. Elle s'obstine, elle refuse d'entendre raison, de discuter. Je n'ai encore jamais vu pareil entêtement !

Vraiment ? C'est que tu as la mémoire courte, pensa Audra.

— Kyle et moi avons toujours entretenu des rapports confiants, tu le sais, dit-elle à haute voix. C'est surtout pour cela que je suis venue. Demain, je passerai avec elle le temps qu'il faudra. Nous sortirons déjeuner toutes les deux. Elle brûle sans doute d'impatience de me présenter *son* point de vue. Elle sait que je lui prêterai une oreille attentive.

— Mais vous lui parlerez, n'est-ce pas ? Elle vous respecte, elle vous aime. Vous essaierez de la ramener à la raison. Me le promettez-vous, maman ?

Audra dissimula son scepticisme :

— Oui, Christina, je ferai l'impossible pour lui ouvrir les yeux.

Pour la première fois depuis longtemps, Christina se détendit, soulagée. Dans un élan de gratitude, elle se pencha vers Audra, l'embrassa :

— Je suis si contente que vous soyez venue ! Avec vous — grâce à vous, tout s'arrangera. Comme toujours.

Audra céda à l'attendrissement. Cette femme de quarante-sept ans, riche, célèbre, suprêmement élégante, restait à ses yeux l'enfant tant aimée, élevée au prix de lourds sacrifices. Christina souffrait d'un chagrin trop réel pour que sa mère y résistât. Cette peine avait cependant sa contrepartie, le malaise de Kyle, sa petite-fille, non moins douloureux pour Audra. Comment faire pour tout concilier ? se demanda-t-elle avec angoisse. Dieu me donnera-t-il la sagesse et le courage d'aider l'une sans risquer de blesser l'autre ?

Comprenant que Christina attendait d'elle une réponse, elle oublia ses inquiétudes :

— Je ferai de mon mieux pour tout arranger, Christina. Mais je refuse de prendre parti, je te l'ai annoncé dès mon arrivée. Kyle a raison quand elle dit qu'il s'agit de sa vie et qu'elle a le droit de la mener comme elle l'entend.

— Je sais, dit Christina pensivement. Mais elle est encore très jeune. A dix-neuf ans, on manque d'expérience. Refuser de prendre ma succession sans vouloir entendre le moindre argument n'est pas une preuve de maturité. Vous ne pouvez pas me contredire sur ce point.

— Non, en effet, admit Audra à contrecœur. Kyle est intelligente, même si elle se montre rétive et emportée. Je ne te demande donc qu'une chose, Christina : fais l'effort de considérer *ses* désirs, *ses* aspirations, à côté des tiens. Me le promets-tu ?

Christina réprima un geste d'impatience. Après une pause, elle dit, de mauvaise grâce :

— Bon, d'accord, je vous le promets.

Audra ne fut pas convaincue de la sincérité de cette promesse :

— Il y a longtemps, dans des circonstances dont tu te souviens peut-être, je t'ai dit que nos enfants ne nous appartiennent pas. J'espère que tu ne l'as pas oublié, Christina.

Une étrange expression assombrit le visage de Christina. Elle dévisagea sa mère, ouvrit la bouche pour parler, se ravisa. Elle traversa la pièce et se posta devant la fenêtre, le dos tourné. Audra la vit se voûter, comme sous quelque pesant fardeau. Elle se souvient, se dit-elle. Mieux vaut cependant ne pas insister, pour le moment du moins...

Audra prit appui sur l'accoudoir, se leva péniblement. Ses rhumatismes la paralysaient.

— En fin de compte, je vais faire cette sieste que tu me proposais il y a un instant. Un peu de sommeil me fera peut-être du bien.

Pourtant, lorsqu'elle fut seule, elle ne parvint pas à trouver le repos.

— Je ne veux pas barbouiller des robes, comme elle ! s'écria Kyle avec véhémence. Je veux peindre des tableaux. Je veux faire de la *vraie* peinture, moi !

Audra réprima une grimace. La franchise brutale de la jeunesse savait trouver le point sensible...

— Je sais, depuis deux ans, que tu rêves d'une carrière artistique, ma petite-fille. Je me demande cependant si tu t'y prends comme il faut pour le faire comprendre à tes parents et les amener à tes vues.

— Avec papa, il n'y a pas de problème. C'est *elle* qui...

— Je ne te permettrai pas de parler de ta mère sur ce ton, Kyle ! intervint Audra.

La jeune fille s'excusa d'un sourire avant de poursuivre, sur le même ton :

— De toute façon, je ne vois pas pourquoi je prendrais la défense de papa, il est systématiquement de son côté, à elle. Il l'a toujours été. Toute petite, déjà, je me sentais tenue à l'écart. Ils « formaient une équipe », disaient-ils. Tous les deux face au monde entier. Et moi, je ne comptais pas. Enfin, grand-mère, est-ce vrai, oui ou non ?

Stupéfaite, Audra dévisagea sa petite-fille. Elle aurait voulu la gifler — et ne s'en serait d'ailleurs pas privés, si elles n'avaient été au restaurant de l'hôtel Carlyle.

— C'est absolument faux, Kyle. Tu te trompes du tout au tout, répondit-elle. Je me rappelle fort bien ce que tu disais quand tu es venue en Angleterre, en 1965. Tu répétais : C'est nous la meilleure équipe, papa, maman et moi ! Je m'en souviens, parce que c'était cette année-là que tes parents m'ont fait cadeau de High Cleugh. Tu avais six ans. Jamais, au grand jamais, tes parents ne t'ont tenue à l'écart. Tu les accompagnais partout, en toute occasion. Ils ont toujours été pour toi les meilleurs des parents et ils t'aiment de tout leur cœur.

— Ils s'aiment cent fois plus qu'ils ne m'aiment.

— Cesse de proférer des âneries ! répliqua Audra, qui maîtrisait mal son exaspération. Bien sûr qu'ils s'aiment — ils sont follement amoureux l'un de l'autre depuis le premier jour. Tu devrais en remercier la Providence, Kyle. Préférerais-tu avoir grandi dans un ménage brisé ?

— Ce n'est pas ce que je voulais dire, grand-mère ! Mais comprenez-moi, je n'en peux plus ! J'abomine la mode, la couture et tout ce qui s'ensuit ! Je ne veux pas passer ma vie à griffonner des robes, à rester assise derrière un bureau, à organiser des défilés, à subir les caprices de mannequins plus bêtes les unes que les autres, qui se laissent mourir de faim pour rester maigres et se collent tous les jours des kilos de produits gluants sur la figure !... Je veux peindre, moi. Peindre ce que je *vois* !

Son expression butée s'évanouit soudain, son visage s'éclaira d'une joie intense :

— Voilà ce que je veux, grand-mère, peindre des paysages, des marines, comme l'été dernier quand j'étais chez vous, dans le Yorkshire. Si vous saviez comme j'étais heureuse à High Cleugh, ou quand nous allions à Robin Hood's Bay et dans la lande ! J'étais seule avec mon chevalet, tranquille, je pouvais reproduire sur la toile la beauté qui m'entourait, la recomposer, l'interpréter à ma guise... J'étais si heureuse avec vous l'été dernier, grand-mère ! Plus que je ne l'avais jamais été. Et après, il a fallu revenir ici, à New York, accompagner maman dans tout le pays pour ces grotesques défilés de mannequins... Oh ! Ils me rendent malade. Et ce maudit Institut de la Mode où on me force à aller suivre des cours, je ne peux plus le souffrir !

Audra prit la main de Kyle :

— Je sais, ma petite, ce n'est pas toujours facile...

— Je suis si malheureuse, si frustrée que je ne peux même plus raisonner, même plus... me comporter correctement ! reprit Kyle. Je ne demande rien de plus que le droit de passer deux ans à l'Académie Royale de Londres et apprendre la peinture. Qu'y a-t-il là-dedans de si monstrueux ? Mais elle ne cherche même pas à comprendre, *elle* ! Il n'y a que l'argent qui l'intéresse.

Audra sentit les larmes lui venir aux yeux et chercha un mouchoir dans son sac.

— Tu te trompes, ma petite. Tu n'as pas le droit de dire des choses pareilles.

— Pardon, bonne-maman. Je ne voulais pas paraître méchante ni, surtout, vous faire de la peine. Elle est votre fille, c'est normal que vous la défendiez...

— Elle est avant tout ta mère, la meilleure du monde ! s'exclama Audra. Elle ne veut que ton bien, crois-moi. J'ai pris ta défense jusqu'à présent, mais je ne le ferai plus si tu persistes à te conduire en enfant gâtée et à manquer de respect à ta mère comme tu viens de le faire ! Est-ce clair ? ajouta-t-elle avec un regard sévère.

Kyle avait toujours eu un peu peur d'Audra :

— Oui, grand-mère, répondit-elle en baissant piteusement le nez.

— C'est bon. Maintenant, écoute-moi — écoute-moi bien, et peut-être que tu comprendras ce qui pousse ta mère à agir de la sorte. Peut-être auras-tu tout simplement compris qui est ta mère et pourquoi elle est autant attachée à sa maison de couture. D'accord ?

Kyle acquiesça d'un signe de tête.

— Sache donc que ta mère était peintre, un paysagiste de grand talent. Sache aussi qu'elle a sacrifié la peinture pour ses affaires. Elle avait précisément ce que tu réclames aujourd'hui et elle a tout abandonné. A cause de moi. Oui, elle voulait gagner de l'argent pour moi, pour m'offrir le luxe auquel elle s'imaginait que j'avais droit. Je vais te raconter cette histoire, Kyle. Ta mère aurait dû te l'apprendre, mais puisqu'elle n'en a rien fait, c'est à moi que cela incombe.

Kyle ne perdit pas un mot du récit de sa grand-mère. A mesure qu'Audra parlait, la jeune fille sentait s'évanouir la colère et le ressentiment que, depuis un an, elle nourrissait contre sa mère. Lorsque Audra conclut son monologue, Kyle avait elle aussi les larmes aux yeux.

— C'est extraordinaire, ce qu'elle a fait pour vous, bonne-maman. Pourquoi ne m'en a-t-elle rien dit ? Souffre-t-elle encore d'avoir abandonné la peinture ? Est-ce la raison pour laquelle il n'y a presque aucun de ses tableaux dans l'appartement de New York, ou la maison du Connecticut ? Ils sont tous à High Cleugh, je crois, sauf les quelques-uns que possède tante Jane. Est-ce pour ne pas garder sous les yeux le rappel de ce qu'elle a sacrifié ?

— Peut-être. Je ne sais pas au juste, ma petite, nous n'en parlons jamais. Nous n'avons même pas abordé la question au début. Mais je sais que j'ai eu tort, vois-tu. J'aurais dû prendre l'initiative d'en parler à ta mère...

Audra ne poursuivit pas. Oui, j'ai eu tort, se répéta-t-elle. J'avais peur de lui dire ce qu'il ne fallait pas, de la blesser. Que de malentendus nous aurions pu éviter. J'ai commis tant d'erreurs...

— Je ne sais plus que faire, grand-mère, dit Kyle. Je me sens terriblement coupable envers maman. J'ai été odieuse avec elle depuis des mois, j'ai dû lui faire beaucoup de peine.

— Elle ne t'en veut sûrement pas, ma chère petite. Je connais ma fille, elle t'aime trop pour te garder de la rancune. Elle acceptera tes excuses et te pardonnera sans hésiter.

— Le croyez-vous vraiment ?

— J'en suis certaine, répondit Audra en souriant pour la première fois. Écoute, je crois avoir trouvé un compromis acceptable pour elle et toi. J'y réfléchissais depuis longtemps et, cette fois, j'espère tenir la solution.

— Je l'espère aussi, grand-mère ! Je vous écoute.

— Quand nous serons rentrées, je parlerai à ta mère. Si elle tient toujours à ce que tu te prépares pour prendre un jour sa succession, je lui demanderai qu'elle t'accorde une sorte de congé. Mais attention : si tu obtiens trois ans de liberté maintenant, il faudra t'engager à donner en contrepartie trois ans de travail dans l'affaire. Tu rentreras à Londres avec moi la semaine prochaine. Nous présenterons aussitôt ta candidature à l'Académie et, en attendant le verdict, tu viendras à High Cleugh où tu pourras peindre tant que tu voudras. Alors, que dis-tu de mon idée ?

— Elle est sensationnelle, grand-mère ! Géniale !

— Si ta mère accepte, tu tiendras parole de ton côté ?

— Oui, grand-mère, je vous le promets !

En quittant le restaurant, Kyle fit signe à un taxi. Dix minutes plus tard, les deux femmes descendirent devant l'immeuble de Sutton Place, où les Newman avaient leur appartement.

— A partir de maintenant, tu me laisses la parole, dit Audra d'un ton sans réplique pendant qu'elles montaient dans l'ascenseur. Pour une fois, tu surveilleras ta langue. Quand j'aurai dit à ta mère ce que je compte lui dire, tu lui présenteras tes excuses pour ta conduite de ces derniers temps. Tu t'excuseras d'ailleurs quoi qu'il arrive. Compris ?

— Oui, grand-mère.

Lorsqu'elle pénétra dans le vestibule, Audra eut un mouvement de déception. Le vaste appartement était silencieux et paraissait désert. Elle savait qu'Alex avait un rendez-vous pour le déjeuner, mais espérait trouver Christina. C'est alors qu'elle entendit un bruit de pas provenant du couloir.

Christina apparut, souriante, rajeunie de vingt ans dans un jean ajusté, un chemisier de soie blanche et une profusion de bijoux et de chaînes d'or. Elle semblait radieuse. L'inquiétude et la colère qui, depuis plus d'une semaine, lui marquaient le visage, s'étaient évanouies. Elle avait retrouvé sa personnalité pleine de gaieté et d'exubérance.

— Vous voilà ! s'écria-t-elle. Alors, votre déjeuner était bon ? Vous avez bien discuté ?

Déconcertée par la métamorphose de sa fille, Audra l'observait avec attention :

— Oui, merci, Christina. Tout s'est très bien passé.

— Tant mieux, maman, j'en suis ravie.

— Je voudrais te parler, lui dit Audra plus sèchement qu'elle ne l'aurait souhaité.

— Eh bien, allons dans mon cabinet de travail !

Christina fit demi-tour et se dirigea vers le couloir d'un pas allègre.

Kyle lança à sa grand-mère un regard interrogateur. Audra haussa les épaules avec fatalisme. Elles étaient toutes deux stupéfaites du changement intervenu chez Christina et se hâtèrent de la suivre.

— Alors, maman, que voulez-vous me dire ? demanda Christina quand elles furent dans la pièce.

Kyle s'assit sur l'accoudoir du canapé, Audra prit place dans un fauteuil :

— Je crois avoir trouvé une solution au problème de Kyle... commença-t-elle.

— Une minute ! l'interrompit Christina. Avant d'aborder ce sujet, je voudrais vous dire ce que nous avons prévu pour votre anniversaire la semaine prochaine — le soixante et onzième, si je ne me trompe...

— Inutile de me rappeler mon âge ! s'exclama Audra. Mon anniversaire n'a aucune importance, nous avons aujourd'hui d'autres chats à fouetter. L'avenir de Kyle...

— Je tiens pourtant à commencer par là, maman. Parce que je voudrais vous offrir aujourd'hui deux cadeaux.

Mécontente, Audra se contint. Elle savait d'expérience qu'il était inutile de détourner Christina de son propos quand elle avait une idée en tête. Kyle se maîtrisa plus difficilement. Sa grand-mère avait beau dire, sa mère était invivable — on en avait une nouvelle fois la preuve.

Accoudée à la cheminée, Christina reprit la parole :

— Le premier de mes cadeaux est celui qui, je crois, vous tient le plus à cœur : avoir votre petite-fille près de vous, en Angleterre, et savoir qu'elle étudie à l'Académie.

Stupéfaites, Audra et Kyle échangèrent un regard incrédule avant de se tourner vers Christina.

— Ces derniers jours, poursuivit cette dernière, j'ai procédé à un sérieux examen de conscience. J'ai eu tort de m'entêter au sujet de Kyle, je le confesse. Nous devons lui laisser une chance de suivre sa voie. Ainsi que vous me l'avez dit il y a longtemps et rappelé hier encore, nos enfants ne nous appartiennent pas. Elle mènera donc sa vie comme elle l'entend, car sa vie lui appartient.

Muette, Audra dévisageait sa fille. Kyle poussa un cri de joie et bondit vers sa mère :

— Maman ! Est-ce vrai ? Parlez-vous sérieusement ?

— Oui, ma chérie. Je n'aurais pas dû te forcer à venir travailler avec moi contre ton gré.

— Oh, maman, j'ai été si désagréable, si grossière envers vous ! J'en ai honte. Me le pardonnerez-vous jamais ?

— Tu n'as rien à te faire pardonner, Kyle. Mon plus cher désir, c'est que nous redevenions amies et que tu sois heureuse.

Kyle se jeta dans les bras de Christina. Riant et pleurant, la mère et la fille s'embrassèrent sous le regard ému d'Audra. Son cœur débordait de joie. Tout s'arrangeait mieux encore qu'elle n'avait osé l'espérer.

Après de longues minutes d'effusions, Christina se tourna vers Audra :

— Maintenant, maman, voici votre second cadeau d'anniversaire. Attendez une minute, je vais le chercher, dit-elle en quittant la pièce.

A peine furent-elles seules que Kyle courut près d'Audra :

— Pourquoi a-t-elle changé d'avis, grand-mère ?

— Je n'en sais rien, ma petite. Mais ta mère a toujours su garder les pieds sur terre. Elle a sans doute compris, ainsi que moi-même naguère, qu'on ne peut pas dicter aux êtres leur conduite...

— Audra ! Bonjour, ma chérie !

Audra sursauta au son de la voix et tourna la tête vers la porte, les yeux écarquillés. Elle se leva aussi vite qu'elle le put, courut au devant du nouvel arrivant :

— Vincent ! Mon dieu... comment es-tu venu ici ?

— En Concorde, répondit-il avec un geste en direction d'Alex, qui souriait derrière lui. Notre cher gendre ici présent avait tout arrangé. Il est venu me chercher à l'aéroport ce matin de bonne heure, il m'a caché dans l'appartement avant que tu ne te réveilles et m'a emmené déjeuner en ville après que tu es sortie avec Kyle. Je suis le cadeau surprise qu'Alex et Christina voulaient t'offrir pour ton anniversaire, conclut-il en riant.

— C'est la meilleure des surprises ! dit Audra en embrassant son mari. Je m'ennuyais déjà de toi, Vincent.

— Et moi de toi, Audra. Quant à toi, poursuivit-il en regardant Kyle, qu'attends-tu pour venir embrasser ton grand-père ?

Elle se précipita vers ses bras tendus. Puis ils allèrent s'asseoir sur le canapé.

— Merci d'avoir fait venir Vincent, dit Audra à Alex. Je ne saurais vous dire combien ce geste me touche. Sans lui, je n'aurais pas fêté mon anniversaire avec la même joie. Savez-vous que nous le célébrons ensemble depuis cinquante ans ?

Alex passa un bras autour des épaules de sa femme, de l'autre attira sa belle-mère vers lui :

— C'est Christina qui en a eu l'idée...

— Non, c'est toi ! protesta Christina en le regardant avec affection.

— Bah ! Qu'importe de qui vient l'idée puisqu'elle rend tout le monde heureux, dit-il en l'embrassant tendrement.

— Très heureux ! renchérit Audra.

Puis, avec un clin d'œil à l'adresse de Vincent et de Kyle, elle dit à Christina :

— Cette petite représente le couronnement de nos vies, ma chérie. La tienne et la mienne. C'est elle qui recueillera le fruit des sacrifices que nous avons faits l'une pour l'autre. N'est-ce pas bien ainsi ?

— Vous avez raison, maman. On ne peut demander mieux.

Alors, prenant la main de Christina, Audra ajouta :

— Et puis, en lui donnant sa liberté, tu te l'es attachée à jamais.

TABLE DES MATIÈRES

**Première partie
AUDRA 1926-1951** 9

**Deuxième partie
CHRISTINA 1951-1965** 215

Épilogue
KYLE, AUDRA ET CHRISTINA 1978 327

Dans la même collection

Noel Barber
Tanamera
La ballade des jours passés

Jacqueline Briskin
Paloverde
Les sentiers de l'aube
La croisée des destins
Les vies mêlées

Cynthia Freeman
Illusions d'amour

Arthur Hailey
Le destin d'une femme

Sarah Harrison
Les dames de Chilverton

Brenda Jagger
Les chemins de Maison Haute
Le silex et la rose
Retour à Maison Haute

Gloria Keverne
Demeure mon âme à Suseshi

Judith Krantz
A nous deux, Manhattan !

Rosalind Laker
Mademoiselle Louise
La femme de Brighton

Shulamith Lapid
Le village sur la colline

Michael Legat
Les vignes de San Cristobal

Colleen McCullough
Les oiseaux se cachent pour mourir
Tim
Un autre nom pour l'amour
La passion du Dr Christian
Les dames de Missalonghi

Graham Masterton
Le diamant de Kimberley

Sandra Paretti
La dernière croisière du Cécilia
Maria Canossa
Les tambours de l'hiver
L'arbre du bonheur
L'oiseau de paradis

Michael Pearson
La fortune des Kingston

Alexandra Ripley
Charleston

Cathy Spellman
Le manoir de Drumgillan

Danielle Steel
Palomino
Souvenirs d'amour
Maintenant et pour toujours

Fred Stewart
Ellis Island : les portes de l'espoir

Jacqueline Susann
Love machine
La vallée des poupées

Reay Tannahill
Sur un lointain rivage

Barbara Wood
Et l'aube vient après la nuit

*Cet ouvrage a été réalisé sur
Système Cameron
par la SOCIÉTÉ NOUVELLE FIRMIN-DIDOT
Mesnil-sur-l'Estrée
pour le compte des Éditions Belfond
le 26 mai 1988*

Imprimé en France
Dépôt légal : mars 1987
N° d'édition : 2023-6
N° d'impression : 9579